VERONICA HENRY | Nachts nach Venedig

Zum Buch
Die Londoner Galeristin Imogen soll in Venedig ein Bild abholen. Dazu hat ihr ihre Großmutter einen Fahrschein für den Orientexpress gekauft. Doch was hat es mit diesem geheimnisvollen Bild auf sich? Und warum die Reise in diesem berühmten Zug? Eigentlich passt Imogen der Auftrag ihrer Großmutter gerade überhaupt nicht – sie hat andere Pläne. Doch die junge Frau spürt, dass sie auf der Reise mehr über das Leben ihrer Großmutter erfahren wird, und sagt neugierig zu. Als Imogen sich gespannt auf den Weg macht, beginnt sie zu ahnen, dass sie sich im Leben ihrer Großmutter auf Spurensuche begibt. Und vielleicht kann sie auf der magischen Fahrt nach Venedig sogar Antworten für ihre eigene Zukunft finden. Dabei helfen ihr die netten Bekanntschaften zu ihren Mitreisenden, die alle ihr Päckchen zu tragen haben. Und dann ist da noch Danny, der Imogen nicht so einfach aufgeben möchte …

Zur Autorin
Veronica Henry arbeitet für die *BBC* und als Drehbuchautorin für zahlreiche Fernsehproduktionen, bevor sie sich dem Schreiben von Romanen zuwandte. Sie lebt mit ihrem Mann und ihren drei Söhnen in Devon, England. Im Diana Verlag erschienen bisher ihre Romane *Für immer am Meer* sowie *Wie ein Sommertag*.

Veronica Henry

NACHTS NACH VENEDIG

ROMAN

Aus dem Englischen von Charlotte Breuer und
Norbert Möllemann

Diana Verlag

Die Originalausgabe erschien 2013 unter dem Titel
A Night on the Orient Express bei Orion Books, an imprint
of the Orion Publishing Group Ltd, London

Verlagsgruppe Random House FSC®-N001967
Das für dieses Buch verwendete FSC®-zertifizierte Papier
Holmen Book Cream liefert Holmen Paper, Hallstavik, Schweden.

Deutsche Erstausgabe 05/2015
Copyright © 2013 by Veronica Henry
Copyright der deutschsprachigen Ausgabe © 2015 by Diana Verlag,
München, in der Verlagsgruppe Random House GmbH
Redaktion | Johanna Cattus-Reif
Umschlaggestaltung | t.mutzenbach design, München
Umschlagmotiv | © shutterstock/niderlander, canadastock
Satz | Christine Roithner Verlagsservice, Breitenaich
Druck und Bindung | GGP Media GmbH, Pößneck
Alle Rechte vorbehalten
Printed in Germany

ISBN 978-3-453-35798-3

www.diana-verlag.de

PROLOG

Die Uhr schlägt Mitternacht, und kurz vor Calais, auf einem Nebengleis, wartet ein Zug auf seinen Einsatz. Unter einem klaren Himmel taucht der schimmernde Mond die Waggons in silbriges Licht. Sie sind leer bis auf die Geister der Reisenden, die die Gänge auf und ab streifen und mit den Fingerspitzen über die Intarsien gleiten, während sich ihr Duft mit der stillen Luft vermischt. Eine leise Klaviermelodie schwebt über geflüsterten Verheißungen, bevor sie sich in der schwarzsamtenen Nacht verliert. Denn hier haben sich tausend Geschichten zugetragen, Geschichten von Liebe und Hoffnung, Leidenschaft und gebrochenen Herzen, von Versöhnung und Trennung.

Es gibt elf Schlafwagen, drei Speisewagen und einen Salonwagen mit Bar. Schon in wenigen Stunden wird in diesen stillen Waggons das Leben erwachen, wenn der Zug für die Reise vorbereitet wird. Keine Oberfläche wird unpoliert bleiben. Besteck, Geschirr und Gläser werden glänzen. Nicht ein einziges Staubkorn, kein einziger Fleck wird mehr zu sehen sein. Die Waggons werden in voller Pracht erstrahlen. Jeder Wunsch, jedes Bedürfnis, jedes noch so ausgefallene Gelüst wird berücksichtigt sein, wenn die Vorräte geliefert werden, von der winzigsten Portion cremiger Butter bis hin zu den Flaschen feinsten Champagners.

Und schließlich wird das Personal sich unter dem aufmerksamen Blick des Zugchefs aufstellen, der die frisch gestärkten Uniformen noch einmal inspiziert, bevor der Zug sich in Richtung Bahnhof in Bewegung setzt.

Die auf dem Bahnsteig wartenden Fahrgäste erschaudern. Ob es die kühle Morgenluft oder die Vorfreude auf die Reise im berühmtesten Zug der Welt ist, wer kann das schon sagen? In jedem Fall warten ihre Geschichten darauf, erzählt zu werden.

Da! Da kommt er. Der Orient-Express gleitet majestätisch in den Bahnhof. Die Sonne spiegelt sich in den blitzblanken Fenstern, der Bahnhofsvorsteher tritt vor. Mit einem satten Zischen der Bremsen kommt der Zug schließlich zum Stehen, schnurrend, prächtig, stolz – und dennoch irgendwie einladend. Wer könnte einer solchen Einladung schon widerstehen?

Auf geht's. Nehmt eure Taschen. Bindet euch den Schal ein bisschen fester; zieht die Handschuhe an, rückt den Hut zurecht, hakt euch bei eurem Liebsten unter.

Beeilt euch – euer Platz wartet schon auf euch …

NIE MEHR ALLEIN

Beziehungen, die im Himmel geschmiedet werden.
Mehr als zwanzig Jahre Erfahrung

Registrieren Sie sich auf unserer Webseite, dann haben Sie
die Chance, die Reise Ihres Lebens zu gewinnen.

Haben Sie schon die Hoffnung aufgegeben, jemals die/den
Richtige(n) kennenzulernen? Sind Sie davon überzeugt, dass es
auf dieser Welt niemanden gibt, der zu Ihnen passt? Sind Sie es
leid, immer wieder von Freunden mit irgendwem verkuppelt zu
werden und sich mit einem verkrampften Lächeln den ganzen
Abend tödlich zu langweilen?

Wenn Ihnen all das bekannt vorkommt, dann sind Sie bei NIE
MEHR ALLEIN genau richtig. Wir bieten Ihnen die einmalige Gelegenheit, die Reise Ihres Lebens mit Ihrem Traumpartner zu
gewinnen. Sie müssen sich lediglich auf unserer Webseite registrieren und uns Ihr Profil zusenden. Wir werden auf der
Grundlage unserer anerkannten Kompetenz in der Partnervermittlung die Einträge prüfen.

Jedes Profil wird individuell ausgewertet von einem Experten-
gremium, das jahrelange Erfahrung darin hat, die richtigen Partner zusammenzubringen. Wir benutzen keine Computer, weil
Computer nicht zwischen den Zeilen lesen und den Funken
entzünden können, der eine Beziehung überhaupt erst ent-
stehen lässt.

Anhand der Profile werden wir das perfekte Paar ermitteln, die Kandidaten für das ultimative Blind Date: eine Nacht im Orient-Express von London nach Venedig.

Genießen Sie die atemberaubende Szenerie, während der legendäre Zug Sie auf die Reise Ihres Lebens entführt. Gönnen Sie sich einen Cocktail zu den verführerischen Klängen des Flügels und danach im Speisewagen ein lukullisches Dinner und erlesene Weine. Jeder Teilnehmer wird in einem eigenen luxuriösen Abteil reisen, und ein Steward wird bereitstehen, um Ihnen jeden Wunsch zu erfüllen.

Selbst wenn Sie nicht gewinnen, stehen die Chancen gut, dass Sie Ihren Traumpartner finden. Seit unserem Bestehen haben wir Tausende Paare glücklich gemacht und zeichnen verantwortlich für Hunderte Hochzeiten und Dutzende von Kindern aus NIE-MEHR-ALLEIN-Ehen.

Worauf warten Sie noch? Gehen Sie auf unsere Webseite und füllen Sie den Profil-Fragebogen aus. Vielleicht sind Sie es, die auf eine Reise gehen, die Ihr Leben verändern wird.

NIE MEHR ALLEIN

Profilfragebogen

EMMIE DIXON

ALTER: *26*
BERUF: *Hutmacherin*
WOHNORT: *London*

LIEBLINGSZITAT: *Das Wichtigste ist, das Leben zu genießen – glücklich zu sein – das ist das Einzige, worauf es ankommt. (Audrey Hepburn)*

WER WÜRDE MICH IM FILM MEINES LEBENS SPIELEN: *Maggie Gyllenhaal.*

ICH IN 50 WORTEN: *Mein Motto lautet: Feste arbeiten, Feste feiern. Ich werfe mich gern in Schale. Für mich ist das Leben ein Abenteuer, und man kann immer dazulernen. Ich bin eine Stadtpflanze, liebe aber kleine Fluchten aufs Land. Ich glaube, man hat sein Glück selbst in der Hand, deshalb bewerbe ich mich hier.*

EINIGE LIEBLINGSDINGE: *Veilchenschokolade, Feuerwerk, gute Manieren, Picknick, Schneemänner, Agatha Christie, Kaminfeuer, Erdbeer-Daiquiri, Samstagmorgenbrunch, Geschenke einpacken.*

MEIN IDEALER PARTNER IN EINEM SATZ: *Er soll mich überraschen und zum Lachen bringen können, liebevoll und lebenslustig sein.*

NIE MEHR ALLEIN

Profilfragebogen

ARCHIE HARBINSON

ALTER: *28*
BERUF: *Landwirt*
WOHNORT: *Cotswolds*

LIEBLINGSZITAT: *Who let the dogs out?*

WER WÜRDE MICH IM FILM MEINES LEBENS SPIELEN: *Colin Firth*

ICH IN 50 WORTEN: *Ich liebe meinen Hof, habe aber auch etwas für die Lichter der Großstadt übrig. Meine Kochkenntnisse sind ausgesprochen miserabel. Ich bin nicht immer frisch rasiert, aber Reinlichkeit ist mir sehr wichtig. Loyalität geht für mich über alles. Ich wirke vielleicht etwas schüchtern, aber ich mache auch gern mal einen drauf.*

EINIGE LIEBLINGSDINGE: *Mit meinen Border Terriern Sid und Nancy spazieren gehen, sonntags im Pub zu Mittag essen, mein alter Morgan, Billie Holiday, das West End an Weihnachten, Sonnenaufgänge, die erste Tasse Tee am Morgen, Mojitos, am Herd aufgewärmte Socken, Tanzen.*

MEINE IDEALE PARTNERIN IN EINEM SATZ: *Eine Frau, für die ich sorgen kann, die mich zum Lachen bringt und mich nachts wärmt (mein Cottage hat keine Zentralheizung).*

VOR DER REISE

KAPITEL 1

Adele Russell telefonierte nicht gern. Natürlich war es notwendig. Es gehörte zum täglichen Leben. Sie konnte sich nicht vorstellen, auf ein Telefon zu verzichten, aber im Gegensatz zu vielen ihrer Freundinnen benutzte sie es so wenig wie möglich. Sie brauchte den Blickkontakt, wollte die Körpersprache ihrer Gesprächspartner lesen können, vor allem, wenn es ums Geschäft ging. Das Telefon bot so viel Raum für Missverständnisse. Es war schwieriger zu sagen, was man wirklich sagen wollte, und so vieles blieb ungesagt. Und kaum jemals erlaubte man sich den Luxus zu schweigen, einen Augenblick nachzudenken, bevor man antwortete. Vielleicht war das ja noch ein Überbleibsel aus einer Zeit, als das Telefonieren ein teures Vergnügen gewesen war und man das Vermitteln von Informationen auf das Notwendigste beschränkt hatte.

Am liebsten hätte Adele das bevorstehende Gespräch von Angesicht zu Angesicht geführt, was leider nicht möglich war. Sie hatte den Anruf schon lange genug vor sich hergeschoben. Adele war nicht der Typ, der lange zauderte, aber die Vergangenheit zu begraben hatte sie damals so viel Kraft gekostet, dass es ihr widerstrebte, sich ihr jetzt wieder zu stellen. Sie nahm den Hörer ab. Sie war weder geldgierig noch habsüchtig. Sie würde nur etwas zurückfordern, was ihr rechtmäßig zustand. Und sie würde es nicht einmal für sich selbst tun.

Imogen. Das Bild ihrer Enkelin tauchte kurz vor ihrem geistigen Auge auf. Sie empfand eine Mischung aus Stolz und Schuldgefühlen und Sorge. Wäre Imogen nicht gewesen, sie hätte die Büchse der Pandora nie geöffnet. Oder vielleicht doch? Noch einmal rief sie sich in Erinnerung, dass ihr Vorhaben nur recht und billig war.

Ihr knallrot lackierter Fingernagel schwebte einen Augenblick über der ersten Null, bevor sie die Taste drückte. Trotz ihrer vierundachtzig Jahre achtete sie immer auf ein gepflegtes und elegantes Äußeres. Sie hörte den bei Auslandsgesprächen typischen langen Klingelton. Sie wartete. Wie oft sie ihn vor all den Jahren heimlich angerufen, den kalten Zigarettenrauch in der Telefonzelle eingeatmet hatte, während sie mit klopfendem Herzen die Münzen in den Schlitz geschoben hatte … Plötzlich ertönte das Freizeichen.

»Hallo?« Die Stimme klang jung, weiblich, britisch. Selbstbewusst.

Adele ging die Möglichkeiten durch: Tochter, Geliebte, zweite Ehefrau, Haushälterin …? Falsche Nummer?

»Kann ich bitte mit Jack Molloy sprechen?«

»Selbstverständlich.« Die Gleichgültigkeit in der Stimme verriet Adele, dass es keine emotionale Verwicklung gab. Also wahrscheinlich die Haushälterin. »Wer ist am Apparat, bitte?«

Eine Routinefrage, keine Paranoia.

»Adele Russell.«

»Weiß er, um was es geht?« Ebenfalls Routine, kein misstrauisches Bohren.

»Ja.« Da war sie sich ganz sicher.

»Einen Augenblick.« Adele hörte, wie der Hörer abgelegt wurde. Schritte. Stimmen.

Dann Jack.

»Adele. Wie schön. Lange nichts von dir gehört.«

Es schien ihn kein bisschen zu wundern, dass sie anrief. Sein Tonfall war trocken, amüsiert, scherzhaft. Wie immer. Aber seine

Stimme hatte nicht mehr dieselbe Wirkung auf sie wie früher. Damals war sie sich so erwachsen vorgekommen, während sie in Wirklichkeit weit davon entfernt gewesen war. Ihre Entscheidungen waren ausnahmslos unreif und egoistisch gewesen, bis zum Schluss. Erst danach war sie erwachsen geworden, nachdem sie begriffen hatte, dass die Welt sich nicht um Adele Russell und ihre Wünsche drehte.

»Ich musste warten, bis die Zeit reif war«, erwiderte sie.

»Ich habe die Todesanzeige gelesen. Mein Beileid.«

Drei Zeilen in der Zeitung. Geliebter Ehemann, Vater und Großvater. Bitte keine Blumen. Spenden an seine bevorzugte Wohltätigkeitsorganisation. Adele spreizte die Finger auf dem Sekretär und betrachtete ihren Verlobungs- und ihren Ehering. Sie trug sie immer noch. Sie war immer noch Williams Frau.

»Ich rufe nicht an, um zu plaudern«, erklärte sie, bemüht, möglichst geschäftsmäßig zu klingen. »Ich rufe an wegen der *Innamorata*.«

Er schwieg eine Weile, während er die Information auf sich wirken ließ.

»Natürlich«, sagte er leichthin, doch sie spürte, dass ihr schroffer Ton ihn betroffen machte. »Das Bild ist hier. Ich habe es sorgsam für dich aufbewahrt. Du kannst es jederzeit abholen.«

Adele fühlte sich beinahe ernüchtert. Sie hatte sich auf einen Streit eingestellt.

»Gut. Ich schicke jemanden vorbei.«

»Oh.« Er schien ehrlich enttäuscht zu sein. »Ich hatte gehofft, dich bei der Gelegenheit zu sehen. Zumindest mit dir zu Abend zu essen. Es würde dir hier gefallen. Giudecca …«

Sollte er vergessen haben, dass sie bereits dort gewesen war? Das konnte nicht sein. Unmöglich.

»Es würde mir bestimmt gefallen, aber ich fliege nicht mehr, tut mir leid.« Es war ihr mittlerweile alles zu anstrengend. Das

Warten, die Unbequemlichkeit, die unvermeidlichen Verspätungen. Sie hatte im Laufe ihres Lebens genug von der Welt gesehen. Sie hatte nicht das Bedürfnis, noch mehr zu sehen.

»Es gibt immer noch den Zug. Den Orient-Express, erinnerst du dich?«

»Natürlich«, antwortete sie schärfer als beabsichtigt. Sie sah sich selbst, wie sie auf dem Bahnsteig des Gare de l'Est in Paris stand, zitternd in ihrem gelben Leinenkleid und dem dazu passenden Mantel, den sie sich in der Rue du Faubourg am Tag zuvor gekauft hatte. Sie hatte nicht wegen der Kälte gezittert, sondern vor Aufregung und Angst und Schuldgefühlen.

Plötzlich hatte sie einen Kloß im Hals. Die Erinnerung war so bittersüß. Das konnte sie jetzt überhaupt nicht gebrauchen. Es gab schon genug, was sie emotional belastete. Sie musste sich um den Verkauf von Bridge House kümmern, wo ihre Kinder geboren und aufgewachsen waren, sie musste die Galerie verkaufen, die ihr Lebensinhalt gewesen war, sie musste sich Gedanken über ihre Zukunft machen – und über die von Imogen. All das nahm sie fürchterlich mit. Es war notwendig, aber aufreibend.

»In ungefähr drei Wochen kommt jemand vorbei«, sagte sie. »Wäre das in Ordnung?«

Er antwortete nicht gleich. Adele fragte sich, ob Jack vielleicht doch Schwierigkeiten machen würde. Schließlich hatte sie nichts Schriftliches, womit sie ihren Anspruch hätte geltend machen können. Es war nur ein Versprechen gewesen.

»Venedig im April, Adele. Ich wäre der perfekte Gastgeber. Der perfekte Gentleman. Überleg's dir.«

Sie spürte, wie das alte Unbehagen an ihr nagte. Vielleicht war sie doch nicht so immun, wie sie gedacht hatte. So war er immer gewesen – er hatte sie dazu verleitet, Dinge zu tun, die sie nicht hätte tun sollen. Vor ihrem geistigen Auge sah sie sich schon an seiner Tür klopfen, weil sie im Grunde vor Neugier platzte.

Warum sollte sie sich diesem Gefühlschaos noch einmal aussetzen? In ihrem Alter? Der Gedanke ließ sie erschaudern. Es war klüger, die Vergangenheit ruhen zu lassen. So konnte sie ihr nichts anhaben.

»Nein, Jack.«

Sie hörte ihn seufzen.

»Na gut, das musst du selbst wissen. Betrachte es einfach als eine offene Einladung. Ich würde mich jedenfalls sehr freuen, dich noch einmal wiederzusehen.«

Adele schaute aus dem Fenster. Der Märzregen hatte den Bach stark anschwellen lassen. Jetzt rauschte er mit einer Entschlossenheit dahin, um die sie ihn beneidete. Unbekanntes Terrain zu betreten barg immer ein Risiko. In ihrem Alter zog sie es vor, genau zu wissen, wo sie war.

»Danke, aber ich denke … eher nicht.«

Es folgte verlegenes Schweigen.

Schließlich sagte Jack: »Ich brauche dir wohl nicht zu sagen, wie viel das Bild inzwischen wert ist.«

»Darum geht es nicht, Jack.«

Sein Lachen war noch genauso wie früher.

»Das ist mir egal. Du kannst damit machen, was du willst. Obwohl ich natürlich hoffe, dass du es nicht einfach nur dem Meistbietenden verkaufst.«

»Keine Sorge«, versicherte sie ihm, »es wird in der Familie bleiben. Ich will es meiner Enkelin zum dreißigsten Geburtstag schenken.«

»Na, dann hoffe ich, dass sie genauso viel Gefallen daran findet wie ich.« Jack klang erfreut.

»Da bin ich mir ganz sicher.«

»Sie wird dreißig? Nicht viel jünger als du damals …«

»Ganz genau«, fiel sie ihm ins Wort. Sie musste das Gespräch beenden. Sie waren auf dem besten Weg, sentimental zu werden.

»Meine Assistentin wird dich anrufen, um dich über das weitere Vorgehen zu informieren.« Sie war schon im Begriff, sich zu verabschieden und aufzulegen, aber irgendetwas ließ sie wieder weicher werden. Sie waren beide alt. Wer wusste schon, wie viele Jahre sie noch zu leben hatten? »Dir geht's hoffentlich gut?«

»Im Großen und Ganzen kann ich mich nicht beklagen. Obwohl ich nicht mehr so … viel Energie habe wie früher.«

Adele verkniff sich ein Grinsen. »Wie schön für Venedig«, erwiderte sie etwas spitz.

»Und du, Adele?«

Sie wollte nicht mehr mit ihm sprechen. Der Gedanke daran, was hätte sein können, der Gedanke, den sie all die Jahre mit aller Macht unterdrückt hatte, wurde plötzlich übermächtig.

»Mir geht es ausgezeichnet. Die Galerie gibt mir Erfüllung, und ich habe meine Familie um mich. Das Leben ist schön.« Sie würde sich keine Blöße geben, und sie würde auch nicht mehr erzählen. »Ich muss jetzt Schluss machen. Ich bin zum Mittagessen verabredet.«

Sie verabschiedete sich so hastig, wie die Höflichkeit es erlaubte.

Ihre Hände zitterten, als sie den Hörer auf die Gabel legte. Er hatte immer noch diese Wirkung auf sie. Die Sehnsucht war nie ganz verschwunden. Immer wieder wühlte sie sich an die Oberfläche, wenn sie am wenigsten damit rechnete.

Warum hatte sie seine Einladung nicht angenommen? Was wäre schon dabei gewesen?

»Mach dich nicht lächerlich!«, sagte sie laut in die Stille des Wohnzimmers hinein.

Sie hob den Blick. Die Meereslandschaft war noch an ihrem Platz – das Bild, das sie an dem Tag ersteigert hatte, als sie Jack kennengelernt hatte. Seitdem hing es über ihrem Sekretär. Nicht ein Pinselstrich hatte sich in all den Jahren geändert. Das war das

Schöne an Gemälden. Sie hielten einen Moment fest. Sie blieben immer gleich.

Der Gedanke brachte sie zurück zu den anstehenden Aufgaben. Sie hatte so vieles zu erledigen: Immobilienmakler, Buchhalter und Anwälte warteten auf ihre Entscheidungen. Viele Leute hatten ihr nach Williams Tod geraten, sich mit wichtigen Entscheidungen Zeit zu lassen, aber sie fand, dass sie lange genug gewartet hatte. Bridge House war zu groß für sie allein; die Russell Gallery war zu viel für sie, auch wenn Imogen ihr einen Großteil der Arbeit abnahm. Und Imogen hatte ihr oft genug deutlich gesagt, dass sie die Galerie nicht übernehmen wollte, dass es für sie an der Zeit war, sich neuen Herausforderungen zu stellen, dass sie ohnehin nie vorgehabt hatte, so lange in Shallowford zu bleiben. Adele hatte ihr vorgeschlagen, über einen Kompromiss nachzudenken, aber Imogen hatte auf einem sauberen Schnitt bestanden. Dennoch hatte Adele ein schlechtes Gewissen, und das war der Grund dafür, warum sie die *Innamorata* zurückhaben wollte. Das Bild wäre ein großartiges Geschenk. Sie konnte sich niemanden auf der Welt vorstellen, der das Bild mehr zu schätzen wüsste als Imogen, und es würde ihr schlechtes Gewissen wenigstens ein bisschen beruhigen.

Sie ließ das Gespräch mit Jack noch einmal Revue passieren. Wie sich ihr Leben wohl entwickelt hätte, wenn Jack nicht gewesen wäre? Wäre es anders verlaufen? Sie war sich sicher, dass sie ohne ihn nie zu dieser Energie und Entschlusskraft gefunden hätte. Aber wäre sie vielleicht glücklicher geworden?

»Du hättest gar nicht glücklicher sein können«, schalt sie sich. »Jack war ein Irrtum. Jeder darf mal einen Fehler machen.«

Daran glaubte sie ganz fest. Hieß es nicht, aus Fehlern lernt man? Und zu guter Letzt hatte sie doch alles richtig gemacht …

Sie riss sich von ihren Gedanken los. Schluss mit der Selbstzerfleischung. Sie musste sich auf die Gegenwart konzentrieren, auf ihre Pläne. Sie war dabei, einige große Veränderungen vorzunehmen. Sie sah sich im Wohnzimmer um, dem Zimmer, wo sie den Großteil der wichtigen Entscheidungen ihres Lebens getroffen hatte. Sie liebte die hohen Decken und die Schiebefenster mit Blick auf den Bach. Sie liebte jeden Quadratzentimeter des Bridge House. Das symmetrisch angelegte Haus aus rotem Backstein stand, wie der Name nahelegte, direkt neben der Brücke von Shallowford; es war das mit Abstand schönste Haus in dem kleinen Marktflecken. Nicky, die Immobilienmaklerin und Imogens beste Freundin, hatte ihr erklärt, es würde wahrscheinlich schneller verkauft, als sie die Hochglanzbroschüren drucken konnten, um die perfekten Proportionen des Hauses, den von einer Mauer eingefassten Garten und die dunkelrote Haustür mit dem Rundbogen-Oberlicht hervorzuheben.

Plötzlich keimten Zweifel in ihr auf. Sie würde das Haus schrecklich vermissen. Es verkaufen zu müssen tat ihr weh. Aber sie ermahnte sich, dass es besser war, schwierige Entscheidungen zu treffen, solange man die Geschicke noch lenken konnte, und nicht zu warten, bis man von den Ereignissen überrollt wurde. Entschlossen schraubte sie die Kappe ihres Füllhalters ab und zog einen Notizblock zu sich heran. Adele hatte keine Angst vor Computern, aber sie konnte sich besser konzentrieren, wenn sie ihre Gedanken handschriftlich festhielt.

Während sie sich durch ihre Liste der zu erledigenden Dinge arbeitete, ging ihr wieder das Gespräch mit Jack durch den Kopf.

Der Orient-Express. Er fuhr nach wie vor von London nach Venedig, das wusste sie. Eine Reise, die Kultstatus besaß. Vielleicht sogar die berühmteste Reise der Welt. Ein Plan begann sich in ihrem Kopf zu entwickeln. Sie startete eine Suche im Internet, fand die gewünschte Webseite und las die Informationen. Ehe sie es sich anders überlegen konnte, hatte sie schon den Hörer in der Hand.

»Hallo? Ja, ich würde gerne eine Fahrkarte buchen. Für eine Person nach Venedig, bitte …«

Während sie darauf wartete, mit dem entsprechenden Mitarbeiter verbunden zu werden, fiel ihr Blick wieder auf das Bild, das über ihrem Sekretär hing. Jack hatte recht – sie war nicht viel älter gewesen als Imogen, als sie es gekauft hatte. An dem Tag, als alles angefangen hatte. Als wäre es gestern gewesen …

KAPITEL 2

Damals

Im Bridge House herrschte gespenstische Stille. Eine Stille, die an Adeles Nerven zerrte, bis sie das Radio einschaltete, eine Schallplatte auflegte, sogar den Fernseher einschaltete, obwohl das, was auf der Mattscheibe geboten wurde, so geistlos war, dass man sich als intelligenter Mensch allenfalls die Abendnachrichten ansehen konnte. Aber keine Stimme konnte das gähnende Loch stopfen, das zwei kleine lärmende Jungen hinterlassen hatten, die zum ersten Mal ins Internat gebracht worden waren.

Kein Fußball, der gegen die Hauswand knallte. Kein Gepolter auf der Treppe. Kein Rauschen der Klospülung im unteren Bad – nicht dass sie immer daran gedacht hätten. Kein ausgelassenes Geschrei. Kein Jammern wegen eines Sturzes oder einer Streiterei. Kein Lachen.

Schlimmer noch, sie wusste nichts mit ihrem Tag anzufangen. Sieben Jahre lang hatten die Zwillinge ihr Leben strukturiert. Nicht dass sie eine Glucke wäre, im Gegenteil, aber sie waren einfach immer da gewesen. Vormittags waren sie in die Dorfschule gegangen, aber zum Mittagessen waren sie jeden Tag nach Hause gerannt, und so hatte Adele nie viel Zeit für sich gehabt. Die Anwesenheit der Kinder hatte sie nie gestört, im Gegensatz zu manchen ihrer Freundinnen, die erleichtert aufatmeten, wenn ihre Sprösslinge aus dem Haus waren.

Wäre es nach Adele gegangen, wären die Jungen auf der Dorfschule geblieben und mit elf nach Filbury auf die Oberschule gekommen, aber diesen Kampf hätte sie unmöglich gewinnen können. Nein, Tony und Tim war es bestimmt, dieselbe Schule zu besuchen, auf die ihr Vater William gegangen war, wie es seit jeher der Tradition der britischen oberen Mittelschicht entsprach.

Sie hatte also gewusst, dass der Tag kommen würde, und sie hatte sich davor gefürchtet; nur dass ihre Befürchtungen bei Weitem übertroffen wurden. Sie verbrachte ihre Tage nicht gerade weinend im Bett, aber ihr Herz fühlte sich so leer an wie das Haus.

Dazu kam, dass die Abreise der Zwillinge mit Williams Weggang zusammenfiel. Kurz nach ihrer Heirat hatten die Russells Bridge House gekauft, weil eine Remise dazugehörte, in der William in den folgenden zehn Jahren seine Arztpraxis betrieb. Zwar hatte Adele nicht in der Praxis gearbeitet, ihre Rolle als »Frau Doktor« jedoch sehr ernst genommen und immer ein offenes Ohr für Williams Patienten gehabt.

Aber jetzt hatte sich William mit drei anderen Ärzten zusammengetan und eine moderne Gemeinschaftspraxis in Filbury eröffnet, acht Kilometer von Shallowford entfernt. Die Praxis lag im Trend der neuen Gesundheitspolitik, eine breitere medizinische Versorgung anzubieten. Für William war das alles aufregend – beinahe revolutionär, aber es verlangte ihm viel komplexere Entscheidungen und viel größere Verantwortung ab. Und viel mehr Zeit. Sie sah ihn kaum noch, und wenn er nach Hause kam, brachte er bergeweise Papierkram mit und musste Befunde schreiben. Im Bridge House hatte er von neun bis mittags Sprechstunde gehabt, dann wieder von zwei bis vier, und das war's, abgesehen davon, dass er bei Notfällen oder schwierigen Geburten telefonisch erreichbar sein musste.

Und so fühlte sich Adele einsam und nutzlos und traurig. Aber wenn sie ehrlich war, musste sie zugeben, dass sie auch ein bisschen sauer war auf ihren Mann. In besonders selbstmitleidigen Momenten nahm sie es ihm übel, dass er zuerst die Jungen weggeschickt und sie anschließend verlassen hatte. Wie stellte er sich das vor? Was sollte sie jetzt mit ihrer Zeit anfangen?

Aber Adele war keine Frau, die lange grollte oder über das Schicksal jammerte. Sie war ein Mensch der Tat, weshalb William vermutlich davon ausging, dass sie schon zurechtkommen würde. Und so hatte sie am Dienstagmorgen um zwanzig nach neun bereits alles Notwendige erledigt. Sie hatte beim Metzger Fleisch fürs Abendessen gekauft und einen Korb Pflaumen für einen Streuselkuchen besorgt, der blitzschnell gemacht sein würde. Die Hausarbeit erledigte wie immer ihre Zugehfrau Mrs. Morris. Im Rathaus fand ein Wohltätigkeitsfrühstück statt, doch sie fürchtete, wenn sie dorthin ging, würde sie in Tränen ausbrechen, falls sich jemand nach den Zwillingen erkundigte, und diese Blöße wollte sie sich nicht geben. Am Tag zuvor hatte sie ihre dunklen Locken waschen und legen lassen und hatte sofort feuchte Augen bekommen, als der Friseur wissen wollte, wie es den Kindern ging.

In der Hoffnung auf eine Anregung blätterte sie in der Lokalzeitung, ohne recht zu wissen, was sie eigentlich suchte. Ihr Blick fiel auf eine Anzeige für eine Gebrauchtmöbelauktion in einem nahe gelegenen Landhaus. Dort könnte sie sich umsehen. Sie trug sich schon seit einiger Zeit mit dem Gedanken, die ehemaligen Praxisräume in eine Gästewohnung umzuwandeln, und vielleicht würde sie dort ein paar Einrichtungsgegenstände finden. Ohne lange nachzudenken, schnappte sie sich ihre Handtasche, schminkte sich die Lippen, nahm ihren Mantel vom Haken in der Diele und schlüpfte in ihre Handschuhe. Sie hätte auch ihre Bücher in der mobilen Bibliothek abgeben können, die in einem Stapel auf dem Garderobentisch lagen, aber allein der Gedanke daran langweilte sie zu Tode.

Sie ging zu ihrem Wagen. Ein blassblauer Austin 35 Saloon. Sie konnte sich glücklich schätzen, ein eigenes Auto zu besitzen. Sie konnte sich überhaupt glücklich schätzen. Sie wohnte im begehrtesten Haus in Shallowford, direkt neben der Brücke, mit einem schönen, von einer Mauer umgebenen Garten und einem schmiedeeisernen Steg zum Haus … Warum also empfand sie diese Leere?

Natürlich gab es einen Grund dafür, aber darüber dachte sie nicht gerne nach – warum auch? Es war schon eine Ironie des Schicksals, dass ihr Mann, der so vielen Kindern im Dorf ans Licht der Welt geholfen hatte, ausgerechnet bei der Geburt seiner eigenen Söhne nicht zugegen gewesen war und deshalb die Folgeschäden nicht hatte verhindern können, doch sie hatte sich nie darüber beklagt. Auch William bedauerte es zutiefst, an jenem Tag so weit weg gewesen zu sein. Hätte er in der Nähe zu tun gehabt, dann gäbe es jetzt vielleicht einen weiteren kleinen Russell, der die Lücke hätte füllen können, die durch die Abreise der Zwillinge aufgeklafft war, oder vielleicht sogar zwei. Leider hatte es nicht sollen sein …

Als sie von ihrer Einfahrt auf die Hauptstraße einbog, begann es zu regnen. Adele schaltete die Scheibenwischer ein, die nur widerwillig ihren Dienst verrichteten. Es war ein trüber Septembertag. Der Winter würde lang werden.

Die Auktion fand in Windshire statt, das etwa fünfzehn Kilometer entfernt lag. Das Landhaus war ziemlich klein und unscheinbar, und der Katalog enthielt nichts von größerem Wert oder von besonderem Stil. Adele mochte Versteigerungen – sie kaufte gern gebrauchte Möbel und genoss die Aufregung beim Bieten. Es machte viel mehr Spaß, als einfach in ein Möbelhaus zu gehen, denn man wusste nie, was einen erwartete.

Diesmal brauchte sie nicht lange, um sich einen Überblick zu verschaffen. Es wurde eine Menge hässlicher Möbel undefinierbaren Alters angeboten – die interessanten Stücke waren sicherlich längst in der Familie aufgeteilt worden –, aber zwischen klobigen Kleiderschränken und stapelweise Porzellan entdeckte sie ein Gemälde. Eine Meerlandschaft, ziemlich rau und einsam; die Farben taten es ihr an, das dunkle Violett und Silber. Es wirkte düster und unheilvoll, aber das passte irgendwie zu ihrer Stimmung, fand sie. Es strahlte eine Schwermut aus, die regelrecht von ihr Besitz ergriff. Und das Wichtigste an einem Gemälde war schließlich, dass es einen berührte. Sie war begeistert. Das Bild würde bestimmt für einen Spottpreis weggehen, und sie beschloss, darauf zu bieten.

Die Versteigerung fand in einem Zelt im Garten statt, da kein Zimmer im Haus ausreichend Platz dafür bot. Es war kalt und windig, und Adele überlegte schon, ob sie nicht einfach wieder nach Hause fahren sollte, doch dann begann es wieder zu schütten, und auf dem Weg zu ihrem Auto, das sie auf einer Wiese neben dem Haus abgestellt hatte, würde sie noch nasser werden als auf den paar Metern bis zum Zelt. Sie hielt sich den Katalog über den Kopf und rannte.

Die Stühle waren furchtbar unbequem, und der unebene, mit Kokosmatten ausgelegte Boden machte es auch nicht besser. Den halb aufgeweichten Katalog in der Hand, zog sie ihren Mantel fester um sich. Sie hatte die Seite mit dem Bild, das sie interessierte, markiert und den Preis, den sie zu zahlen bereit war, daneben geschrieben – keine Riesensumme. Schließlich würde es gereinigt und neu gerahmt werden müssen. Vor ihrem geistigen Auge sah sie es bereits über dem Sekretär im Wohnzimmer hängen, an dem sie ihre Briefe schrieb. Sie würde es betrachten können und sich dabei vorstellen, wie sie die salzige Meeresluft einatmete.

Während sie darauf wartete, dass das Bild aufgerufen wurde, schaute sie sich um. Ein Mann betrat das Zelt. Er wirkte gehetzt und genervt, vielleicht weil er so spät dran war. Er schien nach bekannten Gesichtern Ausschau zu halten. Sein Blick fiel auf Adele, und sie schauten einander einen Moment lang an.

Sie spürte ein merkwürdiges Kribbeln. Es war wie ein Wiedererkennen, obwohl sie mit Sicherheit wusste, dass sie dem Mann noch nie begegnet war. Sie erschauderte, jedoch nicht vor Kälte. Sein Blick wanderte weiter, und einen Augenblick lang fühlte sie sich einsam und verlassen. Er suchte sich einen freien Stuhl und studierte intensiv den Katalog, während der Auktionator die Angebote aufrief. Nichts erzielte einen außergewöhnlichen Preis.

Adele saß da wie gebannt, reglos wie ein Hase, kurz bevor er die Flucht ergreift. Der Mann faszinierte sie. Er wirkte wie ein Exot unter all den rotgesichtigen Leuten in abgetragenen, mit Hundehaaren übersäten Tweedjacketts. Die Auktion war nicht bedeutend genug, um das Londoner Publikum anzuziehen, aber dieser Mann war ein Großstädter; sein elegant geschnittener Mantel mit Pelzbesatz, die ausgefallene Krawatte, die Locken, die ihm bis zum Kragen reichten, ließen keinen Zweifel daran. Er war groß, hatte einen sehr ernsten Gesichtsausdruck und dunkle Augenbrauen. Man konnte ihn unmöglich übersehen.

Adele sog die Luft ein und stellte sich seinen Geruch vor. Wahrscheinlich kräftig, männlich, exotisch – sie war total aufgewühlt. Sie fasste sich ins Haar – bestimmt hatte der Regen ihr die Frisur ruiniert. Als sie aus dem Haus gegangen war, hatte sie nur ein bisschen Lippenstift aufgelegt, und jetzt wünschte sie, sie hätte sich sorgfältig geschminkt. Zumindest verdeckte ihr relativ neuer Mantel ihr blassblaues Kleid – nach dem Einkauf beim Metzger hatte sie sich nicht die Mühe gemacht, sich umzuziehen; nicht einmal die Schuhe hatte sie gewechselt, sie trug immer noch ihre unförmigen alten Treter. Sie dachte sehnsüchtig an den smaragdfarbenen Pullover mit U-Boot-Ausschnitt in ihrem Schrank, der das Grün ihrer Augen so vorteilhaft zur Geltung brachte …

Verstohlen beugte sie sich über ihre Handtasche, um sich die

Lippen nachzuziehen, dann fischte sie nach ihrem Lavendel-
parfüm, betupfte sich die Handgelenke und richtete sich wieder
auf. Er war noch da, zündete sich gerade eine Zigarette an. Er
wirkte gelangweilt, so als hätte er aus Pflichtgefühl eine alte Tante
zu der Auktion begleitet. Aber Adele konnte niemanden in seiner
Nähe entdecken.

Der Auktionator spulte die Liste der Möbel herunter, dann
Besteck und Geschirr, bis er zu den Bildern kam. Im Eiltempo
wurden drittklassige Jagdszenen und nichtssagende Landschafts-
bilder versteigert, bis endlich das Gemälde an die Reihe kam, auf
das Adele wartete. Sie spürte die vertraute Erregung, die jedes
Mal mit dem Bieten einherging. Wenn die Versteigerung der anderen Bilder irgendwelche Rückschlüsse zuließ, würde sie keine
Mitbieter haben.

»Eine attraktive Meerlandschaft, signiert von Paul Maze, von
1934. Wer bietet darauf?«

Sein Kennerblick huschte über das Publikum, und Adele hielt
ihren Katalog hoch. Zur Bestätigung hob er den Auktionsham-
mer in ihre Richtung und schaute sich noch flüchtig um, offensichtlich ohne ein weiteres Gebot zu erwarten.

Der geheimnisvolle Fremde hatte bisher noch kein Gebot abgegeben, daher war sie überrascht, als er jetzt zum ersten Mal
aufsah und dem Auktionator zunickte, der sein Gebot mit einem
Lächeln zur Kenntnis nahm.

Adele erhöhte ihr Gebot. Sie hatte nichts gegen einen Mitbieter. Es war gut zu wissen, dass sich noch jemand für das Objekt
ihrer Begierde interessierte. Als ihr Konkurrent dem Auktionator erneut zunickte, erwachte Adeles Kampfgeist. Aber auch der
Fremde ließ sich nicht lumpen. Das Publikum verfolgte fasziniert das Geschehen: Endlich kam Stimmung auf. Der Auktionator war in seinem Element. Bisher hatte er keine Gelegenheit
gehabt, sich ins Zeug zu legen. Die meisten Sachen waren zu

lächerlich niedrigen Preisen weggegangen, Hauptsache, es fand sich jemand, der sie mitnahm.

Bis jetzt. Adele und der Fremde überboten einander ohne zu zögern. Aus irgendeinem Grund wollte Adele dieses Gemälde inzwischen unbedingt haben. Sie war wild entschlossen, es zu ersteigern. Sie würde einen Mord begehen, um es zu besitzen. Das Herz schlug ihr bis zum Hals, und ihre Wangen glühten.

Ihr Kontrahent saß völlig entspannt auf der anderen Seite des Zelts; sein Gesicht zeigte keinerlei Gefühlsregung. Adele fragte sich, ob er etwas wusste, was sie nicht wusste. Besaß er Insiderinformationen? Stammte das Gemälde etwa von einem unbekannten Genie? Handelte es sich um ein lange vergessenes Meisterwerk? Oder hatte er ein ganz persönliches Interesse an dem Bild? Bis zu welcher Summe würde er bieten?

Sie merkte plötzlich, dass sie wieder am Zug war. Ihr letztes Gebot lag bereits um ein Vierfaches über dem Limit, das sie sich gesetzt hatte. Sie hatte mehrere Guineen in ihrem Portemonnaie, da William ihr das Haushaltsgeld am Tag zuvor gegeben hatte, aber die würden nicht reichen, sollte sie den Zuschlag bekommen. Ihr Scheckheft hatte sie nicht dabei – das lag in ihrem Sekretär. Es wäre schrecklich peinlich, dem Auktionator gestehen zu müssen, dass sie nicht bezahlen konnte. Sie durfte auf keinen Fall noch höher gehen.

»Ihr Gebot, Madam?«

Sie hielt den Atem an. Sie konnte sich nicht überwinden, Nein zu sagen. Sie wollte unbedingt weitermachen, aber sie hatte einfach nicht genug Geld dabei. Ob sie ihren Ehering wohl als Pfand einsetzen konnte?, fragte sie sich. Aller Augen waren auf sie gerichtet, einschließlich die des Auktionators. Außer, natürlich, die ihres Kontrahenten. Er blätterte lässig in seinem Katalog, als könnte ihn nichts aus der Ruhe bringen.

Sie müsste vollkommen verrückt sein weiterzumachen. Am

Ende würde sie viel zu viel für ein Gemälde bezahlen, das zwar gut, aber nicht außergewöhnlich war.

Sie schüttelte den Kopf. Der Hammer fiel. Ihr Konkurrent blickte nicht einmal von seinem Katalog auf. Es bedrückte sie, dass das Gemälde, das eigentlich für sie bestimmt gewesen war, an einen derart seelenlosen Käufer ging. Sie war normalerweise keine schlechte Verliererin, aber das wurmte sie jetzt. Sie nahm ihre Sachen, stand abrupt auf und schob sich, Entschuldigungen vor sich hin murmelnd, durch die enge Stuhlreihe.

Draußen umfing sie die feuchtkalte Luft. Sie war fuchsteufelswild. Nicht nur, weil sie das Bild nicht bekommen hatte. Sie hatte das Gefühl, dass hinter den Gegengeboten etwas Persönliches steckte. Dieser Mann hatte ihr das Bild einfach missgönnt. Wie er die Schultern gestrafft hatte! Er hatte dafür gesorgt, dass sie es nicht bekam.

Sie beschloss, im nahe gelegenen Windshire essen zu gehen. Sie erinnerte sich, dass es dort ein nettes Hotel gab. Beim Mittagessen konnte sie ihre Wunden lecken, anschließend gemütlich nach Hause fahren und versuchen, die ganze Sache einfach zu vergessen. Es war schließlich nur ein Gemälde.

In dem Hotel schüttelte sie ihren regennassen Mantel aus, hängte ihn an die Garderobe und begutachtete ihr Äußeres im Spiegel. Sie sah große grüne Augen mit hübschen Brauen, dazu eine vom Regen ruinierte Frisur. Sie strich ihr Kleid glatt, richtete ihre Strumpfnähte und ging in den Speiseraum.

Sie wählte einen Tisch am Fenster mit Blick auf die Hauptstraße. Der Regen hatte aufgehört, und die Sonne versuchte hartnäckig, Lücken in die Wolken zu reißen. Sie bestellte sich etwas zu essen und machte eine Liste der Dinge, die sie erledigen musste. Den Jungen ein Päckchen mit Pfefferminzbonbons schicken, ihrer Lieblingssüßigkeit, und jedem einen langen Brief dazulegen. Ein paar Kleider zum Schneider bringen und ändern lassen. Den neuen Nachbarn eine Einladung zum Abendessen schicken. Sie und William waren sehr gesellig, und Adele notierte sich die Namen zweier Paare aus ihrem Bekanntenkreis, die die Neuankömmlinge interessieren könnten. Vielleicht würde sie aber auch stattdessen eine Cocktailparty veranstalten – so könnten die Neuen möglichst viele Leute auf einen Schlag kennenlernen. Allmählich besserte sich ihre Laune wieder.

Sie blickte auf, als jemand an ihren Tisch trat, und erwartete die Kellnerin, die ihren Whisky mit Soda brachte. Sie brauchte etwas zum Aufwärmen, weil ihr die feuchte Kälte noch in den Knochen saß. Aber es war nicht die Kellnerin.

Es war ihr siegreicher Gegenspieler. Mit seiner Beute unter dem Arm. Das Bild war zwar in braunes Papier eingewickelt, aber sie wusste genau, dass es ihr Bild war. Ohne zu fragen, nahm er ihr gegenüber Platz. Sein Gesicht verriet nichts.

»Sie haben auf den einzigen Gegenstand geboten, der einen Wert besaß.«

Adele legte ihren Stift weg. Sie hob eine Braue und lächelte. Nach außen hin mochte sie kühl wirken, aber in ihrem Innern brodelte und blubberte es wie in einer Pfanne mit karamellisierendem Zucker.

»Ich weiß«, erwiderte sie. Sie würde nichts preisgeben. Vor allem, weil nichts preiszugeben war. Sie hatte keine Ahnung, was gespielt wurde, wie die Regeln lauteten oder was ihr nächster Zug sein könnte.

Er legte das Bild vor sie auf den Tisch.

»Ich möchte, dass Sie es besitzen«, sagte er.

Ihre kühle Fassade geriet ins Wanken. Damit hatte sie nicht gerechnet. Sie hätte erwartet, ausgefragt zu werden, was sie über die Herkunft des Bildes wusste. Sie lachte nervös, und sie ärgerte sich über sich selbst. Es verriet ihr Unbehagen.

»Warum?«, brachte sie heraus, bemüht, gelassen zu klingen.

Er zuckte mit den Achseln. Dann lächelte er. »Sie haben es mehr verdient als ich. Ich hätte es Ihnen von Anfang an überlassen sollen.« Plötzlich beugte er sich vor, und sie konnte den Duft seines Rasierwassers riechen. Es war genau die Duftnote, die sie sich vorgestellt hatte.

»Was werden Sie damit tun?«, fragte er mit durchdringendem Blick.

Sie versuchte, sich gefasst zu geben, die Karamellmasse Lügen zu strafen, die in ihrem Innern herumschwappte, dunkel und süß.

»Ich hatte mir schon einen Platz dafür in meinem Wohnzimmer ausgesucht. Ich würde es gern betrachten können, wenn ich Briefe schreibe. An meine Jungen. Ich habe zwei Söhne. Zwillinge …«

Es schien ihr wichtig, ihm das zu erzählen. Dann wurde ihr klar, dass sie ihre anfängliche Einsilbigkeit aufgegeben hatte und zu plaudern begonnen hatte; also befand sie sich wohl nicht in Gefahr. Er nickte nur und sah sie an.

»Darf ich Ihnen beim Essen Gesellschaft leisten?«

»Sieht ganz so aus, als täten Sie das bereits.« Endlich gelang ihr eine Retourkutsche. Mit einem Lächeln gab sie ihre Einwilligung zu verstehen, als die Kellnerin kam. Er zögerte keinen Moment.

»Ich nehme dasselbe wie meine Begleiterin und dazu eine Flasche Sekt. Mit zwei Gläsern.«

Sie sah ihn an. »Sekt? An einem Dienstag?« Ihr Herz schlug wie wild. Sie konnte sich nicht erinnern, wann sie das letzte Mal Sekt getrunken hatte.

Er lächelte. Und plötzlich wirkte sein Gesicht viel weniger streng. Seine Augen strahlten Wärme aus.

»Dienstags immer. Die Dienstage sind sonst so fürchterlich langweilig.« Er tippte mit den Fingerspitzen auf das braune Papier.

»Paul Maze. Man nennt ihn den vergessenen Impressionisten. Es ist ein bemerkenswertes Gemälde, und Sie haben ein sehr gutes Auge.«

Sie musterte ihn. »Warum sind Sie so herablassend? Woher wollen Sie wissen, dass ich nicht die Expertin für … vergessene Impressionisten bin? Von einem der Spitzenhändler hergeschickt, um genau dieses Gemälde zu erwerben.«

Er lehnte sich zurück und legte den Arm über die Stuhllehne. Er war der Typ Mann, der einen Raum mit seiner Anwesenheit ausfüllte, als gehörte er ihm.

»Nein«, erwiderte er. »Wären Sie das, hätten Sie bis zum Schluss geboten.«

Er war arrogant, selbstbewusst und provokant. Eine Kombination von Eigenschaften, die sie eigentlich abstoßen müssten, aber stattdessen war sie hingerissen. Er war das genaue Gegenteil von William. Er hatte etwas Halbseidenes an sich – die Art, wie er seinen Mantel auf den Stuhl warf, wie er sich mit den Fingern durch das etwas zu lange Haar fuhr, die Ellbogen auf den Tisch stützte, den Sekt in einem Zug austrank und sich gleich nachschenkte.

Er musterte sie.

»Was ist?«, fragte sie.

»Hat Ihnen schon mal jemand gesagt, dass Sie wie Liz Taylor aussehen?«

Sie seufzte. »Ja. Nur dass ich erheblich älter bin und grüne Augen habe – und keine violetten.«

»Von Weitem könnten Sie es sein.«

Sie versuchte, sich nicht geschmeichelt zu fühlen. Es überraschte sie, dass er diesen Vergleich zog, so zerzaust, wie sie aussah.

»Erzählen Sie mir von sich«, forderte er sie auf, als das Kalbsfrikassee kam.

Sie betrachtete ihr Essen. Sie hatte Hunger gehabt, als sie es bestellt hatte, aber auf einmal hatte sie das Gefühl, keinen Bissen herunterzubekommen.

»Ich bin verheiratet«, begann sie.

»Na ja, das ist offensichtlich.« Er warf einen Blick auf die Ringe an ihrer linken Hand, dann machte er sich mit Appetit über sein Essen her.

»Mit einem Arzt. Ich habe zwei Söhne, wie ich bereits erwähnt habe.«

Er hielt die Gabel in der rechten Hand, auf amerikanische Art. Er wedelte damit vor ihr herum. »Und weiter?«

Sie überlegte, was sie ihm antworten sollte.

»Nichts weiter.« Sie war sich noch nie so uninteressant vorgekommen. Was sollte sie dem noch hinzufügen? Sie war Hausfrau und Mutter – und selbst das eigentlich nicht mehr so richtig.

»Tja«, fuhr er fort. »Daran sollten Sie unbedingt etwas ändern.«

Ihr fiel auf, dass sie nicht einmal seinen Namen kannte. Plötzlich war sie wütend. Was bildete er sich ein, über sie zu urteilen?

»Sie sind reichlich unverschämt. Platzen hier in mein Mittagessen und maßen sich ein Urteil über mich an. Wer sind Sie überhaupt?«

Er grinste. Legte die Gabel ab. »Tut mir leid. Sie haben recht. Jack Molloy.«

Er hielt ihr die Hand hin.

Sie nahm sie. »Russell. Adele Russell.«

Ihr schlug das Herz bis zum Hals. Hastig zog sie die Hand weg, denn die Berührung hatte sie auf nie gekannte Weise elektrisiert.

So war es nicht gewesen, als sie William kennengelernt hatte. Dabei war sie damals so unsterblich verliebt gewesen. Sie war jeden Morgen mit Schmetterlingen im Bauch aufgewacht und hatte es kaum erwarten können, William wiederzusehen. Am

Tag ihrer Hochzeit war sie so glücklich gewesen wie noch nie zuvor. Sie hatte ihn beim Sex immer angeschaut und das Gefühl gehabt, dass alles stimmte.

Aber noch nie hatte William sie so elektrisiert. Sie witterte Gefahr, ernsthafte Gefahr.

Jack füllte großzügig Sekt nach, wie ein draufgängerischer König bei einem Bankett.

»Sie sind Amerikaner, nicht wahr?«, bemerkte sie.

Sie war sich nicht ganz sicher, aber er hatte diese typisch näselnde Aussprache.

»Ja«, sagte er. »Aber ich habe in eine sehr englische Familie eingeheiratet. Die Dulvertons. Kennen Sie sie? Der ›Familiensitz‹ befindet sich in Ox-ford-shire.«

Er sprach den Namen der Grafschaft übertrieben britisch aus.

»Kenne ich nicht«, sagte sie.

»Meine Frau ist sehr wohlhabend. Ein Glück für mich.«

»Wie abscheulich.«

»Was?«

»Jemanden des Geldes wegen zu heiraten.«

»Wie kommen Sie darauf, dass ich das getan habe? Ich habe Rosamund geheiratet, weil sie atemberaubend schön ist. Und viel intelligenter als ich.«

Adele fühlte sich verunsichert. Neben Rosamund würde sie garantiert wie ein Mauerblümchen wirken.

»Und was haben Sie in die Ehe eingebracht?«, erkundigte sie sich.

Er lachte. »Meinen sprühenden Geist. Und einen Hauch von Weltläufigkeit. Ich bin Kunsthändler. Ich lade bettelarme Maler zum Abendessen ein, und ein halbes Jahr später bekommen sie mehr Geld für ihre Bilder, als sie sich je hätten träumen lassen. Rosamund findet es spannend, Teil davon zu sein.«

»Und was tun Sie hier?«

»Ich komme gerade aus Cornwall. Ich war dort, um einen meiner Schützlinge ein bisschen aufzumuntern. Außerdem kann ich an keiner Versteigerung vorbeifahren, ohne wenigstens mal reinzuschauen. Man weiß ja nie.« Er nahm sein Glas und betrachtete sie. »Und Sie?«

Sie wusste nicht, was sie darauf sagen wollte. »Zeitvertreib.«

Sie blickte auf ihren Teller. Sie hätte ihm gern erzählt, wie leer sie sich fühlte, wie nutzlos, aber wahrscheinlich wusste er das längst.

Sie spürte, dass er sie kritisch musterte.

»Ich glaube, was Sie brauchen, Mrs. Russell«, sagte er, »ist entweder ein Job oder ein Liebhaber. Oder beides.«

Sie legte Messer und Gabel weg. Das war zu viel. Sie stand auf. »Ich muss gehen.«

Er spielte den Enttäuschten. »Na, na, nun seien Sie doch nicht gleich beleidigt.«

»Sie sind ausgesprochen grob.« Sie kramte nach ihrem Portemonnaie, um ihren Anteil an der Rechnung zu begleichen. Mit zitternden Fingern zog sie eine Pfundnote heraus.

»Warum gilt man gleich als grob, nur weil man die Wahrheit ausspricht?«, fragte er mit einem vergnügten Lächeln.

Sie legte die Pfundnote auf den Tisch. »Leben Sie wohl, Mr. Molloy.«

Er bückte sich und hob das Bild hoch, das er gegen ein Tischbein gelehnt hatte. »Vergessen Sie das hier nicht.«

»Ich will es nicht.«

»Ich habe es für Sie ersteigert.«

»Sie können es verkaufen.«

»Da haben Sie allerdings recht.« Er hielt es ihr hin. »Und zwar für das Zehnfache dessen, was ich dafür bezahlt habe.«

Adele versuchte, ihre Überraschung zu verbergen. »Dann tun Sie's doch.«

»Ich möchte aber, dass Sie es haben.« Er runzelte die Stirn. »Wissen Sie was? Geben Sie mir Ihr letztes Gebot – den Betrag, bis zu dem Sie gegangen sind. Das wäre ein ehrliches Geschäft. Dann können Sie es ohne schlechtes Gewissen mitnehmen.«

Adele zögerte. »Das geht nicht.«

»Ich bitte Sie. Das ist doch wirklich ein faires Angebot.« Er wirkte verwirrt.

Sie schüttelte den Kopf. »Es geht nicht. Ich habe das Geld nicht.«

Seine Verwunderung war echt. »Sie haben geboten, ohne das Geld zu haben?«

Sie zuckte mit den Achseln. »Ja.«

Er warf den Kopf in den Nacken und lachte schallend. Die anderen Gäste im Restaurant drehten sich entgeistert um.

»Das ist ja großartig. Ich bewundere Ihre Chuzpe. Bitte. Nehmen Sie das Bild. Bei Ihnen ist es in den richtigen Händen.«

Adele stand unschlüssig da. Warum eigentlich sollte sie es nicht annehmen? Wenn er so sehr darauf bestand? Es war ein sehr schönes Bild. Außerdem hatte sie das Gefühl, dass sie damit, dass sie es akzeptierte, etwas beweisen würde. Was, wusste sie selbst nicht so genau; vielleicht, dass sie nicht so ein dummes Landei war, wie er zu glauben schien. Sie gab sich einen Ruck und nahm es ihm ab.

»Danke«, sagte sie. »Leben Sie wohl.«

Zu Hause angekommen hängte sie ihren Mantel an den Haken, stellte ihre Handtasche ab und lief nach oben, um sich umzuziehen. Sie entschied sich für das korallenrote Kleid mit dem weiten Rock und den dreiviertellangen Ärmeln, weil ihr die Farbe besonders gut stand. Dann legte sie die Perlenkette an, die William ihr zum dreißigsten Geburtstag geschenkt hatte. Sie bewunderte den seidigen Glanz der Perlen, während sie sich sorgfältig schminkte.

Sie tupfte sich Shalimar an den Hals – das Veilchenparfüm, das sie im Zelt aufgelegt hatte, war längst verflogen.

Dann ging sie nach unten, um das Abendessen auf den Tisch zu stellen und zwei Whisky mit Soda einzugießen, und wartete darauf, dass ihr Mann nach Hause kam und sie ihm berichten konnte, was für eigenartige Dinge sie tagsüber erlebt hatte.

Aber William verspätete sich. Es wurde sechs, es wurde sieben, schließlich acht Uhr … da hatte sie längst die beiden Whisky getrunken und das Bild über ihren Sekretär gehängt.

Und als William endlich um zwanzig nach acht hereinspaziert kam und sie mit einer mehr als dürftigen Ausrede abspeiste, erzählte sie ihm nichts von ihren Erlebnissen.

Am Freitag lag ein Brief auf ihrem Frühstücksteller. Ein weißer Velin-Umschlag mit türkisfarbener Tinte beschriftet. Die Handschrift war ihr unbekannt, auf der Rückseite stand kein Absender. Der Brief war in London abgestempelt worden. Mit dem Brieföffner schlitzte sie den Umschlag auf. Es war ein kurzer Brief, gespickt mit Gedankenstrichen und Unterstreichungen und Ausrufezeichen.

Meine liebe, liebe Adele,

kannst Du das glauben? Nach all den Jahren sind wir – Gott sei Dank – endlich wieder in London! Nairobi hat seine guten Seiten, aber – liebe Güte – ich kann Dir gar nicht sagen, wie gut die kühle englische Luft mir tut!! Ich kann es kaum erwarten, Dich zu sehen und Neuigkeiten mit Dir auszutauschen! Wir müssen uns unbedingt zum Mittagessen treffen! Wie wäre es am nächsten Mittwoch im Savoy? Im guten alten Savoy?

Gott, wie habe ich London vermisst!!! Und Dich! Wir sehen uns dort um 13 Uhr, wenn ich nichts anderes von Dir höre.

Bis bald! – Alles Liebe, Brenda

»Du liebe Güte«, sagte Adele. »Sieh dir das an.«

Sie reichte William, der kurz die Zeitung sinken ließ, den Brief.

Er las ihn genauso, wie er neuerdings alles las: Er überflog ihn in Rekordzeit, erfasste die Informationen, die ihm wichtig waren, und blendete den Rest aus. Lächelnd hielt er ihr den Brief zwischen Zeige- und Ringfinger hin, während er sich schon wieder der Zeitung zuwandte.

»Viel Vergnügen«, sagte er. Dann runzelte er die Stirn. »Brenda – kenne ich die?«

»Wir sind zusammen zur Schule gegangen. Sie war auf unserer Hochzeit. Erinnerst du dich nicht an ihren geschmacklosen Hut? Sie sah aus, als hätte sie ein Huhn auf dem Kopf. Wir haben uns über sie amüsiert, die Ärmste. Aber sie ist ein Schatz.«

William schüttelte den Kopf. Er konnte sich nicht erinnern.

Was Adele nicht überraschte.

Es gab keine Freundin namens Brenda – und es hatte auch nie eine gegeben.

Der Brief lag drei Tage lang auf ihrem Sekretär, unter ihrem auf unkonventionelle Weise erworbenen Gemälde.

Adele ging ihren alltäglichen Pflichten nach. Jack Molloy war anmaßend und provozierend, sagte sie sich, er machte sich einen Spaß daraus, mit ihr zu spielen. Natürlich würde sie nicht zu dem Mittagessen ins Savoy gehen. Was für eine absurde Idee.

Am Sonntagabend zerknüllte sie den Brief und warf ihn in den Papierkorb.

Aber irgendwie ließ der Brief sie nicht los. Zu den unmöglichsten Tages- und Nachtzeiten kam er ihr in den Sinn, so sehr sie sich auch bemühte, ihn zu vergessen. Sie musste anerkennen, dass der Brief ein Geniestreich war. Jack Molloy hatte sie vollkommen durchschaut – er gab ihr deutlich zu verstehen, dass er genau wusste, wer sie war und welche Art Freundinnen sie hatte. Die von ihm erfundene Brenda war das perfekte Alibi.

Adele konnte sich Brenda genau vorstellen, wie sie im Savoy am Tisch auf sie wartete, in ihrem guten Mantel, mit Hut, braunen Schuhen und Handschuhen, alles ein bisschen aus der Mode nach all den Jahren im Ausland, aber ganz versessen auf Tratsch und Klatsch … Kurz, ein Abbild von Adele selbst: provinziell, ein bisschen langweilig, spießig. Was wollte Jack also von ihr? Warum lockte er sie zu einem Mittagessen, wenn sie so ein biederes, lächerliches Geschöpf war? So … ungebildet.

Weil er irgendetwas in ihr sah, flüsterte ihr eine leise Stimme ein. Jack Molloy hatte erkannt, dass etwas Besonderes in ihr schlummerte. Er würde es wecken, und sie würde aufblühen und ihr Potenzial entfalten. Sie musste wieder an die Erregung denken, die sie während des Gesprächs mit ihm empfunden hatte, die Erregung, die sie so verzweifelt zu verbergen gesucht hatte, dass sie schließlich geflüchtet war.

Eine Erregung, die sie noch einmal erleben wollte.

Sie riss sich zusammen. Der Mann war nicht nur boshaft und unberechenbar, sondern auch gefährlich, das spürte sie. Aber sie musste irgendetwas mit ihrem Leben anfangen. Die Begegnung mit Jack hatte ihr nur noch deutlicher vor Augen geführt, wie leer sie sich im Grunde fühlte.

Am Montagabend wartete sie, bis William seine Krawatte abgenommen, die Post durchgesehen, den ersten Whisky getrunken hatte und sich über sein Lammkotelett hermachte.

»Ich habe überlegt«, sagte sie zu ihm, »ob es vielleicht in deiner neuen Praxis eine Aufgabe für mich geben könnte. Ich habe doch jetzt so viel Zeit, wo die Jungen weg sind. Ich dachte, ich könnte mich vielleicht irgendwie nützlich machen.«

Er legte Messer und Gabel ab und sah sie an. »Und wie stellst du dir das vor?«

»Ich weiß es auch nicht so genau, aber es gibt doch bestimmt etwas, was ich tun kann. Du wirkst immer so gestresst. Vielleicht könnte ich Papierkram für dich erledigen oder eine Gruppe für junge Mütter organisieren, oder …« Ihr wurde klar, dass sie die Angelegenheit noch nicht gründlich genug durchdacht hatte. »Es ist so schrecklich still hier.«

»Aber so funktioniert das nicht, Liebes«, erwiderte William. »Wir haben bereits das notwendige Personal und müssen sehr knapp kalkulieren, was die Sache äußerst schwierig macht.«

»Ich muss ja nicht unbedingt Geld dafür bekommen …«

»Das Beste, was du tun kannst«, sagte William in einem Ton, der keinen Widerspruch duldete, »ist, dafür zu sorgen, dass hier zu Hause alles glatt läuft. Für mich ist es sehr wichtig, dass ich mich entspannen kann, wenn ich von der Arbeit komme. Wenn du mit in der Praxis arbeiten würdest, würde alles komplizierter werden. Und was wäre dann, wenn die Kinder nach Hause kommen? Die brauchen dich.« Er lächelte. »Ich weiß, es macht dir zu schaffen, dass sie fort sind, aber du wirst dich dran gewöhnen, Liebling. Ich versprech's dir.«

Er nahm Messer und Gabel und widmete sich wieder seinem Essen.

Adele kochte innerlich. Es war mehr als nur Empörung. Sie wusste, dass William sie nicht absichtlich so von oben herab behandelte, trotzdem war sie wütend. Er hatte sie auf ihren Platz verwiesen. Sie war Ehefrau und Mutter, und damit basta.

Als sie am Mittwochmorgen aufwachte, ging sie im Geiste die anstehenden Aufgaben für den Tag durch. Die Bettwäsche musste gewechselt werden. Nicht, dass sie das selber machte; darum kümmerte sich Mrs. Morris. Mittwochs kam der Fischverkäufer nach Shallowford – William aß gern Seezunge. Tim hatte geschrieben und sie um neue Sportsocken und ein Französisch-Wörterbuch gebeten.

Mit einem Mal fühlte sie sich vollkommen niedergeschlagen. Warum sollte sie überhaupt aufstehen? Wen würde es interessieren oder schlimmer noch, wer würde es überhaupt bemerken, wenn sie einfach im Bett liegen blieb? William war immer schon um sechs auf den Beinen und ging nach unten, bevor sie aufwachte. Sein Frühstück war jeden Morgen gleich: Tomatensaft, eine Tasse sehr starken schwarzen Kaffees, den er sich auf dem Herd in einer Emailletasse kochte, und ein pochiertes Ei auf Toast. Er erwartete nicht von Adele, dass sie ihm sein Frühstück machte. Nicht einmal dafür brauchte er sie. Es war ihm egal, ob sie aufstand. Er verließ das Haus um Punkt sieben Uhr fünfunddreißig in dem Wissen, dass sie da war, wenn er nach Hause kam.

Sie setzte sich auf. Was konnte ein Mittagessen schaden? Sie hatte ein Alibi. Und das neue Kleid aus Shantung-Seide, das sie sich für die Sommerparty im Tennisklub gekauft hatte. Sie überprüfte ihr Haar im Spiegel – die Zeit reichte nicht, um zum Friseur zu gehen, aber sie hatte ja Lockenwickler. Sie fuhr sich mit den Fingerspitzen über die Brauen und versuchte, den Ausdruck in ihren eigenen Augen zu lesen. Was erwartete sie? Wozu wäre sie fähig? Was wollte sie?

Sie schlüpfte in ihren Morgenmantel und ging nach unten.

»Ich wollte dich nur daran erinnern, dass ich heute mit Brenda zum Mittagessen verabredet bin. Im Savoy«, erklärte sie William, der sich gerade weißen Pfeffer auf sein Ei streute.

Er lächelte sie an.

»So gefällst du mir schon besser«, sagte er. »Siehst du? Es gibt genug zu tun. Hauptsache, du vergnügst dich. Außerdem komme ich heute erst spät nach Hause.«

Schon wieder? Adele fragte sich manchmal, warum er nicht gleich in der Praxis schlief. Aber sie behielt es für sich. Sie lächelte einfach nur und hoffte inständig, dass William nicht hörte, wie heftig ihr Herz klopfte.

Sie wusste nicht, warum es so klopfte. Es war schließlich nur ein Mittagessen, sagte sie sich. Sie traf sich mit Jack Molloy, weil sie eine Idee hatte und ihn um einen Rat bitten wollte. Mehr nicht.

KAPITEL 3

Riley liebte das Harrods. Er liebte das Harrods seit dem Tag, als man ihn als jungen Fotoassistenten dorthin geschickt hatte, um eine Leopardenfellmütze für ein Fotoshooting abzuholen. Damals wie heute war er begeistert von dem Kaufhaus. Es hatte nichts auch nur annähernd Vergleichbares gegeben in der schmutzigen Stadt im Norden, wo er aufgewachsen war. Als er das berühmte Kaufhaus zum ersten Mal betreten hatte, hatte etwas tief in seinem Innern ihm gesagt, dass dieser zur Schau gestellte Überfluss obszön war, solange es Menschen gab, die kaum etwas zu beißen hatten, aber der siebzehnjährige Riley hatte sofort begriffen, dass er hier eine Welt betrat, in der der Maßlosigkeit, dem Konsum und dem Luxus gehuldigt wurde. Daran konnte er nichts ändern. Ihm blieb nichts anderes übrig, als hart zu arbeiten und seine Steuern zu bezahlen. Und seiner Mutter Geld zu schicken, was er bis zu ihrem Tod getan hatte.

Heutzutage konnte er es sich leisten, ins Harrods zu gehen, wann er wollte; und er tat es immer dann, wenn er ein Geschenk brauchte, so wie jetzt.

Er bewegte sich entspannt zwischen den vielen Kunden. Inzwischen erkannte ihn niemand mehr. Er war ziemlich schmächtig, fast koboldhaft – mit dunklen Augen, denen nichts entging. Er sah immer noch gut aus, allerdings war ihm durchaus bewusst, dass er ein Alter erreicht hatte, in dem die meisten Menschen unsichtbar werden, egal wie berühmt sie einmal gewesen sein mögen. Dennoch war seine Körperhaltung tadellos. Er trug

Jeans, ein kragenloses Hemd und eine dunkelbraune, abgetragene Lederjacke, die sich um seine drahtige Gestalt schmiegte. Sein grau meliertes Haar trug er kragenlang und nach wie vor gestylt von demselben italienischen Friseur, dem er seit vierzig Jahren die Treue hielt. Riley war ein Gewohnheitstier, angefangen beim Espresso, den er sich jeden Morgen auf seinem Herd zubereitete, bis hin zum Gläschen Kognak, das er sich jeden Abend vor dem Schlafengehen genehmigte.

Wenn Sylvie ihn begleitete, gab es Geraune und Getuschel. Obwohl sie bereits Mitte sechzig war, drehten die Leute sich nach ihr um. Nicht, weil sie das gewisse Etwas gehabt hätte. Nein, sie hatte *alles*. Eine undefinierbare, unnachahmliche Aura, die angeboren war, eine Mischung aus Schönheit, Selbstbewusstsein und Stil, die den Unterschied zwischen einem Star und einer Ikone ausmachte.

Riley hatte es sofort gespürt, als er sie vor beinahe fünfzig Jahren zum ersten Mal gesehen hatte. Er hatte den Auftrag, ein Foto für die Titelseite einer neuen Zeitschrift zu schießen, die als Beilage zu einer Sonntagszeitung erscheinen sollte. Für einen jungen Fotografen war es ein prestigeträchtiger Auftrag, weil ein frisches, aufregendes Gesicht gesucht wurde.

Sie war ihm in der U-Bahn aufgefallen, ein missgelauntes Etwas mit struppigem Pagenkopf in einer Schulmädchenjacke über einer durchsichtigen Bluse und hohen weißen Stiefeln. Sie hatte die Füße lässig auf den Sitz gegenüber gelegt, rauchte eine Zigarette und blätterte in einer Zeitschrift. Er hatte sich über sie gebeugt und vor ihrem Gesicht mit den Fingern geschnipst, und als sie hochsah, wusste er, dass er einen neuen Star entdeckt hatte. Ihr durchdringender Blick hatte ihn elektrisiert, diese Augen, eingerahmt von geraden dunklen Brauen, die ihrem Gesicht einen explosiven Ausdruck verliehen.

»Kann ich ein Foto von dir machen?«, fragte er. »Ich bin Fotograf.«

Er zeigte auf die Leica, die er immer bei sich trug, selbst wenn er nicht arbeitete.

Eine der Brauen schoss Richtung Himmel.

»Wenn Sie dafür zahlen«, erwiderte sie mit dem typischen Achselzucken und dem Schmollmund, ihrem Markenzeichen. »Für Geld tu ich alles, was Sie wollen.«

»Französisch?«, fragte er wegen ihres Akzents, dann zog er einen Zehn-Shilling-Schein aus der Tasche.

»Was ist denn das für eine blöde Anmache?« Sie verstaute den Schein mit einem Grinsen, das ihr Gesicht wie ein Blitzlicht aufleuchten ließ.

Er lächelte schief, während er einen frischen Film einlegte. »Äh, ich meinte, bist du Französin?«

»Oui«, sagte sie sarkastisch.

»Stell dich da drauf«, wies er sie an, worauf sie auf den Sitz sprang und sich mit ausgebreiteten Armen gegen das verschmierte Fenster lehnte.

Dann warf sie den Kopf in den Nacken, winkelte ein Bein an wie ein Flamingo und zog einen Flunsch.

Ihm wurde schwindlig vor Erregung. Noch nie hatte er ein Mädchen erlebt, das so unbefangen war, das intuitiv so genau erfasste, was er wollte. Den meisten Models musste er erst gut zureden, sie beruhigen, ihnen sagen, was sie tun sollten, bis er von ihnen bekam, was er wollte.

»Und was machst du so?«

»Ich bin Schauspielerin«, log sie unbekümmert, ein Beweis ihres Talents.

Aber Riley konnte sie nichts vormachen. Er kannte fast alle angehenden Schauspielerinnen in London.

»Erzähl mir keinen Stuss, Süße«, sagte er, während er auf den Auslöser drückte, ohne eine Miene zu verziehen. »Du kannst mir genauso gut die Wahrheit sagen.«

Trotzig verschränkte sie die Arme, dann kapitulierte sie lachend.

»Okay«, sagte sie. »Sie haben gewonnen.« Sie ließ sich auf den Sitz fallen.

Ihre Eltern seien Diplomaten. Sie gehe auf ein piekfeines Mädchenpensionat in Kensington, wo sie sich zu Tode langweile. Den größten Teil des Tages verbringe sie daher in der U-Bahn oder in Cafés, beobachte Menschen, lese, trinke Unmengen Kaffee und rauche.

Riley verschoss eine ganze Filmrolle zwischen Bayswater und Embankment. Sie sprang ungeniert im Waggon herum, improvisierte, experimentierte und bezauberte die ein- und aussteigenden Fahrgäste. Bei jedem Klick war ihr Gesicht anders. Launisch, temperamentvoll, heißblütig, kokett … und als sie ausgestreckt auf einer Sitzbank lag, die Arme über dem Kopf, die Augen halb geschlossen, die vollen Lippen leicht geöffnet, spürte Riley etwas tief im Innern, das ihm Angst machte. Dieses Mädchen würde sein Leben verändern. Dieses Mädchen war seine Zukunft.

Sie stiegen aus und gingen The Strand hinunter, wo er ihr in einem schmuddeligen Café eine Ochsenschwanzsuppe spendierte und ihr zuhörte, während sie von den bescheuerten Mädchen in ihrer Klasse erzählte, die nichts anderes interessierte, als sich einen reichen Mann zu angeln.

»Und du? Was willst du?«, fragte Riley. Sie könnte alles erreichen, was sie wollte, dachte er und fragte sich, ob ihr das bewusst war.

Sie zuckte mit den Achseln. »Ich will einfach nur ich sein. Immer.«

Er runzelte die Stirn, weil ihm plötzlich auffiel, dass er nicht einmal ihren Namen wusste. »Und wer bist du überhaupt?«

»Sylvie. Sylvie Chagall.«

Sylvie Chagall. Während sie ihren Tee tranken, erklärte ihr

Riley, dass ihr Name bald auf der ganzen Welt bekannt sein würde. Sie nickte gänzlich unbeeindruckt.

Er hatte seinem Redakteur damals nur ein einziges Foto von ihr mitgebracht. Es zeigte Sylvie in der U-Bahn. Sie saß lachend, die Beine lässig vor sich ausgestreckt, neben einem biederen Gentleman mit Melone, der keine Miene verzog. Das Foto schien gleichzeitig Londons Vergangenheit und Zukunft zu repräsentieren: den Anbruch einer neuen Ära.

Drei Wochen später war Sylvie auf der Titelseite der ersten Ausgabe der Zeitschrift abgebildet. Ein halbes Jahr später lag die Welt ihr zu Füßen. Ein Jahr später fuhren sie nach Venedig zu Filmaufnahmen mit einem berühmt-berüchtigten italienischen Regisseur, der sie für *Fascination* engagiert hatte, einen Film, der von der obsessiven Beziehung eines Mannes mit der besten Freundin seiner Tochter handelte.

Riley war der offizielle Fotograf. Er hatte nie den Eindruck, dass er ihr Beschützer war. Sylvie konnte am besten selbst auf sich aufpassen.

Eines späten Abends kam sie in dem riesigen und prächtigen Palazzo, der für die oberen Chargen der Filmcrew gemietet worden war, zu ihm ins Zimmer. Es war ihr achtzehnter Geburtstag, den sie alle zusammen in einem winzigen Restaurant in Dorsoduro gefeiert hatten. Die Kellner hatten einen Gang nach dem anderen aufgetragen und die Gläser mit schwerem Rotwein nachgefüllt. Sylvie, selbstsicher wie immer, unbeeindruckt von ihrem plötzlichen Ruhm, hatte mit außergewöhnlicher Souveränität Hof gehalten, obwohl sie die mit Abstand Jüngste am Set war. Riley hatte sie fotografiert, wie sie die Kerzen auf der Geburtstagstorte ausblies, die der Restaurantchef extra für sie gebacken hatte. In dem Moment hatte er gedacht, dass er noch nie eine so schöne Frau gesehen hatte.

Und jetzt lag sie in seinem Bett.

»Ich möchte, dass du der Erste bist«, flüsterte sie, als sie auf ihn glitt. Sie war nackt. »Ich weiß, dass du gut zu mir sein wirst.«

Und seitdem, seit fast fünf Jahrzehnten, waren sie ein Liebespaar. Beide waren gleichermaßen erfolgreich, es gab also keine Rivalität zwischen ihnen. Beide waren unabhängig. Ihre Arbeit führte sie rund um den Erdball, wenn auch zu unterschiedlichen Zeiten. Da es unmöglich war, ihre Zeitpläne zu koordinieren, hatten sie nie angestrebt zusammenzuleben. Er hatte eine Wohnung in London, sie in ihrer Heimatstadt Paris. Sie trafen sich, wenn sich die Gelegenheit bot, häufig auf Partys gemeinsamer Freunde – in einem Riad in Marrakesch, auf einer Jacht in Südfrankreich, in einem Penthouse in New York.

Beide hatten über die Jahre noch andere Geliebte gehabt. Es war der Geist der Zeit. Keiner der beiden fühlte sich betrogen. Keiner würde auch nur im Traum daran denken, den anderen zu verletzen. Sie waren immer füreinander da, jederzeit und überall. Als sich Sylvie in einem Winter in Prag bei Filmaufnahmen im Schnee eine doppelte Lungenentzündung zuzog, war Riley sofort an ihr Krankenbett geeilt. Als seine Mutter starb, kam sie zur Beerdigung, hielt die ganze Zeit seine Hand, elegant mit schwarzem Mantel und Sonnenbrille, und half ihm über den Verlust hinweg. Seine Sylvie.

Jetzt, im Herbst ihres Lebens, waren sie beide noch in ihrem Beruf aktiv. Beide waren immer noch sehr gefragt. Ihre Erfahrung und ihre Berühmtheit machten alle Nachteile gegenüber jüngeren Konkurrenten wett. Obwohl sie sich aussuchen konnten, für wen und wie viel sie arbeiten wollten, waren sie unglaublich beschäftigt in einem Alter, in dem die meisten Leute sich zurücklehnten und über den Ruhestand nachdachten. Sie konnten sich beide ein Leben ohne Arbeit nicht vorstellen. Ihr Beruf war ihr Leben.

Das Einzige, was ihnen heilig war, war ihre jährliche Reise

nach Venedig an Sylvies Geburtstag, die Rückkehr an den Drehort, wo ihre Beziehung begonnen hatte. Bis heute galt *Fascination* unter Cineasten als Kultfilm, und die Geschichte ihrer Liebesaffäre am Set war legendär. Und weil sie die vierundzwanzig Stunden Weltabgeschiedenheit genossen, in denen sie ganz sie selbst sein konnten, fuhren sie schon seit Jahren mit dem Orient-Express. Riley reiste von London aus, Sylvie stieg in Paris zu, und ihren Geburtstag feierten sie im Zug.

Und an diesem Morgen war Riley bei Harrods, um sein Geburtstagsgeschenk für Sylvie zu kaufen. Er kaufte jedes Jahr das Gleiche. Ein seidenes Halstuch. Sylvie ging nie ohne dieses Accessoire aus dem Haus – um den Hals gewickelt, an die Handtasche geknotet, um den Kopf gebunden, der typische, lässige französische Chic. Riley musste lächeln, als er sich daran erinnerte, wie sie ihm einmal mit einem ihrer Halstücher die Augen verbunden hatte. Es hatte nach ihr geduftet. Dann hatte sie ihn geküsst, hatte mit ihren Lippen seine Ohrläppchen liebkost, seine Schlüsselbeine, seinen Brustkorb …

Er ging durch die Parfümerieabteilung, wo die Luft von schweren Düften geschwängert war, durchquerte zielstrebig das bunte Farbenmeer der Taschenabteilung, bis er am Tresen mit den Halstüchern stand. Die charmante junge Verkäuferin hatte offensichtlich keine Ahnung, wer er war. Die jungen Leute kannten ihn nicht mehr, aber das machte ihm nichts aus. Er hatte seine guten Zeiten gehabt.

»Soll das Halstuch für jemand Besonderes sein?«, wollte sie wissen. Seltsame Frage, dachte Riley. Ob sie wohl eine Schublade mit Halstüchern für Leute hatten, an denen einem nichts lag?

»Allerdings!«, erwiderte er. »Für einen ganz besonderen Menschen.« Offenbar erfreut über seine Antwort begann sie, eine Auswahl auf der Glasplatte vor ihm auszubreiten.

Er liebte es, die zarte Seide durch die Finger gleiten zu lassen.

Er liebte die Farben und Muster. Mit geübtem Auge sortierte er die Tücher, schob die, die ihm nicht gefielen, mit einem Kopfschütteln der Verkäuferin zu, engte die Auswahl immer weiter ein. Dabei sah er die ganze Zeit Sylvies Gesicht beim Öffnen des Päckchens vor sich. Sie hatten beide nie etwas für übertriebene Gesten übrig gehabt. Sie wünschte sich ein Halstuch, und sie würde eins bekommen. Aber es musste genau das richtige sein.

»Ich nehme dieses«, sagte er mit einem bekräftigenden Nicken. Manchmal fiel die Entscheidung ganz von selbst, und heute war so ein Tag. Emilio Pucci. Die Farben waren dezent, aber intensiv, das Muster kühn, aber sehr kunstvoll. Er bezahlte und sah mit Vergnügen zu, wie das Halstuch gefaltet, in Seidenpapier gewickelt und in einer speziellen Schachtel verpackt wurde.

Er kaufte nie eine Grußkarte. Stattdessen suchte er jedes Mal ein altes Foto aus, das ihnen beiden etwas bedeutete, bearbeitete es am Computer und fügte noch einen Spruch oder eine persönliche Textbotschaft ein. Dann druckte er es aus, kolorierte es von Hand und signierte es mit einem feinen Rotringstift: Riley, mehr nicht. Sylvie sammelte die Karten in einem Schuhkarton. Sie hatte alle aufgehoben, von der ersten an, die er noch mit Letraset gestaltet hatte. Es mussten an die fünfzig sein, dachte er.

Er nahm die Schachtel und machte sich auf den Weg. In der Lebensmittelabteilung kaufte er eine Scheibe Wildpastete und ein Glas Stachelbeer-Chutney, sein Mittagessen. Er war nie ein großer Esser gewesen, jedoch sehr auf gute Ernährung bedacht. Warum den Körper mit überflüssigen Kalorien belasten? Viele seiner Freunde trugen nach jahrzehntelanger Schlemmerei reichlich Pfunde mit sich herum. Verglichen damit, wie sie mit zwanzig ausgesehen hatten, waren sie nicht wiederzuerkennen, wohingegen er sich ziemlich sicher war, dass seine Erscheinung mehr als nur ein Fünkchen Jugendlichkeit ausstrahlte.

Er verließ das Kaufhaus, schob sich zwischen den Passanten

auf der Brompton Road hindurch und trat an den Bordstein vor. Riley hatte sein Auto abgeschafft. Autofahren war nicht nur teuer, sondern auch stressig – überall gab es jetzt Geschwindigkeitsbegrenzungen, man durfte nichts trinken, und nie fand man einen Parkplatz. Wenn er innerhalb der Circle Line zu tun hatte, ging er bei schönem Wetter zu Fuß. Es machte ihm nichts aus, zu einem Termin oder zu einer Verabredung zum Essen acht bis zehn Kilometer hin und wieder zurück zu laufen. Es hielt ihn fit, und meist nahm er den Weg durch die Parks, selbst wenn es einen Umweg bedeutete. Aber bei schlechtem Wetter gönnte er sich ein Taxi. So wie heute. Es nieselte ununterbrochen. Er hielt ein Taxi an und ließ sich nach Hause bringen.

Als sie mit hoher Geschwindigkeit um die Hyde Park Corner bogen, zog vor ihnen ein Wagen aus einer Parklücke auf die Straße. Der Fahrer war entweder ein Optimist oder ein Vollidiot, fuhr es Riley durch den Kopf. Das Taxi hatte keine Chance mehr zu bremsen. Riley sah nicht sein Leben wie im Schnelldurchgang vor sich ablaufen, er sah nur ihr Gesicht, wie er es beim ersten Mal gesehen hatte, als sie mit gerunzelter Stirn in einer Zeitschrift geblättert hatte.

»Sylvie«, sagte er laut, bevor er das fürchterliche Kreischen von Metall auf Metall hörte und ihm das Päckchen aus den Händen glitt.

KAPITEL 4

Krankenhauswartezimmer hatten immer dieselbe Wirkung auf ihn, egal wie beruhigend die Farbgebung war oder wie interessant die Kunstdrucke an den Wänden sein mochten. Archie hatte mittlerweile genug solcher Räume von innen gesehen, um zu wissen, dass nichts die Angst verscheuchen konnte, auch wenn es Jay gelang, gut gelaunt zu tun, während sie warteten. Es war immer Archie, der dauernd auf die Uhr sah, der an seinen Fingernägeln kaute, der aufsprang, wenn Jays Name aufgerufen wurde.

Heute zog sich die Warterei eine Ewigkeit hin. Auf der Anzeigentafel erschien die Mitteilung, dass mit mindestens einer halben Stunde Wartezeit zu rechnen war, nicht genug Zeit, um das Krankenhaus zu verlassen und noch etwas Sinnvolles zu erledigen. Natürlich nicht. Man saß da wie festgenagelt, nur für den Fall, dass die Zeit aufgeholt wurde oder jemand nicht zu seinem Termin erschien und man deshalb eher drankam. Schade, dass sie nicht mal kurz ein Bier trinken gehen konnten, auch wenn Archie vermutete, dass es wohl keinen guten Eindruck machen würde, wenn Jay mit einer Fahne zur Untersuchung erschien.

Aber spielte das denn überhaupt noch eine Rolle?

Er betrachtete seinen Freund aus dem Augenwinkel. Jay blätterte in einer Zeitschrift, hielt hin und wieder inne, um etwas zu lesen. Schien eine ganze Menge interessantes Zeug in dem Blatt zu stehen. Archie hatte es nicht so mit dem Lesen, und er hätte in dem Stapel alter National-Geograhic-Hefte und Frauenzeitschriften garantiert nichts gefunden, was ihn interessierte. Er machte sich viel zu große Sorgen, als dass ihn Fotos von Eisbären oder Rezepte für Blaubeerkäsekuchen hätten ablenken können.

Jay blickte auf; er schien zu spüren, dass er beobachtet wurde. »Wie würde deine Traumfrau aussehen, Archie?«

»Hä?«, fragte Archie.

»Deine Traumfrau. Beschreib sie mir.«

Archie verdrehte die Augen. »Füllst du etwa einen von diesen bescheuerten Fragebögen aus? *Wenn Sie mehrheitlich Cs angekreuzt haben, dann sind Sie ein Psychopath mit narzisstischen Tendenzen ...*«

Jay schüttelte den Kopf.

»Das ist ein Preisausschreiben. Ich nehme in deinem Namen teil.« Er musterte Archie mit zusammengekniffenen Augen. »Nur noch eine Woche bis Einsendeschluss.«

Jay lachte auf eine Weise, die Archie misstrauisch machte. Er beugte sich über Jays Schulter, um einen Blick auf die Seite werfen zu können, aber Jay hielt die Zeitschrift so, dass er nichts sehen konnte.

»Mach schon – worauf achtest du bei einer Frau?«

»Ich?« Archie grinste. »Ich bin nicht wählerisch, Hauptsache, sie ist sauber und hat noch alle Zähne.«

Jay betrachtete ihn nachdenklich. Archie war die Situation unangenehm. Jay machte das in letzter Zeit öfter, dass er unvermittelt von Spaß auf Ernst umschaltete. Es machte Archie nervös. »Was ist?«

»Du wirst nie die Richtige finden, wenn du immer mit mir in Wartezimmern rumhängst, oder?«

»Die Richtige kann warten«, erwiderte Archie.

Jay musterte ihn immer noch.

»Du hast jemand ganz Besonderes verdient. Weißt du das eigentlich?«

»Gilt das nicht für jeden?«

Jay riss die Seite sorgfältig aus der Zeitschrift und faltete sie.

»Was für eine Art Preisausschreiben ist das überhaupt?« Die Sache gefiel Archie immer weniger.

»Vergiss es.«

Eine Krankenschwester trat aus einer Tür. »Jay Hampton.«

Die beiden Männer sahen einander an.

»Möchtest du, dass ich mit reinkomme?«, fragte Archie.

Jay schüttelte den Kopf. »Nein, dauert nicht lange.« Er stand auf und verstaute die Seite, die er aus der Zeitschrift gerissen hatte, in seiner Hosentasche.

Archie ließ den Kopf hängen und platzierte seine Füße sorgfältig auf einer der grauen Teppichfliesen. Er hatte kein gutes Gefühl. Jay war trotzig optimistisch; Archie war starr vor Angst.

Sie waren auf zwei benachbarten Bauernhöfen in den Cotswolds aufgewachsen. Jays Eltern hatten kürzlich ihren Hof verkauft, weil sie die harten Zeiten leid waren, die die Bauern durchmachten, und weil ihre Kinder sowieso nicht in ihre Fußstapfen treten würden. Archie hingegen hatte die Rolle des pflichtbewussten Sohns übernommen und half seinem Vater bei der Schaf- und Rinderzucht für hochwertiges Biofleisch. Mehrere alte Scheunen hatten sie zu Ferienwohnungen umgewandelt, um deren Vermietung sich seine Mutter kümmerte. Das Geschäftsmodell hatte sich als derart großer Erfolg erwiesen, dass Archie ein Unternehmen gegründet hatte, das andere Bauern beriet, die denselben Schritt tun wollten. Er betrieb eine Webseite für Ferien auf Bauernhöfen, über die Buchungen koordiniert werden konnten. Er hatte zwei junge Frauen als Bürokräfte eingestellt, und das Geschäft lief gut. Er wurde zwar nicht reich damit, besaß jedoch ein Cottage in der Nähe des Hofs, fuhr einen Morgan-Sportwagen und hielt sich zwei Border Terrier, Sid und Nancy – was brauchte er mehr?

Jay dagegen hatte im Nachbardorf ein Haus mit Werkstatt

gemietet, wo er alte Betten aufarbeitete. Die Vorstellung, als Angestellter zu arbeiten, war ihm ein Gräuel. Dabei hatte er einen hervorragenden Hochschulabschluss gemacht und hätte alles Mögliche damit anfangen können, aber er wollte selbstständig sein, entscheiden können, wann er morgens aufstand, und seinen Tagesablauf nach seinen eigenen Bedürfnissen organisieren.

»Jeder braucht ein Bett«, hatte er Archie erklärt. »Und jeder liebt sein Bett. Und jeder liebt *alte* Betten … Messingbetten, Eisenbetten, Holzbetten. Wart's ab. Ich werd mir eine goldene Nase damit verdienen.«

Jay war geschäftstüchtig, das musste man ihm lassen. Er wusste sich zu vermarkten. Seine Werbeprospekte waren mit erstklassigen Fotos bebildert: genau die richtige Mischung, gediegen, mit einer erotischen Note. Sein gutes Aussehen machte ihn zu einem beliebten Interviewpartner für die Schöner-Wohnen-Zeitschriften und die Sonntagsbeilagen, und er gab gute Interviews. Ein Jay-Hampton-Bett wurde schon bald zu einem Statussymbol, ein Muss für jeden Mittelschichtshaushalt neben Jo-Malone-Kerzen und Bettwäsche von White Company. Die Betten verkauften sich schneller, als er sie vom Trödel holen, sandstrahlen, mit Pulverbeschichtung lackieren und in perfekte Möbelstücke verwandeln konnte. Und er behielt recht – er verdiente sich eine goldene Nase. Wenn Archie ihn nicht so sehr geliebt hätte, wäre es durchaus möglich gewesen, dass er sich von ihm abgewendet hätte, aber sie blieben dicke Freunde, wie früher in der Schule. Sie passten perfekt zueinander. Sie hätten nicht unterschiedlicher sein können, aber sie ergänzten einander perfekt. Jay, unkonventionell und sprunghaft, Archie, solide und verlässlich.

Dann flog Jay nach Thailand; zwei Wochen Sonne und Abenteuer, und als er zurückkam, ging es ihm schlecht. Er war ständig müde. Nicht länger das vertraute Energiebündel. Er hatte Dauerhusten und nahm ab. Archie machte sich Sorgen um ihn. Er dachte, Jay hätte es vielleicht ein bisschen zu heftig getrieben in Thailand. Jay war schon immer ein Draufgänger gewesen, immer auf der Suche nach einem Kick. Er machte Bungee-Sprünge, stürzte sich von hohen Klippen ins Meer, aß undefinierbare Speisen mit den Einheimischen. Archie fragte sich, ob er sich vielleicht ein Virus eingefangen hatte, überredete ihn, zum Arzt zu gehen.

»Diese Bazillen wird man nicht so schnell wieder los. Am Ende ziehst du dir noch was Ernstes zu, wenn du dich nicht untersuchen lässt.«

Eine Woche später rief Jay ihn an. Seine Stimme klang fröhlich. »Du hattest recht, Archie. Ich hab tatsächlich was. Leukämie.«

Nur ein leichtes Flattern in der Stimme verriet Archie, dass Jay Angst hatte.

»Genauer gesagt, akute lymphoblastische Leukämie. Ich bin jetzt im Krankenhaus. Die machen alle möglichen Tests. Ich kriege Bluttransfusionen, wahrscheinlich eine Chemo …«

»Verflucht. Welches Krankenhaus?«

Archie brauchte nicht lange zu überlegen. Eine Stunde später saß er am Bett seines Freundes. Die Ärzte arbeiteten konzentriert und effektiv. Allem Anschein nach war Jay gerade noch rechtzeitig ins Krankenhaus gekommen.

Sein Körper produzierte nicht genügend gesunde rote Blutkörperchen, und die weißen waren nicht in der Lage, seinen Körper gegen Infektionen zu schützen. Sein Zustand war sehr ernst. Die Prognosen waren nicht gut, aber er war im besten Krankenhaus, bei den besten Ärzten. Jay ließ die Prozeduren erstaunlich gelassen über sich ergehen. Er war tapfer und optimistisch; er beklagte sich nicht und zeigte keine Spur von Verbitterung, obwohl Archie das gut hätte nachvollziehen können.

Für eins allerdings hatte Archie kein Verständnis, und zwar

dafür, dass Jay seiner derzeitigen Freundin erzählte, er hätte in Thailand mit einer anderen geschlafen.

»Das hast du nicht«, sagte Archie. »Ich weiß, dass das nicht stimmt.«

»Wenn sie nicht denkt, dass ich sie betrogen habe, wird sie mich nicht verlassen.« Jay blieb unnachgiebig. »Und ich will nicht, dass sie sich verpflichtet fühlt, wegen dieser Krankheit bei mir zu bleiben. Ich würde das jedenfalls nicht tun. Es ist ermüdend. Sie soll sich einen anderen suchen.«

Natürlich verließ die Frau ihn, sein Geständnis diente ihr als Rechtfertigung. Und Archie hatte das Gefühl, dass er als Einziger übrig war, dass er nun der Einzige war, der Jay und seine Ängste wirklich verstand. Er erlebte mit, wie sein Freund durch die zahllosen Transfusionen und die Chemotherapie schwach und gebrechlich wurde und wie erstaunlich unverzagt er dabei blieb, wie seine Augen trotz all der Medikamente und Schmerzmittel immer noch leuchteten.

Eine ganze Weile sah es so aus, als würde Jay sich erholen. Aber seit einem Monat ging es ihm wieder schlechter. Der quälende Husten kam wieder. Und er war ständig müde. Jay schob es aufs Wetter und weigerte sich, seinen Eltern zu sagen, dass er krank war. Archie bewunderte seinen Optimismus, aber er wusste auch, dass Optimismus ab einem bestimmten Punkt Dummheit war. Er packte ihn praktisch mit Gewalt ins Auto und fuhr ihn zum Krankenhaus. Jay wurde beunruhigend schnell zum Chefarzt geschickt.

Und jetzt blieb Archie nichts anderes übrig, als hilflos auf das Verdikt zu warten. Die Zeit verging quälend langsam. Wenn alles okay war, würde er Jay zur Feier des Tages zu einem üppigen Mittagessen einladen.

Es kam ihm vor wie eine Ewigkeit, aber tatsächlich dauerte es nur zehn Minuten, bis Jay aus dem Untersuchungszimmer kam.

Sein Gesicht hob sich kalkweiß gegen seinen dunklen Haarschopf ab.

»Okay, Archie«, sagte er. »Ich kann es nicht länger rausschieben. Ich muss es meinen Eltern sagen.«

»Was ist denn los?« Archie spürte, wie ihm die Angst das Herz einschnürte, als er seinen Freund ansah.

»Ich brauche eine Transplantation«, erklärte Jay ihm und lächelte traurig und erschöpft. »Eine Knochenmarktransplantation. So bald wie möglich.«

Eine Woche später waren sie wieder im Krankenhaus. Wie durch ein Wunder war ein passender Spender gefunden worden. Jay hatte ziemlich abgebaut in den sieben Tagen, seit er die Neuigkeit erfahren hatte, aber seine Lebensfreude war ungebrochen. Er ließ sich von Archie in seinem Morgan zum Krankenhaus fahren. Die Sonne brannte ihnen auf den Kopf, als sie mit offenem Verdeck durch die Reihenhaussiedlungen fuhren, in denen sie aufgewachsen waren. Hier war alles mit Erinnerungen behaftet. Das Gemeindehaus, wo sie sich in der Pony-Club-Disco das erste Mal mit dem im Ort produzierten Cider betrunken hatten. Die Pferderennbahnen, wo sie die Launen des Wettens kennengelernt – und regelmäßig verloren hatten. Ihr Lieblingspub, das Marlborough Arms, wo sie nach der Sperrstunde hinter verschlossenen Türen weitergetrunken und Darts gespielt und mit den Mädels aus dem Ort geflirtet hatten.

Archie hatte fürchterliche Angst. Er hätte Jay gern gesagt, wie viel ihm ihre Freundschaft bedeutete, aber damit würde er die Niederlage einräumen, also bot er ihm lieber ein extrastarkes Pfefferminzbonbon aus dem Handschuhfach an. Im Krankenhaus wurden sie von Jays Eltern erwartet. Archie war wie ein Sohn für sie, so wie Jay für Archies Eltern. Er fürchtete sich vor der Begegnung.

Jay trommelte auf dem Armaturenbrett den Rhythmus eines Stücks der Counting Crows mit. Das war ihre Musik. Sie hatten kein Konzert der Band ausgelassen. Jedes Stück erinnerte Archie an die langen Autofahrten, die sie gemeinsam unternommen hatten, und an den Spaß, den sie miteinander gehabt hatten. Plötzlich hatte er einen Kloß im Hals. Mit den Tränen kämpfend starrte er auf die Straße, die sich durch die Landschaft wand.

Dann drehte Jay die Musik leise.

»Eins musst du mir versprechen«, sagte er. »Falls ich nicht durchkomme.«

»Du wirst durchkommen«, entgegnete Archie entschieden.

Jay schwieg einen Moment lang, den Blick auf den Horizont geheftet. Der Frühling stand vor der Tür. Auf den Feldern und in den Hecken zeigte sich das erste Grün.

»Ja, also gut, aber falls ich es doch nicht schaffen sollte, wirst du dich nicht zu Hause eingraben. Ich weiß, wie du tickst.«

»Wieso? Wie ticke ich denn?« Archie war empört. Gut, er war nicht so ein Partygänger wie Jay – vor die Wahl gestellt, ob er lieber einen ruhigen Abend zu Hause verbringen oder irgendwo draußen einen draufmachen wollte, fiel ihm die Entscheidung leicht –, aber das hieß noch lange nicht, dass er das Leben nicht genoss.

»Ich muss dich manchmal von deinem Sofa jagen und regelrecht mit Gewalt aus dem Haus zerren …«

»Blödsinn. Ich kann einfach besser allein sein als du.«

»Ich befürchte ja nur, dass du dich nicht vom Fleck rührst, wenn ich nicht mehr da bin, um dir in den Arsch zu treten. Dass du zum Einsiedler wirst.«

»Red keinen Stuss. Du übertreibst maßlos. Außerdem wüsste ich mal gern, was das ganze Gerede überhaupt soll.«

Archie beobachtete Jay aus dem Augenwinkel. Aber der hielt den Blick auf die Straße gerichtet.

»Und noch was.«

Archie blieb fast das Herz stehen. »Was?«

Als er wieder einen Blick riskierte, sah er, dass sein Freund ein Grinsen unterdrückte.

»Dieser Pullover. Der mit den Löchern.«

»Der blaue?« Archie tat beleidigt. »Was ist denn damit?«

»Der muss weg.«

»Ich liebe diesen Pullover.«

»Darum hast du ihn ja auch dauernd an.«

»Der ist bequem. Ich fühle mich wohl darin.«

»Wenn ich sterben müsste in dem Wissen, dass du bis an dein Lebensende in diesem Pullover rumläufst, dann hätte ich versagt. Als dein bester Kumpel ist es meine Pflicht, dir das zu sagen …«

Archie schwieg eine Weile. Es war das erste Mal, dass einer von beiden offen die Möglichkeit ansprach, dass Jay sterben könnte. Er beschloss, auf Jays scherzhaften Ton einzusteigen. Das war jetzt nicht der richtige Zeitpunkt für tiefschürfende philosophische Gespräche.

»Wenn es dich glücklich macht, stopf ich ihn in den Hundekorb. Dann können Sid und Nancy darauf schlafen.« Er knuffte Jay liebevoll. »Du hast gewonnen, okay?«

»Gut.« Jay nickte zufrieden. »Und wo wir gerade dabei sind: Ich habe das Preisausschreiben in dieser Zeitschrift in deinem Namen ausgefüllt. Und wenn du die Reise gewinnst, musst du mir versprechen, dass du fährst.«

»Ja, ja, ja!«

»Selbst wenn du gerade beim Ablammen bist oder im Heu … Ich kenne dich. Du findest immer eine Ausrede.«

Egal, was das für eine Reise war, Archie war sich sicher, dass er sowieso nicht gewinnen würde. Er hatte in seinem ganzen Leben noch nie etwas gewonnen.

»Alles klar«, lachte er. »Großes Ehrenwort.«

Jay drehte die Musik wieder lauter.

»Gut.«

Keiner sagte mehr etwas.

Archie schaltete einen Gang runter und bog mit beängstigender Geschwindigkeit an der nächsten Ecke ab. Die Angst machte ihn leichtsinnig. Angst vor dem Schrecklichen, das unweigerlich kommen würde. Er hatte keine Ahnung, wie er die Situation meistern sollte.

Aber er meisterte sie, weil das in seiner Natur lag.

Drei Wochen später stand er vor dem Altar von St. Mary's, der winzigen Kirche, in der Jay und er getauft worden waren und wo sie an unzähligen Adventsgottesdiensten, Mitternachtsmessen und Ostermessen teilgenommen hatten. Er brauchte keine Notizen für die Trauerrede, keine Gedächtnisstützen, um sich daran zu erinnern, was sein Freund ihm bedeutet hatte. Jay, der so lebendig und energiegeladen und spontan gewesen war und der jetzt still wie ein Stein in einem Holzsarg lag. Archie fragte sich flüchtig, ob der Bestatter daran gedacht hatte, all die Dinge in den Sarg zu legen, die Jays Familie ihm unbedingt mitgeben wollte, Dinge, die untrennbar zu Jay gehörten: sein blutroter Kaschmirschal, seine Panama-Jack-Stiefel, sein Laguiole-Messer, sein alter iPod – er hatte vor allen anderen einen besessen, es war noch das Original. Jay war ein Fan von technischen Neuheiten gewesen, aber Langlebigkeit ging ihm vor Innovation.

Während seiner Rede ließ Archie den Blick über die Trauergemeinde wandern, über die Gesichter all der Freunde und Nachbarn, die über die Jahre zu ihrem Leben gehört hatten. Links saß ein ganzer Trupp Studienfreunde; rechts fast der vollständige Rugbyklub. Er zählte mindestens fünf Ex-Freundinnen, einschließlich der letzten, von der Jay sich gleich nach seiner Diagnose getrennt hatte; ihre Augen waren vom Weinen gerötet, und in ihren langen Fingern hielt sie ein zerknülltes Taschentuch. Jays Eltern waren da, sein Bruder und seine beiden Schwestern, diverse Vettern und Kusinen und seine betagte Großmutter. Und natürlich auch Archies Eltern.

Seine Mutter machte sich Sorgen, weil Jays Tod ihm so zusetzte. Er hatte kaum geschlafen seit dem fürchterlichen Moment, als der Arzt ihnen mitgeteilt hatte, dass die Transplantation fehlgeschlagen war. Auch in ihm war in diesem Moment etwas gestorben. Hoffnung, Vertrauen, Optimismus, Glaube – mit seinem Freund hatte er einen Teil seiner Seele verloren.

»Nimm dir eine Auszeit«, hatte sein Vater gesagt. »So lange wie nötig. Ich komme schon zurecht. Deine Mutter kann mir mit den Tieren helfen. Die Ferienwohnungen sind erst nach Ostern belegt. Wir schaffen das schon.«

Nach der Beerdigung gingen alle zu einem Umtrunk ins Marlborough Arms. Eine Platte auf Böcken diente als Tisch, auf dem der Wirt Hotdogs, Fleischpasteten, regionalen Käse, gebutterten Toast, Früchtebrot und saftigen Rührkuchen angerichtet hatte. Jays Eltern verabschiedeten sich um fünf Uhr. Archie war hin- und hergerissen zwischen seinem Pflichtgefühl, sie nach Hause zu begleiten und sich um sie zu kümmern, und der Aussicht darauf, mit dem harten Kern der Freunde den Rest des Abends im Pub zu verbringen.

»Bleib ruhig hier, mein Lieber«, sagte Jays Mutter. »Wir kommen schon zurecht. Ich möchte, ehrlich gesagt, einfach nur noch ins Bett.«

Er blieb, weil er das Gefühl hatte, der Gastgeber zu sein. Es war, als wäre das die allerletzte gemeinsame Party. Den ganzen Abend hatte er das Gefühl, Jay könne jeden Moment hereinkommen, sich ein Bier vom Tresen nehmen und mit dem nächstbesten hübschen Mädchen einen Flirt anfangen, aber er kam natürlich nicht.

Irgendwann ging Archie nach draußen. Er war von Gefühlen überwältigt. Es gab zu viele Gesichter aus der Vergangenheit, zu viele Erinnerungen, eine Mischung von Leuten, die sonst nur zustande gekommen wäre, wenn Jay Hochzeit gefeiert hätte – ein Fest, das nie stattfinden würde. Er setzte sich an den Tisch, der draußen immer ihr Stammtisch gewesen war, direkt neben dem Fenster, durch das die Gläser mit dem schäumenden Honeycote, dem lokalen Bier, nach draußen gereicht wurden. Er nahm sein Handy heraus und rief seine E-Mails ab, um sich abzulenken.

Er stutzte. Eine E-Mail hatte einen ihm unbekannten Absender. NIE MEHR ALLEIN? Was sollte das sein? In der Betreffzeile stand: »Glückwunsch«. Eindeutig ein Spam. Wahrscheinlich irgendwas als Gewinn getarnt, was man teuer kaufen konnte.

Er überflog den Inhalt der E-Mail. Stirnrunzelnd las er sie dann noch einmal.

Sehr geehrter Mr. Harbinson,

es ist uns ein großes Vergnügen, Ihnen mitteilen zu können, dass Sie einer der beiden Gewinner unseres Preisausschreibens sind. Freuen Sie sich auf eine Fahrt im Orient-Express. Unser Team erfahrener Paarvermittler hat Ihr Profil aus einer großen Anzahl von Einsendungen ausgewählt. Ihre Reisebegleiterin wird Emmie Dixon sein, deren Profil wir zu Ihrer Kenntnisnahme beifügen. Vor Ihrer Abreise in der Victoria Station wird unser Werbefotograf ein Foto von Ihnen beiden machen, danach können Sie Ihre Traumreise in völliger Zurückgezogenheit genießen …

Es folgten die Angaben über Abreisedatum und Uhrzeit sowie weitere Reiseinformationen.

Archie war perplex. Er hatte an keinem Preisausschreiben teilgenommen. Da versuchte jemand ihn hereinzulegen – wahrscheinlich würde man ihn als Nächstes auffordern, seine Kreditkartendaten zu übermitteln. Aber als er die E-Mail ein weiteres Mal las, erinnerte er sich an jenen Nachmittag im Krankenhaus und daran, wie Jay sich über irgendetwas, was er in einer Zeitschrift gelesen hatte, köstlich amüsiert hatte.

Er war tatsächlich reingelegt worden – und zwar von Jay. Er hatte in Archies Namen an einem Gewinnspiel für das ultimative Blind Date teilgenommen. Dann fiel ihm wieder das Gespräch während ihrer letzten gemeinsamen Autofahrt ein, als er Jay versprechen musste, dass er die Reise antreten würde, falls er den ersten Preis gewann. In dem Moment hatte er keinen weiteren Gedanken an dieses Versprechen verschwendet. Es war ihm völlig unbedeutend vorgekommen.

Trotz seiner Verzweiflung, trotz seines schweren Herzens, trotz seiner Trauer breitete sich ein Lächeln auf Archies Gesicht aus.

»Du Mistkerl«, sagte er in den Himmel. »Du verdammter Mistkerl.«

KAPITEL 5

»Happy Birthday, liebe Imooooo…«

Imogen schaute in die lächelnden Gesichter ihrer besten Freunde. Sie brachten ihr ein Geburtstagsständchen, während Alfredo eine selbst gebackene Schokoladen-Kastanientorte hereintrug und sie ehrerbietig vor sie hinstellte. Jedes Jahr kam sie an ihrem Geburtstag hierher. Das war Tradition. Alles blieb unverändert. Na ja, bei ihr zumindest. Bei ihren Freunden nicht immer – sie trugen erst Verlobungsringe, später Eheringe, und dann hatten die Frauen irgendwann einen dicken Bauch. Aber bei Imogen war stets alles wie immer. Außer in diesem Jahr. Diesmal war an ihr eine winzige Kleinigkeit anders, nur dass niemand etwas davon bemerkt hatte.

Noch nicht. Aber sobald er zur Tür hereinkäme, würde es niemandem mehr verborgen bleiben. Sie hatte gehofft, er würde hier sein, wenn der Kuchen aufgetragen wurde. Das hätte ihr viel bedeutet. Aber die Tür zu Alfredos Trattoria auf der Highstreet von Shallowford blieb fest geschlossen.

Vor ihren Augen flackerten dreißig Kerzen. Nach den Cannelloni mit Spinat und Ricotta hatte sie mehrere Gläser Weißwein getrunken und fühlte sich leicht beschwipst.

Sie beugte sich vor und blies die Kerzen aus.

»Du musst dir was wünschen!«, rief ihre Freundin Nicky, die ihr das Messer reichte, um die Torte anzuschneiden.

Imogen zögerte. Ihr Wunsch würde keinen Einfluss darauf haben, ob Danny McVeigh in den nächsten zehn Minuten durch diese Tür kommen würde oder nicht. Das entschied er ganz allein.

Ich wünsche mir, dass die Tür aufgeht und er hereinkommt, dachte sie, während das Messer durch die Schokoglasur glitt.

Am frühen Abend war sie noch voller Optimismus gewesen, dass er ihr den einen Wunsch erfüllen würde, den sie an ihrem Geburtstag an ihn gehabt hatte: zu ihrem Festessen zu erscheinen. Obwohl er ihr am Nachmittag, als sie sich an ihn gekuschelt hatte, klipp und klar gesagt hatte, dass er das für keine gute Idee hielt. »Ich passe nicht in diese feine Gesellschaft. Deine Freunde kriegen nur einen Schreck, wenn so ein Schrat wie ich mit am Tisch sitzt.«

»Mir egal.« Imogen grinste ihn an. Ein kleines bisschen reizte es sie insgeheim, ihre Freunde zu schockieren. Imogen Russell und Danny McVeigh – der Skandal würde sich innerhalb von Minuten in Shallowford herumsprechen. Bisher hatten sie ihre Beziehung geheim gehalten. Es war ja auch noch ziemlich frisch, und die Heimlichtuerei verlieh dem Ganzen eine gewisse Würze. Seine Familie würde genauso entsetzt sein wie ihre, wenn sie von der Beziehung erfuhr. Die McVeighs verkehrten nicht mit Leuten wie den Russells.

Aber inzwischen war Imogen bereit, sich öffentlich zu ihrem Freund zu bekennen. Es war immer besser, selbst zu entscheiden, wann man die Katze aus dem Sack ließ. Und ihr Geburtstag schien ihr genau der richtige Zeitpunkt dafür zu sein.

»Bitte«, hatte sie ihn bekniet, sich noch dichter an ihn geschmiegt und ihn mit Armen und Beinen umschlungen. »Es würde mir viel bedeuten. Es wäre mein allerschönstes Geburtstagsgeschenk.«

»Noch schöner als das?«, hatte er mit einem spitzbübischen Lächeln geantwortet und ihre Hand zwischen seine Schenkel geschoben.

Dummerweise hatte sie das als Zusage aufgefasst. Sie hatte sich eingeredet, dass er zu ihrem Fest kommen würde. Ein Blick auf die Wanduhr sagte ihr, dass es zwanzig nach zehn war. Ziemlich unwahrscheinlich, dass er jetzt noch aufkreuzte.

»Und? Was hast du dir gewünscht?« Nicky knuffte sie mit ihrem spitzen Ellbogen in die Rippen.

Am liebsten hätte Imogen es ihr gesagt. Sie stellte sich vor, wie Nicky die Klappe herunterfiel. Nicky, die einen Anwalt geheiratet hatte, ihre adretten Kinder in einem blitzsauberen SUV herumfuhr und bei einem Immobilienmakler arbeitete, um sich die Zeit zu vertreiben, die jedoch überhaupt nicht arbeiten müsste, wenn sie nicht wollte …

Eigentlich hätte Imogen ein ähnliches Leben führen sollen. Sie müsste längst verheiratet sein, ein eigenes Haus besitzen und mit der Familienplanung beschäftigt sein. So machte man das, wenn man in Shallowford blieb. Aber irgendwie hatte sie den Zug verpasst, und alle heiratsfähigen Männer waren inzwischen unter der Haube.

Und übrig waren nur noch Typen wie Danny McVeigh …

Alfredo brachte ein Tablett voller winziger, mit Limoncello gefüllter Likörgläser. Genau wie jedes Jahr. Eine Aufmerksamkeit des Hauses. Imogen empfand es plötzlich als leere Geste. Was war schon eine Viertelflasche ekelhaft süßer italienischer Likör, nachdem sie und ihre Freunde für mehrere Hundert Pfund Essen und Wein konsumiert hatten? Sollte sie etwa vor Dankbarkeit auf die Knie fallen?

Trotzdem genehmigte sie sich ein Gläschen. Eigentlich war sie keine Zynikerin. Aber sie brauchte etwas, um ihre Enttäuschung herunterzuspülen.

Wie hatte sie erwarten können, dass Danny kommen würde? Denn er hatte ja recht – er passte wirklich nicht zu ihren Freundinnen mit ihren perfekt sitzenden Frisuren, ihren geblümten Kleidern und den dazu passenden Strickjäckchen. Wahrscheinlich hatte er gespürt, dass sie ihn vor allem wegen des Effekts dabeihaben wollte. Sie konnte nicht leugnen, dass sie sich darauf gefreut hatte, ihre Gesichter zu sehen, wenn er hereinkam, schlank und verwegen in Jeans und Lederjacke. Sie hatte mit ihm angeben, ihre Freunde schockieren wollen. Und um sie dafür zu bestrafen, war er nicht gekommen. Außerdem, warum sollte er sich darum scheren, was sie wollte? Männer wie Danny waren nicht darauf geeicht, es Frauen recht zu machen. Die machten es sich selber recht.

Sie stand vom Tisch auf und ging zur Garderobe. Bei einem Blick in den Spiegel sah sie ungeweinte Tränen in ihren grünen Augen. Es konnte nicht funktionieren. Es war ein Spiel, weiter nichts. Danny McVeigh war ein Spielzeug für eine gelangweilte Dreißigjährige; und sie war nur eine weitere Kerbe in seinem Bettpfosten, eine Eroberung. Sicher, die Chemie zwischen ihnen stimmte – ihr wurde ganz schwummrig bei dem Gedanken an alles, was sie im Lauf der vergangenen Monate im Bett alles getrieben hatten –, aber das war keine Basis für eine dauerhafte Beziehung.

Sie zog ihren Lippenstift nach, lockerte ihre schulterlangen Locken und betrachtete ihr Spiegelbild mit strengem Blick.

»Mach Schluss, Imo«, sagte sie sich. »Du hast von Anfang an gewusst, dass du mit dem Feuer spielst.«

Sie dachte an den Tag, als Danny in ihr Leben zurückgekehrt war. In dem verschlafenen Nest Shallowford war mittwochnachmittags immer noch alles geschlossen, was die meisten Leute ärgerte, wofür Imogen jedoch dankbar war. Mittwochs hängte sie das »Geschlossen«-Schild an die Tür, ordnete die Bilder in der Galerie neu und ließ Leute herein, die sich die Nase am Schaufenster platt drückten. Es war erstaunlich, wie viele Kunden etwas kauften, wenn sie sich bevorzugt behandelt fühlten.

Als sie den Mann gesehen hatte, der interessiert den Ruskin

Spear auf der Staffelei im Fenster betrachtet hatte, hatte sie ihn hereingewinkt.

Er drückte die Tür auf. »Sie haben also geöffnet?«

Imogen hatte sich beherrschen müssen, um nicht deutlich sichtbar nach Luft zu schnappen. Als er vor ihr stand, eine Hand in der Hosentasche, mit dem dunklen Haar, das ihm in die Stirn fiel, da erkannte sie ihn. Er war so groß, gut über eins achtzig. Und breitschultrig. Fast machte er ihr ein bisschen Angst.

Danny war in der Schule zwei Klassen über ihr gewesen. Finster, gut aussehend, selbstsicher, rebellisch. Alle Mädchen in Imogens Klasse waren von ihm fasziniert gewesen und hatten atemlos über seine Vorzüge getuschelt. Er hatte immer Mädchen im Schlepptau gehabt, jedes Mal ein anderes. Es hieß, er würde mit Drogen dealen, er hätte eine Affäre mit der Lateinlehrerin (dabei hatte er gar kein Latein, aber offenbar unterlagen auch intellektuelle Frauen seinem Charme), er würde klauen, sich regelmäßig prügeln … Zweimal wurde er vom Unterricht suspendiert, bevor er eine Woche vor der Abschlussprüfung die Schule verließ. Die Schule war langweilig ohne ihn. Er war ein Blickfang gewesen während des Morgenappells.

In der Schule hatte Imogen nie direkt mit Danny Kontakt gehabt, nur einmal, als er sie nach einer Party nach Hause gefahren hatte, nachdem sie den letzten Bus von Filbury nach Shallowford verpasst hatte. Von dem billigen Wein, den sie getrunken hatte, war ihr ein wenig übel. Ihre High Heels brachten sie um. Sie konnte sich nicht entscheiden, ob es schlimmer war, mit schmerzenden Füßen weiterzuhumpeln oder die Schuhe einfach auszuziehen und barfuß über den eiskalten Asphalt zu laufen. Die frostige Nachtluft raubte ihr fast den Atem. Sie überlegte, ob sie sich in einer Scheune verkriechen oder an irgendeine Tür klopfen und um Hilfe bitten sollte. Was war sie doch für eine Idiotin. Wie hatte ihr das nur passieren können, dass sie den Bus verpasste?

Dann hatte er mit seinem Motorrad neben ihr gehalten. »Soll ich dich mitnehmen?«

»Ich hab keinen Helm.« Sie merkte selbst, wie schnippisch das klang.

Er sah sie an, dann nahm er seinen Helm ab und gab ihn ihr.

Sie setzte ihn auf und kam sich komisch vor. Der Helm war so schwer und ungewohnt. Als sie das Visier herunterklappte, spürte sie, dass er sich noch warm anfühlte von Dannys Kopf. Sie atmete den Duft von verbrannter Apfelsine ein. Unsicher trat sie an das Motorrad und schob ihr Kleid hoch, um aufsteigen zu können. Es war so eng, dass sie es fast bis zum Hintern hochschieben musste. Sie schob sich auf den Soziussitz, ein bisschen ängstlich, weil sie fürchtete, sich die Beine an dem heißen Metall zu verbrennen. Dann fand sie die Fußrasten. Sie wollte lieber nicht darüber nachdenken, was passieren würde, wenn sie einen Unfall hätten. Sie hätte keine Chance.

»Halt dich fest«, sagte er, und sie packte ihn an der Jacke. »Nein, richtig«, befahl er ihr. »Leg die Arme um mich.«

Also klammerte sie sich an ihn. Seine raue Lederjacke scheuerte an ihren Wangen. Sie spürte seine Körperwärme. Dann fuhr das Motorrad mit lautem Dröhnen an, und als er Gas gab und sie in die Dunkelheit eintauchten, blieb ihr die Luft weg.

Sie stand schreckliche Ängste aus. Die kalte Nachtluft schnitt ihr in die Beine. Noch nie war sie so schnell gefahren. Vor jeder Biegung schloss sie entsetzt die Augen und klammerte sich noch fester an ihn, wenn das Motorrad sich in die Kurve legte. Sie war davon überzeugt, dass er alle Manöver übertrieben ausführte, um sie zu ängstigen. Sie war davon überzeugt, dass sie das nicht überleben würde.

Endlich tauchten die Lichter von Shallowford vor ihnen auf. Sie wollte sich am Stadtrand absetzen lassen und zu Fuß nach Hause gehen. Sie wollte nicht mit ihm zusammen gesehen werden. Aber da sie es nicht wagte, ihn loszulassen, gab es keine Möglichkeit, ihn zu bitten, er solle anhalten. Das Motorrad donnerte durch die Hauptstraße. Wahrscheinlich wachten alle Leute auf.

Dann hielt er vor Bridge House. Sie stieg ab. Sie hatte so weiche Knie, dass sie sich kaum auf den Beinen halten konnte. Hastig zog sie sich das Kleid über die Oberschenkel, die im Lampenlicht fleckig und bläulich aussahen. Sie versuchte, sich die Schuhe wieder anzuziehen, aber ihre Füße waren so kalt, dass es ganz einfach zu schmerzhaft war.

»Am besten, du legst dich gleich in die Badewanne«, sagte er. »Und trink eine Tasse heißen Tee. Wenn's geht, mit einem Schuss Brandy.«

Seine Fürsorglichkeit ließ sie erröten. Einen Moment lang schauten sie einander an, während sie überlegte, ob sie ihn noch hereinbitten sollte. Adele würde längst schlafen. Sie könnte in der Küche einen heißen Kakao machen. Sie stellte sich vor, wie er am Tisch saß und sich insgeheim über die feinen Porzellantassen und die silberne Zuckerzange amüsierte.

Und wie er mit geübtem Blick sehen würde, dass man leicht durch das Küchenfenster einbrechen konnte. Und dass niemand im Haus etwas davon mitbekommen würde.

Das Schweigen zog sich hin, während beide auf etwas zu warten schienen. Ihr Atem bildete weiße Wölkchen in der eisigen Luft. Imogen brachte nicht den Mut auf, ihn auf einen Kakao einzuladen.

»Danke«, sagte sie schließlich und gab ihm seinen Helm zurück.

»Keine Ursache.« Er taxierte sie einen Moment lang, und sie fragte sich, was er dachte. Ehe sie noch etwas sagen konnte, ließ er sein Motorrad aufheulen und verschwand in einer dichten Abgaswolke.

Wenige Wochen später hörte sie, er sei wegen Hehlerei verhaftet worden und ins Gefängnis gekommen, da war sie froh, dass sie so vorsichtig gewesen war. Weiß Gott, was passiert wäre, wenn sie ihn ins Haus gelassen hätte. Dennoch dachte sie manchmal an die Situation zurück, fragte sich, was wohl geschehen wäre, stellte sich vor, wie seine warmen Hände ihre kalte Haut berührten, erinnerte sich an seine Körperwärme unter der Lederjacke.

Und jetzt stand er in ihrer Galerie. Seit er entlassen worden war, hatte sie ihn über die Jahre hin und wieder durch die Hauptstraße fahren sehen, auf einem Motorrad, das noch größer und besser war als das, auf dem er sie damals mitgenommen hatte. Zweifellos bezahlt mit Geld aus dubiosen Geschäften.

»Interessieren Sie sich für etwas Bestimmtes?«, fragte sie höflich.

»Ja. Das Bild da im Fenster«, antwortete er. »Was kostet es?«

Sie schluckte. Sie wollte ihm den Preis nicht nennen. Es war eins der wertvollsten Stücke, die sie derzeit im Angebot hatte. Sie hatte lange überlegt, ob sie es überhaupt ins Fenster stellen sollte, und jetzt wünschte sie, sie hätte es nicht getan.

»Tut mir leid«, sagte sie, »aber das ist bereits verkauft.«

Er runzelte die Stirn. »Ach so. Darf ich mich ein bisschen umsehen?«

Das konnte sie ihm schlecht verweigern. »Selbstverständlich. Sagen Sie mir einfach Bescheid, wenn Sie Fragen haben.«

Er nickte und begann seinen Rundgang. Seine Stiefelabsätze klapperten laut auf den Eichendielen. Imogen wurde nervös. Wahrscheinlich untersuchte er die Örtlichkeiten. Sie stellte sich vor, wie er mit seinen Brüdern in irgendeiner Kaschemme zusammenhockte und plante, die Galerie auszurauben. Sie würden die Bilder nie für den Preis loswerden, den sie wert waren, es sei denn, sie hatten Kontakt zu einem Hehler. Die gab es natürlich, und sie würde es den McVeighs durchaus zutrauen, dass sie einen auftrieben. Oder vielleicht begingen sie auch Auftragsdiebstähle?

Sie warf einen Blick zu der Kamera in einer Ecke der Galerie. Sie betete, dass das Ding funktionierte. Sie überprüfte die Kamera nicht jeden Tag. Sie spürte, wie ihr der Schweiß ausbrach. Sollte sie sich nach draußen schleichen und die Polizei anrufen? Aber was würde sie denen sagen?

Oder vielleicht sollte sie ihre Großmutter anrufen. Die Galerie lag direkt neben Bridge House. Adele war wahrscheinlich zu Hause: Wenn es Imogen gelang, ihr einen Tipp zu geben, konnte sie die Polizei verständigen. Warum hatten sie sich nicht auf ein Codewort geeinigt, das sie im Notfall benutzen konnten?

Imogen schaute zu Danny hinüber. Die Zeit hatte ihn schonend behandelt – wenn überhaupt, sah er noch besser aus als mit achtzehn. Männlicher. Aber immer noch … schön. Eine gefährliche Mischung. Er betrachtete gerade ein Stillleben von einer Weinflasche auf einem Tisch.

»Das gefällt mir.« Sie zuckte zusammen.

Imogen riss ihren Blick von seinen Schultern los, die sich unter seiner Lederjacke abzeichneten. Die Jacke sah teurer aus als die, an die sie sich während jener nächtlichen Heimfahrt geklammert hatte. Weicher, geschmeidiger …

»Das ist von Mary Fedden«, sagte sie. »Ein gutes Sammlerstück. Eins meiner Lieblingsbilder.«

Er schaute sie an, und etwas flackerte in seinen Augen auf. Es schien ihm zu gefallen, dass sie das Bild ebenfalls mochte.

»Wie viel?«

Imogen hatte keine Ahnung, ob er wusste, in welcher Preislage sie sich bewegten. Er würde entweder entgeistert die Arme in die Luft werfen und die Galerie verlassen, oder das Bild kaufen, um ihr etwas zu beweisen. Oder in der Nacht zurückkommen und es stehlen.

»Viertausend Pfund«, sagte sie.

»Gibt es einen Rabatt, wenn ich bar bezahle?«

»Hier können Sie nicht bar bezahlen.«

»Blödsinn. Man kann überall bar bezahlen.« Um seine Augen bildeten sich Lachfältchen, als er sie amüsiert betrachtete. Ihr wurde ein bisschen heiß unter seinem Blick. Sie lächelte.

»Wenn Sie bar bezahlen, kann ich Ihnen keine ordentliche Quittung geben, und dann könnten Sie Probleme bekommen, wenn Sie es verkaufen wollen.«

»Ich möchte es nicht verkaufen. Ich möchte es nur erwerben. Kommen Sie schon – die Kunden stehen hier ja nicht gerade Schlange. Sie müssen verkaufen. Sie haben schließlich laufende Kosten.«

Damit hatte er natürlich recht. Einer der vielen Gründe, warum Adele und sie zu dem Schluss gekommen waren, dass es das Beste war, die Galerie zu verkaufen. »Ich kann Ihnen einen kleinen Rabatt gewähren.«

»Zehn Prozent?«

»Fünf.«

»Fünf?«

Ihr Angebot schien ihn nicht gerade zu beeindrucken.

»Dieses Bild ist eine gute Anlage. Mary Fedden ist sehr gefragt. Und sie ist vor Kurzem gestorben – leider. Das wird den Wert ihrer Bilder noch erhöhen.« Imogen rückte das Bild ein wenig zurecht, sodass es wieder gerade hing. »Sie war die Lehrerin von David Hockney.«

Er hob eine Braue. Sie wusste nicht so recht, was er damit ausdrücken wollte. Ob es heißen sollte *Du weißt verdammt genau, dass ich keine Ahnung habe, wer David Hockney ist*, oder *Komm mir nicht so von oben herab*.

»Können Sie das Bild liefern? Ich kann es schlecht auf dem Motorrad transportieren.«

»Selbstverständlich. Wohnen Sie hier im Ort?«

Wieder schaute er sie an. Sie errötete. Er erinnerte sich an sie.

»Ich habe gerade das Woodbine Cottage gemietet. Auf dem Shallowford-Anwesen.«

Das überraschte Imogen. Zum Shallowford Manor gehörten mehrere Häuser, die ihre Freundin Nicky verwaltete, aber Nicky hatte nichts davon erwähnt, dass Danny McVeigh eins davon gemietet hatte. Das Woodbine Cottage war wunderschön – ganz im Originalzustand erhalten und umgeben von einem kleinen Wäldchen. Früher hatte der Jagdaufseher darin gewohnt, aber auf dem Anwesen wurde nicht mehr gejagt.

»Ach«, entfuhr es Imogen. »Ein sehr schönes Haus.«

Danny nickte. »Es ist ganz hübsch. Aber ich muss noch ein bisschen daran machen, um mich zu Hause zu fühlen.«

Imogen fiel es schwer, sich vorzustellen, dass Danny McVeigh sich irgendwo »zu Hause« fühlte. Das klang so heimelig. Es ließ einen an weiche Kissen und zugezogene Vorhänge und flackernde Kerzen denken. Bei Danny konnte sie sich nur vorstellen, dass er wie ein Penner hauste. Dass er sich auf irgendein Sofa fläzte, die langen Beine ausgestreckt, eine Flasche Bier in Reichweite. Aber er roch nicht wie ein Penner. Jetzt, wo er so dicht vor ihr stand, roch er nach frischer Wäsche, nach Holzfeuerrauch, und immer noch war da ein Hauch von verbrannter Apfelsine.

Verwundert sah Imogen, wie er ein Bündel Fünfzig-Pfund-Scheine aus der Tasche zog.

»Äh – ich fürchte, wenn es sich um gewaschenes Geld handelt, muss ich die Behörden verständigen ...«

Mit einem Seufzer hörte er auf, die Scheine zu zählen.

»Man sollte wirklich meinen, Sie wollen nichts verkaufen.«

»Ich meine ja nur.«

»Verständigen Sie, wen Sie wollen. Ich habe ein reines Gewissen. Das ist kein schmutziges Geld. Ich habe es mit meinen eigenen zarten Händen verdient.«

Imogen betrachtete seine Hände. Groß, ein bisschen rau. Arbeiterhände, aber offensichtlich gewohnt, Geld zu zählen. Mit geübten Bewegungen blätterten seine langen Finger die Scheine hin, bis ein ordentlicher Stapel davon auf dem Tisch lag. »Berechnen Sie eine Gebühr für die Lieferung?« Er hielt einen weiteren Fünfziger über den Stapel.

Imogen zuckte zusammen. »Nein, nein. Natürlich nicht.«

Er nickte und stopfte sich das restliche Bündel wieder in die Tasche.

»Liefern Sie das Bild selbst?«

Sie überlegte, warum er das wissen wollte und was es für eine Rolle spielte.

»Wahrscheinlich nicht. Ich habe jemanden, der das für mich regelt.«

Na ja, sie hatte Reg, der hin und wieder etwas abholte oder lieferte, wenn sie nicht aus der Galerie wegkonnte.

»Ach so.« Er wirkte enttäuscht. »Ich dachte nur, Sie könnten mir vielleicht sagen, wo ich es hinhängen soll. Ich verstehe nicht viel von diesen Dingen.«

Er blickte ihr tief in die Augen. Sie wurde verlegen.

»Das ist eine sehr persönliche Entscheidung.«

Er machte sie nervös. Er zuckte mit den Achseln.

»Es gefällt mir einfach, wie Sie die Galerie gestaltet haben. Eigentlich ist der Raum ja ziemlich leer, aber … er fühlt sich an wie …« Er breitete die Hände aus, suchte nach den passenden Worten. »Wie ein Raum, in dem man wohnen möchte.«

Trotz ihres Misstrauens fühlte Imogen sich geschmeichelt. Sie hatte sich viel Mühe gegeben, die Galerie einladend zu gestalten, ohne von der Kunst abzulenken. Neutral und zugleich behaglich, mit einigen architektonisch ausgefallenen Details.

»Na ja, es kommt vor allem auf die richtige Farbe an. Sie bestimmt die Atmosphäre. Und Licht. Das Licht ist sehr wichtig.«

»Im Moment baumelt bei mir nur eine nackte Glühbirne von der Decke.« Aus irgendeinem Grund lief sie rot an, als er »nackt« sagte. »Hätten Sie etwas dagegen, mich ein bisschen zu beraten? Gegen Bezahlung natürlich.«

»Ich bin keine Innenarchitektin.«

»Nein. Aber Sie haben ein gutes Auge. Sie wissen, was Sie tun. Das ist nicht zu übersehen.«

Imogen sah ihn verwirrt an. Gehörte das zum Plan? Sie von der Galerie wegzulocken, damit seine zwielichtige Verwandtschaft in Ruhe einbrechen konnte?

»Keine Sorge«, sagte er. »Ich habe nicht vor, meine Kumpels herzuschicken, damit sie den Laden ausräumen, während Sie weg sind.«

Ihre Wangen glühten. »Das habe ich nicht gedacht!«

»Ich habe zum ersten Mal in meinem Leben ein Haus für mich. Und ich möchte, dass es zu mir passt.« Plötzlich lag etwas Trotziges in seinem Blick. »Ich wollte schon immer etwas von hier haben. Ein echtes Gemälde. Ein Kunstwerk. Etwas, das jemand geschaffen hat.«

Imogen wusste nicht, was sie sagen sollte. Seine Ehrlichkeit verblüffte sie. Und rührte sie irgendwie.

»Also, Sie haben auf jeden Fall eine gute Wahl getroffen. Ich bin beeindruckt.«

Er hielt ihrem Blick stand. Runzelte die Stirn.

»Es wundert mich, dass Sie in Shallowford hängen geblieben sind. In der Schule wirkten Sie immer so, als hätten Sie eine große Zukunft vor sich.«

Sie hätte nie gedacht, dass er sie in der Schule überhaupt wahrgenommen hatte.

»Ich werde nicht mehr lange hier sein. Meine Großmutter verkauft die Galerie.«

»Und was haben Sie dann vor?«

»Ich habe verschiedene Optionen.«

»Das glaube ich gern. Eine Frau wie Sie hat bestimmt jede Menge Kontakte.«

Sie fragte sich, worauf er anspielte. Ob das ehrlich gemeint war oder sarkastisch. Sie machte sich daran, den Papierkram zu erledigen. Sie wollte nicht über ihre Zukunft reden, weder mit ihm noch mit sonst jemandem. »Wenn Sie wollen, kann ich ein paar Farbmuster mitbringen, wenn ich das Bild liefere.« Warum in aller Welt hatte sie das jetzt gesagt? Sie wollte ihn loswerden. Er verunsicherte sie mit seinen scharfsinnigen Bemerkungen. Mit seiner Wissbegierde, die sie nicht verstand. Warum flirtete er dann jetzt mit ihr, zwölf Jahre später? Wenn es denn flirten war. Sie kapierte einfach nicht, was er von ihr wollte. Sie füllte die Quittung aus, steckte sie in einen Umschlag und gab sie ihm.

»Wäre Ihnen morgen recht? Im Lauf des Nachmittags?«

»Sicher«, sagte er. »Hier ist meine Nummer. Rufen Sie mich an, falls Ihnen was dazwischenkommt.«

Er reichte ihr eine Visitenkarte. Danny McVeigh, Sicherheitssysteme stand darauf. Er grinste breit, als ihr die Ironie bewusst wurde.

»Vom Saulus zum Paulus«, bemerkte er. »Ich gebe Ihnen eine kostenlose Beratung. Wann immer Sie wollen. Obwohl es wahrscheinlich zu spät ist. Aber damit Sie Bescheid wissen: Diese Kameras, die Sie da haben, sind Schrott. Jeder Einbrecher, der halbwegs weiß, was er tut, deaktiviert die in null Komma nichts.«

Sprachlos betrachtete sie die Karte und dann die Kameras. Die Tür fiel hinter ihm zu. Sie war total baff. Sie hatte ein komisches Gefühl im Bauch, das sie nicht einordnen konnte – eine Mischung aus Verunsicherung, Angst und …

Sie wandte sich abrupt von der Tür ab. Sie wusste genau, was das für ein Gefühl war. Es war dasselbe, das sie in jener Nacht gehabt hatte, als sie sich auf dem Motorrad an ihn geklammert hatte.

Es war Verlangen.

Es kam dann doch nicht zu einer Einrichtungsberatung. Danny hatte inzwischen auf ihren Vorschlag hin sein Wohnzimmer in einem dunklen Graugrün gestrichen und ein paar Halogenlampen aufgehängt. Aber am Ende war Imogen so nackt gewesen wie die Glühbirne, die vorher an der Decke gebaumelt hatte.

Doch jetzt, nachdem sie mehrere Monate zusammen waren, hatte sie das Gefühl, dass es nicht mehr war als das: ein bisschen Einrichtungsberatung im Austausch für ein paar heiße Nummern. Imogen ging zurück ins Restaurant. Es war nur eine flüchtige Affäre, sagte sie sich. Sie bedeutete Danny McVeigh überhaupt nichts. Natürlich hatte er keine Lust, zusammen mit ihr und ihren Freunden ihren Geburtstag zu feiern. Das würde voraussetzen, dass er es ernst meinte. Es würde ihrer Beziehung Bedeutung verleihen. Indem sie gemeinsam öffentlich auftraten, würden sie sich zueinander bekennen. Im Gegensatz dazu barg ein gelegentlicher, zwar angenehmer, aber unbedeutender heimlicher Fick auf dem Teppich vor seinem offenen Kamin nicht das geringste Risiko.

Sie versuchte, das Bild zu verscheuchen, denn es weckte etwas in ihr. Verlangen natürlich, aber auch noch etwas, das tiefer ging, weiter reichte. Hoffnung vielleicht? Die Hoffnung, dass ihre Leidenschaft mehr bedeutete als gleichzeitige Orgasmen?

Wie konnte sie sich einer solchen Hoffnung hingeben? Es war albern zu glauben, dass da mehr war als primitive, animalische Begierde. Er war schließlich ein McVeigh. Zu mehr waren die McVeighs nicht fähig. Er mochte erfolgreich sein mit seiner Firma und ganz legal Geld verdienen, aber unter der ehrbaren Fassade floss trotzdem McVeigh-Blut in seinen Adern. Sie hatte ihn mit Angestellten und Kunden telefonieren gehört – ein Mann, der mit Menschen umzugehen wusste, der ihnen gab, was sie wollten, und sie dazu brachte, zu tun, was er wollte. Es war beeindruckend, geradezu faszinierend – aber, so sagte sie sich, die Katze lässt das Mausen nicht.

Sie setzte sich wieder an ihren Tisch. Neben ihrem Platz stapelten sich die Geschenke, die ihre Freunde ihr mitgebracht hatten. Mit rührender Sorgfalt ausgewählte Kleinigkeiten, Schmuckstücke und Luxusartikel. Danny hatte ihr nichts geschenkt, aber damit hatte sie auch nicht gerechnet. Er war sicherlich kein Mann, der einer Frau zum Zeichen seiner Liebe Geschenke machte. Und da sie erst seit so kurzer Zeit ein Paar waren, hatte er nicht mal eine Glückwunschkarte für nötig gehalten. Na ja, eigentlich waren sie ja auch gar kein Paar …

Alle am Tisch waren entspannt, tranken ihren Limoncello, ihren Kaffee, plauderten, fühlten sich wohl. Es war kurz vor elf.

»Ich gehe dann bald«, sagte Imogen zu Nicky. »Ich muss morgen verdammt früh raus.«

»Erwarte jetzt bloß kein Mitleid von mir«, erwiderte Nicky. »Du Glückspilz. Eine Nacht im Orient-Express! Deine Großmutter ist wirklich unglaublich. Was für ein tolles Geschenk!«

»Ich weiß«, sagte Imogen. »Aber es würde mir noch mehr Spaß machen, wenn ich nicht allein reisen würde.«

»Sag das nicht. Ich würde sonst was dafür geben, mal ein paar Tage allein zu verreisen. Ich kann mir gar nichts Schöneres vorstellen. Und dann noch ein Zimmer im Cipriani … paradiesisch.«

Imogen musste lächeln. »Ja, du hast recht. Ich werde verwöhnt.«

Das stimmte tatsächlich. Dabei waren die Zugreise und die Nacht im Hotel noch nicht einmal das eigentliche Geschenk.

Das sollte sie in Venedig abholen. Ein Gemälde mit dem Titel *La Innamorata*. Eins, das jemand seit fünfzig Jahren für Adele aufbewahrte. Imogen war noch gar nicht dazu gekommen, darüber nachzudenken, seit ihre Großmutter sie beim Frühstück damit überrascht hatte.

Nicky sammelte die restlichen Kuchenkrümel von ihrem Teller und schob sie sich in den Mund. »Ich glaube, deine Großmutter hat ein schlechtes Gewissen, weil sie die Galerie verkauft. Das steckt bestimmt dahinter.«

»Sie braucht kein schlechtes Gewissen zu haben, das habe ich ihr schon hundertmal gesagt. Ich hätte mich schon vor Jahren neu orientieren sollen.«

»Und was hast du jetzt vor?«

Imogen schwieg einen Moment. Dann schaute sie ihre Freundin an.

»Ich glaube, ich gehe nach New York.«

Nicky fiel die Klappe herunter. »Wie bitte? Das ist ja was ganz Neues.«

»Man hat mir schon vor einer ganzen Weile eine Stelle angeboten. In einer Galerie, die britische Kunst verkauft. Oostermeyer & Sabol. Die haben mir gesagt, ich kann jederzeit bei ihnen anfangen.«

»Ich werd verrückt.« Nicky sah sie mit großen Augen an. »Das darf doch nicht wahr sein. Worauf hast du denn so lange gewartet? Ich würde einen Mord begehen, um in New York leben zu können. Hauptsache weg aus Shallowford.«

»Ich dachte, du wärst hier glücklich«, sagte Imogen verwundert.

Nicky seufzte. »Ein Traumhaus und ein Range Rover Evoque sind auch nicht alles.«

»Nein«, sagte Imogen. »Das habe ich auch nicht angenommen. Aber ich dachte, du wärst zufrieden mit deinem Leben.«

»Ja, aber ich habe nie Zeit, mal wegzufahren oder auszugehen. Ich muss mich um die Kinder kümmern und Nigel sein Abendessen kochen, und das wird noch mindestens zehn Jahre so weitergehen, bis es zu spät ist. Aber du – dir liegt die Welt zu Füßen. New York ... Mensch, Imo. Wahnsinn.«

»Aber dein Job. Der macht dir doch Spaß, oder?«

»Ach ja? Exposés für Häuser schreiben, in denen kein vernünftiger Mensch wohnen will? Leuten die frohe Botschaft überbringen, dass der Verkauf ihres Hauses geplatzt ist? Leuten klarmachen, dass ihr Haus hunderttausend Pfund weniger wert ist, als sie dachten?«

Nicky ließ sich auf ihrem Stuhl zurücksinken. Sie wirkte ein bisschen grün um die Nase, aber Imogen hätte nicht sagen können, ob vor Neid oder von zu viel Kuchen und Alkohol. Imogen trank einen Schluck Wein, der inzwischen lauwarm war, aber sie musste sich nach der Entscheidung, die sie soeben getroffen hatte, ein bisschen beruhigen.

Denn Nicky hatte recht. Shallowford verschluckte einen und raubte einem jegliche Ambition. Oberflächlich betrachtet war es ein malerisches Städtchen, aber wenn sie sich am Tisch umsah, hatten ihre Freundinnen alle etwas von den Frauen von Stepford. Wenn sie jetzt nicht hier rauskam, würde sie ewig hier hängen bleiben. Und noch schlimmer als eine Stepford-Ehefrau in Shallowford zu sein war, als alte Jungfer in Shallowford zu versauern.

New York würde ihr eine ganz neue Welt eröffnen. Imogen und Adele hatten im Lauf der Jahre eng mit Oostermeyer & Sabol zusammengearbeitet, Gemälde für sie ausfindig gemacht und über den Teich geschickt. Sie hatten die New Yorker Galeristinnen mehrfach besucht und angenehme geschäftliche Beziehungen aufgebaut. Es schmeichelte ihr, dass sie so große Stücke auf sie hielten, dachte Imogen. Zwar hatte sie, wie Danny so spitzzüngig bemerkt hatte, reichlich Kontakte, aber ein längerer Aufenthalt in New York war doch das ultimative Abenteuer für eine Dreißigjährige, oder? Imogen brauchte eine neue Herausforderung. Und tief in ihrem Herzen wusste sie, dass es wahrscheinlich das Beste war, sich so weit wie möglich von Danny McVeigh zu entfernen, solange sie das noch konnte.

Überzeugt, dass sie die richtige Entscheidung getroffen hatte, trank sie ihr Glas aus und stand auf. Sie hatte immer noch nicht gepackt. Wenn sie schon mit dem Orient-Express reiste, und sei es ohne Begleitung, wollte sie umwerfend aussehen.

Früh am nächsten Morgen kroch Imogens Taxi über den unbefestigten Weg, der zu Dannys Haus führte. In der Hand hielt sie einen Brief. Nachdem sie eine E-Mail an Oostermeyer & Sabol geschickt hatte, hatte sie bis zwei Uhr an dem Brief an Danny gefeilt.

Lieber Danny,

ich schreibe Dir, weil mir eine SMS zu unpersönlich ist, aber wenn ich Dir gegenüberstünde, würde ich sicher wieder schwach werden.

Gestern bin ich dreißig geworden, und ich habe einige Entscheidungen getroffen. Es schien mir der richtige Zeitpunkt zu sein.

Der wichtigste Schritt war, dass ich mich entschlossen habe, eine Stelle in einer New Yorker Galerie anzunehmen. Ich fliege, sobald ich aus Venedig zurück bin. Ich hätte schon längst aus Shallowford weggehen sollen, und jetzt, wo ich es endlich tue, macht es mir Angst. Aber zugleich ist es auch sehr aufregend.

Unsere Beziehung ist noch sehr frisch, und ich bin mir nicht sicher, ob sie die Entfernung überleben würde, und deshalb halte ich es für besser, dass wir uns trennen. Die Wochen mit Dir waren großartig, und dafür danke ich Dir. Ich hoffe, Du verstehst mich.

Denk an mich, wenn ich im Big Apple bin, ein Landei in der großen Stadt.

Alles Liebe,

Imo

Großartig? Sie musste über ihre Untertreibung lachen. Noch nie hatte ein Mann derartige Gefühle in ihr geweckt wie Danny, aber sie wusste auch, dass es vor allem das Neue war, der Kitzel, eine Gangsterbraut zu sein, sexuelle Wonne ohne Tiefe. Wie oft hatte sie mit ihren Freundinnen in der Cafeteria über ihn getuschelt? Allerdings hatte ihre Fantasie mit sechzehn nicht ausgereicht, um sich auszumalen, was sie mit Danny erlebt hatte …

Sie las den Brief noch einmal. Er wirkte steif und gestelzt. Wie hätte sie das alles ein bisschen gefälliger ausdrücken können? Weniger formell? Sie seufzte. Sie hätte den Brief noch hundertmal umformulieren können. Das Wichtigste war, Danny mitzuteilen, dass es vorbei war, denn es wäre nicht fair, ihn hinzuhalten. Auch wenn ihm das vielleicht sogar egal wäre.

Einen Moment lang betrachtete sie sein Haus. Mit seinem spitzen Dach, den Gauben und den Rundbogenfenstern wirkte es wie ein Haus aus einem Märchen, das darauf wartete, dass eine Prinzessin oder ein Holzfäller oder ein Waisenkind vorbeikam. Es stieg kein Rauch aus dem Schornstein, aber in der kalten Luft lag noch immer der Geruch des Holzfeuers vom letzten Abend. Sie stieg aus dem Taxi und stakste in ihren hochhackigen Schuhen über die moosbedeckten Wegplatten zur Tür. Sie stellte sich vor, wie er nackt unter seinem Federbett lag. Die Versuchung war groß, einfach an seine Tür zu klopfen. Innerhalb von fünf Sekunden konnte sie bei ihm unter dem Federbett liegen und sich an seinen warmen Körper schmiegen.

Oder sie könnte ihn überreden, mit ihr zu fahren. Er würde nur zehn Minuten brauchen, um seine Sachen zu packen. Der

Gedanke ließ ihr Herz höherschlagen. Danny McVeigh, der sie in ihrem kleinen Abteil an sich zog, seine rauen Hände an ihrer Haut …

Hör auf damit, Imo, schalt sie sich. In ihrem Leben war kein Platz für einen Rebellen mit einem Motorrad und einem Lächeln, das dazu geeignet war, ihr das Herz zu brechen und den Verstand zu rauben. Sie schob den Brief durch den Briefschlitz, drehte sich auf dem Absatz um und ergriff die Flucht.

Das Taxi wendete und fuhr los. Das Manöver verursachte ihr leichte Übelkeit. Imogen lehnte sich zurück und schloss die Augen. Sie waren ganz trocken vom Schlafmangel, aber das machte nichts. Im Orient-Express konnte sie sich entspannen. Sie konnte sich in ihrem Abteil unter die Decke kuscheln und so viel schlafen, wie sie wollte.

Adele hatte absolut recht: Sie brauchte ein paar Tage für sich allein. Es würde ihr guttun, im Luxus zu schwelgen. Sie würde Energie tanken und ihre Zukunft planen. Sie hatte im Lauf der letzten Monate, im Vorfeld des Verkaufs der Galerie, verdammt hart gearbeitet, und ihr wurde erst jetzt bewusst, wie erschöpft sie war. Unglaublich, wie ihre Großmutter immer genau wusste, was das Richtige war. Adele würde ihr sehr fehlen, aber zugleich wusste Imogen, dass es an der Zeit für sie war, ihren eigenen Weg zu gehen.

Sie drehte sich nicht um. Wenn sie es getan hätte, hätte sie gesehen, wie Danny, noch ganz verschlafen, die Haustür aufmachte und ihr verdattert nachschaute. In der rechten Hand hielt er ihren Brief, den Umschlag hatte er aufgerissen und auf den Boden fallen lassen. Als er das Taxi nicht mehr sehen konnte, zerknüllte er den Brief und warf ihn in den offenen Kamin, wo er als Papierball zwischen der kalten Asche und den halb verbrannten Scheiten des Vorabends liegen blieb.

KAPITEL 6

Augen zu und bis zehn zählen, befahl sich Stephanie.

Simon würde ausrasten, wenn er seine Tochter sah. Stephanie würde mit der Situation umgehen müssen, auch wenn sie sich bemühte, die Kinder nicht zu disziplinieren. Sie waren ja eigentlich keine Kinder mehr, und außerdem stand es ihr nicht zu. Ob ihre Position sich in den kommenden Tagen ändern würde, war eine andere Sache. Aber bis dahin wollte sie sich in nichts einmischen. Erst recht nicht, wo sie in Morgenmantel und mit Lockenwicklern im Haar dastand und in einer Viertelstunde fertig sein musste.

Verzweifelt schaute sie das Mädchen an, das auf dem Treppenabsatz vor ihr stand. Beth trug ein hautenges T-Shirt, extrem kurze, abgeschnittene Jeans-Shorts, eine Netzstrumpfhose und pinkfarbene Dock Martens. Das blonde Haar hatte sie zu einem Pferdeschwanz zusammengebunden.

Stephanie holte tief Luft.

»Beth, du siehst toll aus, aber in dem Aufzug lassen die dich nicht in den Zug einsteigen«, sagte sie so ruhig wie möglich. »Die Kleiderordnung besagt lässig elegant. Ich weiß, dass es dir schwerfällt, aber es ist deinem Dad gegenüber nicht fair. Du weißt genau, dass er sich aufregen wird.«

Verständnisvoller hätte sie nicht sein können, dachte sie.

Aber Beth verschränkte die Arme vor der Brust. »Was anderes hab ich nicht.«

»Das stimmt nicht. Du hast ein paar sehr hübsche Kleider.«

»In denen seh ich fett aus.«

87

Stephanie seufzte.

»Fett? Du hast doch eine tolle Figur. Lange, schlanke Beine. Ich würde sonst was geben für solche Beine.« Stephanie hatte kurze Beine. »Komm, wir finden bestimmt was, das deinem Vater gefällt. Wir wollen doch nicht, dass er einen Herzinfarkt kriegt.«

Sie würde keine Zeit mehr haben, um sich ordentlich zu frisieren, aber es war wichtiger, Beth zur Vernunft zu bringen.

»Ich kapier immer noch nicht, warum er diese Reise gebucht hat. Wer will denn schon stundenlang in einem Zug rumsitzen? Warum können wir nicht nach Dubai fliegen oder sonst wohin? In die Karibik zum Beispiel. Das wäre cool gewesen.«

»Für so eine weite Reise reicht die Zeit nicht.«

»Klar.« Beth verdrehte die Augen. »Das Café. Das kann man ja nicht lange allein lassen.«

Stephanie ließ sich nicht provozieren. Es war sicher nicht einfach, wenn der Vater endlich eine neue Frau fand und sie zu sich ins Haus holte, dachte sie, und so bemühte sie sich, Beth ihre egoistische Haltung nachzusehen. Im Grunde genommen war sie ein liebes Mädchen, aber sie war es gewöhnt, ihren Willen durchzusetzen, ohne sich über andere Gedanken zu machen. Das kam häufig dabei heraus, wenn Eltern sich scheiden ließen, denn vor lauter Schuldgefühlen neigten sie dazu, ihre Sprösslinge nach Strich und Faden zu verwöhnen.

Und andere Leute konnten dann sehen, wie sie mit den verzogenen Gören zurechtkamen. Sie wollte Simon nicht in den Streit einbeziehen – seine Exfrau Tanya machte ihm schon genug Stress –, aber sie musste dafür sorgen, dass Beth sich etwas anderes anzog.

»Beth, Liebes, mach's mir nicht so schwer. Bitte.«

Beth verdrehte die Augen. Sie roch nach Zigarettenrauch und irgendeinem süßlichen Parfüm.

»Ich weiß gar nicht, warum ihr uns überhaupt mitnehmt«, sagte Beth. »Zu zweit hättet ihr doch bestimmt viel mehr Spaß.«

Stephanie betrachtete den Läufer auf dem Boden des langen Flurs und zählte bis zehn. Ja, dachte sie, wenn das so weiterging, hätte Beth bestimmt recht. Aber das sagte sie nicht.

»Wir machen die Reise, um alle zusammen ein bisschen Spaß zu haben.«

»Klar. Wir spielen glückliche Familie. Und ich verpasse zwei Partys. Zwei.« Sie hielt zwei Finger hoch, falls Stephanie es nicht kapiert haben sollte. Ihre Nägel waren knallgrün lackiert. Der Lack war an den Rändern abgesplittert.

»Du wirst es überleben.« Da war sich Stephanie sicher. Alle Teenagerpartys liefen gleich ab. Billiger Fusel, es wurde gekotzt, gefummelt und hinterher geweint. Sie hatte früher selbst genug Partys mitgemacht, und seitdem hatte sich nicht viel geändert. Dennoch verstand sie Beth. Die Angst, dass irgendetwas unglaublich Wichtiges passieren würde, während sie fort war.

Eine Tür am anderen Ende des Flurs ging auf, und Jamie kam aus seinem Zimmer. Im Gegensatz zu seiner Schwester war er ordentlich angezogen: gestreifter Blazer, rote Krawatte, schmale schwarze Hose, das Haar adrett gegelt, voll im Trend der Indie-Mode. Er strahlte das Selbstbewusstsein eines jungen Menschen aus, der sich noch nie in seinem Leben fehl am Platz gefühlt hatte. Jamie besaß die perfekte Mischung von Eigenschaften, die nötig waren, um es im Leben zu etwas zu bringen: Er war intelligent und cool.

»Schleimer«, sagte Beth.

Jamie betrachtete sie unbeeindruckt von oben bis unten. »Dad kriegt die Krise.«

Beth zupfte an ihrem Pferdeschwanz. Unter der nach außen getragenen Aufsässigkeit war Beth zutiefst verunsichert, das spürte Stephanie genau. Ihr lief die Zeit davon.

»Dich sieht doch im Zug sowieso keiner von deinen Freunden«, sagte sie, aber bereits während sie die Worte aussprach, war ihr klar, dass sie Beth nur auf die Nerven ging. Die Stimme der Vernunft.

»Ich kapier einfach nicht, warum ich nicht anziehen kann, was ich will.«

»Weil es unpassend ist. Bitte, Beth.« Stephanie merkte, dass sie schon anfing zu betteln. Vielleicht würde Bestechung funktionieren. Fünfzig Pfund? Es war einen Versuch wert.

»Sie zieht sich nicht um«, bemerkte Jamie. »Es macht ihr Spaß, andere Leute zu ärgern.«

Beth funkelte ihren Bruder an, dann warf sie die Arme in die Luft.

»Also gut. Ich zieh mich um. Hauptsache, alle *anderen* sind zufrieden.«

Wütend verschwand sie in ihrem Zimmer. Stephanie schaute Jamie an, der sie schief angrinste.

»Tolle Zeiten«, sagte er.

»Ich verstehe nicht, warum es nicht tolle Zeiten sein können.« Stephanie lehnte sich gegen die Wand. Sie fühlte sich total ausgelaugt.

»Weil wir geschädigt sind«, sagte Jamie. »Komplett verkorkst. Das hast du doch bestimmt schon am ersten Tag gemerkt, oder?«

Jamie hatte recht – sie hatte es tatsächlich am ersten Tag gemerkt. Andererseits gab es Hunderte von Kindern, die dasselbe durchgemacht hatten wie Jamie und Beth. Scheidungen waren an der Tagesordnung. Aber das machte es sicher nicht leichter, wenn die eigenen Eltern sich trennten. Vor allem, wenn es die Mutter war, die die Familie verließ. Es war einfach gegen die Natur, dass eine Mutter ihre Kinder zurückließ.

So etwas machte eine Mutter nicht. Niemals.

Und fairerweise musste Stephanie zugeben, dass Beth und

Jamie bisher ziemlich nett zu ihr gewesen waren. Sie war fürchterlich nervös gewesen, als sie das erste Mal im Haus übernachtet hatte, denn sie war sich nur zu bewusst gewesen, dass sie Tanyas Platz einnahm, auch wenn Tanya schon lange fort war und Simon und sie schon seit fast zwei Jahren geschieden waren. Simon hatte ihr erklärt, es sei ihr gutes Recht, bei ihm zu übernachten, ebenso wie es sein gutes Recht sei, sie mitzubringen, nachdem sie jetzt seit fast drei Monaten ein Paar waren. Dennoch hatte sie sich fehl am Platz gefühlt und tat es manchmal immer noch.

»Die beiden mögen dich, das weiß ich«, versicherte Simon ihr immer wieder. »Sie haben nichts gegen dich. Lass ihnen ein bisschen Zeit. Und versuch, es nicht persönlich zu nehmen.«

Da hatte Simon gut reden, dachte Stephanie. Und dann hatte er den Einfall gehabt, diese Fahrt mit dem Orient-Express zu unternehmen, um ein paar Tage zu viert zu verbringen.

Sie ging ins Elternschlafzimmer. Nach Bergamotte duftender Dampf drang aus dem angrenzenden Badezimmer. Simons Duft. Ihre Stimmung besserte sich. Ungeachtet der schwierigen Situation ging ihr immer noch das Herz auf, wenn Simon in ihrer Nähe war.

In aller Eile machte sie sich fertig, löste die Lockenwickler aus ihren Haaren, schminkte sich, zog Strumpfhose, Kleid, die ungewohnten hochhackigen Schuhe an. Innerhalb von drei Monaten hatte sich ihr Leben vollkommen verändert. Es war eine stürmische Liebesbeziehung – erhebend, berauschend, wundervoll. Und jetzt hing ihr Abendkleid in einer atmungsaktiven, leinenen Kleidertasche, und ihr kleiner Koffer war gepackt für eine Fahrt im Orient-Express. Sie konnte es immer noch nicht glauben.

Es mochte ein Märchen sein, aber im wirklichen Leben gab es trotzdem Dinge, die geregelt werden mussten. Sie nahm ihr Handy aus der Ladestation und hielt es einen Moment lang in der Hand. Sie hatte Simon versprochen, nicht im Café anzurufen.

Sie hatten einen Pakt geschlossen: Vier ganze Tage lang würde sich keiner von ihnen auf seiner Arbeitsstelle melden. Schließlich hatte Simons Arbeitswut am Ende seine Ehe zerstört und Tanya in die Arme eines anderen getrieben. Als freischaffender Architekt, der zu Hause arbeitete, hatte Keith viel Zeit, Tanya die Aufmerksamkeit zu schenken, nach der sie sich sehnte.

Aber Stephanie hatte das dringende Bedürfnis, vor ihrer Abreise wenigstens einmal kurz durchzuklingeln. Es würde sie all ihre Selbstbeherrschung kosten, sich den Anruf zu verkneifen. Ihre Angestellten arbeiteten jetzt schon seit über einem Jahr für sie, und sie waren allen Eventualitäten gewachsen – Feuer, Rohrbrüche, Lebensmittelvergiftung –, aber Stephanie war so nervös wie eine Mutter, die ihren Säugling zum ersten Mal allein lässt. Das Café war ihr Ein und Alles. Sie hatte Geld, Zeit, Schweiß und Tränen investiert – und ihre letzte Beziehung dafür geopfert. Aus eben diesem Grund hatte sie so viel Verständnis für Simon gehabt, als sie sich kennengelernt hatten. Ihr Exfreund hatte ihr bei der Trennung vorgeworfen, sie würde sich mehr um den Zustand ihrer Muffins sorgen als um ihn. Zu dem Zeitpunkt hatte das vielleicht sogar gestimmt, aber es hatte sie dennoch gekränkt.

Inzwischen wusste sie, dass es wichtigere Dinge im Leben gab als die Qualität von Backwaren. Trotzdem konnte sie nicht aufhören, sich verrückt zu machen.

Genau in dem Augenblick, als sie die Schnellwahltaste drückte, ging die Badezimmertür auf, und Simon kam heraus, ein weißes Badetuch um die Hüften gewickelt. Mit zweiundfünfzig hatte er immer noch eine gute Figur: breite Schultern, schmale Hüften und nur einen leichten Ansatz von Rettungsringen, was jedoch dazu beitrug, dass er sich kräftig und solide anfühlte. Sie brach den Anruf ab. Das schlechte Gewissen stand ihr im Gesicht geschrieben.

Simon hob eine Braue. Seine Brauen, dunkel und schön geschwungen über seinen braunen Augen, gehörten zu den Dingen, die ihr am besten an ihm gefielen. Wahrscheinlich brachte er sie vor Gericht geschickt zum Einsatz. Ein einziges Zucken mit einer Braue konnte Bände sprechen.

»Tut mir leid …« Stephanie steckte das Handy ein und zog die Ladestation aus der Steckdose. Simon ließ sein Badetuch auf den Boden fallen und ging zum Schrank. Er grinste sie über die Schulter hinweg an.

»Mach nur. Ruf an und vergewissere dich, dass der Laden nicht über Nacht von Randalierern kurz und klein geschlagen wurde.«

»Nein, nein, es ist bestimmt alles in Ordnung.« Sie kam sich blöd vor. Simon war Anwalt. In seiner Kanzlei stapelten sich jede Menge wichtige Fälle auf seinem Schreibtisch, und er brachte es fertig, nicht anzurufen. Während sie sich sorgte, ob ihre beiden absolut fähigen Angestellten es geschafft hatten, das Café aufzuschließen und die Kaffeemaschine anzuwerfen.

Er kam auf sie zu, in der einen Hand ein blassblaues Hemd, in der anderen eine gestreifte Krawatte. »Ich weiß, dass es schwerfällt. Aber man muss loslassen können. Du bist nicht unentbehrlich. Das ist niemand.«

Sie wusste, dass er aus Erfahrung sprach. Er hatte sich diese Haltung antrainiert, um seine Ehe zu retten. Leider war es da schon zu spät gewesen.

Pech für ihn, Glück für sie.

»Du siehst übrigens großartig aus«, sagte er. »Gute Wahl.«

»Mal was anderes als Jeans und Schürze«, erwiderte sie und drehte sich mit ausgebreiteten Armen einmal um sich selbst.

»Du weißt ja, wie sehr ich auf diese Schürze stehe.«

»Du kannst sie gern einpacken.«

Er grinste. »Nein. So gefällst du mir sehr.«

Sie trug ein Häkelkleid und darüber eine lange, feine Strickjacke: zurückhaltend elegant und ein krasser Gegensatz zu ihrem üblichen Outfit. Simon war mit ihr bummeln gegangen, um mit ihr zusammen ihre Reisegarderobe zu kaufen – etwas, das er mit Tanya nie gemacht hatte.

Manchmal hatte Stephanie ein schlechtes Gewissen, weil nicht Tanya, sondern sie von Simons Entscheidung profitierte, sein Leben von Grund auf zu ändern.

»Sie wollte sowieso nicht, dass ich mich ändere«, hatte er ihr einmal düster erklärt. »Solange sie mir vorwerfen konnte, dass ich mich nicht änderte, hatte sie einen bequemen Grund, sich zu trennen, und konnte mir die Schuld in die Schuhe schieben. Ich sei uneinsichtig, mit meiner Arbeit verheiratet und so weiter. Dabei hat sie mich die ganze Zeit unter Druck gesetzt, möglichst viel Geld zu verdienen. Ich meine, all das hier …« Er machte eine ausladende Geste, die das ganze vierstöckige Haus und die luxuriöse Einrichtung einbezog. »… kann man sich nicht leisten, wenn man jeden Abend um sechs zum Abendessen zu Hause ist.«

Seit sie zusammen waren, machten Freunde – nur wenige hatten sich auf Tanyas Seite geschlagen und wollten mit Stephanie nichts zu tun haben – immer wieder Bemerkungen darüber, wie sehr Simon sich durch sie geändert habe. Dabei hatte Stephanie nie versucht, ihn zu ändern, im Gegenteil. Wenn er sich geändert hatte, dann vielleicht, weil er aus seinen Fehlern gelernt hatte.

»Vielleicht bin ich einfach gern mit dir zusammen«, hatte Simon gesagt. »Wenn ich früher nach Hause kam, hat Tanya mir immer als Allererstes vorgehalten, was ich alles nicht getan hatte. Sie war alles andere als pflegeleicht, sowohl auf finanzieller als auch auf emotionaler Ebene.«

Soweit Stephanie das wusste, hatte Tanya ihre Zeit entweder

im Fitnessstudio, beim Friseur oder bei der Kosmetikerin verbracht. Stephanie dagegen schnitt sich die Haare selbst und lackierte sich nur ganz selten die Fingernägel.

Aber Simon hatte darauf bestanden, dass sie vor der Reise zum Friseur ging und sich eine Maniküre gönnte.

»Keine Sorge, ich will dich nicht vorzeigbar machen«, hatte er sie aufgezogen. »Nichts läge mir ferner. Aber ich finde, du hast es verdient, dich ein bisschen verwöhnen zu lassen, so hart wie du arbeitest.«

Nach der jahrelangen Plackerei – sie stand jeden Morgen in aller Herrgottsfrühe auf, um als Erste im Café zu sein und verließ es jeden Abend als Letzte, nachdem sie die Abrechnung gemacht, das Geschirr gespült, sämtliche Oberflächen poliert und den Fußboden geputzt hatte – genoss Stephanie die Aufmerksamkeit und den Luxus.

»Daran könnte ich mich glatt gewöhnen«, sagte sie zu Simon, während sie ihre glänzenden Locken schüttelte und ihm ihre korallenroten Fingernägel präsentierte.

»Gut so«, sagte er.

Und jetzt stand sie da, ganz groß in Schale, perfekt frisiert, den Koffer gepackt für eine Fahrt im Orient-Express nach Venedig. Den Kunden bei der Lösung des *Times*-Kreuzworträtsels zu helfen gehörte im Café zum Service. Stephanie hatte sich nie etwas auf ihren großen Wortschatz eingebildet, aber dass sie die Lösung für 7 waagerecht gewusst hatte, hatte sich ausgezahlt. Sie schaute Simon an und war plötzlich überwältigt von Vorfreude und Aufregung und Liebe. Sie trat auf ihn zu und legte ihm einen Arm um den Hals.

Er drückte sie an sich. Sie spürte seine Lippen auf ihrer Haut.

»Haben wir nicht vielleicht doch noch ein bisschen Zeit …?«, murmelte er.

Sie spürte das vertraute Kribbeln. Sie hoffte, dass es immer so bleiben würde. Aus dem Augenwinkel konnte sie die Uhrzeit sehen. Widerwillig löste sie sich aus seiner Umarmung.

»Mach schon«, sagte sie. »Zieh dich an. Das Taxi kommt gleich.«

Zehn Minuten später standen Stephanie, Simon und Jamie in der riesigen, mit Keramikplatten gefliesten Eingangsdiele und warteten. Am Fuß der geschwungenen Treppe stand ihr Gepäck.

Stephanie betrachtete die drei in dem großen Spiegel, der fast eine ganze Wand einnahm. Wenn jemand ihr prophezeit hätte, dass sie sich einmal in einen über fünfzigjährigen Anwalt mit zwei halbwüchsigen Kindern verlieben würde, hätte sie ihn ausgelacht. Stephanie, die immer ein Freigeist gewesen war und entschlossen, ihren eigenen Weg zu gehen, konnte sich nur wundern, wie sehr sie plötzlich dieses Leben in geordneten Bahnen genoss. Viele ihrer Freunde hatten mit Skepsis reagiert, als sie von ihrer neuen Beziehung erzählt hatte, aber sie hatte nur geantwortet: »Manchmal ist man sich einfach sicher.«

Und endlich kam Beth die Treppe herunter. Sie trug ein hübsches Kleid – marineblau, mit Schwalben bedruckt, vielleicht ein bisschen kurz, aber das machte nichts, heutzutage war Rocklänge kein Thema mehr, über das sich irgendjemand aufregte. Ihre Strumpfhose hatte keine Löcher, ihre flachen Schuhe waren an den Spitzen nicht abgestoßen, sie trug das Haar offen und nur mit ein paar glitzernden Spangen aus dem Gesicht gehalten, und sie sah … genau richtig aus.

Stephanie umarmte sie. »Du siehst gut aus.«

Simon nickte. »Meine hübsche Tochter.«

Beth rang sich ein Lächeln ab. Ihr Vater wusste offenbar nichts von der vorangegangenen Auseinandersetzung, und sie war Stephanie dankbar dafür, dass sie ihm nichts gesagt hatte.

»So, habt ihr alles?«, fragte Simon, die Hand erhoben, um die Alarmanlage einzuschalten.

Als alle ihre Taschen nahmen, klingelte das Telefon.

»Lasst es klingeln. Wir haben keine Zeit.« Simon begann, den Code einzugeben.

Nach dem vierten Läuten sprang der Anrufbeantworter an.

Es war Tanya. Ihre Stimme klang tief und heiser, und sie sprach undeutlich. Als wäre sie gerade aufgewacht. Oder als wäre sie betrunken.

»Hallo, ihr Lieben – wahrscheinlich hab ich euch gerade verpasst. Ich wollte euch nur eine gute Reise wünschen. Ich werde an euch denken. Und Simon, deine Skibrille – ich dachte, du würdest sie vielleicht brauchen. Falls du sie suchst – du hast sie neulich abends hier liegen lassen. Ich hebe sie für dich auf, okay?«

Die Schadenfreude in ihrem Ton war nicht zu überhören.

Wütend schaltete Simon den Anrufbeantworter ab.

Stephanie schaute ihn an.

Jamie und Beth schauten einander an.

In der Einfahrt hupte das Taxi.

In der Eingangsdiele herrschte betretenes Schweigen. Nach einer Weile klopfte der Taxifahrer an die Tür. Er ließ sich nicht länger ignorieren, aber zumindest riss er alle aus ihrer Starre. Beth und Jamie begannen, das Gepäck nach draußen zu tragen. Sie spürten die sich anbahnende Krise und zogen es vor, sich nützlich zu machen.

Simon hielt Stephanie in der Tür fest. Er kratzte sich verlegen am Kopf.

»Tanya hat mich gebeten, ihr bei ihrer Steuererklärung zu helfen. Es war das erste Mal seit der Scheidung, dass sie sie allein machen musste, und sie hat ehrlich gesagt keinen Schimmer von der Materie. Sie kann nicht mit Zahlen umgehen. Und ich dachte, lieber helfe ich ihr, als mich mit den Konsequenzen herumzuplagen, wenn sie es vermasselt.«

»Du brauchst dich nicht zu erklären«, sagte Stephanie. Ihr

Lächeln konnte nicht verbergen, wie betroffen sie war. Aber sie wollte nicht überreagieren.

»Doch. Ich möchte nicht, dass du glaubst, ich würde mich hinter deinem Rücken mit Tanya treffen.«

Stephanie antwortete nicht. Genau das hatte er getan.

»Ich weiß, dass ich genau das getan habe …« Simon wirkte beschämt. »Aber es kam mir unwichtig vor. Ich wollte dich nicht beunruhigen. Und es ist absolut typisch für Tanya, mich auf diese Weise zu kompromittieren. Wo ich ihr nur helfen wollte …«

»Es ist in Ordnung. Ehrlich«, sagte Stefanie. »Sag mir einfach beim nächsten Mal Bescheid, okay?«

»Ja. Sicher. Ich weiß, dass es ein Fehler war.«

Es kam nicht oft vor, dass sie Simon nervös erlebte, dachte Stephanie. »Ich kann verstehen, dass du dich ab und zu mit ihr treffen musst. Zwanzig Jahre Ehe kann man nicht einfach so abschütteln. Und sie ist immer noch die Mutter deiner Kinder.«

»Du bist unglaublich.« Simon gab ihr einen Kuss. »Wenn mir etwas Vergleichbares mit Tanya passiert wäre, hätte sie mir die Hölle heißgemacht. Sie hätte es mir bis an mein Lebensende vorgehalten.«

»Vielleicht liebst du mich ja gerade deswegen«, erwiderte Stephanie trocken.

Simon legte ihr eine Hand auf den Arm. »Ich weiß gar nicht, was ich ohne dich täte.«

Er nahm ihren Koffer. Stephanie beobachtete ihn. Sie hatte keinen Grund, ihm nicht zu glauben, und doch blieb ein Rest Zweifel. War das wirklich der Grund, warum er bei Tanya gewesen war? Oder empfand er immer noch etwas für seine Exfrau und hatte die Gelegenheit beim Schopf gepackt, um sie zu besuchen? Tanya war eine Schönheit, ein Energiebündel. Die Sorte Frau, die Männerherzen im Vorbeigehen brach. Zwar behauptete Simon, er habe schon vor Jahren aufgehört, sie zu lieben, aber

Stephanie wusste nur zu gut, dass man auch jemanden lieben konnte, der einen schlecht behandelte. Auch dann noch, wenn man eine neue Liebe gefunden hatte. Und *Ich weiß gar nicht, was ich ohne dich tät*e sagte man nicht zu einer Frau, die man unsterblich liebte. So etwas sagte man zu einer zuverlässigen Putzfrau.

Hör auf damit, schalt sie sich. Woher zum Teufel kam diese Paranoia? Natürlich liebte Simon sie. Das hatte er ihr oft genug gesagt, oder? Und wahrscheinlich liebte er sie gerade, weil sie ganz anders war als Tanya. Tanya, die sich provokativ kleidete und mit jedem flirtete und auf Dinnerpartys auf dem Klo Kokain schnupfte, wohl wissend, dass es Simons Karriere ruinieren würde, falls es je herauskam, denn Tanya war vor allem egoistisch.

Wahrscheinlich war Simon heilfroh, eine Frau an seiner Seite zu haben, die ruhig und vertrauenswürdig war. Und *so* langweilig war sie schließlich auch wieder nicht. Ein eigenes Café zu haben, vor dem die Leute jeden Mittag Schlange standen, war nicht langweilig. Voller Stolz dachte sie an das Schaufenster ihres Cafés – die riesigen, mit Pistazien bestreuten Baisers, die Himbeertörtchen, die legendären Brownies, alles scheinbar wahllos aufgetürmt, aber in Wahrheit bis ins kleinste Detail durchdacht – die Proportionen, die Farben und die Mengen genau berechnet, sodass es absolut verlockend wirkte …

Das Einzige, was Tanya gut konnte, hatte Simon ihr gesagt, war Geld ausgeben.

Außerdem, dachte Stephanie grinsend, war sie fünfzehn Jahre jünger als Tanya. Sie mochte vielleicht ein nicht ganz so auffälliger Typ sein, aber sie brauchte jedenfalls kein Botox.

Sie verscheuchte ihre düsteren Gedanken. Sie würde sich nicht die Laune verderben lassen. Simon hatte ihr die Sache erklärt und sich entschuldigt, und das reichte.

DER PULLMAN-ZUG

Von Victoria Station bis Calais

KAPITEL 7

Es war ein frischer Aprilmorgen: immer noch kalt, aber optimistisch sonnig, ein Vorbote der wärmeren Monate, der das Herz erfreute. Die Leute, die aus der U-Bahn-Station kamen, blinzelten auf dem Weg zur Victoria Station ins helle Sonnenlicht. Tauben trippelten zwischen Unrat und den Füßen der Passanten umher auf der Suche nach Krumen. Aus Lautsprechern über den Köpfen der Pendler dröhnten Reiseinformationen, Wortfetzen verloren sich zwischen den weißen Wölkchen am blauen Himmel.

Archie ging an Reisenden vorbei, die mit nach oben gewendeten Gesichtern in Trauben unter der Informationstafel standen und darauf warteten, dass ihre Züge angekündigt wurden. Er trug eine abgenutzte lederne Reisetasche in der Hand und über der Schulter einen alten Burberry-Regenmantel, der einmal seinem Großvater gehört hatte. Er hoffte, dass er mit seinem karierten Hemd, der Seidenkrawatte und der Cordhose elegant genug gekleidet war. Er hatte keine Lust gehabt, seinen dunklen Anzug anzuziehen. Den hatte er oft genug angehabt in den vergangenen Wochen, bei all den Terminen beim Anwalt und natürlich bei der Beerdigung. Er hätte nichts dagegen, wenn er ihn nie wiedersehen würde.

Jenseits des überfüllten Bahnsteigs entdeckte er den eleganten Wartesaal für die Passagiere des Pullmanzugs, der sie nach Folkstone bringen würde. Von dort ging es mit der Fähre nach Calais, wo der Orient-Express mit seinen historischen Schlafwagen bereitstand. Ein elegantes Paar betrat gerade den Wartesaal. Sie trug einen knielangen Pelzmantel, er einen maßgeschneiderten Anzug. Ein uniformierter Portier hielt ihnen die Tür auf.

Archie konnte sich noch nicht dazu überwinden, sich zu den Leuten im Wartesaal zu gesellen. Er sah sich nach einer Bar um. Nur ein Gläschen Scotch, um sich ein bisschen Mut anzutrinken. In so einer Situation würde doch jeder einen Drink brauchen, oder? Andererseits – wollte er wirklich auf nüchternen Magen Alkohol trinken und mit einer Fahne in den Zug steigen? Er hatte noch nicht gefrühstückt. Vielleicht sollte er lieber nur einen Kaffee trinken, sich fünf Minuten geben, um sich zu sammeln.

Er bestellte einen Espresso. Das Koffein haute voll rein. Er wusste nicht, ob er über die ganze Situation laut lachen oder das nächste Taxi zur Paddington Station nehmen und von dort nach Hause fahren sollte.

Typisch Jay, ihn so reinzulegen. Seit Archie sich vor ein paar Jahren von Kali getrennt hatte, versuchte sein Freund, ihn unter die Haube zu bringen. Kali war eine lebhafte, robuste Neuseeländerin, eine Frau mit Humor und viel Energie. Sie waren fünf Jahre zusammen gewesen und hatten vorgehabt, nach Neuseeland zu ziehen und die Farm ihrer Eltern zu übernehmen, aber im allerletzten Moment hatte Archie gekniffen. Die Liebe zu seinem Hof hier in England, zu seiner Familie und seinen Freunden war am Ende stärker gewesen als seine Liebe zu Kali. Sie hatte ihn verstanden, weil sie so war, wie sie war, und das war auch der Grund, warum er sie geliebt hatte, aber er konnte sich einfach nicht vorstellen, ans andere Ende der Welt auszuwandern.

Nach der Trennung hatte Jay ständig versucht, ihn mit irgendwelchen hübschen jungen Frauen zu verkuppeln. Mit einigen davon hatte Archie sich auf ein Techtelmechtel eingelassen. Mit einer oder zwei war er sogar mehr als ein paar Wochen zusammen gewesen. Aber seit Kali hatte er sich eigentlich nicht mehr richtig verliebt. Die Frauen waren seiner Meinung nach alle austauschbar gewesen, und er war nicht der Typ, der sich auf eine Beziehung einließ, wenn er nicht wirklich etwas für eine Frau empfand.

»Ich bin glücklich und zufrieden, mir fehlt nichts«, hatte er Jay immer wieder versichert, aber der hatte ihn trotzdem weiterhin mit Frauen zusammengebracht. Selbst jetzt, wo er unter der Erde lag, konnte er es nicht lassen.

Und jetzt stand er hier am Bahnhof und wartete auf sein Blind Date. Okay, es hätte schlimmer kommen können. Die Reise hätte auch nach Alton Towers oder Blackpool gehen können. Dann wäre es ihm verdammt schwergefallen, zu seinem Versprechen zu stehen. Damals hatte er es nicht für möglich gehalten, dass er das Preisausschreiben gewinnen würde, aber er hatte Jay nun mal sein Wort gegeben.

Archie betrachtete noch einmal das Foto und seufzte. Emmie Dixon. Auf dem Papier schien sie ja ganz nett zu sein, aber eigentlich war diese ganze Scharade ihr gegenüber nicht fair. Er konnte nur hoffen, dass sie nicht von einem romantischen Abenteuer mit Happy End träumte. Wenn sie auch nur einen Funken Verstand besaß, würde sie das nicht tun. Wenn er Glück hatte, freute sie sich einfach auf die Reise und war sich darüber im Klaren, dass das Ganze nichts weiter war als ein Werbegag.

Das einzig Gute war, dass NIE MEHR ALLEIN sie nicht von einem Filmteam begleiten ließ. Aber in dem Fall hätte er den Zirkus sowieso nicht mitgemacht. Ihm graute ja schon vor dem Fototermin, den die Agentur zur Bedingung gemacht hatte. Archie war eher verschlossen und zurückhaltend und mochte es nicht, Aufmerksamkeit auf sich zu ziehen.

Im Gegensatz zu ihm hätte Jay sich über eine solche Gelegenheit gefreut wie ein Schneekönig. Er hätte sich mit Wonne in das

Abenteuer gestürzt. Er war extrovertiert gewesen, der geborene Alleinunterhalter. Archie wollte sich lieber nicht ausmalen, wie sein Freund vor den Kameras posiert hätte. Aber an Jay zu denken tat immer noch weh. Er spürte, wie die Spannung in seinem Nacken ihm in den Hinterkopf kroch. Er hoffte bloß, dass er nicht wieder Kopfschmerzen bekam, wie so oft in letzter Zeit. Er ernährte sich schlecht und schlief schlecht. Seine Mutter trieb ihn in den Wahnsinn, indem sie ihm dauernd selbst gekochte Gerichte brachte, die er sich in der Mikrowelle aufwärmen sollte. Sie standen unangerührt im Kühlschrank, bis er sie in den Müll warf und er ihr die gespülten Behälter zurückgab und so tat, als hätte er alles gegessen. In einem Monat hatte er über sechs Kilo abgenommen.

Er warf seinen leeren Kaffeebecher in den Mülleimer und ging in die Pullman-Lounge. Ein roter Teppich lag vor dem Eingang, der von zwei Buchsbäumen in Kübeln flankiert wurde. Über der Glastür stand *Venice-Simplon-Orient-Express*.

Er drückte die Tür auf. Die Einrichtung des Wartesaals war plüschig, die Wände rot gestrichen, der Boden mit glänzendem Parkett ausgelegt. Er schaute sich um. Die Leute waren dabei, ihr Gepäck am Schalter aufzugeben. Alle lächelten und schwatzten, fasziniert von der Romantik und dem Luxus. Sie hatten sich ausnahmslos in Schale geworfen. Es duftete überall nach Parfüm, und freudige Erwartung lag in der stickigen Luft.

Dann sah er eine Frau in einem grauen Kostüm auf sich zukommen, im Schlepptau einen Mann mit Kamera um den Hals. Die Frau trug eine rote Brille und jede Menge glitzernde Klunker, und sie grinste wie eine Raubkatze.

»Sind Sie vielleicht Archie Harbinson?«

Archie zuckte zusammen. Vielleicht sollte er es lieber leugnen und machen, dass er wegkam.

»Ich habe Sie von dem Foto erkannt.«

Jay war ein gründlicher Mensch gewesen. Natürlich hatte er ein Foto eingeschickt.

»Ja, der bin ich«, gab Archie zähneknirschend zu.

Ihr Lächeln wurde noch breiter, und sie streckte ihm die Hand hin. »Ich bin Patricia von NIE MEHR ALLEIN. Wie schön, Sie kennenzulernen. Und herzlichen Glückwunsch. Die Wahl ist uns wirklich schwergefallen – wir hatten Hunderte Einsendungen.«

»Tatsächlich.« Wie viele Verzweifelte es geben musste. Die meisten von ihnen hätten diese Reise viel eher verdient als er, dachte Archie.

»Aber Ihr Profil war etwas Besonderes.«

»Ach ja?« Archie fragte sich, was in aller Welt Jay über ihn geschrieben hatte.

»Ziel dieser Kampagne war es schließlich nicht, einen potenziellen George Clooney ausfindig zu machen«, sagte Patricia.

»Na, dann sind Sie wohl nicht enttäuscht.«

»Es ging einzig und allein darum, das perfekte Paar zu finden. Zwei Menschen, die wie füreinander geschaffen sind.«

»Verstehe …«

»Sie und Emmie sind für uns so etwas wie ein Traumpaar. Sie beide haben sehr deutlich gemacht, was Sie suchen.«

Was zum Teufel hatte Jay bloß geschrieben? Woher hatte er wissen wollen, was Archie suchte?

Patricia nickte. »Wir sind überzeugt davon, dass eine glückliche Zukunft vor Ihnen liegt. Wir von NIE MEHR ALLEIN haben für so etwas ein *Gespür*.« Um zu verdeutlichen, wo dieses Gefühl saß, klopfte sie sich mit der Faust auf eine Stelle zwischen ihren Brüsten und ihrem Magen. »Und dieses *Gespür* macht unseren Erfolg aus. Wir verlassen uns nicht auf Computer. O nein. Wir verlassen uns ganz auf unser Bauchgefühl.«

Wenn ihre Klunker etwas über ihr Gespür aussagten, dachte Archie, würde er ihr nicht mal zutrauen, eine Krawatte für ihn auszusuchen, ganz zu schweigen von einer Ehepartnerin. Aber er hatte keine Lust, sich mit ihr anzulegen.

Patricia packte ihn am Arm. »Wir wollen Sie nicht länger auf die Folter spannen. Ich werde Ihnen jetzt Ihr Date vorstellen.« Sie drehte sich zu dem Fotografen um. »Sind Sie so weit? Ich finde es wichtig, den Moment festzuhalten, wenn sie sich zum ersten Mal begegnen. Das ist es, was unsere Kunden sehen wollen.«

Der Fotograf hielt seine Kamera hoch. »Von mir aus kann's losgehen.«

»Love is in the air«, trällerte Patricia und bugsierte Archie vorwärts.

Archie stellte sich das enttäuschte Gesicht seines Dates vor, sobald sie ihn erblicken würde. Er wappnete sich für die Demütigung, während er Jay innerlich verfluchte, der natürlich von oben zusah und sich ins Fäustchen lachte. »Komm bloß nicht auf die Idee, dich aus dem Staub zu machen, Harbinson«, hörte er ihn sagen, während er sich von Patricia zu einer jungen Frau führen ließ, die auf einem der Plüschsofas saß.

»Da sind wir«, verkündete Patricia stolz. »Das ist Emmie. Emmie Dixon – das ist Archie Harbinson.«

Der Fotograf begann wie wild zu knipsen, als die junge Frau aufstand. Sie war klein und zierlich und trug ein brombeerfarbenes Kleid aus Crêpe de Chine mit tief angesetzter Taille, dazu eine mehrreihige Perlenkette und einen Cloche-Hut mit einer cremefarbenen Straußenfeder. Sie hatte ein Puppengesicht mit fröhlichen Augen und kirschrot geschminkte Lippen, die zum Küssen einluden. Auf dem Sofa, auf dem sie gesessen hatte, stapelten sich drei pistaziengrüne Hutschachteln mit der Aufschrift: Emmie Dixon, Hutmacherin.

Sie streckte die Hand aus.

»Hallo«, sagte sie schüchtern. »Freut mich, Sie kennenzulernen. Ich bin Emmie.«

»Archie. Ich freue mich auch, Sie kennenzulernen.« Die Worte kamen ihm leicht über die Lippen, denn Archie hatte viel zu gute Manieren, um sich seinen Mangel an Begeisterung anmerken zu lassen. Außerdem war er überrascht. Sie entsprach in keiner Weise dem, was er erwartet hatte. Wahrscheinlich hatte er zu viele Episoden von Blind Date gesehen. Er hatte sich eine Frau mit Haarverlängerungen, künstlicher Bräune und dem einen oder anderen Kleidungsstück mit Leopardenfellmuster vorgestellt, aber keine, die aussah, als wäre sie in einer Zeitmaschine angereist.

Während die Kamera pausenlos klickte, beugte sie sich vor und sagte leise zu Archie: »Bestimmt haben Sie sich vor diesem Moment gefürchtet. Mir ist es jedenfalls so gegangen. Ich hasse es, fotografiert zu werden.«

»Ich auch. Aber es kommt nicht oft vor, dass mich jemand fotografieren will«, antwortete Archie, ohne eine Miene zu verziehen.

»Bitte lächeln! Alle beide!«, forderte der Fotograf sie auf.

»Ja, und denken Sie daran, dass Sie gerade Ihren Traumpartner kennengelernt haben«, flötete Patricia und strahlte von einem Ohr bis zum anderen.

Sie wandten sich der Kamera zu und setzten gehorsam ein Lächeln auf.

»Perfekt!«, rief der Fotograf.

»Und es wäre echt ganz toll, wenn wir ein Foto machen könnten, auf dem Sie sich einen Kuss geben«, sagte Patricia. »Nur auf die Wange«, fügte sie hastig hinzu. »Ein ganz kleines Küsschen.«

Emmie biss sich auf die Lippe. Archie sah, dass sie ein Lachen unterdrückte. Dann beugte sie sich erneut zu ihm vor und flüsterte: »Das ist grauenhaft. Alle gucken.«

Es stimmte. Sie standen plötzlich im Mittelpunkt der Aufmerksamkeit, alle anderen Reisenden beäugten sie und fragten sich wahrscheinlich, ob sie irgendwelche Berühmtheiten waren.

»Hoffentlich lassen sie uns bald in Ruhe, damit wir uns irgendwo einen Drink besorgen können«, flüsterte Archie.

»Und dann noch eins unter dem Schild«, trällerte Patricia. »Damit wir den Kontext haben. Die Bilder werden so bald wie möglich auf der Webseite erscheinen. Und auf Facebook und Twitter und den anderen sozialen Medien. Wir mögen zwar für die Partnervermittlung keine Computer benutzen, aber wir sorgen immer für Präsenz in den sozialen Medien.«

»Na großartig«, murmelte Archie. Es gab doch nichts Schöneres, als im Internet verewigt zu werden. Er ließ sich zusammen mit Emmie quer durch den Wartesaal bugsieren. Emmie hakte sich bei ihm unter.

»Lächeln!«, rief der Fotograf.

Archie zog eine Grimasse, die halbwegs als Lächeln durchging.

»Cheese!«, sagte Emmie.

Von der anderen Seite der Halle aus verfolgte Riley interessiert, was dort vor sich ging, obwohl er es kaum mit ansehen konnte. Die beiden waren so ein hübsches Paar, aber der Fotograf stellte sich an wie der letzte Anfänger und vermasselte alles. Riley konnte sich genau vorstellen, wie die Bilder hinterher aussehen würden. Plump und schlecht ausgeleuchtet und kitschig. Am liebsten hätte er diesen Dilettanten aus dem Weg geschoben und ihm mal gezeigt, wie man so was machte. Aber das wäre unverschämt gewesen, und außerdem war er im Urlaub. Riley hatte zwar eine Kamera dabei – ohne Kamera zu reisen war undenkbar –, aber nur zu persönlichen Zwecken. Trotzdem juckte es ihn in den Fingern, dafür zu sorgen, dass das Foto ordentlich wurde. Er wusste genau, wie er die beiden positionieren würde: der Mann im Profil, den Blick auf die Frau gerichtet, die lächelnd den Blick senkte. Ein Bild musste eine Geschichte erzählen. Dabei gab es sogar eine Geschichte, das war nicht zu übersehen, aber dieser Stümper hatte offenbar überhaupt keine Fantasie. Die beiden sahen aus, als wären sie im Moment überall lieber als hier, und das war der Tod jedes Fotos.

Doch anstatt sich einzumischen, setzte Riley sich auf ein Sofa und schaute zu. Die junge Frau war bezaubernd. Kein Modeltyp – dafür war sie zu klein, zu kurvenreich –, aber sie hatte eine angenehme, liebreizende Ausstrahlung. Und der Mann sah auf eine schlampige Weise gut aus, Typ Hugh Grant, mit wuscheligem braunem Haar, das er sich immer wieder aus den Augen schob. Sein Mangel an Eitelkeit machte ihn natürlich erst recht attraktiv. Riley sah ihm an, dass er den ganzen Zirkus als reine Qual empfand. Es gab viele Leute, die sich nicht gern fotografieren ließen, aber diesem Mann war es regelrecht ein Graus, im Rampenlicht zu stehen. Riley fragte sich, warum in aller Welt der Typ sich von dieser unmöglichen Frau in dem grauen Kostüm herumkommandieren ließ. Vielleicht würde er während der Reise ein bisschen mehr über das sympathische Paar herausbekommen. Er wusste aus Erfahrung, dass das halbe Vergnügen bei Fahrten im Orient-Express darin bestand, die Mitreisenden zu beobachten. Sylvie und er machten sich schon seit Jahren einen Spaß daraus, über Leute zu spekulieren, Vermutungen anzustellen, sich Geschichten über sie auszudenken …

Sylvie. Er schaute auf die Uhr. In weniger als zwölf Stunden würde sie in Paris in den Zug steigen. Unglaublich, dass er sich in seinem Alter noch wie ein Teenager auf das Wiedersehen mit einer Frau freuen konnte, die er schon so lange kannte. Trotz allem, was in letzter Zeit vorgefallen war, fühlte er sich noch jung. So jung wie das Pärchen, das gerade dort drüben gepeinigt wurde. Genauso jung und genauso hoffnungsvoll.

Erst wenn man dem Tod von der Schippe gesprungen war, dachte er, wurde einem bewusst, was für ein Glück man hatte. Er war bei dem Auffahrunfall von der Rückbank des Taxis gegen die Trennscheibe geschleudert worden. Natürlich war er nicht angeschnallt gewesen. Wenn er in einem weniger stabilen Auto gesessen hätte, wäre die Sache womöglich viel schlimmer ausgegangen. Er konnte von Glück reden, dass er mit einer Nierenquetschung davongekommen war. Zwei Wochen lang hatte er schwach und hilflos im Krankenhaus gelegen, bis festgestellt werden konnte, dass seine Niere immer noch funktionierte und nicht entfernt werden musste. Tag für Tag hatte er fürchterliche Schmerzen gelitten, während eine Maschine sein Blut gereinigt hatte, und die ganze Zeit hatte ihn nur ein einziger Gedanke aufrechtgehalten.

Nach seiner Entlassung aus dem Krankenhaus war er sofort wieder in ein Taxi gestiegen.

»Bond Street«, hatte er den Fahrer angewiesen.

Zeit, endlich zu tun, was er schon vor Jahren hätte tun sollen.

Der Pullman-Zug, in prächtiger Livree in Schokoladenbraun und Cremefarbe, aalte sich in der Aprilsonne an Bahnsteig 2 in dem Bewusstsein, dass er an jenem Tag der eindrucksvollste Zug in der Victoria Station war. Pendler, die zu den prosaischeren Regionalzügen eilten, warfen ihm bewundernde Blicke zu und fragten sich insgeheim, ob sie wohl eines Tages auch einmal zu den Passagieren gehören würden, die durch die gläserne Drehtür strömten. Freudige Erregung lag in der Luft, die Leute konnten es offensichtlich kaum erwarten einzusteigen. Vor den Türen begrüßten Stewards in weißen Jacken und Schaffner mit goldenen Knöpfen ihre Passagiere in dem Wissen, dass keine Mühen gescheut worden waren, den ersten Teil der Reise, bis alle in Frankreich in die Schlafwagen des Orient-Express einstiegen, so angenehm wie möglich zu gestalten.

Archie hatte sich bei Emmie untergehakt und begleitete sie über den Bahnsteig. Jetzt steckte er zu tief drin, dachte er zerknirscht. An Flucht war nicht mehr zu denken. Aber er würde ihr so bald wie möglich reinen Wein einschenken, nahm er sich vor, während er nach ihrem Waggon Ausschau hielt. Da war er, gekennzeichnet mit einem verschnörkelten Schild mit der Aufschrift *Ibis*. Es war der älteste der Waggons, ein Relikt des Deauville-Express, der in den Zwanzigerjahren unverschämt reiche Pariser ins Casino transportiert hatte. Weiß der Teufel, was für Skandale sich in dem Waggon abgespielt hatten und wie viele Geheimnisse er barg.

Der Speisewagen war eingerichtet wie ein Luxusrestaurant. Kostbare Intarsien an den Wänden stellten griechische Tänzerinnen dar. Auf den Tischen lagen blütenweiße Damastdecken, und die Sitze waren mit hellblauem Stoff gepolstert. Neben weißen Porzellantellern lag silbernes Besteck, und auf säuberlich aufgereihten Kristallgläsern prangte das Logo des Orient-Express.

Nachdem das Handgepäck in den Ablagen über den Fenstern verstaut war und alle ihre Plätze eingenommen hatten, wurde zur Begrüßung und als Vorgeschmack auf Venedig ein Bellini serviert: Prosecco mit frischem Pfirsichsaft. Mit einem wohligen Seufzer lehnten die Passagiere sich in den weichen Sitzen zurück. Zeitungen wurden aufgeschlagen, SMS mit begleitenden Fotos versendet. Es war, als befänden sie sich in einer anderen Welt und in einer anderen Zeit, an einem Ort außerhalb der Realität.

Archie und Emmie wurden in ihr separates Abteil geführt, das am hinteren Ende des Waggons durch eine Tür mit Mattglasscheiben abgetrennt war. Sie nahmen auf den weichen, mit blauem und cremefarbenem Stoff gepolsterten Sitzen Platz, über deren Kopfstützen schneeweiße Schutzdeckchen lagen.

»Das ist unglaublich, einfach unglaublich«, murmelte Emmie, während sie sich staunend umsah.

»Ja«, stimmte Archie ihr zu. Zynismus hin oder her, es war schier unmöglich, hiervon nicht beeindruckt zu sein.

Emmie konnte sich gar nicht sattsehen. »Man kann sich direkt vorstellen, wie es hier früher zugegangen ist. Fremde im Zug. Wie ihre Blicke sich begegnet sind.« Ihre Augen leuchteten. »Was glauben Sie, wie viele Menschen sich schon in diesem Zug ineinander verliebt haben?«

Archie wusste nicht, was er antworten sollte. »Keine Ahnung.« In seiner Vorstellung benutzten Menschen Züge, um von hier nach da zu kommen. Er war verlegen. Emmie war offenbar ziemlich romantisch veranlagt. Vielleicht machte sie sich tatsächlich Hoffnungen. Schließlich hatte sie sich selbst für diese Reise beworben. Was darauf schließen ließ, dass sie auf der Suche nach einem Lebensgefährten war. Warum hätte sie sich sonst an dem Preisausschreiben beteiligen sollen? Panik stieg in ihm hoch, und er bekam einen trockenen Mund. Er musste unbedingt so bald wie möglich reinen Tisch machen.

Als er gerade dazu ansetzen wollte, erschien ein Steward in makellos weißem, gestärktem Hemd, schwarzer Krawatte und schwarzem Jackett, in der Hand eine Flasche Bollinger.

»Mit herzlichen Grüßen von NIE MEHR ALLEIN, Sir.«

»Danke«, sagte Archie und schaute Emmie mit hochgezogenen Brauen an. »Dann wollen wir die Reise mal stilvoll beginnen.«

Pünktlich auf die Minute blies der Zugabfertiger in seine Trillerpfeife. Sie lehnten sich in ihren Sitzen zurück und schauten aus dem Fenster, während der Zug sich kaum spürbar in Bewegung setzte und aus dem Bahnhof glitt. Die auf dem Bahnsteig Zurückgebliebenen winkten, bis die Schienen eine Biegung machten und der Zug außer Sichtweite verschwand. Der Steward entfernte den Korken mit einem leisen Knall und füllte ihre Gläser mit geübter Hand. Die perlende Flüssigkeit schimmerte golden im Sonnenlicht, als sie die Themse überquerten und an den Türmen des Battersea-Kraftwerks vorbeifuhren.

»Tja«, sagte Archie. »Auf eine gute Reise.«

Sie stießen an. Emmie lächelte, aber Archie konnte ihr nicht in die Augen sehen.

»Bevor wir fortfahren«, sagte er, »möchte ich unbedingt etwas klarstellen.«

KAPITEL 8

Danny konnte nicht verstehen, wie irgendjemand es in London aushielt – der Verkehr, die verstopften Straßen, die Warteschlangen, die Staus. Selbst auf dem Motorrad, mit dem er sich zwischen den Autos hindurchschlängeln konnte, brauchte er viel länger als erwartet. Die A4 war rappelvoll gewesen. Er hätte vor Frust laut schreien können.

Normalerweise waren theatralische Gesten nicht seine Art. Die Wahrheit war, dass ihm noch nie etwas wichtig genug gewesen war. Nicht so wie das jetzt. Und jetzt, wo er nach all den Jahren endlich so nah dran war, würde er sie nicht einfach wieder gehen lassen.

Er hatte es nie irgendjemandem erzählt, aber schon während der Schulzeit war er total fasziniert gewesen von Imogen. Sie strahlte so eine stille Selbstsicherheit aus, sie schien immer genau zu wissen, was sie wollte. Sie hatte nichts von der Dreistigkeit gehabt, die für viele Mädchen so typisch gewesen war. Die Mädchen, die ihm frech in die Augen gesehen und ihm deutlich zu verstehen gegeben hatten, was sie von ihm wollten, hatten ihn nie interessiert. Aber Imogen, der ihre Präsenz und ihre Wirkung auf andere gar nicht richtig bewusst war – die Gefühle, die sie in ihm weckte, hätte er nicht beschreiben können. Wenn er im Englischunterricht besser aufgepasst hätte, hätte er vielleicht die richtigen Worte gefunden, er wusste nur, dass es sich anfühlte wie ein inneres Feuer, eine Flamme, die er nicht löschen konnte, egal, wie sehr er es versuchte.

Wahrscheinlich hatte sie ihn damals nicht mal wahrgenommen. Aber er hatte sie so oft er konnte beobachtet. Bei der Morgenandacht – wie sie über ihr Gesangbuch gebeugt dasaß und die roten Lippen bewegte, eine der wenigen, die tatsächlich sangen. Auf dem Korridor – in ihrem vorschriftsmäßigen grünen Pullover, den sie eine Nummer zu groß trug, wie es damals Mode war, unter dem sich aber trotzdem ihre Brüste abzeichneten. In der Cafeteria – wie sie sorgfältig ihr mitgebrachtes Essen auspackte: Sandwiches aus Vollkornbrot, Haferflockenkekse, die aussahen wie selbst gebacken, ein roter Apfel. Alles an ihr zeugte von einem Leben, das in krassem Gegensatz zu seinem eigenen stand. Um sie wurde sich gekümmert. Sie wurde nicht unbedingt verwöhnt oder verhätschelt, aber sie wurde umhegt und beschützt. Er wäre gern ihr Beschützer gewesen, aber allein die Vorstellung war lächerlich. Es war eine fast unerträgliche Qual gewesen, sich Tag für Tag dessen bewusst zu sein, dass ein Mädchen wie Imogen sich niemals für ihn interessieren würde, und ihr Tag für Tag auf dem Schulflur, im Treppenhaus zu begegnen, wo sie an ihm vorbeieilte, ohne ihn wahrzunehmen, und ihm nichts blieb als ihr sauberer, zitroniger Duft.

Bis er sie eines Nachts nach einer Party aufgelesen hatte, betrunken, durchnässt, allein. Zum ersten Mal hatte er sich ihr gegenüber stark gefühlt. Zum ersten Mal hatte er ihr etwas zu bieten gehabt. Er hatte nie vergessen, wie es sich angefühlt hatte, als sie während der Fahrt ihren warmen Körper an seinen Rücken geschmiegt hatte. Er musste daran denken, wie ihm das Herz bis zum Hals geschlagen hatte, als es einen Moment lang so aussah, als würde sie ihn einladen, mit reinzukommen. Er hatte das Begehren in ihrem Blick gesehen, aber natürlich bat sie ihn nicht herein. Er hatte den perfekten Kavalier abgegeben, obwohl er eigentlich gewusst hatte, dass er niemals einen Fuß über die Schwelle des Bridge-House setzen würde. In jener Nacht hatte er akzeptiert, dass er nie zu ihrem Leben gehören würde, und versucht, sie zu vergessen.

Ironischerweise war seine Verhaftung seine Rettung gewesen, als er nach einem verbockten Einbruch für zwei seiner Brüder den Kopf hingehalten hatte. Die beiden waren bereits vorbestraft und hätten wesentlich härtere Strafen bekommen, also hatte er den Helden gespielt. Aber es war ein Schock gewesen, als man ihn dann in eine Besserungsanstalt gesteckt hatte. Wahrscheinlich hatten sie an ihm ein Exempel statuieren wollen. Am Ende war er nur ein paar Monate dort geblieben, aber die hatten gereicht, um ihm die Augen zu öffnen. Ihm war klar geworden, dass er im Grunde gar kein schlechter Mensch war und dass er auf keinen Fall noch einmal auf Kosten Ihrer Majestät untergebracht werden wollte, denn beim nächsten Mal würde es ein richtiges Gefängnis sein. Die Besserungsanstalt war schon schlimm genug gewesen. Er hatte die Zeit dort unbeschadet überstanden, aber man musste dort jede Sekunde wachsam sein. Das Allerschlimmste war die Langeweile gewesen. Die Zeit wollte einfach nicht vergehen, und manchmal hätte er vor Frust schreien können. Schließlich hatte er sich die Angebote angesehen, die ihm in der Anstalt zur Verfügung standen, und mithilfe eines Tutors einen Betriebswirtschaftskurs absolviert.

Nach seiner Entlassung hatte er die Ausbildung zwar nicht beendet, weil ihn Zeugnisse nicht interessierten, aber immerhin hatte er Geschmack an ehrlicher Arbeit gefunden. Er hatte eine gewisse Ironie darin gesehen, ausgerechnet Berater für Sicherheitssysteme zu werden. Aus Angst, in Shallowford wieder mit dem schlechten Ruf seiner Familie konfrontiert zu werden, war er nicht dorthin zurückgekehrt, sondern war stattdessen in die Nähe von Reading gezogen. Er hatte ganz klein angefangen, Klinken geputzt und Alarmanlagen verkauft. Nach fünf Jahren waren seine Dienste überall gefragt, er hatte sich auf Pubs und

Restaurants spezialisiert und den Betreibern beigebracht, wie sie feststellen konnten, ob ihre Angestellten lange Finger machten. Sein Umsatz hatte sich nach kurzer Zeit verdoppelt, dann verdreifacht und schließlich vervierfacht. Und Annabel, eine Amazone von Anfang fünfzig, Wirtin eines Pubs am Ufer der Themse, hatte ihm ihr Herz geöffnet. Sie pflegte eine frivole Eleganz, war tough, leidenschaftlich und hemmungslos, und er war ihr begieriger Schüler geworden.

Zu seiner großen Überraschung hatte er festgestellt, dass es viel einfacher war, sich in legalem Fahrwasser zu bewegen. Man musste sich nicht dauernd ducken und verstecken und verstellen. Man machte seine Arbeit, wurde dafür bezahlt und fertig. Wenn er seine Familie besuchte – was er so selten wie möglich tat und nur, um sich zu vergewissern, dass es seiner Mutter gut ging –, erklärten ihn seine Brüder für verrückt und beschimpften ihn als Weichei. Sie lachten ihn aus, weil er Steuern zahlte, anstatt bei ihnen mitzumachen, aber zumindest hatte er ein reines Gewissen. Und in Wirklichkeit ging es ihm viel besser damit. Er musste zwar arbeiten für das Geld, das er auf dem Konto hatte, aber das war allemal angenehmer, als sich alles zu ergaunern und ständig auf der Hut sein zu müssen. Außerdem stellte er fest, dass es ihm viel mehr Spaß machte, das Geld auszugeben, das er mit seiner eigenen Hände Arbeit verdient hatte, als so wie früher von den Einkünften aus Diebesgut zu leben.

Irgendwann hatte Annabel die Beziehung auf freundschaftliche Weise beendet. Sie hatte den Pub verkauft und beschlossen, nach Südfrankreich zu ziehen, und obwohl sie Danny sehr mochte, war sie der Meinung, dass ihre Beziehung die Veränderung nicht überleben würde. Er war traurig gewesen, aber nicht am Boden zerstört. Annabel hatte ihm Selbstvertrauen gegeben. Und vielleicht wäre es übertrieben zu behaupten, sie hätte ihn auf den Geschmack gebracht, aber immerhin hatte sie seine Neugier auf die feineren Dinge des Lebens geweckt. Dennoch wusste er nur zu gut, dass sie weiß Gott nicht seine große Liebe war.

Irgendwie schien ihm die Zeit reif zu sein, in seinen Heimatort zurückzukehren. Seine Mutter wurde allmählich alt. Sie litt an Hauttuberkulose, und keiner seiner Brüder war bereit, sich um sie zu kümmern. Er hatte zwar nicht die Absicht, wieder in sein Elternhaus einzuziehen, aber er wollte in der Nähe sein, um regelmäßig nach seiner Mutter sehen zu können.

Ein Freund eines Freundes hatte ihm von dem Haus auf dem Shallowford-Anwesen erzählt. Da er keine Referenzen vorweisen konnte, hatte er sich eigentlich gar keine Chancen ausgerechnet, doch dann war es ihm gelungen, mit dem Verwalter einen Handel abzuschließen. Denn es stellte sich heraus, dass das Anwesen ein neues Sicherheitssystem brauchte. Danny bekam den Auftrag und dazu einen Mietvertrag für das Woodbine Cottage.

Er konnte es immer noch nicht fassen, wie glücklich er sich fühlte. Die Ruhe und der Friede dort waren unglaublich. Wenn er nachts vor die Tür trat, den Sternenhimmel betrachtete und die eiskalte Luft einatmete, empfand er eine tiefe Zufriedenheit. Nur einmal in seinem Leben war er wirklich allein gewesen und zwar im Gefängnis. In seiner Zelle. Aber das war anders gewesen. Ein aufgezwungenes Alleinsein. Nicht die Art, die einem das Gefühl gab, frei zu sein. Er hackte Holz für seinen Brennofen und kaufte sich ein Buch über die Sternbilder. Er besorgte sich einen kleinen roten Kater, denn er war sich sicher, dass er im Keller Mäuse gehört hatte. Er nannte den Kater Top Cat nach seinem Lieblingscartoon aus Kindertagen. Er trank weniger und fühlte sich besser. Er kaufte sich eine Akustikgitarre und versuchte, sich selbst zu begleiten, wenn er seine Lieblingsstücke sang. Er besaß zwar nicht viel musikalisches Talent, aber es machte ihm Spaß. Er hatte das Gefühl, dass ganz allmählich der echte Danny zum Vorschein kam. Er war kein Engel – er hatte immer noch eine ungezügelte Seite, einen Hang, die Gefahr zu suchen –, aber er hatte gelernt, seine Energie konstruktiv einzusetzen.

Und dann, als er an jenem Nachmittag Imogen durch das Fenster der Galerie gesehen hatte, war ihm sofort klar gewesen, dass das seine einzige Chance war. Was war das Schlimmste, das passieren konnte? Er wusste, dass sie keinen festen Freund hatte. Das war einer der Vorteile daran, dass er in Shallowford wohnte, man konnte alles über jeden in Erfahrung bringen. Er war inzwischen ein erwachsener Mann, kein unreifer Schuljunge mehr. Er sagte sich, wer nicht wagt, der nicht gewinnt.

Und er hatte sie gewonnen. Auf wundersame Weise hatte er seine Traumfrau bekommen. Sie erfüllte sein Haus mit ihrer Wärme und ihrem Lachen. Er fühlte sich sicher, wenn er mit ihr in den Armen aufwachte. Sicher und geborgen und glücklich. Zum ersten Mal in seinem Leben. Zuversichtlich, dass sein Leben einen Sinn hatte. Und er hatte angenommen, dass sie dasselbe empfand.

Aber überirdisch guter Sex verleitete einen leicht dazu, die Verbindung zum anderen zu überschätzen. Zu übersehen, dass man letztlich keine Gemeinsamkeiten hatte. Imogen war offenbar eher aus diesem Traum erwacht als er und hatte gemerkt, dass sie die Arschkarte gezogen hatte.

Rasend vor ohnmächtiger Wut schaltete er herunter und fuhr mit lautem Dröhnen auf den Parkplatz. Ein paar Leute drehten sich erschrocken um. Er war wütend auf sich selbst. Er hatte Mist gebaut, hatte ihr nicht genug Aufmerksamkeit geschenkt. Oder irgendetwas falsch gemacht.

Er hätte zu ihrer Party gehen sollen. So was war Frauen aus irgendeinem Grund wichtig. Aber es wäre eine Katastrophe geworden, wenn er hingegangen wäre. Es war noch nicht der richtige Zeitpunkt. Diese Nicky, Imogens Freundin, hätte ihn mit ihren kalten, berechnenden Augen taxiert, genau wie an dem

Tag, als er in das Immobilienbüro gegangen war, um sein Interesse an einem Mietvertrag für das Woodbine Cottage zu bekunden. Sie hatte ihn angesehen, als wollte sie sagen *An Abschaum wie Sie vermieten wir nicht*. Doch dann hatte er sie eines Besseren belehrt. Was ihr erst recht einen Grund gegeben hätte, Imogen zur Seite zu nehmen und sie zu fragen, ob sie von allen guten Geistern verlassen war. Nicky, die sich einen reichen Mann geangelt hatte, und die nur Frust und Unzufriedenheit ausdünstete, würde nicht verstehen, was Imogen an ihm fand. Und sie waren noch nicht lange genug zusammen, als dass Imogen wirklich Vertrauen in ihre Beziehung hätte haben können. Sie hätte ihn plötzlich mit den Augen ihrer Freundinnen gesehen und ihn fallen gelassen wie eine heiße Kartoffel.

Aber das hatte sie ja dann sowieso getan. Obwohl er ihr gesagt hatte, dass er nicht kommen würde, hatte sie offenbar trotzdem mit ihm gerechnet. Vielleicht hätte er sich klarer ausdrücken, seine Ängste offen aussprechen sollen? Danny war es nicht gewohnt, über seine Gefühle zu reden. Er hatte angenommen, die Leidenschaft, die sie im Bett miteinander erlebten, sagte alles, aber so funktionierten Frauen natürlich nicht. Frauen wollten alles ausgesprochen haben. Sie wollten konkrete Aussagen, Zeichen der Liebe, Beweise …

Er hätte hingehen sollen. Er hätte seinen Stolz überwinden und Nicky und der ganzen Bagage zeigen sollen, dass er Imogens würdig war, weil das die Wahrheit war, verflucht noch mal. Er führte eine erfolgreiche Firma, er hatte seine Vergangenheit hinter sich gelassen, seine Zukunft war … also, er hatte jedenfalls ausgesorgt, er konnte tun, was er wollte.

Während er quer über den Parkplatz rannte, betete er, dass er nicht zu spät kam. Er kämpfte sich durch die Menge in der Bahnhofshalle, dann auf Bahnsteig 2. Er wusste, dass der Zug dort abfuhr. Er sah die gläserne Drehtür und die Gleise dahinter.

Der Wartesaal war leer.

Er packte einen vorbeigehenden Bahnangestellten am Arm.

»Der Zug nach Venedig – der Orient-Express. Ist der schon abgefahren?«

Im selben Augenblick kannte er die Antwort.

»Vor fünf Minuten.« Der Schaffner schürzte die Lippen. »Tut mir leid, Kumpel.«

»Wo ist der nächste Halt?«

»In Paris. Um neun Uhr heute Abend.«

Danny sah zu den Bahngleisen hinüber. Im Geiste sah er sich schon auf sein Motorrad springen und wie ein Stuntman in einem James-Bond-Film über die Gleise hinter dem Zug her rasen. Imogen, die aus dem Fenster schaute, das strahlende Lächeln, als sie ihn erkannte.

Keine Chance. Bis er auf dem Motorrad saß, wäre der Zug sowieso schon viel zu weit weg.

Also Paris.

KAPITEL 9

»Also, es ist so«, sagte Archie. »Ich bin unter Vorspiegelung falscher Tatsachen hier gelandet. Mein Freund hat in meinem Namen an dem Gewinnspiel teilgenommen. Es sollte wohl ein Scherz sein. Er hat das Profil ausgefüllt und heimlich eingeschickt. Er hatte einen ziemlich schrägen Humor.«

Auf dem Weg in Richtung Ostküste fuhren sie durch die Londoner Vorstädte, vorbei an belebten Straßen, an Gärten und Hinterhöfen. Hin und wieder winkte jemand, fasziniert von der Pracht des Zugs und vielleicht auch ein bisschen neidisch.

Archie stellte sein Glas auf dem schneeweißen Tischtuch ab und schaute zu, wie die Bläschen im Sekt hochstiegen.

Emmie schwieg eine Weile. »Hatte?«

Archie nickte. Er räusperte sich. Plötzlich hatte er einen Kloß im Hals.

»Ja. Er … ist vor ein paar Wochen gestorben.«

Emmie schaute ihn erschrocken an. »Gott, das tut mir leid.«

»Schon in Ordnung. Er war schon lange krank, es war also in gewisser Weise …«

Zu erwarten? Eine Erleichterung? Archie schaute aus dem Fenster, suchte nach den richtigen Worten. Aber eigentlich wollte er sie gar nicht finden. Er schüttelte den Kopf.

»Jedenfalls musste ich ihm versprechen, die Reise anzutreten, falls ich sie gewinne. Aber ich bin nicht auf der Suche nach …« Er wirkte verlegen. »Ich versuche nicht … äh …«

Gott, war das peinlich. Er wollte sie nicht kränken. Sie schaute ihn an, und er hatte keine Ahnung, was in ihr vorging. War sie sauer? Würde sie ihm vorwerfen, er hätte gegen die Regeln verstoßen? Würde sie dafür sorgen, dass er aus dem Zug geworfen wurde? Würde man ihn von Sicherheitsleuten abführen lassen? Musste er damit rechnen, sein Konterfei auf den Titelseiten sämtlicher Zeitungen zu sehen? NIE MEHR ALLEIN war sehr auf Publicity aus, es konnte also durchaus sein, dass sie seine Geschichte an die Presse weitergaben, nur um in die Schlagzeilen zu kommen. Er hätte den Mund halten sollen.

»Ich möchte keine Beziehung«, brachte er schließlich hervor. »Und es tut mir furchtbar leid, wenn Sie sich betrogen fühlen. Ich hätte nicht kommen sollen, aber wie gesagt, ich habe es meinem Freund versprochen.«

Zu seiner Verwunderung lachte sie.

»Sie können sich gar nicht vorstellen, wie erleichtert ich bin«, sagte sie. »Ich bin nämlich genau in derselben Situation. Meine Schwester hat das Profil für dieses Gewinnspiel in meinem Namen ausgefüllt. Ich hätte ihr den Hals umdrehen können, als ich davon erfahren habe, aber dann habe ich diese Reise gewonnen und konnte einfach nicht widerstehen. Ich hätte mir normalerweise keinen Urlaub leisten können. Und erst recht keine Reise mit dem Orient-Express.«

»Ist das Ihr Ernst?«

»Ja. Ich hab mir gesagt – warum nicht? Ich wollte einfach die Reise genießen. Und ich habe gehofft, nicht an ein Scheusal zu geraten.«

Ein Scheusal? Besonders unterhaltsam war er bisher jedenfalls nicht gewesen. Er hatte plötzlich ein schlechtes Gewissen, weil er so arrogant gewesen war.

»Oje, das bin ich hoffentlich nicht.«

»Aber nein, ganz und gar nicht. Sie sind überhaupt kein Scheusal.«

Archie schaute sie an. War sie nur höflich? Er sollte ein bisschen entgegenkommender sein, schließlich hatte sie ihm ja gerade erklärt, dass sie nicht auf der Suche nach einem Heiratskandidaten war. Er schenkte Champagner nach. Es funktionierte – er beruhigte sich ein bisschen, und seine Kopfschmerzen hatten auch nachgelassen.

Er konnte sogar wieder lächeln.

»Also, das ist wirklich eine Erleichterung. Vielleicht können wir uns jetzt entspannen, wo wir voneinander wissen, dass wir nicht auf der Suche nach der großen Liebe sind. Oder darauf aus, die Hochzeitsglocken läuten zu hören. Was diese Patricia sich allerdings von dieser Veranstaltung erhofft, wenn ich das richtig sehe.«

»Also wirklich«, sagte Emmie. »Wie groß ist denn wohl die Wahrscheinlichkeit, dass man auf einer Webseite seine große Liebe findet?«

»Ich finde die Vorstellung vollkommen absurd«, erwiderte Archie.

»Ich auch«, sagte Emmie. »Aber die Leute wollen sich immer einmischen. Sie können sich nicht vorstellen, dass man als Single glücklich sein kann.«

»Genau.«

»Ich bin gern allein. Ich möchte mein Leben gar nicht mit jemandem teilen.«

»Ich auch nicht.«

Einen Moment lang herrschte verlegenes Schweigen. Sie lächelten einander an in dem Bewusstsein, dass sie sich in einer sonderbaren Situation befanden. Schließlich senkte Emmie den Blick.

»Nie wieder«, sagte sie leise.

Archie meinte, eine Träne in ihrem Augenwinkel schimmern zu sehen.

»Ach, verflixt.« Ihre Stimme klang gepresst von der Anstrengung, nicht zu weinen. »Ich hatte mir geschworen, es nicht zu erwähnen.«

Gefühlsausbrüche bei Frauen versetzten Archie immer in Panik. Er wusste nie, was er sagen sollte, und machte am Ende immer alles nur noch schlimmer. Er war eher praktisch veranlagt und zu begriffsstutzig, um zu kapieren, was die Tränen ausgelöst hatte. Er trommelte höflich lächelnd mit den Fingern auf den Tisch und hoffte inständig, sie würde das Thema wechseln.

Emmie nahm ihr Glas. »Das Problem ist«, sagte sie und beugte sich vor. »Einem Spieler kann man einfach nicht trauen.«

Archie war verblüfft. »Tja«, sagte er. »Ich weiß nicht. Ich meine, ein bisschen Nervenkitzel hin und wieder kann doch nicht schaden. Am Derby Day. Oder beim Cheltenham Gold Cup.«

»Nervenkitzel, schön und gut«, sagte Emmie. »Aber die ganzen Ersparnisse eines anderen auf einen Außenseiter zu setzen ist schon etwas anderes.«

»Ah«, sagte Archie.

Bevor Emmie das Thema vertiefen konnte, glitt die Abteiltür auf, und der Steward servierte Brioche mit Wildpilzen. Die beiden warteten höflich, bis er ihre Tassen mit dampfendem Kaffee gefüllt hatte. Inzwischen hatten sie die schmuddeligen Vororte von London hinter sich gelassen, und der Zug erklomm die Hügellandschaft der North Downs.

Nachdem der Steward gegangen war, nahm Archie das silberne Milchkännchen.

»Trinken Sie Sahne im Kaffee?«

Emmie nickte.

»Es wäre nicht so schlimm gewesen«, sagte sie, »wenn ich mich mit Charlie nicht so gut verstanden hätte.«

Archie schüttete einen Schluck Sahne in ihre Tasse. Er würde ihre Lebensgeschichte zu hören bekommen, ob es ihm gefiel oder nicht.

»Na, dann erzählen Sie mal«, sagte er. »Am besten von Anfang an.«

Es war im tiefsten, dunkelsten November. Die Kälte des vereisten Bodens drang durch Emmies Schaffellstiefel, und ihre Zehen waren schon fast taub. Sie hatte gedacht, ein Stand beim größten Winterpferderennen des Landes wäre eine gute Idee, aber sie hatte nicht mit der Kälte gerechnet. Das Geschäft lief gut – sehr gut –, was die hohen Standgebühren mehr als wettmachte. Leider schützte ihr kleines Verkaufszelt mit offener Front sie nicht vor den Elementen. Der Kommentator erinnerte immer wieder daran, dass Rutschgefahr bestand, obwohl das Eis zu schmelzen begann, aber bei Temperaturen kurz über dem Gefrierpunkt stillzustehen war kaum auszuhalten. Emmies Finger waren so steif gefroren, dass sie kaum noch das Wechselgeld abzählen konnte.

Auf den u-förmig aufgebauten Klapptischen vor ihr stapelten sich Hüte. Hüte in allen erdenklichen Formen, Größen und Farben, mit Federn, Bändern, Pailletten, Pelz, Spitze und Broschen besetzt. Besucher von Pferderennen waren von Natur aus extrovertiert, und die Hüte gingen weg wie warme Semmeln. Emmie hatte bereits mehr als zwanzig Stück verkauft, und viele Kunden hatten sich ihre Visitenkarte mitgenommen, auf der sie ihre maßgefertigten Hüte anbot. Diese Leute waren natürlich ihre Zielgruppe. Nachdem sie jahrelang als Verkäuferin in einem Hutgeschäft gearbeitet hatte, war sie ihrem Traum von einem eigenen Hutatelier ja vielleicht einen Schritt näher gekommen.

»Hier. Sie bibbern ja. Das wärmt Sie vielleicht ein bisschen.« Sie drehte sich um, und ein großer Mann in einem marineblauen Kaschmirmantel mit Samtkragen drückte ihr einen Pappbecher mit dampfendem Kakao in die Hand, der nach Brandy duftete.

Wahrscheinlich war es nicht klug, von einem Fremden einen Drink anzunehmen, aber sie konnte dem Duft nicht widerstehen und war dankbar, ihre Hände an dem Becher wärmen zu können.

»Danke«, sagte sie. »Sehr nett von Ihnen. Ich bin total durchgefroren.«

»Ihre Lippen sind schon ganz blau«, sagte er. »Soll ich vielleicht für ein paar Minuten übernehmen, damit Sie sich unter der Tribüne ein bisschen aufwärmen können?«

Sie runzelte die Stirn. Sie konnte doch ihren Stand nicht der Obhut eines Wildfremden überlassen.

»Keine Sorge, ich werde mich nicht mit einem Ihrer Hüte aus dem Staub machen. Es ist leider keiner dabei, der zu meinem Mantel passt«, fügte er mit einem verschmitzten Grinsen hinzu. Er hatte freundliche Augen, und seine charmante Frechheit war regelrecht entwaffnend. »Und Ihre Einnahmen tragen Sie ja sowieso am Körper.«

Sie hatte sich eine Geldtasche umgeschnallt, in der sie ihre bisherigen Einkünfte aufbewahrte. Es sah nicht gerade schick aus, aber sie war schließlich allein am Stand. Sie musterte den Mann. Wieso bot er ihr seine Hilfe an?

»Hören Sie«, sagte er, »ein Rennen steht noch aus. Aber ich höre lieber auf, solange ich im Plus bin. Die einzige Möglichkeit, mich selbst davon abzuhalten, dass ich meinen Gewinn wieder einsetze und am Ende noch verliere, besteht darin, mich irgendwo festzunageln. Sie würden mir also einen Gefallen tun.«

Das hätte Emmie eigentlich alles sagen müssen, was sie wissen musste. Aber trotz allem erschien ihr der Mann vertrauenswürdig, und außerdem musste sie ganz dringend zur Toilette. Sie lächelte.

»Zehn Pfund Rabatt, falls jemand zwei kauft«, sagte sie. »Ich bin so schnell wie möglich wieder da.«

»Lassen Sie sich Zeit«, erwiderte er. »Besorgen Sie sich einen Happen zu essen. Ich kann Ihnen die Hotdogs empfehlen.«

Während sie sich durch die Menge zur Tribüne vorarbeitete, fragte sie sich, ob sie verrückt geworden war, ob sie womöglich bei ihrer Rückkehr einen leeren Stand vorfinden würde. Aber das war unwahrscheinlich. Der Mann konnte unmöglich innerhalb von zehn Minuten alle ihre Hüte zusammenpacken und damit das Weite suchen – sie selbst hatte über eine Stunde gebraucht, um sie aus ihrem Auto zu laden und zum Stand zu schleppen. Und wo sollte er die Hüte dann verkaufen?

Um sie herum herrschte ein einziges Gedränge, Leute, die meisten ein bisschen abgerissen, die zwischen der Bar und den Wettständen hin und her liefen. Vor den Toiletten stand sie eine Ewigkeit in der Schlange, und bis sie es endlich zu dem Imbissstand geschafft hatte, waren die Hotdogs ausverkauft. Also besorgte sie sich stattdessen zwei warme Donuts mit Zuckerguss, und nachdem sie sie gegessen hatte, ging es ihr schon besser.

Als sie an ihren Stand zurückkam, war ihr guter Samariter gerade in Verkaufsgespräche verwickelt und offenbar voll in seinem Element. Fasziniert schaute sie zu, wie er zwei grüne, mit Fasanenfedern verzierte Filzhüte an zwei Frauen verkaufte, offensichtlich Mutter und Tochter.

»Ich bin beeindruckt«, sagte sie.

»Ich bin Charlie«, erwiderte er. Sie musste lachen.

»Sie haben mir wirklich einen großen Gefallen getan«, sagte er. »Ich wollte eigentlich auf Dipsy setzen, aber er ist beim vierten Hindernis gestürzt. So habe ich zum Glück meinen Gewinn behalten – vierhundert, um genau zu sein. Ich habe übrigens fünf Hüte verkauft«, fügte er voller Stolz hinzu.

»Ich weiß gar nicht, wie ich Ihnen danken kann.«

»Das kann ich Ihnen genau sagen«, erwiderte er. »Gehen Sie mit mir essen.«

Sie zog die Brauen zusammen. »Warum?«

»Ich habe ein gutes Gefühl«, sagte er, und ihre Wangen wurden noch röter, als sie es vom kalten Wind ohnehin schon waren. Er war wirklich sehr charmant, und er hatte so funkelnde Augen, und er war offensichtlich gut betucht – das sagten ihr sein Kaschmirmantel und die teuren Wildlederschuhe. Nicht dass Emmie hinter Geld her war, aber sie fand es beruhigend, dass Charlie offenbar nicht mittellos war.

Er half ihr, die Hüte einzupacken, die sie nicht verkauft hatte, und die Klapptische abzubauen und ins Auto zu laden. Dann fuhren sie zu einem Pub mit Reetdach, wo er einen Tisch am offenen Kamin ergatterte. Emmie war sich dessen bewusst, dass sie nur Jeans anhatte und mehrere T-Shirts übereinander, aber sie hatte etwas Lipgloss in ihrer Handtasche gefunden und von einem ihrer Hüte eine Brosche stibitzt und sich angesteckt. Nicht die ideale Kleidung für ein erstes Rendezvous, aber mehr war im Moment nicht drin. Bisher kannte er sie ja sowieso nicht anders, und er schien sich nicht an ihrem Aufzug zu stören.

Charlie war Immobiliengutachter – »Furchtbar langweilig; es bedeutet, dass ich den ganzen Tag mit einem Maßband herumlaufe und nach Feuchtigkeitsflecken suche« –, und er brachte sie zum Lachen. Er verwöhnte sie nach Strich und Faden, achtete darauf, dass sie ihre Pommes frites aufaß, und bestellte ihr zum Nachtisch einen Toffee-Pudding, die Spezialität des Hauses.

»Natürlich habe ich mich in ihn verliebt«, sagte Emmie zu Archie. »Das war einfach zu gut, um wahr zu sein. Er war der Mann meiner Träume. Er war herzlich, liebevoll, fürsorglich, lustig …«

»Und ein Spieler«, bemerkte Archie.

»Es ist so leicht, das geheim zu halten. Nicht wie bei einem Alkoholiker; man merkt schließlich, wenn einer betrunken ist. Natürlich konnte ich manchmal an seiner Stimmung spüren, ob er gewonnen oder verloren hatte, aber ich habe nicht geahnt, welche Summen er verwettet hat. Tausende. Tausende und Abertausende.«

»Autsch.« Die höchste Summe, die Archie jemals auf ein Pferd gesetzt hatte, betrug fünfzig Pfund.

Emmie senkte den Blick. »Ich habe die Warnsignale nicht gesehen. Ich habe ihm vertraut. Er hat mich bei der Arbeit unterstützt. Na ja, kein Wunder, er brauchte ja immer Geld. Aber fairerweise muss ich gestehen, dass ich meinen Erfolg letztlich ihm verdanke. Er hat mir geholfen, einen Kredit und einen Existenzgründungszuschuss zu beantragen, er hat eine Werkstatt für mich gefunden und die Werbung für mich gemacht – er hatte jede Menge Kontakte zu wohlhabenden Leuten, und die kamen alle, um sich von mir Hüte anfertigen zu lassen. Er hat dafür gesorgt, dass ich einen angemessenen Preis verlange – mehrere Hundert Pfund –, den die Leute ohne mit der Wimper zu zucken bezahlt haben. Und auf einmal habe ich Gewinn gemacht – ziemlich viel sogar.«

»Sie haben offensichtlich Talent.«

»Ja. Leider gehört die Fähigkeit, einen Hochstapler zu durchschauen, nicht zu meinen Talenten.« In Emmies Stimme klang ein verbitterter Unterton mit, der nicht zu ihr passte. »Eines Tages hat er mein Konto geplündert. Ich war so dumm gewesen, ihn zum Zeichnungsberechtigten zu machen. Er hatte einen Tipp von einem Stallburschen bekommen. Einen todsicheren Tipp.«

»So etwas gibt es nicht.«

»Nein. Vor allem in diesem Fall. Das Pferd ist nicht mal aus der Startbox rausgekommen.« Emmie holte tief Luft. Diesen Teil ihrer Geschichte zu erzählen fiel ihr schwer. »Ich habe elftausend Pfund verloren, die ich mir zusammengespart hatte, um mir einen eigenen Laden einzurichten.«

»Ach du je.« Das schien ihm als Reaktion extrem untertrieben, aber er wusste einfach nicht, was er dazu sagen sollte. »Das hat er doch bestimmt nicht geplant. Das ist sicherlich ganz spontan passiert. Irgendwann konnte er einfach nicht widerstehen. Das ist typisch bei Suchtkranken.«

Er sagte das, als sei er ein Experte auf dem Gebiet, was nicht der Fall war.

»So oder so habe ich am Ende alles verloren. Mein Geld. Und ihn. Natürlich hat er hoch und heilig geschworen, dass so etwas nie wieder vorkommen würde, aber das Vertrauen war weg. Ich konnte ihm doch unmöglich eine zweite Chance geben, oder?«

»Nein«, sagte Archie bestimmt. »Das wäre eine zu große Verantwortung für Sie gewesen, und er wäre immer wieder in Versuchung gekommen. Sie haben richtig gehandelt. Er scheint ein ziemlicher Schuft zu sein.«

Ein Schuft? Wie war er jetzt auf das Wort gekommen? Wieso redete er plötzlich wie Bertie Wooster? Weil Emmie da saß, als wäre sie einer Geschichte von P. G. Wodehouse entsprungen, darum. Sie sah aus, als wäre sie unterwegs zu einer Wochenendparty in einem Landhaus. Er stellte sich vor, wie ein Silver Shadow Rolls-Royce am Bahnhof vorfuhr und ein eleganter Mann mit einem Saluki an der Leine auf den Bahnsteig kam, um sie abzuholen.

»Ein Schuft?« Sie lachte. »Na ja – tut mir leid. Ich musste das einfach loswerden.«

»Kein Problem. Das kann ich verstehen. Mit irgendwas müssen wir uns ja die Zeit vertreiben.«

Einen Moment lang schwiegen sie beide. Emmie räusperte sich.

»Ihr Freund – fehlt er Ihnen?«

»Ja. Ja, er fehlt mir.« Archie ließ den Kopf hängen. »Verzeihen Sie, ich werde Ihnen auf dieser Reise kein besonders unterhaltsamer Begleiter sein.«

»Macht nichts.«

Einem spontanen Impuls folgend lehnte Emmie sich vor und legte ihre Hände auf seine. Archie erstarrte. Das war seit Jays Tod der erste Körperkontakt, den er mit jemandem hatte – abgesehen von einem gelegentlichen Schulterklopfen oder Händeschütteln. Als Nachlassverwalter war er wochenlang mit Papierkram beschäftigt gewesen, hatte sich mit Anwälten und Buchhaltern und der Bürokratie herumgeplagt, Entscheidungen getroffen, Unterschriften geleistet.

Archie war körperliche Nähe nicht gewöhnt, und es machte ihn verlegen. Er zog seine Hand unter ihrer weg, räusperte sich und nahm sein Glas.

»Trotzdem finde ich, dass wir es beide verdient haben, diese Reise zu genießen. Auch wenn es nicht der ideale Zeitpunkt ist.«

»Ja, da haben Sie recht«, sagte Emmie. »So eine Reise macht man nur einmal im Leben. Vergessen wir die Vergangenheit und machen das Beste daraus.«

Während der Zug sich durch die North Downs schlängelte, wo die ersten Frühlingsblumen blühten und winzige Lämmer auf den Wiesen herumtollten, hoben sie ihre Gläser und stießen miteinander an.

KAPITEL 10

Als der Pullman-Zug durch den Garten von England in Richtung Küste fuhr, saß Imogen an ihrem Tisch in dem mit polierten Intarsien geschmückten Waggon namens Zena.

Das Gedeck ihr gegenüber hatte man taktvollerweise abgeräumt, aber sie hatte gar nichts dagegen, keinen Begleiter zu haben. Durch ihre zahlreichen Geschäftsreisen war sie es gewöhnt, allein unterwegs zu sein, und hatte kein Problem damit, allein zu speisen.

Während sie sich über ihren Brunch hermachte, nahm sie ihr iPad heraus, um die E-Mail noch einmal zu lesen, die sie am Abend zuvor erhalten hatte, kurz bevor sie sich schlafen gelegt hatte.

Liebe Imogen,
wir haben uns sehr gefreut, als wir Ihre Mail erhalten und von Ihrer Entscheidung erfahren haben. Schon lange sind wir der Meinung, dass Oostermeyer & Sabol Ihre geistige Heimat werden könnte. Wir sind davon überzeugt, dass wir uns gegenseitig viel zu geben haben, und freuen uns auf die Zusammenarbeit.

Kommen Sie doch so bald wie möglich nach New York, damit wir alles in einem persönlichen Gespräch klären können. Es gibt eine Menge zu besprechen.

Wir wissen, dass dies eine große Umstellung für Sie bedeutet, und wir möchten Ihnen gern dabei helfen, den Umzug so stressfrei wie möglich zu gestalten.

Für uns ist das alles sehr aufregend. Bitte lassen Sie uns wissen, wie Ihre Pläne aussehen.

Mit herzlichen Grüßen,
Kathy und Gina

Es war die größte Entscheidung, die Imogen in ihrem Leben getroffen hatte. Es war ein Gefühl, als schickte sie sich an, vom Rand der Welt zu springen. Sie trank einen Schluck Bellini, um ihre Nerven zu beruhigen. Es war die richtige Entscheidung, sagte sie sich. Es war ja nicht so, als wäre sie noch nie in New York gewesen. Sie fuhr jedes Jahr mit Adele hin. Kathy Sabol und Gina Oostermeyer gehörten schon fast zur Familie. Sie würden sie auf ihre unnachahmliche Art unter ihre Fittiche nehmen, sie stolz all ihren Freunden vorstellen, und nach zwei Wochen würde sie sich fühlen, als wäre sie in New York geboren. Sie würde sich eine kleine Wohnung in Manhattan nehmen, hin und wieder ein Yellow Cab anhalten, bei Dean & Delucca ein paar Köstlichkeiten fürs Abendessen kaufen, mit Freunden übers Wochenende in die Hamptons rausfahren. Sie stellte sich vor, wie sie in einem Businesskostüm, die Hände manikürt, die Haare geföhnt, durch New York stöckelte …

So aufregend die Vorstellung war, sie machte ihr auch Angst. Imogen hatte ihr Leben lang in Shallowford gewohnt. Stets hatte sie ihre Großmutter an ihrer Seite gehabt. Was natürlich eigentlich lächerlich war. Es war höchste Zeit, sich abzunabeln. Nicht dass sie in Adeles Schatten stünde oder ohne sie keine Entscheidung treffen könnte, aber vielleicht hatte ihre Großmutter doch einen allzu großen Einfluss auf sie, auch wenn sich beide dessen nicht bewusst waren.

Imogen hatte nie daran gezweifelt, dass sie die Galerie ihrer Großmutter eines Tages übernehmen würde. Das war von Anfang an klar gewesen. Als Kind hatte sie praktisch bei ihren Großeltern im Bridge House gewohnt, da ihre Eltern so viel im Ausland gearbeitet hatten. Sie hatte Adele zu Kunstauktionen, Galerien und Privatverkäufen begleitet. Sie war mit ihr zu Restauratoren und Rahmenmachern gegangen und hatte gelernt, wie man ein Gemälde von den Toten auferweckt. Als sie achtzehn war, hatte sie sich geweigert zu studieren, weil sie lieber in der Galerie arbeiten wollte. Aber Adele hatte darauf bestanden, dass sie an die Uni ging, um Erfahrung zu sammeln.

»Kommt überhaupt nicht infrage, dass du gleich nach der Schule anfängst, bei mir zu arbeiten. Ich möchte, dass du erst ein paar Jahre mit Leuten in deinem Alter verbringst, dich unabhängig machst. Deinen Horizont erweiterst. Die Welt der Kunst ist sehr klein und in sich geschlossen, und wenn du in ihr erfolgreich sein willst, musst du ganz bestimmte Fähigkeiten entwickeln. Du musst dich anderen Einflüssen aussetzen. Du musst lernen, dich selbst und andere in kritischem Licht zu sehen.«

Also war Imogen an die Uni gegangen und hatte Kunstwissenschaften studiert. Und einen Tag nach ihrem Studienabschluss war sie schnurstracks in die Galerie ihrer Großmutter in Shallowford marschiert.

»So einfach wirst du mich nicht los. Ich will die Galerie übernehmen, wenn du dich einmal zur Ruhe setzt«, verkündete sie. »Da kann es doch nicht schaden, wenn ich schon mal anfange, mich einzuarbeiten.«

Widerstrebend hatte Adele eingewilligt. »Ich gebe dir zwei Jahre«, hatte sie gesagt.

Aus den zwei Jahren waren neun geworden. Aber jetzt stand eine Veränderung an. Der Zeitpunkt war perfekt. Bis auf eine Kleinigkeit …

Nein, sie wollte nicht an Danny denken. Sie wollte nicht daran denken, wie sie im Bett lagen und lachten, während Top Cat das

Federbett mit den Pfoten knetete und empört miaute. Sie würde nicht daran denken, wie es war, sich auf dem Sofa mit einem Glas Wein in der Hand an ihn zu kuscheln und sich mit ihm einen Film anzusehen. Es hatte keinen Zweck. Sie hatten keine Zukunft. Es war nur ein Liebesabenteuer gewesen. Es war atemberaubend schön gewesen, aber er wollte nun einmal nicht zu ihrer Welt gehören.

Entsetzt stellte sie fest, dass ihr die Tränen kamen. Sie nahm ihr iPad. Warum weinte sie jetzt? Danny McVeigh hatte im Gefängnis gesessen, Herrgott noch mal. Wie hatte sie sich einbilden können, dass das mit ihm funktionieren würde? Sie waren eben für kurze Zeit aufeinander abgefahren. Es war besser, jetzt Schluss zu machen, wenn es am schönsten war. So behielt man es wenigstens in guter Erinnerung.

Auch wenn ihr bei der Erinnerung der Schweiß ausbrach. Oder lag es an der Heizung im Waggon, dass ihre Wangen so gerötet waren? Um sich abzulenken, öffnete sie ihren Internetbrowser und tippte *Jack Molloy* als Suchbegriff ein. Zu ihrer Überraschung erschien der Name als erster Eintrag bei Wikipedia.

JACK WILLIAM MOLLOY (*21. September 1924 in den USA) ist ein anglo-amerikanischer Kunsthändler, Kritiker und Kurator.

Molloy besuchte die Trinity Pawling Highschool in Massachusetts und studierte an der Ruskin School in Oxford, wo er die reiche Erbin Rosamund Dulverton kennenlernte, seine zukünftige Ehefrau. Er betätigte sich zunächst als Kunsthändler und wurde später zu einem angesehenen Kurator. Anfang der 1960er-Jahre förderte er den jungen Reuben Zeale und organisierte dessen erste Ausstellung. Später wurde er zu einem einflussreichen und respektierten, wenn auch schonungslosen Kunstkritiker und machte sich als solcher ebenso viele Freunde wie Feinde. Er wurde zu einer prominenten Medienpersönlichkeit; er hatte diverse Posten beim Arts Coun-

cil inne und war Kurator in der Tate Gallery. 1993 wurde ihm auf der Biennale in Venedig für seine Retrospektive der Werke von Reuben Zeale der Goldene Löwe verliehen.

Seine Frau Rosamund starb 2003. Die beiden haben drei Töchter: Silvestra, Melinda und Cecily.

Jack Molloy lebt heute auf Giudecca, einer Insel vor Venedig.

Imogen war total fasziniert. Eigentlich hätte ihr der Name Jack Molloy bekannt sein müssen. Schließlich war Reuben Zeale einer der einflussreichsten Künstler des späten zwanzigsten Jahrhunderts. Seine Bilder – hauptsächlich Akte und Porträts – waren extrem begehrt. Als er Anfang der Neunzigerjahre starb, war sein früher Tod von der Kunstwelt als tragisch, aber nicht überraschend aufgefasst worden. Zeales extrem ausschweifender Lebensstil hatte in krassem Gegensatz zur Schönheit seiner Bilder gestanden. Er war Alkoholiker, bisexuell und manisch depressiv gewesen – und Wodka und Antidepressiva waren bekanntermaßen keine guten Bettgenossen. Wenn Jack Molloy Zeales Mentor gewesen war, dann hatte er nicht besonders gut auf seinen Schützling aufgepasst.

Imogen klickte auf »Bilder«. Es gab eine Menge Fotos von Jack Molloy. Er war ein attraktiver Mann, groß, dichtes schwarzes Haar, durchdringender Blick. Mit fortschreitendem Alter waren seine Lider schwer geworden, aber seine Augen hatten immer noch etwas Hypnotisches, wenn er mit einem Anflug von Lebensüberdruss in die Kamera lächelte. Häufig wurde er zusammen mit der einen oder anderen Frau abgebildet. Der Mann war energiegeladen, aber auch ein Machtmensch, dachte Imogen. Und attraktiv. Nicht im klassischen Sinne gut aussehend, aber selbst auf den Fotos war seine Anziehungskraft zu spüren.

Wahrscheinlich hatte Adele geschäftlich mit ihm zu tun gehabt. Sie waren in etwa gleich alt. Waren sie Freunde? Geschäftspartner? Oder mehr als das? Und warum hatte Adele sie, Imogen, losgeschickt, um das Bild abzuholen? Warum fuhr Adele nicht selbst oder ließ es einfach liefern? Imogen spürte, dass irgendeine Geschichte dahintersteckte, etwas, in das sie hineingezogen wurde.

Sie gab *Innamorata* als Suchbegriff ein. In den Suchergebnissen fand sich nichts Wesentliches. Nur die lexikalische Erklärung des Wortes.

»Die Verliebte.«

Sie schloss den Browser. Das war alles ziemlich verwirrend. Sie lehnte den Kopf zurück und schloss die Augen. Es war schon spät, und der Bellini trug das Seine zu ihrer Müdigkeit bei. Welche Bedeutung hatte dieser Molloy für Adele? Und warum war er im Besitz der *Innamorata*? Während ihr noch diese Fragen durch den Kopf gingen, spürte sie, wie sie einnickte.

KAPITEL 11

Adele stand auf dem Bahnsteig in Filbury und wartete auf den Zug nach Paddington. Sie wollte nicht ins Café gehen und ungenießbaren Tee trinken; am Ende würde sie noch jemand entdecken, der sie kannte, in ein Gespräch verwickeln und in die Bredouille bringen. Außerdem erinnerte sie das Ganze viel zu sehr an den Film *Begegnung*, und Celia Johnson war die größte Klatschtante am Ort. Diese Frau würde sie ohne mit der Wimper zu zucken vor den Zug stoßen, dachte sie grimmig.

Nach langem Hin und Her hatte sie sich gegen das Seidenkleid entschieden und ein Kostüm angezogen. Das wirkte geschäftsmäßiger. Zudem stand es ihr ausgezeichnet; das Jackett aus senffarbenem Wollstoff war figurbetont geschnitten, und die großen Knöpfe verliehen ihm eine elegante Note. Dazu trug sie cremefarbene Pumps, Handschuhe und Handtasche – mehr konnte sie nicht tun für ihr Selbstbewusstsein.

Der Zug lief ein, und Adele eilte zum Erste-Klasse-Wagen. Auch dort war die Wahrscheinlichkeit gering, dass sie jemandem begegnete, den sie kannte. Sie machte es sich auf ihrem Platz bequem, und als der Zug losfuhr, atmete sie den Geruch von brennendem Koks ein, der durch das offene Fenster hereinwehte. Nicht mal eine halbe Meile entfernt kümmerte William sich in seiner Praxis um seine Patienten, ohne etwas von ihren Betrugsabsichten zu ahnen.

Aber es musste ja nicht zum Betrug kommen, sagte sich Adele. Sie brauchte ja nicht zum Savoy zu gehen, wenn sie in Paddington war. Sie könnte sich stattdessen eine Ausstellung ansehen, ins Kino oder bummeln gehen oder eine ihrer Freundinnen besuchen, die sich bestimmt freuen würde, sie zu sehen. Auch so würde es ein schöner Tag werden.

Sie konnte sich nicht erinnern, wann William sie zuletzt in die Stadt ausgeführt hatte. Früher waren sie oft ausgegangen, in ein Restaurant und danach zum Tanzen, aber seit einigen Jahren fuhren sie kaum noch in die Stadt. Dabei hätten sie jetzt viel mehr Zeit dazu, wo die Jungen aufs Internat gingen. Vielleicht müsste sie es öfter zur Sprache bringen oder es selbst in die Hand nehmen. Aber William kam immer häufiger erst sehr spätabends von der Arbeit nach Hause.

Kurz vor Mittag traf sie in Paddington ein. Einen Moment lang blieb sie in der Bahnhofshalle stehen, während Männer mit Bowlerhüten und junge Frauen mit Zigarette in der Hand um sie herumwuselten. Dann ging sie hinaus auf die Praed Street. Der Verkehr schien dichter zu sein als früher. Lieferwagen, Motorroller und Taxis drängelten sich vor den Ampeln. Adele entdeckte ein freies Taxi und stieg ein.

Am Trafalgar Square ließ sie sich absetzen. Sie könnte in die National Portrait Gallery gehen, dachte sie vage. Sich all die Gesichter ansehen, die sie so faszinierten, sich vorstellen, was diese Menschen gedacht und empfunden hatten, wie sie sich selbst gesehen hatten, während sie dem Künstler Modell saßen. Schließlich zeigte sich niemand nach außen hin, wie er wirklich war. Zumindest Adele tat das heute nicht. Sie blieb einen Moment lang stehen und sah den Tauben zu. Nach außen hin war sie eine respektable, glücklich verheiratete Mutter zweier Kinder, die sich einen Ausflug in die Stadt gönnte.

Wenn sie sich nach links gewandt hätte, wäre sie diese Person geblieben.

Sie wirkte ruhig und gelassen, als sie nach rechts in The Strand einbog, aber innerlich brodelte ihr Blut wie Milch, die kurz vor dem Überkochen stand. Sie betrat das Savoy, als wäre sie dort Stammgast.

Sie schwebte ins Restaurant, bemüht, sich von all dem Glanz und Glitzer – Kronleuchter, überall Blattgold – und der schieren Größe des Raums nicht einschüchtern zu lassen. Ein Oberkellner mit weißer Schürze kam lächelnd auf sie zu. »Ich bin mit Mr. Jack Molloy verabredet«, sagte sie, und ein Schauder überlief sie, als sie sich seinen Namen aussprechen hörte. Der Kellner verbeugte sich und zeigte auf einen Tisch am Fenster.

Jack saß zurückgelehnt auf seinem Stuhl und schaute in ihre Richtung. Er lächelte und hob sein Glas. Er hatte genau gewusst, dass sie kommen würde. Sie spürte, wie ihre Wangen zu glühen begannen. Ihre Hände zitterten. Warum?, fragte sie sich. Schließlich war sie nur hier, um ihn um einen Rat zu bitten. Sie spürte, wie sie der Mut verließ.

Bei gesellschaftlichen Anlässen trat sie normalerweise selbstbewusst auf. Würde sie sich diesmal lächerlich machen? Vielleicht hatte sie das bereits getan, indem sie gekommen war. Warum hatte sie den Brief nicht zerrissen und war zu Hause geblieben? Jetzt gerade könnte sie ihrer Zugehfrau Mrs. Morris ein Schinkensandwich machen. Das wäre vielleicht langweilig, aber ungefährlich.

Als sie zwischen den Tischen hindurchging, schien es ihr plötzlich nichts Schöneres auf der Welt zu geben, als langweilig und ungefährlich zu sein.

Er stand auf, als sie an seinen Tisch kam. Sein Lächeln war nicht spöttisch, wie sie befürchtet hatte, sondern hocherfreut. Er legte die Hände an ihre Ellbogen und küsste sie auf beide Wangen, eine galante Geste, nichts Ungehöriges. Sie setzte sich. Ihre Zunge fühlte sich schwer an, sie wusste nicht, was sie sagen sollte.

»Ich freue mich sehr, dass Sie gekommen sind«, sagte er. »London ist so eintönig in letzter Zeit. Und ich langweile mich fürchterlich, wenn nicht ab und zu etwas Neues passiert.« Er strahlte sie an wie ein kleiner Junge, der gerade das großartigste Geburtstagsgeschenk ausgepackt hatte.

»Hm, ich fürchte, ich werde Sie schon langweilen, bevor wir zu Ende gegessen haben. Ich wüsste nicht, was ich Ihnen Interessantes zu erzählen hätte.«

»Keine Sorge«, erwiderte er. »Sie sind eine schöne Frau, das reicht mir fürs Erste.«

Sie errötete. Es ärgerte sie, dass sie auf seine Schmeicheleien hereinfiel – er war bestimmt geübt darin, nach Belieben Komplimente zu verteilen. Ihr war durchaus bewusst, dass er sich ihre Eitelkeit zunutze machte. Was hatte sie sich am Morgen für Mühe gemacht, sich zurechtzumachen, und dabei peinlichst darauf geachtet, dass es nicht so aussah, als hätte es sie Mühe gekostet.

Trotzdem hätte es sie gekränkt, wenn er keine Bemerkung über ihr Erscheinungsbild gemacht hätte.

»Danke«, murmelte sie mit gesenktem Blick. Sie spürte, wie er sie eingehend musterte. Er schenkte ihr Wein ein und reichte ihr das Glas, das sie dankbar annahm. Sie hatte einen trockenen Mund. Sie holte tief Luft. Sie wollte die Oberhand gewinnen. Er sollte wissen, dass sie keine leichte Beute war. Sie wollte den Spieß umdrehen.

»Eigentlich«, sagte sie, »hatte ich vor, Sie ein bisschen auszuquetschen. Ich überlege nämlich, eine eigene Galerie zu eröffnen, und da könnte ich Ihren Rat gut gebrauchen.«

Voller Schadenfreude registrierte sie seine Überraschung. Damit hatte er nicht gerechnet.

»Eine Galerie«, sagte er schließlich. »Erzählen Sie mir mehr.«

»Also … der Anbau unseres Hauses, in dem William früher seine Praxis hatte, steht jetzt leer. Ich zerbreche mir schon seit einer Weile den Kopf darüber, was ich damit machen könnte.

Zuerst wollte ich dort Gästezimmer einrichten, aber das schien mir ziemlich einfallslos. Und dann bin ich irgendwann auf die Idee gekommen, dort eine Galerie einzurichten. Eine ganz kleine, nichts Anspruchsvolles ...«

Sie wartete auf eine Reaktion. Mit einem Nicken forderte er sie auf fortzufahren.

»Ich glaube, eine Galerie käme gut an in Shallowford. Es gibt eine ganze Reihe von Antiquitätenläden. Es gibt viele Leute mit Geld. Und ich hätte eine angenehme Beschäftigung.« Sie zuckte verlegen die Achseln. »Jetzt, wo die Jungen im Internat sind, werden mir die Tage so lang. Es wäre ein schönes Hobby. Und William würde mich bestimmt unterstützen.«

Irgendwie hatte sie das Gefühl, dass es sie schützen würde, wenn sie Williams Namen erwähnte.

»Ah«, sagte Jack. »Er weiß also, dass Sie heute hier sind?«

Adele senkte den Blick und betrachtete die Tischdecke. Sie war schneeweiß und makellos. Zu ihrem Entsetzen spürte sie, dass sie lächelte. Sie hob den Kopf und sah Jack direkt in die Augen.

»Nein«, sagte sie. »Er weiß nichts davon.« Jack grinste wissend, und sie beugte sich vor. »Ich möchte mich zuerst gründlich informieren. Ich möchte nicht mit einem unausgegorenen Plan zu ihm gehen und nachher dastehen wie eine dumme Gans, die Kaufmannsladen spielt. Ich möchte in einer ernst zu nehmenden Position sein.«

Jack nickte. »Sie wollen also, dass ich Ihnen alle meine Geschäftsgeheimnisse verrate – wenn ich Sie richtig verstehe.«

Adele lachte. »Keine Sorge, ich werde Ihnen bestimmt keine Konkurrenz machen. Ich werde nicht mit berühmten Meistern und den Stars der Szene handeln. Ich dachte nur ... Glauben Sie, das ist machbar? Oder halten Sie es für eine alberne Idee?«

Jack nahm sein Glas. »Ich finde, das klingt wie eine vollkommen respektable Möglichkeit für eine gelangweilte Ehefrau, auf dem Pfad der Tugend zu bleiben.« Er trank einen Schluck Wein und schaute ihr in die Augen.

Sie war kurz in Versuchung, ihm den Inhalt ihres Glases ins Gesicht zu schütten. Er war unverschämt. Auf herablassende Weise gönnerhaft. Gleichzeitig wusste sie, dass er sie absichtlich provozierte, und sie würde ihm nicht die Genugtuung geben, auf seine Sticheleien anzuspringen.

»Aber falls Sie es als unter Ihrer Würde betrachten, mich an Ihrer Weisheit teilhaben zu lassen, möchte ich mich für meine Aufdringlichkeit entschuldigen. Dann werde ich eben aus Fehlern lernen.«

Einen Moment lang schwiegen sie. Sie hatte ihn ausmanövriert, und jetzt wusste er nicht so recht, was er sagen oder tun sollte.

»Es wäre mir selbstverständlich ein Vergnügen, Ihnen mit Rat und Tat zur Seite zu stehen«, sagte er schließlich.

»Danke«, sagte sie. Sie nahm die Speisekarte vom Tisch und begann, sie zu studieren, damit er ihr Grinsen nicht sah. Sie war ganz aufgeregt und wusste selbst nicht so recht, was sie da losgetreten hatte. Das mit der Galerie war eher eine Schnapsidee gewesen, aber so wie Jack darauf reagiert hatte, erschien es mit einem Mal wie eine ganz reale Möglichkeit. Sie versuchte, es sich bildlich vorzustellen. Die Remise war schön. Es wäre kein Problem, sie umzubauen. Sie lag direkt an der Hauptstraße, gut erreichbar für das Laufpublikum. Das Projekt hätte keine negativen Auswirkungen auf ihr Privatleben. Es war eigentlich eine richtig gute Idee. Etwas tief in ihrem Innern machte einen Freudensprung bei dem Gedanken, dass aus der Möglichkeit schon bald Wirklichkeit werden könnte.

Das Essen war köstlich. Sie aßen Seezunge mit Zitrone und zum Nachtisch Îles flottantes und tranken viel zu viel Wein, während sie die verschiedenen Optionen durchsprachen. Jack war inspirierend und begeistert und voller Einfälle, auf die Adele noch gar nicht gekommen war. Er sprach von Verkaufsausstellungen, zu denen er sie mitnehmen, von Kontakten, die er ihr vermitteln könnte, und versprach, ihr alle Tricks der Branche zu verraten – die lauteren und die weniger lauteren.

Adele ermahnte sich, realistisch zu bleiben, aber nichts, was Jack vorschlug, schien unmöglich. Im Gegenteil. Die Räumlichkeiten waren schließlich schon vorhanden. Sie besaß etwas Geld, das sie von einer alten Tante geerbt hatte, und sie war sich ziemlich sicher, dass William ihr zusätzlich etwas für ihre Investitionen zur Verfügung stellen würde. Es würde bestimmt nicht schwierig sein, seine Zustimmung zu gewinnen. Er würde es begrüßen, dass sie eine Aufgabe gefunden hatte und ihn nicht länger bedrängte, sie in der Praxis mitarbeiten zu lassen.

Als der Kellner die Teller abräumte, fühlte sie sich wie berauscht.

»Ich weiß gar nicht, wie ich Ihnen danken soll«, sagte sie zu Jack. »Was für Aussichten! Ich bin jetzt schon ganz aufgeregt!«

»Sie haben ja ganz leuchtende Augen«, bemerkte er.

Sie lachte. »Das liegt bestimmt am Wein. Ich habe viel zu viel getrunken.«

Jack bedeutete dem Kellner, ihm die Rechnung zu bringen. Das Restaurant leerte sich allmählich. Um sie herum standen Leute von ihren Tischen auf, mit leicht glasigem Blick nach gutem Essen und gutem Wein.

Adele nahm ihre Handtasche und ihre Handschuhe und suchte mit den Augen nach dem Kellner, um sich von ihm ein Taxi bestellen zu lassen. Sie hatten stundenlang geredet. Sie konnte sich nicht erinnern, wann zuletzt ein Nachmittag so schnell vergangen war.

»Wir gehen noch auf einen Kaffee in meinen Klub«, sagte Jack.

Sie zögerte. Wahrscheinlich wäre ein Kaffee jetzt genau das Richtige, dachte sie, denn sie musste sich eingestehen, dass sie sich ein bisschen unsicher auf den Beinen fühlte. Eine Tasse würde sie trinken. Bis sechs konnte sie wieder am Bahnhof sein. Alles vollkommen respektabel.

»Gute Idee«, sagte sie. Er bot ihr seinen Arm an. Es fühlte sich an wie das Natürlichste auf der Welt.

Es war nichts weiter als ein Geschäftstreffen, sagte sie sich. Aber im Grunde gelang es ihr nicht, sich etwas vorzumachen.

Sie gingen durch Covent Garden und dann die Shaftesbury Avenue entlang bis nach Soho, dieses schmuddelige, hektische Viertel mit seinem Labyrinth aus engen Straßen, die alle gleich aussahen. Imbissbuden und Reklameplakate und Coca-Cola-Schilder reihten sich aneinander. Es roch nach Kaffee und Zigaretten und Dekadenz. Adele wunderte sich. Hier schienen die Leute alles zur falschen Tageszeit zu tun: Sie tranken, wenn sie eigentlich schlafen sollten, sie schliefen, wenn eigentlich Essenszeit war, sie aßen, wenn sie eigentlich auf der Arbeit sein müssten ... In einem Hauseingang stand eine aufreizend schläfrige junge Frau in einem seidenen roten Morgenmantel und gähnte. Ein Betrunkener torkelte aus einer Bar und wäre um ein Haar von einem jungen Mann auf einem Moped überfahren worden. Auf einer Fensterbank hockte eine Katze, die sich von alldem nicht beeindrucken ließ. Adele klammerte sich an Jacks Arm, hin- und hergerissen zwischen Angst und Neugier. Das war ganz und gar nicht ihre Welt.

Vor einer grünen Tür blieben sie stehen. Jack klopfte zweimal kräftig, und es wurde sofort geöffnet. Ein ziemlich zerzaustes Geschöpf in einem weißen Ballkleid stolperte heraus auf die Eingangsstufen und sank in einer Wolke aus Taft zu Boden. Die Frau starrte mit ausdruckslosen Augen in den Himmel. Mit dem flachsblonden Haar, das ihr in Strähnen über die Schultern fiel, sah sie aus wie eine an Land gespülte Meerjungfrau. Es war drei Uhr nachmittags.

»Hallo, Miranda«, sagte Jack gnädig, während er über sie hinweg trat. Adele folgte ihm eine schmale Stiege hinunter. Inzwischen war sie vollkommen verwirrt. Als Jack von seinem Klub gesprochen hatte, hatte sie sich Räumlichkeiten mit Ledersesseln und deckenhohen Regalen voller Bücher vorgestellt, die Frauen nur auf Einladung betreten durften. Die Art Klub, wo William sich mit Kollegen traf.

Dieser Ort hätte keinen größeren Kontrast darstellen können. Hier herrschte ein heilloses Durcheinander. Es war das reinste Tollhaus.

Hinter dem Tresen stand eine groß gewachsene Schwarze, das Haar zu einer Hochfrisur aufgetürmt, eine wahrhaft königliche Erscheinung in einem grünen Kleid, darüber ein Herrenjackett mit aufgekrempelten Ärmeln, mit mehreren goldenen Ringen an jedem Finger. Mit beachtlicher Geschwindigkeit servierte sie Getränke, ohne sich von der lärmenden Menge aus der Ruhe bringen zu lassen. Adele sah kein Geld über den Tresen gehen, und das einzige Getränk, das ausgeschenkt wurde, war eine weiße Flüssigkeit aus einer dubiosen Flasche, die die Frau in lauter unterschiedliche Gläser kippte.

Die Leute schwatzten, stritten, lachten, rauchten, tranken. Aus zwei Lautsprechern dröhnte Musik von Miles Davis. In einer dunklen Ecke hockte eine schluchzende Frau. Sie trug einen orangefarbenen Rollkragenpulli und eine Brille mit dunklem Rand, und es schien ihr ganz recht zu sein, dass sich niemand um sie kümmerte. Hin und wieder ging jemand zu ihr, um ihr die Schulter zu tätscheln oder ihr Glas aufzufüllen. In einer anderen Ecke beschimpfte eine wütende Irin drei Männer mittleren Alters, die sich ihre Tirade mit großen Augen anhörten.

Mitten in dem ganzen Trubel saß ein Baby in einem Kinderwagen, einen kleinen Umhang aus Kaninchenfell um die Schultern und goldene Kreolen in den Ohren. Die Kleine strahlte und klatschte in die Händchen. Zu wem sie gehörte, war nicht auszumachen. Ab und zu hob sie jemand hoch, drückte ihr einen Kuss auf ein Bäckchen und setzte sie wieder in ihren Wagen.

»Willkommen im *Simone's*«, sagte Jack.

»Ist das Simone?«, fragte Adele leicht benommen und zeigte auf die Riesin hinterm Tresen. Jack lachte nur.

Adele hatte das Gefühl, in eine andere Welt geraten zu sein, als wäre sie wie Alice im Wunderland in ein Kaninchenloch gefallen und in einem Königreich gelandet, in dem nichts einen Sinn ergab. Trotzdem kam sie sich nicht wie eine Außenseiterin vor, denn es schien keine Vorschriften zu geben, die bestimmten, wer hier dazugehören durfte und wer nicht. Die einzige Bedingung schien zu sein, dass man betrunken sein musste, und das war sie bereits, zumindest ein bisschen. Jack schob ihr einen Hocker zu und reichte ihr ein schmuddeliges Glas mit einer klaren Flüssigkeit, die in ihrer Kehle wie Feuer brannte. Innerhalb kürzester Zeit war alle Verlegenheit verflogen, und sie fühlte sich dazugehörig. Hier war nichts steif oder spießig. Niemand beurteilte sie oder interessierte sich dafür, wer sie war und wo sie herkam. Man nahm sie einfach, wie sie war, und das tat gut.

In Shallowford war sie die Ehefrau des Dorfarztes. Die Frau Doktor. Das verlieh ihr zwar einen hohen gesellschaftlichen Status, aber die Leute interessierten sich nie für das, was sie sagte, während sie William regelrecht an den Lippen hingen. Bis jetzt hatte ihr das nichts ausgemacht. Sie hatte sich an ihre Rolle gewöhnt. Aber hier wollten die Leute zu allem und jedem ihre Meinung hören, wollten wissen, was die beste Methode war, Artischocken zuzubereiten, oder was sie von Che Guevaras Eskapaden in Kuba hielt. Das einzige Thema, mit dem sie sich auskannte, waren die Artischocken (mit Vinaigrette, da gab sie kein

Pardon), aber das spielte überhaupt keine Rolle – egal, was sie sagte, es wurde mit Interesse aufgenommen. Alle waren auf angenehme Weise beschwipst. Entspannt und gesellig.

»Diese Frau hat einen untrüglichen Blick für Meisterwerke«, verkündete Jack jedem, der es hören wollte. »Ich werde sie ausbilden. Das wird mir zwar eines Tages noch leidtun, denn das Letzte, was ich gebrauchen kann, ist Konkurrenz. Aber wartet nur ab …«

Adele glühte innerlich, nicht gewöhnt an so viel Aufmerksamkeit und so große Komplimente. Sie spürte, wie sie sich entfaltete, wie sie ein anderer Mensch wurde, eine weltgewandte Kunsthändlerin. Sie hatte sich nie gewünscht, jemand anders zu sein, doch jetzt, wo der Wunsch einmal geweckt war, spielte sie mit, gefiel sich in der Rolle, die Jack ihr auf den Leib geschrieben hatte, und erzählte freimütig von ihren Plänen. Aber so war das offenbar in dieser verrückten Bar. Hier spielten alle eine Rolle, lebten irgendeine Fantasie aus.

Machten sich etwas vor.

Sie rauchte den ganzen Nachmittag eine Zigarette nach der anderen, was ziemlich ungewöhnlich war – normalerweise rauchte sie eine nach dem Abendessen, aber hier schien es üblich, sich die nächste an der letzten anzuzünden, und Adele ließ sich so sehr von der Stimmung anstecken, dass sie einfach alles mitmachte.

Sie fühlte sich träge, wie berauscht. Freudige Erwartung pulsierte in ihren Adern: Die Zukunft erstreckte sich vor ihr wie ein silbrig schimmerndes Band, ganz anders als die graue Leere, die sie bis dahin vor sich gesehen hatte. Zum ersten Mal in ihrem Leben hatte sie das Gefühl, ihr Schicksal selbst in die Hand nehmen zu können. Sie war glücklich.

Dann, ganz plötzlich, stellte sie mit Schrecken fest, dass es schon nach sechs war. Panik ergriff sie. Der letzte Zug ging um zehn vor sieben. Keine Chance, noch nach Hause zu kommen. Und selbst wenn ein Wunder geschah und sie den Zug noch erreichte – vielleicht, wenn er Verspätung hatte –, sie konnte unmöglich mit einer Fahne zu Hause erscheinen. Das würde viel zu sehr auffallen. Normalerweise betrank sie sich nie, aber aus irgendeinem Grund hatte sie an diesem Nachmittag alles getrunken, was man ihr gereicht hatte, und der Alkohol hatte sie leichtsinnig gemacht und ihr das Gefühl gegeben, unbesiegbar zu sein.

Sie suchte die winzige Toilette auf, um über ihre Zwangslage nachzudenken. Die Toilette war schmuddelig, das Waschbecken hatte Risse, es gab weder Seife noch Handtuch. Zu spät fiel ihr auf, dass es auch kein Toilettenpapier gab. Der Gestank drehte ihr den Magen um. Oder vielleicht war ihr auch einfach übel von dem vielen Alkohol und den vielen Zigaretten.

Sie spritzte sich kaltes Wasser ins Gesicht, um wieder nüchtern zu werden. Instinktiv wusste sie, dass sie von niemandem in diesem Klub Mitgefühl oder Hilfe erwarten konnte, am allerwenigsten von Jack. Niemand hier schien so etwas wie Verantwortungsgefühl oder ein Gewissen zu besitzen. Den ganzen Nachmittag über hatte sie nicht ein einziges Mal erlebt, dass jemand nach der Uhrzeit gesehen hätte. Die Leute hier hatten niemanden, der auf sie wartete, niemanden, dem sie Rechenschaft schuldig waren.

Sie lehnte sich mit dem Rücken an die Tür und versuchte, sich zu sammeln, logisch zu denken. Sie kam zu dem Schluss, dass sie entweder mit dem Taxi den ganzen Weg bis Shallowford würde fahren müssen oder hier übernachten – was sicherer und weniger verdächtig wäre. Die Vorstellung, beschwipst ins Haus zu wanken, war ihr unerträglich. In London zu bleiben war wesentlich weniger verfänglich. Sie ging zurück in den Schankraum, kämpfte sich durch die Menge – es war inzwischen brechend voll – und ging nach draußen in die nasskalte Dunkelheit, um nach einer Telefonzelle zu suchen.

»Shallowford 753«, sagte sie, als eine Telefonistin sich meldete.

»Brenda hat mich gebeten, über Nacht zu bleiben«, sagte sie, als William sich meldete. Sie gab sich große Mühe, sich ihren Zustand nicht anmerken zu lassen. »Sie möchte, dass ich ihr helfe, Tapeten und Einrichtungsgegenstände auszusuchen.«

»Selbstverständlich, mein Liebling«, sagte William. »Grüß sie schön von mir, ja?«

»Natürlich, mein Liebling«, antwortete sie.

»Du klingst so komisch.«

»Die Verbindung ist ganz schlecht«, sagte sie und drückte die Gabel herunter.

Sie hängte den Hörer ein, lehnte den Kopf gegen die kühle Glasscheibe und fragte sich, was bloß in sie gefahren war. Sie musste sich zusammennehmen, sich ein kleines Hotel suchen … Sie schaute in ihrem Portemonnaie nach, wie viel Geld sie bei sich hatte. Nicht viel. Es würde ein bescheidenes Hotel sein müssen. Oder vielleicht konnte sie sich etwas Geld von Jack leihen …

Die grüne Tür öffnete sich nicht. Sie klopfte und klopfte, so wie Jack es gemacht hatte, aber niemand konnte sie hören. Nach zehn Minuten war sie ein Nervenbündel. Es machte sie wütend, dass Jack nicht herausgekommen war, um nach ihr zu sehen. Das würde ein Gentleman doch tun, oder? Wenn ihm etwas an ihr lag. Sie wollte sich gerade auf die Suche nach einem Taxi machen – bei der Ankunft würde sie eben kurz ins Haus laufen, um Geld zu holen –, als die Tür aufgerissen wurde und die junge Irin mit wildem Blick herausstürzte.

Sie blieb kurz stehen und schaute Adele an.

»Du bist doch mit Jack Molloy hier.« Es klang eher nach einem Vorwurf als nach einer Feststellung.

Adele runzelte die Stirn, unsicher, ob sie das bestätigen oder leugnen sollte, aber die Tatsachen sprachen gegen sie. Ihr Magen zog sich zusammen. Womöglich war diese junge Frau eine Freundin von Jacks Ehefrau? Das schien ihr eher unwahrscheinlich – nach Jacks Beschreibung war Rosamund eine äußerst gepflegte, kultivierte Frau, während diese Irin ziemlich schlampig wirkte in ihrem knallengen kurzen Rock und den extrem hochhackigen Schuhen.

»Ja«, sagte Adele. »Er berät mich geschäftlich.«

Sie hörte selbst, dass sie defensiv klang, beinahe schuldbewusst.

Die Frau musterte sie misstrauisch von oben bis unten. »Der Typ ist ein Monster. Wusstest du das?«

Adele schüttelte den Kopf. Sie wusste so gut wie gar nichts über ihn.

»Keine Spur von Mitgefühl. Der kann nicht geben.« Sie machte eine verächtliche Kopfbewegung. »Nur nehmen.«

»Oh.« Das waren ziemlich verblüffende Neuigkeiten.

Einen Moment lang schien es, als würde die Frau sich entspannen, und Adele meinte fast so etwas wie Mitleid in ihren Augen zu entdecken. Dann legte die Frau ihr eine Hand auf den Arm.

»Sei einfach vorsichtig«, sagte sie voller Besorgnis. »Erwarte nichts von ihm, dann kann er dich auch nicht enttäuschen. Ehrlich gesagt, an deiner Stelle würde ich machen, dass ich hier wegkomme.«

Und bevor Adele dazu kam, sie noch etwas zu fragen, eilte sie die Dean Street hinunter. Adele hätte gern gewusst, ob das, was die Frau über Jack gesagt hatte, auf eigener Erfahrung beruhte oder auf Beobachtungen. Sie hatte das Gefühl, kaum Luft zu bekommen. Die Warnungen der Frau schienen ernst gemeint zu sein. Aber was genau hatte sie ihr sagen wollen? War Jack eine Art Hochstapler? Hatte er vor, sie um Geld zu betrügen?

Oder plante er noch Schlimmeres? Adele fröstelte in der kühlen Abendluft.

Sie hätte sich auf der Stelle auf die Suche nach einem Hotel machen sollen, aber die Tür zu dem Klub stand noch offen, und sie wollte sich wenigstens verabschieden. Außerdem hatte die junge Irin einen etwas verstörten Eindruck gemacht. Vielleicht hatte Jack sie ja irgendwann abgewiesen? Sie wirkte nicht wie eine Frau, die so etwas gelassen hinnahm.

Adele stolperte die Treppe hinunter. Sie bekam allmählich schlechte Laune, wie es häufig passiert, wenn die Wirkung von zu viel Alkohol allmählich nachlässt. Der Klub kam ihr noch dunkler und noch voller vor. Die Musik war lauter, und die Luft war total verraucht.

»Ich dachte schon, Sie hätten sich aus dem Staub gemacht.« In seinen Augen lag ein Funkeln, das während des Mittagessens noch nicht da gewesen war, und Adele merkte, dass er sehr betrunken war, viel betrunkener als sie, obwohl er wahrscheinlich an große Mengen Alkohol gewöhnt war. Einen Moment lang fürchtete sie, dass er gehofft hatte, sie wäre weggelaufen, dass er sie nicht da haben wollte, dass sie ihm seinen unkonventionellen Freunden gegenüber peinlich war. Das machte ihr bewusst, wie sehr sie sich wünschte, von ihm akzeptiert zu werden, dazuzugehören.

Doch dann legte er ihr einen Arm um die Schultern und zog sie an sich. Er schaute sie an, beugte sich vor und hauchte ihr einen Kuss auf die Lippen.

Hätte er das nicht getan, wäre sie vielleicht so vernünftig gewesen, die Flucht zu ergreifen. Aber in diesem Kuss schien die ganze Welt zu liegen. Sie schmiegte sich an ihn, während er mit den Fingern in ihrem Haar spielte. Niemand beachtete sie.

Adeles Welt stand auf dem Kopf, während die der anderen anscheinend so war wie immer.

Jack nahm Adele mit zu sich. Er wohnte nur zwei Straßen weit entfernt, über einem italienischen Café. Aus der Jukebox drang laute Musik, und ein paar junge Männer in Lederjacken standen lachend und rauchend vor der Tür. Sie grüßten Jack, als sie an ihnen vorbeigingen.

Jacks Wohnung war eine Überraschung. Adele hatte sie sich chaotisch und überladen vorgestellt, stattdessen war sie bemerkenswert schlicht eingerichtet. Vor den Schiebefenstern im Wohnzimmer hingen bodenlange Samtvorhänge. Die einzigen Möbel waren ein Sofa, das fast eine ganze Wand einnahm, ein niedriger Couchtisch, auf dem verschiedene Kunstbücher und Auktionskataloge lagen, und ein Sekretär. Alles war sauber und ordentlich, alles stand an seinem Platz.

»Die Wohnung dient mir als Notquartier«, sagte Jack. »Hier erledige ich meine Korrespondenz. Aber ich lade nie Kunden hierher ein.«

Und Frauen?, fragte sich Adele. Offenbar las er ihre Gedanken, denn er lachte. Die Wirkung des Alkohols ließ immer mehr nach, und sie fühlte sich nervös, verunsichert.

Was in aller Welt hatte sie hier verloren? Die Tatsache, dass sie ihn in seine Wohnung begleitet hatte, konnte für einen Mann wie Jack nur eins bedeuten, aber darauf würde sie sich auf keinen Fall einlassen.

»Es tut mir leid«, sagte sie, »aber ich muss jetzt gehen …«

»Unsinn«, entgegnete Jack. »Der letzte Zug ist längst abgefahren, und es ist zu spät, um bei Freunden zu klingeln – die kriegen nur einen Schreck.«

»Ich kann mir ein Hotelzimmer nehmen.«

Das hier war schließlich West End, und ihr würde schon eine Geschichte einfallen, mit der sie Mitleid statt Argwohn erregte, solange ihr Atem nicht nach Alkohol roch. Außerdem sah sie aus wie eine anständige Frau.

Dann hob er eine Hand und fuhr mit dem Finger an ihrem Schlüsselbein entlang.

»Ich will mit dir schlafen«, sagte er.

Sie legte den Kopf in den Nacken. Er streichelte ganz sanft ihren Hals; sein Daumen berührte die Stelle, wo ihr Puls zu fühlen war.

»Ich kann nicht.«

»Warum nicht?«

»Es ist nicht recht.«

»Wer sollte denn davon erfahren?«

Alle, dachte sie. Alle, die am Nachmittag im Klub gewesen waren. Sie hatte die wissenden Blicke gesehen, als sie sich auf den Weg gemacht hatten. Sie musste an die Warnung der jungen Irin denken. »Sei einfach vorsichtig.«

Jack trat näher. Sie roch sein Eau de Cologne.

»Wer nicht hier im Zimmer ist und uns zusieht, wird nie davon erfahren. Die Leute können höchstens Vermutungen anstellen.«

Er beugte sich vor und küsste ihren Hals. Ihr war, als würde sie leuchten, als wäre ihre Haut bedeckt von schimmernden Schuppen. Zu ihrem Entsetzen stieß sie einen tiefen, langen Seufzer aus.

»Du willst es doch auch«, flüsterte er.

»Ich weiß …«

»Du wirst es bereuen, wenn du es nicht tust. Du wirst dich immer fragen, wie es gewesen wäre …«

Sie wusste, dass er sie manipulierte. Sie wusste, dass er Frauen gut genug kannte, um mit ihren Schwächen zu spielen, ihren geheimsten Sehnsüchten. Sie wusste, dass es töricht wäre, sich ihm hinzugeben. Aber noch nie hatte jemand solche Gefühle in ihr geweckt.

Und dann hörte er auf. Löste sich von ihr. Ließ die Hände fallen.

»Ich werde dich zu nichts zwingen, was du nicht möchtest.«

Er ging zum Plattenspieler in der Zimmerecke. Nahm eine Schallplatte, ließ die schwarze Scheibe aus der Hülle gleiten.

Etwas in ihr gab nach. Ein kaltes, an Verzweiflung grenzendes Gefühl überkam sie.

Sie durchquerte das Zimmer und nahm ihm die Schallplatte aus der Hand. Legte ihm eine Hand in den Nacken und zog seinen Kopf nach vorne, um ihn zu küssen. In dem Augenblick brach sie ihr Ehegelübde. Die Worte, die sie gesprochen hatte, als sie vor zehn Jahren in weißem Satin vor dem Altar gekniet hatte, hatten plötzlich keine Bedeutung mehr. Sie dachte weder an William, der in Shallowford in ihrem Ehebett lag, noch an ihre Jungen, die friedlich in ihrem Schlafsaal schlummerten, und sie dachte nicht daran, was ihr Verrat für die drei bedeuten würde.

Sie dachte nur an sich selbst.

Als sie früh am nächsten Morgen aufwachte, zitterte sie, obwohl es warm im Zimmer war und sie unter einer seidenen rosafarbenen Daunendecke lag. Vielleicht war das der Schock, dachte sie, vielleicht hatte das, was sie getan hatte, ihren Körper und ihre Seele traumatisiert. Das Licht, das unter den Vorhängen hereinkroch, kündigte den neuen Tag an, den ersten Tag ihres Lebens als Ehebrecherin. Ihr war übel vor Angst und Schuldgefühlen und von dem vielen Alkohol, den sie am Abend getrunken hatte. Dessen schützende Wirkung war verflogen, und sie fühlte sich nackt und verletzlich.

Sie betrachtete den schlafenden Mann neben sich und fragte sich, wie sie alles so mutwillig hatte aufs Spiel setzen können – ihre Ehe, ihre Integrität, ihre Gesundheit. Abgesehen von allem anderen wusste sie nichts über diesen Mann, bis auf das, was er ihr erzählt hatte. Und sie hatte nicht den geringsten Beweis, dass seine Geschichte stimmte. Genau genommen konnte sie sich nicht einmal sicher sein, dass das hier überhaupt seine Wohnung war. Er konnte ein Verrückter sein … ein Mörder. Vielleicht suchte er sich Frauen wie sie als Opfer und verführte sie mit seinem Charme, den er zweifellos besaß, um sie dann zu erpressen? Sie stellte sich vor, wie die Augen, von denen sie sich hatte betören lassen, beim Abschied plötzlich hart wurden und er von ihr Geld verlangte für sein Schweigen. Die Frau des Dorfarztes erpressen. Es wäre ganz einfach …

Sie schlüpfte aus dem Bett, eilte ins Bad, verriegelte die Tür, raufte sich die Haare und betrachtete im Spiegel die Närrin, die sie geworden war. Schwach, oberflächlich, eitel, selbstsüchtig. Auf ihrer Stirn hatten sich winzige Schweißperlen gebildet, ihre Haut war blass und teigig. Sie hatte dunkle Ringe unter den Augen. Nicht besonders attraktiv, Mrs. Russell, dachte sie, während eine heiße Panikwelle über sie hinwegspülte.

Sie wusch sich so leise sie konnte, putzte sich die Zähne mit ein bisschen Zahnpasta, die sie sich auf einen Finger gedrückt hatte. Um Jack nicht zu wecken, betätigte sie nicht einmal die Toilettenspülung. Sie schlich zurück ins Schlafzimmer und sammelte ihre Sachen ein. Er schlief immer noch tief und fest. Hastig zog sie sich an, fand ihre Schuhe und ihre Handtasche. Im Vergleich zu der piekfein herausgeputzten Frau, die am Tag zuvor im Savoy eingetroffen war, gab sie ein erbärmliches Bild ab. Ihre Kleider waren zerknittert, ihre Strümpfe hatten Laufmaschen. Sie hatte kein Eau de Cologne dabei – das befand sich in der Handtasche, die sie jeden Tag benutzte. Sie hatte nicht damit gerechnet, dass sie es brauchen würde.

Sie fragte sich, ob Jack vielleicht nur so tat, als schliefe er, um einen verlegenen Abschied zu vermeiden. Es war ihr egal. Die Schuhe in der Hand stahl sie sich auf Zehenspitzen aus der Wohnung. Sie eilte die Treppe hinunter, schlüpfte in ihre Schuhe, öffnete die Haustür und trat auf die Straße hinaus. Die kalte Luft schlug ihr entgegen, schnitt ihr in die Haut. Kalte Luft fühlte sich immer kälter an, wenn man müde war. Das Café war geschlossen, die Rollläden heruntergelassen. Ein Milchwagen rumpelte vorbei und erinnerte sie daran, wie durstig sie war. Sie war versucht, den Milchwagen anzuhalten, doch sie wollte so schnell wie möglich von hier weg.

Eine Frau ging vorbei und musterte sie verächtlich von oben bis unten. Wahrscheinlich sah man ihr genau an, was sie war: eine gefallene Frau, die gerade das Lager ihres Liebhabers verlassen hatte. Noch nie in ihrem Leben hatte sie sich so schmutzig gefühlt und sich selbst so verachtet. Sie schleppte sich zur Shaftesbury Avenue und hielt das erste Taxi an, das vorbeikam.

Die Heimfahrt dauerte eine Ewigkeit.

Sie bat den Taxifahrer, vor dem Fenwick in der Bond Street zu halten. Das Kaufhaus war voller normaler, glücklicher Frauen, die keine Schuldgefühle hatten, Frauen, die sich einen neuen Lippenstift gönnten oder sich für einen speziellen Anlass ein neues Kleid aussuchten. Adele erstand ein Paar Strümpfe und ging auf die Damentoilette, um sie anzuziehen. Voller Scham stopfte sie ihre zerrissenen Strümpfe, den Beweis für ihre Missetat, in den Müll. Anschließend kaufte sie sich wahllos ein Paar Handschuhe, eine Haarbürste und einen Tiegel Tagescreme. Sie brauchte nichts davon und hätte sich das alles auch in Filbury besorgen können, aber sie brauchte etwas, das ihr das Gefühl von Normalität gab, und sei es nur für sich selbst, und irgendeine Art Alibi. Irgendeinen Beweis dafür, dass ihre Aktivitäten in den vergangenen vierundzwanzig Stunden vollkommen harmlos gewesen waren.

Im Zug saß sie mit ihrer Handtasche und ihren Einkäufen auf dem Schoß, den Kopf ans Fenster gelehnt. Vor Müdigkeit brannten ihr die Augen. Ihr Körper fühlte sich geschunden an. Warum das so war, darüber konnte sie jetzt nicht nachdenken.

Gegen Mittag war sie zurück. Zum Glück kam William nicht zum Essen nach Hause. Nur Mrs. Morris war da, und die würde um eins gehen. Mrs. M. hatte ihr etwas kalten Schinken und eine Schüssel frischen Salat bereitgestellt, aber sie bekam nichts herunter.

Sie ließ sich ein heißes Bad einlaufen in der Hoffnung, auf diese Weise irgendwie ihre Sünden abwaschen zu können. Sie konnte immer noch sein Eau de Cologne an sich riechen. Sie hatte die Flasche in seinem Badezimmer gesehen. Zizonia von Penhaligon. Der Duft wühlte sie auf und entführte sie in einen turbulenten Tagtraum. Denn obwohl ihr so elend zumute war wie noch nie in ihrem Leben, war die Erinnerung an das, was er mit ihr gemacht hatte, berauschend, und unwillkürlich durchlebte sie in Gedanken noch einmal jeden einzelnen köstlichen Moment.

Als William nach Hause kam, fühlte sie sich sauber, aber zugleich ein bisschen benommen. Sie zwang sich, mit ihm zu Abend zu essen. Jeder Bissen war eine Herausforderung. Sie fragte sich, ob sie jemals wieder eine Mahlzeit genießen würde. William freute sich sehr, sie wiederzusehen, und erkundigte sich beflissen nach Brenda.

»Sie ist furchtbar umständlich und kann sich für nichts entscheiden«, sagte Adele. »Ich glaube, sie hat das Gefühl, nach all den Jahren in Kenia in Modefragen ein bisschen hinterm Mond zu sein, und jetzt weiß sie nicht, was sie sich anschaffen soll.«

»Sie sollte sich einfach das anschaffen, was ihr gefällt.« William konnte nie verstehen, warum Frauen sich wegen solcher Dinge so verrückt machten.

»So einfach ist das nicht, und das weißt du genau. Aber es macht ja auch Spaß, einer Freundin beim Einrichten ihres Hauses zu helfen. Jedenfalls bin ich bei der Gelegenheit auf eine großartige Idee gekommen.« Am besten, sie erzählte es ihm gleich.

»Ich würde sehr gern eine Galerie eröffnen. In deiner ehemaligen Praxis. Was hältst du davon?«

Warum in aller Welt hatte sie das gesagt? Wollte sie ihren Plan allen Ernstes in die Tat umsetzen? Andererseits – warum eigentlich nicht?, dachte sie. Sie konnte es ganz alleine machen. Sie brauchte Jack Molloys Hilfe nicht. Sie konnte ganz klein anfangen und die Galerie nach und nach erweitern. Sie hätte eine Aufgabe. Genau genommen wäre es nicht mehr als ein überschätztes Hobby, aber es würde ihr bestimmt Spaß machen. Und wer konnte schon sagen, wo es hinführen würde?

So weit weg von Soho wie möglich, wenn sie Glück hatte.

William legte den Kopf schief, während er über ihren Vorschlag nachdachte.

»Gar keine schlechte Idee«, sagte er schließlich. »Solange uns keine Menschenmassen durchs Haus trampeln.«

Adele räumte den Tisch ab und kam mit zwei Schalen Pfirsich Melba aus der Küche zurück.

»Ich stelle mal ein paar Zahlen auf, um zu sehen, was es kosten würde.« Sie war so müde, dass ihre Hände zitterten. »Und ich werde einen Handwerker bestellen und mir von ihm sagen lassen, wie viel Aufwand es wäre, die Räume umzubauen. Ich glaube nicht, dass man allzu viel machen muss.«

Auch wenn es sie mit neuer Energie erfüllte, sich so vehement für ihr Projekt einzusetzen, sehnte sie sich nach ihrem Bett. Wenn sie Schlaf fand, würde sie nicht mehr an das Entsetzliche denken müssen, was sie getan hatte.

»Ich glaube, ich gehe heute früh schlafen«, sagte sie zu William, während sie Spülmittel ins heiße Wasser gab. »Brendas Gästezimmer liegt zur Straße raus, ich habe letzte Nacht kaum ein Auge zugetan.«

Während er im Garten seine Zigarre rauchte und nach den Rosen sah, öffnete sie seinen Arztkoffer und fischte ein Röhrchen

Schlaftabletten heraus. Sie wollte nicht riskieren, dass Jack Molloy sie im Schlaf heimsuchte. Schon jetzt bekam sie ihn kaum aus dem Kopf – seine dunklen Augen, sein schwarzes Haar, sein verführerisches Lächeln … So sehr sie auch versuchte, ihn und alles, was sie getan hatten, zu vergessen, die Bilder ließen sich nicht verscheuchen.

Am nächsten Morgen ging es ihr besser. Sie war gefasster, und die Schuldgefühle hatten ein bisschen nachgelassen. Jedem konnte mal ein Ausrutscher passieren, sagte sie sich. Sie war ein einziges Mal schwach geworden. Solche Dinge kamen vor, redete sie sich ein – auch wenn es ihr schwerfiel, sich vorzustellen, dass einer ihrer Freundinnen so etwas passieren würde. Warum konnte sie nicht wie die anderen Frauen zufrieden sein mit ihrem Leben als respektable Ehefrau? Was in aller Welt war bloß in sie gefahren?

Sie nahm sich vor, sich auf ihre Familie zu konzentrieren. Auf William und die Jungen. Sie konnte nicht riskieren, sie zu verlieren wegen ein bisschen Aufregung, ein bisschen Schmeichelei, wegen einer Nacht mit einem …

Sie wollte nicht mehr an die Nacht denken. Wenn sie das tat, würde sie ins Schwanken geraten, und ihre Fantasie würde mit ihr spazieren gehen.

An diesem Wochenende würden William und sie die Jungen zum ersten Mal im Internat abholen, um einen Ausflug mit ihnen zu machen – nur für einen Nachmittag, aber Adele konnte es kaum erwarten, sie zu sehen. Zum ersten Mal seit ihrer Eskapade galten ihre ersten Gedanken beim Aufwachen ihren Kindern und nicht Jack Molloy. Beim Anziehen betete sie, dass Jack sich damit zufriedengab, sie einmal verführt zu haben, dass sie für ihn nicht mehr war als eine weitere Eroberung und dass er sich, ohne noch einen Gedanken an sie zu verschwenden, seinem nächsten Opfer zuwenden würde. Sie würde die Erinnerung an ihn an einen dunklen Ort verbannen, mit Mottenkugeln wegpacken wie ein unpassendes Kleid, das sie nie wieder tragen würde.

Während der Fahrt nach Ebberly Hall war Adele ganz aufgeregt und plapperte ununterbrochen über ihre Pläne für die Galerie.

»Gestern war der Tischler da, um sich anzusehen, ob man Schaufenster einbauen kann. Er sagt, es macht ein bisschen Dreck, aber es ist kein Problem. Er bringt Schienen an allen Wänden an, damit ich die Bilder aufhängen kann. Außerdem macht er mir ein richtiges Schild, das ich über dem Eingang aufhängen kann – ich hatte an eins in Dunkelrot gedacht, mit goldener Schrift. Was meinst du?«

»Hast du dir schon einen Namen für deine Galerie ausgedacht?«

»Sie wird natürlich Galerie Russell heißen. Das klingt doch schön, oder?«

»Auf jeden Fall.« Er sah sie von der Seite an und lächelte. »Es klingt großartig.«

Im Internat wurden sie von ihren Jungen begrüßt, die völlig aus dem Häuschen waren und mindestens fünf Zentimeter gewachsen zu sein schienen, seit Adele sie zuletzt gesehen hatte. Sie schloss die kleinen sommersprossigen, segelohrigen Racker in die Arme. Ihre beiden Kinder waren das Einzige, was zählte.

Sie gingen mit den Jungen in eine Teestube in der nahe gelegenen Stadt und gönnten sich reichlich Scones mit Sahne und Marmelade. Nachdem sie mehrere Tage lang kaum etwas herunterbekommen hatte, spürte Adele, wie ihr Appetit zurückkehrte und sie sich wieder besser bei Kräften fühlte. Zum Schluss spendierte sie den Jungen noch einen Lebkuchenmann zum Mitnehmen.

Auf der Fahrt zurück zum Internat fühlte sie sich elend. Der Gedanke an den bevorstehenden Abschied drehte ihr den Magen um. Bis zu den Ferien waren es noch vier lange Wochen. Sie tröstete sich mit dem Wissen, dass die Jungen sich in dem Internat wohlfühlten – sie erzählten die ganze Zeit von all den Dingen, die sie erlebt hatten, und von ihren neuen Freunden. Die herzliche Umarmung zum Abschied – sie waren noch nicht in dem Alter, wo sie jeden Körperkontakt mit der Mutter abstoßend fanden – erfüllte sie erneut mit Entschlusskraft. Diese beiden kleinen Geschöpfe mit ihren aufgeschürften Knien und ihrem strahlenden Lächeln waren ihr Lebensinhalt.

»Warum weinst du denn?«, fragte Tim besorgt, und Adele merkte, dass ihr Tränen über die Wangen liefen. Normalerweise erlaubte sie sich beim Abschied von den Zwillingen keine Tränen, denn sie wollte ihnen ein gutes Beispiel sein.

»Weil ich euch ganz lieb habe und weil ihr mich sehr glücklich macht«, sagte sie. »Wenn man weint, bedeutet das nicht immer, dass man traurig ist.«

Auf der Fahrt zurück nach Shallowford nagte eine schreckliche Leere an ihr. Sie würde die Stille im Haus nicht ertragen können.

»Lass uns irgendwo etwas essen gehen«, schlug sie William vor. »Bitte. Es ist schon ewig her, dass wir beide mal ausgegangen sind.«

»Ich muss einen ganzen Stapel Unterlagen durchsehen«, erwiderte William. »Ich würde am liebsten in Ruhe zu Abend essen und mir dann bei ein bisschen Musik von Brahms im Wohnzimmer diese Papiere vornehmen. Würde es dir etwas ausmachen, den Abend zu Hause zu verbringen?«

Es machte ihr etwas aus. Sehr viel sogar.

»Nein, natürlich nicht. Ist schon in Ordnung«, sagte sie. »Ich mache uns Omelett.«

Sie hatte keine Lust, irgendetwas Aufwändiges zu kochen, und William hatte nichts gegen ihren Vorschlag einzuwenden.

Als sie später im Bett lagen, zog William sie an sich, doch sie tat so, als sei sie schon eingeschlafen. Das hatte sie noch nie getan, aber sie wusste, wenn sie jetzt mit ihm schlief, würde sie die Beherrschung verlieren. Die Erinnerungen, die sie zu unterdrücken versuchte, lauerten direkt unter der Oberfläche. Jede Art von Körperkontakt würde sie sofort wieder hochkommen lassen. Es würde noch eine ganze Weile dauern, bis sie verblassten. Sie lag in Williams Armen und betete um Schlaf.

Einige Tage später hatte Adele ihr emotionales Gleichgewicht wiedergefunden.

Schuldgefühle und Scham waren verschwunden, ebenso die leichte Übelkeit, die sie die ganze Zeit gequält hatte. Die Erinnerungen erschienen ihr nicht länger wie etwas, wofür sie sich schämen musste, sondern wie Hirngespinste, die nichts mit der Realität zu tun hatten. Doch ihr Unterbewusstsein spielte mit ihr, ließ Bilder vor ihrem inneren Auge auftauchen, wenn sie am wenigsten damit rechnete. Wenn sie mit dem Tischler redete, musste sie plötzlich an Jacks warme Lippen denken, die ihr Schlüsselbein berührten, oder an sein Gewicht auf ihrem Körper.

»Verzeihung«, sagte sie errötend, während der Tischler unterschiedliche Holzarten für die Fensterrahmen beschrieb. »Könnten Sie das noch mal wiederholen?«

Sie begann, sich über Jack Gedanken zu machen. Sie bemühte sich nach Kräften, ihn aus dem Kopf zu bekommen, aber zu den Erinnerungen, die sich so schwer verscheuchen ließen, gehörte nicht das Entsetzen, das sie am nächsten Morgen überkommen hatte, oder die Scham, mit der sie sich davongeschlichen hatte. Sie konnte immer nur an die Leidenschaft und die Verzückung denken, die sie mit ihm erlebt hatte.

Am allerwenigsten konnte sie den Gedanken ertragen, dass Jack womöglich längst eine neue Eroberung gemacht hatte, dass er sie schon vergessen hatte. Sie wollte ihm wichtig sein. Oder zumindest wissen, welche Auswirkungen ihre gemeinsame Nacht auf ihn hatte. Sie wollte, dass er Tag und Nacht von ihr träumte, genauso wie sie Tag und Nacht von ihm träumte.

Natürlich hörte sie nichts von ihm. Und das war auch besser so. Die Vorbereitungen für die Eröffnung der Galerie kamen gut voran. Der Umbau war fast fertig. Die Remise verfügte jetzt über zwei Erkerfenster, rechts und links von der Tür, sodass viel mehr Licht in den Raum fiel, dessen Wände Adele in einem blassen Sonnengelb hatte streichen lassen. Auch Williams ehemaliges Sprechzimmer hatte sie renovieren und eine zusätzliche Telefonleitung legen lassen. Bisher hatte noch niemand auf der neuen Nummer angerufen, aber sie nahm den Hörer immer wieder probeweise ab und sagte: »Galerie Russell, Guten Tag.«

Bis zur Eröffnung war es noch lange hin, denn sie hatte noch kaum Ware. Die nächsten drei Monate würde sie damit verbringen, Bilder einzukaufen. Auf ihrem Schreibtisch lag ein dicker Stapel Auktionskataloge, die man ihr zugeschickt hatte, ebenso Kataloge anderer Galerien, die sie sich besorgt hatte, um Angebot und Preise zu vergleichen.

Eine Woche später kam ein Katalog für eine Auktion in Chelsea, in dem einige interessante Stücke angeboten wurden, und Adele glaubte, dort eine ganze Reihe Bilder zu angemessenen Preisen erstehen zu können. Sie entschloss sich, nach Chelsea zu fahren.

Aber sie machte sich etwas vor. Sie wusste genau, dass Jack dort sein würde. Sie hatte den Katalog mit eigenen Augen auf seinem Schreibtisch gesehen. Aber sie redete sich ein, sie würde mit der Situation umgehen können. Schließlich war sie jetzt eine Geschäftsfrau.

Trotzdem zog sie das rote Kostüm mit dem Pelzkragen an, das sie sich bei Hepworths gekauft hatte und in dem sie noch mehr als sonst wie Elizabeth Taylor aussah. Sie sagte sich, dass sie das Kostüm trug, weil sie entschlossen und unabhängig wirken wollte, doch sie wusste, dass es ihre schlanke Taille perfekt zur Geltung brachte und ihre wohlgeformten Beine betonte und dass der Pelzbesatz ihr appetitliches Dekolleté verführerisch einrahmte.

Sie ersteigerte fünf Gemälde und konnte ihr Glück kaum fassen, als der Auktionator sich ihren Namen und die Lieferadresse notierte. Als sie die Papiere unterschrieb, stieg ihr ein vertrauter Duft in die Nase. Zizonia. Berauschend und erregend. Sie drehte sich um, und Jack schaute sie an.

»Du bist ja richtig im Kaufrausch«, bemerkte er.

»Ich eröffne eine Galerie«, antwortete sie. »Ich habe deinen Rat befolgt.«

»Dann sollten wir zur Feier des Tages gemeinsam zu Mittag essen.«

Sie willigte ein. Bei der Gelegenheit konnten sie über ihr Geschäft reden, sagte sie sich. Es gab immer noch viele Dinge, die ihr noch nicht ganz klar waren, und er verfügte über jahrelange Erfahrung.

Bis zum Nachmittag war sie in seinen Armen, dann in seinem Bett und nicht mehr zu retten.

DER ORIENT-EXPRESS

Von Calais nach Venedig

KAPITEL 12

Die Ankunft einer neuen Gruppe Reisender löste beim Personal des Orient-Express jedes Mal eine Art Lampenfieber aus. Der ganze Zug war wie elektrisiert. Alle fühlten sich wie Schauspieler auf der Bühne, kurz bevor der Vorhang sich hebt. Würde alles glattgehen? Wie würden die Passagiere reagieren? Würde die Reise ihre Erwartungen erfüllen? Und bei aller Kameradschaft und allem Stolz auf ihren Zug herrschte zwischen den Stewards natürlich auch eine gewisse Rivalität, war doch jeder von ihnen bestrebt, den Passagieren in seinem Waggon das Gefühl zu geben, dass sie bevorzugt behandelt wurden.

Der Steward von Schlafwagen 3473 überprüfte ein letztes Mal seine Abteile. Der Waggon war 1929 in Birmingham gebaut worden für den Train Bleu, einen Luxuszug, der Paris mit der Riviera verband. Wer damals etwas auf sich hielt, fuhr mit dem Train Bleu nach Monte Carlo ins Casino oder an die Côte d'Azur, wo sich die Reichen und Schönen vergnügten. Der Glanz jener Zeit war immer noch zu spüren, und manchmal schien es dem Steward, als lägen noch das Gelächter und die Musik, der Duft nach Chanel und Gauloises in der Luft, die die Reisenden nach Süden in die Sonne begleitet hatten.

Heute war der prächtige, komplett restaurierte Waggon Teil des Orient-Express. Von der winzigen Schlafkabine des Stewards bis zu den Toiletten am anderen Ende des langen Gangs verlief ein Fries aus kunstvollen, wie Blumengirlanden gestalteten Intarsien. Das war sein Reich.

Die Abteile in seinem Zuständigkeitsbereich waren in tadellosem Zustand, doch er konnte nicht anders, als noch einmal nachzusehen. Der Tag, an dem er diesen Dingen gegenüber Gleichgültigkeit empfand, würde sein letzter Tag im Orient-Express sein, denn hier war Perfektion oberstes Gebot. Ihm wurde die Routine nie zu viel. Jedes Abteil war eine eigene Bühne, die auf die nächste Vorstellung vorbereitet werden musste. Und während der folgenden vierundzwanzig Stunden würde er unweigerlich in die Geschichten der Reisenden verwickelt werden. Die Menschen konnten nie der Versuchung widerstehen, ihn in ihr Leben einzubeziehen. Über die Jahre hatte er immer wieder Ratschläge erteilt, beschwichtigt und getröstet und Katermittel verteilt. Keine Geschichte war wie die andere.

Nachdem er sich vergewissert hatte, dass alles genau so war, wie es sein sollte, zog er den königsblauen Gehrock mit den Goldknöpfen über, setzte sich die Mütze sorgfältig auf die Locken, dann warf er einen prüfenden Blick in den Spiegel. Das hier war seine Welt, sein Leben, etwas Besseres konnte er sich nicht vorstellen.

Er stieg aus und nahm ebenso wie seine Kollegen Aufstellung vor den nachtblauen, mit goldenen Lettern geschmückten Waggons der Compagnie Internationale des Wagons-Lits, um die Passagiere zu begrüßen. Glücklicherweise schien die Sonne. Als die ersten Leute auf seinen Waggon zusteuerten, trat er mit einem Lächeln vor.

»Willkommen an Bord des Orient-Express. Mein Name ist Robert. Ich bin Ihr Steward und stehe Ihnen auf dieser Reise zu Diensten …«

Von Vorfreude erfüllt, folgten Stephanie und Simon dem Steward in den Waggon. Gegenüber den Fenstern in dem langen Gang vor ihnen befanden sich lauter identische, mit Intarsien geschmückte Türen aus glänzendem, hellem Holz. Robert schloss die Tür zu ihrem Abteil auf, und sie traten ein.

Das Abteil war winzig – nicht viel größer als ihr Badezimmer zu Hause, fand Stephanie –, aber alles war perfekt aufeinander abgestimmt. Ein Panoramafenster ermöglichte den ungehinderten Blick auf die vorbeiziehende Landschaft. Im rechten Winkel dazu eine weich gepolsterte, mit Brokat bezogene Sitzbank und gegenüber ein Tisch, auf dem zwei Kristallgläser und eine Flasche Champagner im Kühler bereitstanden. Der Boden war mit weichem Teppich ausgelegt, die Wände waren mit dem gleichen hellen, glänzenden Holz verkleidet wie der Gang, und ihr Gepäck war bereits in der Art-déco-Ablage über ihren Köpfen verstaut.

»Bitte sehr, Ihr Abteil. Fühlen Sie sich wie zu Hause«, sagte Robert mit einem stolzen Lächeln. Er zeigte ihnen die Klingel. »Wenn Sie irgendetwas brauchen, geben Sie mir Bescheid. Ich bringe Ihnen, was Sie wünschen. Für neunzehn Uhr ist für Sie ein Tisch in Ihrem Speisewagen reserviert, da bleibt Ihnen noch Zeit für einen Drink an der Bar im Salonwagen. Wenn Sie wünschen, kann ich Ihnen auch Cocktails im Abteil servieren.«

Er trat an einen bauchigen Wandschrank in einer Ecke des Abteils und öffnete die Türen mit einer schwungvollen Bewegung. Zum Vorschein kam ein winziges weißes Porzellanbecken mit Accessoires aus glänzendem Chrom: Seifenschalen, Zahnbecher, Handtuchhalter. Auf blütenweißen Handtüchern prangte das Orient-Express-Emblem. Über dem Becken hing ein glänzender Spiegel.

»Es gibt Zahnpasta, Seife – alles, was Sie brauchen. Und die hier«, sagte er und hielt augenzwinkernd zwei Paar mit Monogramm geschmückte Hausschuhe hoch. »Und während Sie Ihr Abendessen genießen, werde ich Ihr Abteil in ein Schlafzimmer verwandeln.« Er klopfte auf die Sitzbank. »Daraus werde ich ein

Etagenbett zaubern – für das obere Bett gibt es eine Leiter. Die Betten mögen schmal erscheinen, aber sie sind sehr bequem, nur das Zugruckeln ist vielleicht ein bisschen gewöhnungsbedürftig.«

»In so einem gemütlichen Abteil kann man sich doch nur wohlfühlen«, sagte Stephanie.

Simon nickte. »Unglaubliche Handwerkskunst.« Er fuhr mit den Fingern über die Intarsien in der Tür vor dem Waschbecken. »Zu einer Zeit hergestellt, als den Leuten ihre Arbeit noch etwas bedeutete.«

Robert breitete eine Karte auf dem Tisch aus und zeigte ihnen die Route, die der Zug nehmen würde. »Unser erster Halt ist Paris, wo wir am späten Abend ankommen werden. Dann geht es weiter durch Frankreich bis in die Schweiz, wo wir morgen früh den Zürichsee erreichen. Nach einem kurzen Halt in Innsbruck morgen Mittag führt die Strecke nach Italien und schließlich zu unserem Reiseziel Venedig.«

Er legte die Landkarte auf den Tisch am Fenster, dann machte er sich daran, den Champagner zu entkorken.

Simon nahm ihm die Flasche aus der Hand.

»Keine Umstände. Das mach ich schon.«

»Wirklich?«

»Na klar.«

Robert verstand den Wink. Er verbeugte sich mit einem Lächeln und zog sich zurück. Er hatte einen untrüglichen Instinkt dafür, wann Passagiere allein gelassen werden wollten.

Simon entfernte das Aluminium vom Flaschenhals und zog vorsichtig den Korken heraus. »Das übertrifft alle meine Erwartungen.«

»Es ist großartig. Sieh nur: So ein kleines Abteil, aber sie haben an alles gedacht.« Mit leuchtenden Augen nahm sie das Glas entgegen, das Simon ihr reichte.

»Für die nächsten vierundzwanzig Stunden sind wir hier gefangen«, sagte Simon. »Und das ist gut so. Denn hätte ich dich nicht entführt, hättest du jetzt im Café alle Hände voll zu tun. Und ich würde über meinen Akten brüten.«

Stephanie seufzte wohlig.

»Sich zur Abwechslung mal selbst vierundzwanzig Stunden lang bedienen lassen. Himmlisch.«

Eine Trillerpfeife ertönte, und der Zug setzte sich in Bewegung. Stephanie stellte sich neben Simon ans Fenster, als sie aus dem Bahnhof fuhren.

»Ich kann immer noch nicht glauben, was ich für ein Glückspilz bin«, murmelte sie.

»Ich auch nicht.« Er legte ihr einen Arm um die Taille.

»Wie soll ich mich dafür nur revanchieren.«

Er runzelte die Stirn. »Revanchieren?«

»Na ja, all das hier. Ich meine, was kann ich im Gegenzug für dich tun? Dich bis an dein Lebensende mit Haferflockenkeksen versorgen?«

»Meinetwegen brauchst du überhaupt keine Kekse oder Pasteten oder Waffeln mit nach Hause zu bringen«, erwiderte Simon. »Das hier ist doch kein Geschäft. Ich hab das getan, weil ich es so wollte. Ich liebe dich. Ich erwarte keine Gegenleistung.«

Sie betrachtete ihn, die lächelnden Augen, die Lachfältchen um den Mund, sein freundliches Gesicht, und fuhr ihm zärtlich mit den Fingern durchs Haar. Er sah sie fragend an.

»Ich habe eine Idee«, sagte sie, »wie ich mich erkenntlich zeigen kann …«

Sie ließ die Hand sinken und begann mit einem spitzbübischen Grinsen, sein Hemd aufzuknöpfen. Wortlos und ohne den Blick von ihr abzuwenden, verriegelte Simon die Tür.

Im Abteil nebenan fläzte Jamie sich auf die Sitzbank. Seine Tasche hatte er in der Gepäckablage verstaut. Er fand das Abteil supercool. So ein Zimmer würde ihm gefallen: Alles hinter Türen verborgen. Er legte den Kopf zurück, schloss die Augen und versuchte, sich zu entspannen. Aber es gelang ihm nicht.

Das heikle Thema hatte sich nicht verflüchtigt. Es spukte ihm im Kopf herum, und es würde erst verschwinden, wenn er die Sache geregelt hatte. Aber wann war der richtige Zeitpunkt, seinen Vater anzusprechen?

Er blickte auf, als die Verbindungstür zum Abteil nebenan aufging und Beth hereinlugte. Am liebsten hätte er ihr gesagt, sie solle verschwinden und ihn in Ruhe lassen, andererseits würde ihn ein bisschen Gesellschaft vielleicht von seinem Problem ablenken.

»Na?«, sagte er. »Alles in Ordnung?«

Sie zuckte gleichgültig mit den Achseln. Beth konnte man einfach nichts recht machen. Man konnte sie in die Penthouse-Suite im teuersten Hotel der Welt einquartieren, und sie würde immer noch was auszusetzen haben. Sie blieb in der Tür stehen, offensichtlich schlecht gelaunt.

»Trinkst du deinen Champagner gar nicht?« Er hob sein Glas. Vielleicht sollte er sich einfach volllaufen lassen.

Sie schüttelte den Kopf. »Keinen Bock.«

Beth? Die ohne mit der Wimper zu zucken sieben Wodkas hintereinander auf ex kippte?

Jamie zuckte mit den Achseln. »Dann trink ich ihn eben.« Er sah auf die Uhr. »Wir können erst in Paris wieder eine rauchen. Oder wir lehnen uns aus dem Fenster.«

»Vergiss es. Die halten bestimmt den Zug an.«

Jamie streifte seine Schuhe ab, legte die Beine hoch und machte sich lang. Er verschränkte die Hände hinter dem Kopf und schaute aus dem Fenster. Beth setzte sich quer über seine Beine, zog die Knie an und stellte die Füße auf die Sitzkante. Eine ganze Weile verharrten sie in vertrautem Schweigen, wie sie es so oft taten, vor dem Fernseher oder in ihren Zimmern. Natürlich stritten sie sich auch häufig, aber im Grunde hingen sie sehr aneinander. Während der aufreibenden Zeit, die der Trennung ihrer Eltern vorausgegangen war, hatten sie sich regelrecht aneinandergeklammert.

Jamie hatte keine Ahnung, was genau eigentlich zwischen seiner Mum und seinem Dad schiefgelaufen war. Klar, beide waren Kontrollfreaks. Sein Vater hatte ganz klare Vorstellungen, wie alles zu sein hatte, und auf beharrliche Weise sorgte er dafür, dass es auch genau so war. Und seine Mutter – die rastete komplett aus, wenn es nicht nach *ihrer* Nase ging. Sie waren zwei starke Persönlichkeiten, die wegen der banalsten Sachen aneinandergerieten.

Vielleicht war das ja auf Dauer einfach nicht auszuhalten gewesen? Vielleicht kam man in seinem Leben ja an einen Punkt, wo der Mensch, den man geheiratet hatte, nicht mehr der Mensch war, den man brauchte, und man suchte sich das Gegenteil? Keith, der Typ, mit dem seine Mutter sich zusammengetan hatte, war absolut tiefenentspannt. Vielleicht brauchte sie so was nach all den Jahren mit seinem Vater, der immer unter Strom stand und nie lockerließ.

Und Stephanie war so anders als seine Mutter, wie man es nur sein konnte. Sie war leise, entspannt, organisiert, rational, pflegeleicht … Aber auch lustig, dachte Jamie, auf eine Weise. Langweilig war sie jedenfalls nicht. Anfangs war sie ihm ziemlich verhuscht vorgekommen, aber nachdem sie sich vertrauter geworden waren, zeigte sich, dass sie ziemlich klare Ansichten hatte. Und zwar ganz andere als seine Mutter. Jedenfalls hatte sie Beth dazu gebracht, mal darüber nachzudenken, wie sie rumlief und was sie mit ihrem Leben anfangen wollte. Seine Mutter war eigentlich nur gut darin gewesen, Dads Geld auszugeben, während Stephanie ihr Café aus dem Nichts aufgebaut hatte. Das war echt bewundernswert.

Beth kaute an ihrem Daumennagel, als wäre es das Einzige, was sie in den nächsten Tagen zu essen kriegen würde. Jamie tätschelte ihr die Schulter. Beth und ihre Mutter standen sich sehr nahe, auch wenn sie sich die ganze Zeit in der Wolle hatten.

»Es wird alles gut«, sagte er. »Stephanie ist in Ordnung. Die ist kein fieser Stiefmuttertyp.«

»Ich weiß. Sie ist cool. Meistens«, erwiderte Beth. »Aber es ist schon komisch. Kaum ist Stephanie eingezogen, machen wir alle zusammen eine Reise. So kommt Mum nie zurück.«

»Tut sie so oder so nicht.« Dessen war sich Jamie ganz sicher. »Und sieh's mal positiv – immerhin kann Stephanie kochen.«

Sie mussten beide lachen. Dass ihre Mutter als Köchin eine Null war, war schon legendär. Essen und wie es aus der Küche auf den Tisch kam, war für sie kein Thema. Ganz anders Stephanie. Sie bekam sogar Bohnen auf Toast so hin, dass man sich die Finger danach leckte – auf mit Knoblauch eingeriebenem Sauerteigbrot, mit Taleggio-Käse überbacken und dazu im Ofen geröstete Tomaten.

Ihre Mum hatte gewusst, dass sie ein hoffnungsloser Fall war.

»Ich bin ein ganz schlechtes Vorbild für dich, Liebes«, sagte sie immer wieder seufzend zu Beth, auch wenn man ihr das Bedauern nicht abkaufte.

Das Problem war, dass ihre Mutter faul war und die Aufmerksamkeitsspanne einer Mücke besaß. Aber sie war lustig, viel lustiger als die meisten Mütter, und was ihr an Strebsamkeit abging, machte Dad mit seiner Arbeitswut mehr als wett.

Was Jamie an den Drahtseilakt erinnerte, der ihn erwartete. Er hatte es lange genug vor sich hergeschoben – immerhin wusste er es jetzt schon seit mehr als drei Tagen. Heute Abend musste er das Thema zur Sprache bringen, daran führte kein Weg vorbei.

KAPITEL 13

In den Orient-Express zu steigen war für Riley jedes Mal wie nach Hause zu kommen. Wie von einem alten Freund umarmt zu werden. Während der ganzen Fahrt keinen Finger krumm machen zu müssen war ein Luxus, den er immer wieder aufs Neue genoss, obwohl er schon so oft mit diesem Zug gefahren war, dass er es nicht mehr zählen konnte. Dass ihm mittlerweile jeder Quadratzentimeter der prächtigen Ausstattung vertraut war, tat der Wirkung, die sie auf ihn ausübte, keinen Abbruch.

Ungeachtet seines Alters lebte er auf Hochtouren. Er war ein Workaholic, gegen den sein Assistent, der sich alle Mühe gab, seinen Terminkalender unter Kontrolle zu halten, keine Chance hatte. Die große Nachfrage, der er sich erfreute, war sein Lebenselixier, bewies sie doch, dass er immer noch zu den Besten gehörte. Seine Fotos besaßen einen Hauch Rätselhaftigkeit und Magie, das gewisse Etwas, das Verleger nach wie vor suchten und das der jüngeren Generation trotz ihres unbestreitbaren Talents fehlte. Ob es technische Brillanz oder geniale Intuition war, ließ sich nicht sagen, aber ein Foto von Riley stach immer hervor.

Riley begann, sich in seinem Abteil häuslich einzurichten, aber er würde sich erst richtig entspannen können, wenn Sylvie an Bord war. Ohne sie fühlte das Abteil sich leer an, was seine Sehnsucht nach ihr nur noch verstärkte. Seit dem Unfall plagten ihn düstere Vorahnungen. Natürlich war das kindisch, und er wusste nicht einmal, was genau er fürchtete, aber er wusste, dass es ihm keine Ruhe lassen würde, bis er Sylvie in den Armen hielt.

Sie hätte sich ins nächste Flugzeug gesetzt, wenn sie von dem Unfall erfahren hätte, kein Zweifel, aber Riley hatte ihr nichts davon erzählt. Zu dem Zeitpunkt hatte sie gerade in Paris an einem Film gearbeitet, einer romantischen Komödie voller französischem Charme und Witz, die beim Filmfestival in Cannes abräumen würde. Er wusste, dass sie die Arbeit am Set inzwischen als zermürbend empfand. Zwar würde sie sich eher die Zunge abbeißen, als das zuzugeben, aber er hatte die dunklen Schatten unter ihren Augen gesehen, die ein langer Drehtag hinterließ. Früher hatte sie fast aus dem Stegreif gespielt, aber die Zeiten waren vorbei. Er hatte sie in der stressigen Situation nicht zusätzlich belasten wollen und den Unfall vor ihr geheim gehalten, was ihm leichtgefallen war, weil die Presse zum Glück keinen Wind davon bekommen hatte.

Nachdem er es sich auf der Sitzbank bequem gemacht hatte, erschien Robert mit einem Tablett und brachte den Nachmittagstee. Riley wollte jetzt noch keinen Champagner trinken. Die Zeiten, in denen er durchzechen konnte, waren nämlich ebenfalls vorbei. Er stand auf und schüttelte Robert die Hand. Der junge Mann hatte Sylvie und ihn schon einige Male bedient. Das gehörte auch zu den Dingen, die Riley am Orient-Express schätzte: Das Personal wechselte nur selten. Man kam sich fast so vor, als gehörte man zur Familie.

»Robert«, sagte Riley, »ich brauche Ihre Hilfe. Das heißt, nein, ich brauche Ihren Rat.«

»Alles, was in meiner Macht steht, das wissen Sie ja«, erwiderte Robert, während er den Tisch deckte.

»Wir werden uns eine kleine Scharade ausdenken müssen«, sagte Riley, dann zog er eine winzige Schachtel aus der Tasche.

»Wow«, sagte Robert mit großen Augen, als Riley die Schachtel aufschnappen ließ. »Ist der echt? Ich meine, ich hab ja schon den einen oder anderen Diamanten gesehen, aber …«

Riley schaute ihn erschrocken an. »Finden Sie ihn zu groß? Wirkt das ordinär?«

»Also, wenn jemand diesen Ring tragen kann, dann Sylvie. Und ich habe noch nie von einer Frau gehört, die sich über einen zu großen Diamanten beschwert hätte. – Ist das ihr Geburtstagsgeschenk?«

Robert wusste, dass die beiden Sylvies Geburtstag regelmäßig im Orient-Express begingen. Er sorgte jedes Mal dafür, dass die Küche ein ganz besonderes Geburtstagsdessert kreierte, das ihnen dann feierlich serviert wurde.

»Nun, ich werde ihn ihr auch dann schenken, wenn sie mich abweist.«

Robert grinste. »Sie wollen ihr einen Heiratsantrag machen.«

Es war das erste Mal, dass Riley es laut ausgesprochen hörte. Es machte ihn noch sicherer, dass er es wirklich tun würde.

»Ja«, sagte er. »Genau das habe ich vor.«

KAPITEL 14

Archie und Emmie einigten sich darauf, dass ein Cocktail im Salonwagen die beste Möglichkeit war, den Abend stilvoll einzuläuten.

»Ich brauche eine Ewigkeit, um mich zurechtzumachen«, warnte ihn Emmie, als sie sich im Gang vor ihren nebeneinanderliegenden Abteilen berieten. »Das ist eine meiner schlechten Seiten.«

»Ich brauche fünf Minuten«, sagte Archie. »Aber das ist in Ordnung. Lassen Sie sich Zeit.«

Er zog sich rasch um und betrachtete sich im Spiegel, während er Fliege und Kragen zurechtrückte. Er nickte zufrieden. So konnte er sich sehen lassen: schwarzer Smoking, blütenweißes, frisch gestärktes Hemd, die goldenen Manschettenknöpfe gerade sichtbar. Sich feinzumachen hatte seine Laune gehoben, und plötzlich konnte er dem Abend mit ganz anderen Augen entgegensehen. Anstatt in seinem Abteil auf Emmie zu warten, beschloss er, die Gelegenheit für eine kleine Erkundungstour zu nutzen. Es war inzwischen dunkel, und die Rollos waren heruntergezogen, was das Gefühl, vom Rest der Welt abgekoppelt zu sein, noch verstärkte.

Er brauchte eine Weile, um sich beim Gehen an das Schwanken des Zugs zu gewöhnen. Nicht wenige Abteiltüren standen offen, und es faszinierte ihn, einen Blick zu riskieren und zu sehen, was für Sachen herumlagen und wie die Leute sich die Zeit vertrieben – einige lasen, andere dösten, plauderten, tran-

182

ken einen Cocktail. Trotz der unterschiedlichen Einrichtungen wirkten alle Abteile gleichermaßen einladend.

Freudige Erwartung lag in der Luft, und überall wurden Vorbereitungen für den Abend getroffen. Ein Mann hatte seiner Frau ihre Halskette umgelegt und mühte sich mit dem Verschluss ab. Ihre Haut schimmerte golden im Lampenlicht. Dann drehte sie sich lächelnd zu ihrem Mann um, und sie umarmten sich. Aus einem anderen Abteil drang leise Musik – sanfter, sinnlicher Jazz. Ein junges Mädchen schob sich an ihm vorbei und zog eine Duftwolke hinter sich her. Veilchen, dachte er. Oder vielleicht Rosen.

Schließlich landete Archie in der Boutique, wo alle Arten von Souvenirs angeboten wurden, von Bilderrahmen über Kristallgläser mit dem Orient-Express-Emblem bis hin zu Diamantbroschen. Vielleicht sollte er Emmie ein kleines Geschenk kaufen, als Entschädigung für seine anfängliche Übellaunigkeit. Wahrscheinlich graute ihr schon davor, ihn den ganzen Abend ertragen zu müssen. Und er war sich ziemlich sicher, dass Jay es so gemacht hätte. Er versuchte, sich in seinen Freund hineinzuversetzen, sich vorzustellen, was er gekauft hätte. Was solche Dinge anging, war Archie ziemlich fantasielos. Im Gegensatz zu Jay, der hatte gewusst, wie man Geschenke machte.

»Kann ich Ihnen helfen?«, fragte der Verkäufer, ein Italiener. Perfekt sitzender Anzug, markantes Gesicht. Als wäre er der Titelseite eines Modemagazins entsprungen.

»Ich suche nach einem Geschenk für …« Ja, für wen? Was war Emmie für ihn? »Äh … meine Begleiterin«, brachte er schließlich heraus. Ja, das passte.

»Machen Sie diese Reise aus einem besonderen Anlass?«

Besser, er versuchte erst gar nicht, das zu erklären.

»Einfach ein Wochenendausflug«, sagte er.

Der Verkäufer nickte. Die Antwort schien ihn zufriedenzustellen.

183

»Nun, wir haben eine sehr große Auswahl an Geschenken – in allen Preislagen. Sagen Sie einfach Bescheid, wenn Sie sich etwas genauer ansehen möchten.«

Archie begutachtete Halstücher, Füllfederhalter, Salz- und Pfefferstreuer. Eine Porzellandose von Limoges und eine silberne Trillerpfeife an einem Band kamen in die nähere Auswahl, wobei Letztere eher als Geschenk für ihn selbst geeignet wäre.

Und dann entdeckte er genau das Richtige. Agatha Christies *Mord im Orient-Express*. Es war eine gebundene Sonderausgabe mit Goldschnitt und aufwändig gestaltetem Buchdeckel. Er erinnerte sich, dass sie in ihrem Profil geschrieben hatte, sie sei ein Fan von Agatha Christie. Archie war keine Leseratte, aber selbst ihm entging nicht der Reiz, den ein solches Buch ausstrahlte. Es war das perfekte Geschenk. Er bezahlte es, und der Verkäufer reichte es ihm in einer Tüte mit dem Orient-Express-Emblem. Beschwingt verließ Archie die Boutique.

Als Emmie eine halbe Stunde später endlich aus ihrem Abteil trat, verschlug es ihm die Sprache. Sie trug ein silbernes, mit Perlen besticktes Kleid mit Fransensaum, Wildlederschuhe mit Barockabsätzen, lange schwarze Samthandschuhe und dazu einen mit Pailletten besetzten Kapotthut. Ihr Gesicht war wie verwandelt: silberner Lidschatten, dunkelroter Lippenstift und die längsten Wimpern, die Archie je gesehen hatte.

»Heiliger Strohsack«, entfuhr es ihm. »Eine Ihrer Kreationen?«

Sie berührte den Hut.

»Aus meiner Gatsby-Kollektion. Finden Sie ihn übertrieben?«, fragte sie lachend. »Ich dachte, wo wir schon im Orient-Express reisen …«

»Sie sehen umwerfend aus«, sagte Archie.

Er hielt ihr die Tüte hin.

»Ein Geschenk für Sie«, sagte er. »Ein kleines Andenken …«

Sie nahm das Buch heraus und hielt die Luft an. »Ist das schön – das schönste Buch, das ich je gesehen habe.« Sie fiel ihm um den Hals und gab ihm einen Kuss auf die Wange. Sie duftete nach Zucker und Kirschen. »Vielen Dank!«

Sie hielt ihm ihren Arm hin, und als er sich einhakte, durchfuhr ihn ein leichter Stromschlag.

Zeit für einen Drink, dachte Archie. Er brauchte jetzt dringend einen Drink.

Sie mussten drei Waggons durchqueren, bis sie in den Salonwagen gelangten. Es gab eine lange, geschwungene Theke, dahinter Regale mit Spirituosen aller Art. Zwei Barmänner in weißen Jacken waren mit der Zubereitung von Cocktails beschäftigt; sie zerkleinerten Eiswürfel, schnitten Früchte in feine Scheiben und füllten ihre farbenfrohen Kreationen in geeiste Gläser.

Im vorderen Teil des Salonwagens stand ein Flügel. Der Pianist grüßte sie mit einem Lächeln, als sie auf der Suche nach einem Platz an ihm vorbeigingen. Spiegel und Messinglampen im Jugendstil sorgten für eine stimmungsvolle Beleuchtung und erzeugten eine Atmosphäre luxuriöser Eleganz. Sie setzten sich einander gegenüber in schokoladenbraune, weich gepolsterte Sessel, zwischen denen ein kleiner Tisch stand.

Ein Barmann mit goldenen Litzen an der weißen Jacke, offenbar der Chef, kam, um sie bei der schwierigen Frage zu beraten, was sie trinken wollten.

»Also«, flötete Emmie, während sie die umfangreiche Getränkekarte studierte, »für mich kommt nur der Agatha-Christie-Cocktail infrage! Wenn wir schon im Orient-Express reisen, müssen wir unbedingt auf Agatha anstoßen. Was ist denn da drin?«

Der Barmann lächelte verschmitzt.

»Das ist unser Geheimnis, aber er enthält eine Zutat aus jedem

Land, das wir auf unserem Weg nach Venedig durchqueren: Kirschwasser, Anis und Champagner. Mehr darf ich leider nicht verraten.«

»Den sollten wir unbedingt probieren«, sagte Archie. »Zweimal, bitte.«

Wenige Minuten später standen zwei mit einer hellgrünen Flüssigkeit gefüllte Kristallgläser vor ihnen.

»Ein Hoch«, sagte Emmie, »auf Agatha Christie, die Autorin der besten Zuggeschichte, die je geschrieben wurde.« Sie schmunzelte. »Unsere Geschichte hätte ihr bestimmt gut gefallen – wie es dazu kam, dass wir beide jetzt hier sitzen. Ich meine, darauf würde doch niemand kommen, der uns sieht, oder? Wir sehen aus wie ein ganz normales Paar.«

»Meinen Sie?« Bei dem Gedanken wurde ihm ganz heiß.

Emmie trank einen Schluck von ihrem Cocktail. »Köstlich«, sagte sie, dann beugte sie sich vor.

»Sie wohnen also auf einem Bauernhof?«

»Ja. Es ist der Hof meiner Eltern. Ich wohne in einem Haus, in dem früher die Knechte untergebracht waren.«

»Wie romantisch«, sagte Emmie mit leuchtenden Augen.

Archie schüttelte den Kopf. »Ist es eher nicht. Es wimmelt von Spinnen und Spinnweben und Mäusen, alles ist voll Staub, und der Wind pfeift durch alle Ritzen. Aber weil der Hof unter Denkmalschutz steht, dürfen wir keine Doppelverglasung einbauen, was verdammt ärgerlich ist. Und die Versicherung ist astronomisch teuer, weil das Haus reetgedeckt ist …«

Beim Erzählen sah er das Haus vor sich. Es war total baufällig, aber er fand einfach nicht die Zeit, daran etwas zu ändern.

»Hört sich jedenfalls besser an als ein Wohnklo in einem Sozialwohnblock in Hillingdon.«

»Sie sehen aber nicht gerade aus, als würden Sie in so was wohnen.«

»Stimmt«, sagte Emmie. »Ich gebe mir auch alle Mühe, es zu verdrängen. Aber dank Charlie muss ich da noch eine ganze Weile ausharren.«

Ihr Gesichtsausdruck verdüsterte sich. Archie begann zu ahnen, dass die Langzeitfolgen von Charlies Betrug nicht nur emotionaler Art waren.

»Ich würde mein Haus sofort gegen eine Wohnung mit Zentralheizung tauschen«, sagte Archie. »Es ist lausig kalt bei mir. Im Winter bilden sich Eisblumen an den Fenstern. Ich muss da unbedingt was unternehmen. Aber in letzter Zeit komme ich einfach zu nichts …«

Ihm fiel auf, dass sein Glas schon leer war. Das Zeug ging runter wie nichts.

»Noch einen?«, fragte er Emmie.

»Ich hab noch nicht ausgetrunken. Ich trinke nicht so viel. Aber bestellen Sie sich ruhig noch einen.«

Archie gab dem Barmann ein Zeichen, ihm noch einen Cocktail zu bringen. Der würde ihm gegen die Schwermut helfen, die sich ihm wieder auf die Seele zu legen drohte. Von zu Hause zu erzählen hatte ihn an Jay erinnert, und in der geselligen Atmosphäre des Salonwagens wurde ihm einmal mehr bewusst, dass sein Freund nie wieder zurückkehren würde. Jay hätte das hier in vollen Zügen genossen. Er konnte ihn direkt vor sich sehen, wie er sämtliche Cocktails durchprobierte, mit den anderen Passagieren plauderte, die Leute hinterm Tresen löcherte, wie es war, in so einem Zug zu arbeiten. Bis zum Ende des Abends hätte er mit allen Anwesenden Freundschaft geschlossen.

Archie hatte seinen zweiten Cocktail intus, noch ehe Emmie ihren ersten ausgetrunken hatte.

KAPITEL 15

Die Familie Stone nahm ihr Abendessen in der Voiture Chinoise ein, einem in chinesischem Stil eingerichteten Speisewagen – cremeweißer Plafond, schwarze Lacktäfelung mit chinesischen Malereien, die die unterschiedlichsten Tiere darstellten: Elefanten, Affen, Schafe, sogar zwei Wale. Von heimlichem Stolz erfüllt, nahm Stephanie Simon gegenüber am Tisch Platz.

Links von ihr, am Fenster, saß Jamie, ihm gegenüber Beth. Sie sahen aus wie eine perfekte Familie, dachte Stephanie – Jamie und Simon im Anzug, Beth und sie im kleinen Schwarzen. Einem geübten Beobachter würde sicherlich nicht entgehen, dass sie nicht die Mutter sein konnte, es sei denn, sie hätte als Kind geheiratet oder jede Menge Schönheitsoperationen hinter sich. Aber das war ihr egal.

Simon war ausgesprochen gut gelaunt. Er hatte fast den ganzen Nachmittag über die Landkarte gebeugt im Abteil verbracht, anhand der vorüberziehenden Landschaft genau zu verfolgen versucht, wo sie sich jeweils befanden, und sich jedes Mal, wenn ein entgegenkommender Zug vorbeiratterte, gefreut wie ein kleiner Junge.

»Hast du etwa nicht gewusst, dass ich ein fanatischer Trainspotter bin?«, fragte er Stephanie lachend.

Stephanie schlug sich in gespieltem Entsetzen eine Hand vor die Brust.

»Gott, wenn ich das geahnt hätte, wäre ich niemals in diesen Zug gestiegen.«

»Das ist kein Witz«, sagte Jamie. »Er versucht auch, Flugzeuge zu identifizieren. Er hat so 'ne App auf seinem Handy.«

Simon stöhnte. »Jamie. Du hast versprochen, mich nicht zu verpetzen.« Er warf kapitulierend die Hände in die Luft. »Wir wohnen halt in der Nähe der Flugschneise, und da interessiert es mich eben, was über uns so rumfliegt. Was ist daran auszusetzen?«

»Du bist einfach ein komischer Vogel, Dad«, sagte Beth. »Schon der bescheuerte beige Anorak, in dem du immer mit deinen Trainspotterkumpels losziehst.«

»Das ist eine Skijacke«, rief Simon mit gespielter Empörung. »Und die ist nicht beige, sondern weißgrau.«

Beth schüttelte den Kopf.

»Beiger Anorak.«

»Beiger Anorak«, pflichtete Jamie ihr bei. »Taille mit Gummizug.«

»Und Kapuze.« Beth imitierte mit ihren Händen eine Kapuze.

Die beiden Jugendlichen kugelten sich vor Lachen.

Auch Stephanie prustete los. Simon verschränkte die Arme.

»Also, wenn ich geahnt hätte, dass ich mit der Modepolizei zum Abendessen verabredet bin …«

Stephanie beugte sich zu ihm und tätschelte ihm den Arm.

»Alles in Ordnung. Ich liebe dich – mit Anorak, Trainspottingheft und allem.«

»Schön!« Simon nahm die Weinkarte, dann schaute er Jamie und Beth mit hochgezogenen Brauen an. »Ich nehme an, ihr beide möchtet eine Limonade, wo ihr euch gerade wie Kinder benehmt?«

Stephanie wollte schon ein gutes Wort für die beiden einlegen, als Simon grinste und eine Flasche Pouilly-Fumé bestellte. Sie lehnte sich zurück und fragte sich, ob sie je in das familiäre Geplänkel würde einsteigen können, das Necken und Frotzeln. Sie konnte nie einschätzen, ob etwas scherzhaft oder ernst gemeint war. Das würde ein langer Lernprozess werden, so viel stand fest.

Jamie wartete vorsichtshalber, bis alle sich auf den Hauptgang gestürzt hatten: Filetbraten vom Charolais-Rind mit Estragon-Mousseline. Simon hatte dazu eine Flasche Gevrey-Chambertin gewählt, und Jamie achtete darauf, dass sein Vater davon mindestens ein halbes Glas intus hatte, bevor er das Thema ansprach. Mit heiklen Angelegenheiten kam man Erwachsenen am besten, wenn sie etwas getrunken hatten – gerade so viel, dass sie entspannt waren, aber nicht so viel, dass sie möglicherweise gereizt reagierten. Das war eine echte Kunst.

»Dad … Ich muss mit dir über was reden.«

Ohne sich beim Essen stören zu lassen, lächelte Simon ihn aufmunternd an.

»Nur zu.«

»Unser neuer Bassist, Connor, der hat jede Menge gute Kontakte. Er hat diesen Manager eingeladen, als wir das letzte Mal aufgetreten sind. Und der hat uns eine E-Mail geschickt. Der will für uns 'ne Tournee organisieren. Eine Europatournee, als Vorgruppe für eine Spitzenband, die er vertritt.«

Stephanie berührte seine Hand.

»Das ist ja großartig, Jamie. Unglaublich. Warum hast du denn nichts davon erzählt?«

Simon sagte nichts.

Auch Beth schwieg. Sie sah Jamie und Simon abwechselnd an. Spürte, dass es Ärger geben würde.

Jamie wirkte verlegen. »Also … die Tour geht im Oktober los.«

Simon legte Messer und Gabel ab und schaute seinen Sohn an.

»Wenn du nach Oxford gehst.« Er klang alles andere als begeistert.

»Ja. Im Prinzip. Ja.« Jamie nahm sein Glas. »Die Sache ist die,

Dad – so eine Chance kriegen wir nie wieder. Solche Tourneeangebote werden einem nicht nachgeworfen. Und der Typ versteht was vom Geschäft. Er ist der Manager von ein paar richtig berühmten Bands.«

»Zum Beispiel?«

»Von denen hast du sowieso noch nie gehört.«

»Tatsächlich?«, sagte Simon trocken.

»Das sagt mehr über dich aus als über die.« Seine schlagfertige Antwort ließ erahnen, warum es ihm gelungen war, einen Studienplatz in Jura zu bekommen.

»Und für welche Band seid ihr die Vorgruppe? Haben die schon einen Plattenvertrag?«

Auch Simon war juristisch beschlagen. Er bereitete seinen Angriff vor.

»Noch nicht. Aber am Ende der Tournee auf jeden Fall. Die haben massenhaft Fans, davon viele online. Außerdem sollen sie den Soundtrack für diese neue Fernsehshow machen …«

»Ich nehme an, dass das alles garantiert ist.«

»Nein, Dad – das ist nicht *garantiert*. Heutzutage gibt es keine Garantien mehr. Zuerst muss man ranklotzen – sich ein Publikum erobern. Dann kommt man irgendwann groß raus. Und wenn wir da reinkommen, bringt uns das vielleicht auch ein bisschen Glück. Die Tournee steht schon. Wir brauchen nur noch unsere Zahnbürsten einzupacken, dann kann's losgehen.«

Simon nickte nachdenklich.

»Da wäre nur noch die Kleinigkeit, dass das Semester zur selben Zeit anfängt.«

Schweigen. Stephanie nippte an ihrem Wein. Beth zog mit dem Finger Kreise in die Brotkrümel, die auf den Tisch gefallen waren.

Jamie schluckte. »Ich möchte das Studium ein Jahr aufschieben.«

Simon schüttelte den Kopf.

»Kommt nicht infrage.«

Jamie seufzte theatralisch. »Und warum nicht? Wo ist das Problem?«

»Das Problem ist, dass du durch dein freiwilliges soziales Jahr schon ein Jahr verloren hast. Das Problem ist, dass du endlich mit deiner Ausbildung anfangen musst. Das Problem ist, dass der Typ euch für dumm verkauft …«

Jamie knallte sein Glas auf den Tisch.

»Du weißt einfach immer alles besser, stimmt's? Wieso bist du so versessen darauf, dass ich in deine Fußstapfen trete? Wieso kann ich nicht machen, was ich will? Das ist immer noch mein Leben.«

Stephanie bemerkte, dass sich die Leute am Nebentisch zu ihnen umdrehten. Sie hob eine Hand. »Jamie. Es ist okay. Du brauchst dich nicht so aufzuregen.«

Er zog die Brauen hoch. »Ach nein? Wenn Dad meine Wünsche nicht mal ansatzweise ernst nimmt? Klar reg ich mich da auf!«

Simon blieb die Ruhe in Person.

»Ich dachte, du wolltest Jura studieren. Seit Jahren arbeitest du darauf hin. Du hast so extrem gute Ergebnisse erzielt, dass Oxford dich angenommen hat. Und das alles willst du wegwerfen, nur weil irgendein größenwahnsinniger Schwätzer eine drittklassige Tournee organisiert und euch Jungs für so naiv hält, dass ihr alles schluckt, was er euch auftischt …«

Stephanie hatte das Gefühl, eingreifen zu müssen. »Simon – das weißt du doch alles gar nicht. Du bist unsachlich.«

Jamie wandte sich ihr zu.

»Ganz genau. Danke, Stephanie. Wenigstens du traust mir was zu.«

Simon zeigte auf seine eigene Brust.

»Ich traue dir alles zu. Ich traue dir zu, ein hervorragender Anwalt zu werden. Aber ich traue keinem dahergelaufenen Großkotz zu, dass er euch zum großen Durchbruch verhilft. Falls du es noch nicht bemerkt hast, die Musikindustrie ist offiziell tot. Da ist kein Geld mehr zu holen.«

»Vielleicht geht's mir ja gar nicht ums Geld.«

»Ach, du träumst also davon, in schäbigen Hotels abzusteigen und im Laderaum von alten Vans von Hü nach Hott zu fahren.«

»Jamie darf aber doch Träume haben, oder nicht?«, warf Stephanie ein. »Vielleicht sollte er es versuchen. Oxford kann warten.«

»Das ist genau der Punkt. Oxford kann eben nicht warten. Ich weiß, wie das Geschäft läuft. Er muss allmählich zu Potte kommen.«

»Ein Jahr mehr oder weniger spielt doch wohl nicht so eine Rolle«, entgegnete Jamie.

Simon holte tief Luft, bemüht, sich zu beherrschen.

»Jamie, ich weiß, dass du mich für einen Loser hältst, weil ich nur Musik von Adele auf dem iPod habe und weil ich bei den angesagten Bands nicht auf dem Laufenden bin, aber ich weiß, wann jemand einem einen Bären aufbindet. Erstens gibt es keine Garantie, dass ihr bezahlt werdet. Im Gegenteil, wahrscheinlich wird euch der Spaß jede Menge Geld kosten. Ihr habt keinerlei Sicherheiten – der Typ kann euch nach drei Tagen aus der Tour werfen, wenn ihm danach ist …«

»Du weißt überhaupt nichts darüber. Du hast doch noch nie mit ihm gesprochen.«

Simon wirkte gequält. »Vertrau mir, Jamie. Ich kenne mich aus.«

»Na klar, weil du plötzlich Richard Branson bist, oder was?«

Simon lehnte sich zurück. Sein Blick wurde eiskalt. Stephanie lief ein Schauer über den Rücken. So hatte sie ihn noch nie erlebt.

Aber Jamie blieb tapfer am Ball.

»Jedenfalls hat Keith versprochen, den Typen mal ein bisschen unter die Lupe zu nehmen. Ein Freund von ihm ist eine Zeit lang mit Pink Floyd getourt, als Techniker oder so was.«

Keith war Tanyas Freund. Er hatte immer irgendwo einen Freund, der über alles Bescheid wusste.

Simon nickte. »Keith ist also über deine Pläne im Bilde?«

Jamie merkte, dass er einen taktischen Fehler gemacht hatte.

»Na ja, ich hab's Mum erzählt, und er hat's mitgekriegt. Und er meinte, er könnte mir helfen.«

»Das ist doch nett von ihm«, sagte Stephanie. »Vielleicht kann das ja ein bisschen zu deiner Beruhigung beitragen, Simon.«

Simons Gesichtsausdruck deutete das Gegenteil an.

»Vielleicht solltest du dir überlegen, zu deiner Mutter zu ziehen, wenn du von den beiden so viel Unterstützung bekommst.«

»Weißt du was? Du bist einfach nur neidisch«, sagte Jamie. »Du kannst es nicht ausstehen, wenn jemand was macht, was dir nicht möglich ist. Stimmt's, Beth?«

Beth war während der ganzen Diskussion ziemlich still gewesen. Was ungewöhnlich war. Sie zuckte mit den Achseln. »Halt mich da raus. Ich will damit nichts zu tun haben.«

Simon presste die Lippen zusammen.

»Ich sage nichts mehr dazu. Du bist achtzehn. Du bist volljährig. Deine Entscheidung.«

Der Kellner kam, um die Teller abzuräumen, da niemand mehr aß. Er zögerte, als er bemerkte, dass am Tisch hitzig debattiert wurde, doch Simon lehnte sich zurück und gab ihm mit einer Handbewegung zu verstehen, er solle ruhig seine Arbeit tun.

»Können wir jetzt das Thema wechseln? Ich würde den Rest meines Abendessens gern genießen, wenn ihr nichts dagegen habt.«

Stephanie sah kurz zu Beth hinüber, die das Gesicht verzog, wie um zu sagen, dass sie derartige Situationen schon tausendmal erlebt hatte. Jamie stützte die Ellbogen auf den Tisch und vergrub das Gesicht in den Händen. Simon langte nach der Weinflasche, doch der Kellner kam ihm zuvor und füllte ihre Gläser nach.

Stephanie schaute auf den Tisch. Das war kein scherzhaftes Geplänkel mehr. Das war bitterernst. Es schockierte sie, wie autoritär Simon auftrat. Er ließ Jamies Argumente überhaupt nicht gelten. Sie konnte seine Bedenken ja nachvollziehen, aber sie empfand ihn als unnötig grob. Natürlich hatte er hohe Erwartungen an seine Kinder, aber so rigoros hatte sie ihn noch nie erlebt. Sie war völlig verunsichert.

Dazu war ihr die Situation peinlich. Die Leute im Waggon bekamen alle mit, dass sie sich stritten, und sahen schon zu ihnen herüber. Sie fand es ungehörig, anderen die Freude an ihrem Essen zu verderben.

Sie musste etwas tun, um die Lage zu entspannen. Später, wenn sie wieder mit Simon im Abteil war und sie unter vier Augen reden konnten, würde sie auf das Thema zurückkommen. Der Speisewagen war nicht der geeignete Ort für einen Familienstreit, und Beth und Jamie wirkten schon gestresst genug.

Sie nahm die Speisekarte.

»Wie wär's mit Nachtisch? Ich nehme das Schokoladenfondant. Mit gesalzener Karamellsoße.«

Sie lächelte in die Runde und hoffte inständig, dass Simon sich auf ihr Friedensangebot einließ.

»Klingt perfekt«, sagte er. »Bethy, du bist doch süchtig nach Schokolade.«

Beth schüttelte den Kopf. »Danke, ich bin satt.«

»Ich auch«, sagte Jamie, warf die Speisekarte auf den Tisch und lehnte sich schmollend zurück.

Simon seufzte übertrieben vernehmlich. »Genauso sinnlos könnten wir uns auch zu Hause streiten.«

Stephanie wand sich innerlich. Die Situation war ihr mehr als unangenehm. Als Jamie ihren Blick suchte, gab sie ihm mit einem kaum merklichen Achselzucken zu verstehen, dass sie mit ihrem Latein am Ende war.

Jamie errötete und senkte den Blick.

»Ich hab's mir anders überlegt«, sagte er. »Ich nehm auch dieses Fondant. Hört sich super an.«

Stephanie wartete gespannt auf Simons Reaktion. Zu ihrer Erleichterung lächelte er seinen Sohn an, dankbar für sein Einlenken.

»Ich auch«, sagte er. »Du kannst bei mir probieren, Bethy. Die Desserts hier sind legendär. Das solltest du dir nicht entgehen lassen.«

Der Frieden war wiederhergestellt, zumindest vorübergehend.

KAPITEL 16

Einmal mehr staunte Imogen darüber, wie genau Adele wusste, was ihr gefallen würde. Mit dem Orient-Express nach Venedig zu reisen war erheblich zivilisierter, als sich mit dem Heathrow-Express und den unvermeidlichen Verspätungen bei den Flügen herumzuschlagen. Sie war begeistert von der konzentrierten Perfektion ihres Abteils. Sie würde nur vierundzwanzig Stunden in dem Zug verbringen, aber sie packte alle ihre Sachen gewissenhaft aus, hängte ihr Abendkleid an einen Haken und ihr Nachthemd an einen anderen, nahm ihre Ausgehschuhe heraus, stellte ihre Toilettenartikel in den kleinen Wandschrank, der das Waschbecken verbarg, und versprühte zu guter Letzt ein wenig von dem Jo-Malone-Frischespray, Duftnote Granatapfel, die ihr immer das Gefühl gab, zu Hause zu sein, egal, wo sie sich aufhielt.

Sie hatte es sich gerade bequem gemacht, um eine Liste der Dinge zusammenzustellen, die sie mit nach New York nehmen musste – Imogen brauchte immer eine Liste –, als der Steward Robert an ihre Tür klopfte.

»Wünschen Sie vielleicht einen Aperitif, während Sie sich für das Abendessen fertig machen?«

Sie zögerte. »Nein, danke. Ich werde zum Essen einen Wein trinken.«

»Okay.« Er reichte ihr einen Zettel. »Das ist Ihr Tisch. Sie essen im Côte-d'Azur-Wagen. Mein Lieblingswagen. Der wird Ihnen gefallen.«

Sie nahm den Zettel entgegen. Sie überlegte, ob sie sich das Abendessen im Abteil servieren lassen sollte. Sie könnte es sich gemütlich machen, müsste sich nicht einmal umziehen, könnte ein paar Gläser Wein trinken und dann schlafen gehen. Sie war keine Eigenbrötlerin und auch kein ungeselliger Mensch, aber im Moment war ihr danach, allein zu sein.

Andererseits würde ihr etwas entgehen. Im Orient-Express gehörte es dazu, sich für das Abendessen fein zu machen und das Ambiente zu genießen, ob man allein reiste oder nicht. Sie war schlichtweg faul. Komm schon, raff dich auf, befahl sie sich. Adele wäre entsetzt, wenn sie erfahren müsste, dass sie sich in Pantoffeln in ihrem Abteil verkrochen hatte.

Also warf sie sich in Schale. Sie legte ihr schulterlanges Haar in glänzende Locken und verteilte eine leicht glitzernde Körperlotion auf ihrer Haut, bevor sie in ihr Kleid schlüpfte – ein smaragdgrünes bodenlanges Kleid im griechischen Stil mit tiefem Ausschnitt. Der seidige Stoff umspielte ihren Körper und betonte ihre Rundungen gerade so, dass es nicht zu sexy wirkte. Zum Schluss legte sie ein Paar mit Brillanten besetzte Ohrhänger an, die in dem weichen Licht ihres Abteils funkelten und glitzerten. Sie verzichtete auf weiteren Schmuck. Das Kleid und die Ohrringe ergänzten sich perfekt.

Als sie sich nach ihrem perlenbesetzten Abendtäschchen bückte, hörte sie, dass eine SMS einging. Ihr Magen zog sich zusammen. Danny? Sie konnte sich nicht vormachen, dass es ihr egal wäre. Die SMS war in ihren Kokon eingedrungen. Sie hatte sich in ihrem Abteil sicher gefühlt, abgeschottet von der wirklichen Welt. Sie hätte ihr Handy abschalten sollen. Aber jetzt war die SMS da und wollte gelesen werden. Sie ließ ihr keine Ruhe.

Wie ist das Leben an Bord? Hast du schon einen schönen Fremden kennengelernt? xx

Die Nachricht kam von Nicky.

Imogen tippte rasch eine Antwort ein. *Wundervoll! Noch kein schöner Fremder in Sicht, aber ist ja noch Zeit xx.* Dann schaltete sie das Handy ab und verstaute es wieder in ihrem Täschchen.

Natürlich hatte er ihr keine SMS geschickt. Warum zum Teufel sollte er? Ihr Brief war eindeutig gewesen. Sie hatte ihm keinen Verhandlungsspielraum gelassen. Sie würde nie wieder etwas von ihm hören.

Sie ließ sich einen Moment Zeit, um sich zu sammeln, bevor sie ihr Abteil verließ. Sie hatte ein bisschen weiche Knie. Sie hatte geglaubt, alles im Griff zu haben, hatte sich unbesiegbar gefühlt. Sie war sich absolut sicher gewesen, was ihre Zukunft betraf, wo ihr Lebensweg sie hinführen würde.

»Du ziehst nach New York«, rief sie sich in Erinnerung. »Das mit dir und Danny hätte nie funkioniert.«

Sie wiederholte die Worte in Gedanken wie ein Mantra.

Der Anblick des Côte-d'Azur-Speisewagens verschlug ihr den Atem. Mit rauchblauem Stoff gepolsterte Stühle, zwischen den Fenstern René-Lalique-Glaspaneele, eingerahmt von silbergrauen Vorhängen. Lampen, die alles in einen rosigen Schimmer tauchten, während livrierte Kellner, einer charmanter und besser aussehend als der Nächste, den Reisenden jeden Wunsch erfüllten. Nächtliche Dunkelheit umhüllte den Zug auf seinem Weg nach Paris, nur hin und wieder erinnerten die Lichter kleiner Städte daran, dass da draußen eine andere Welt existierte, die wirkliche Welt.

Zahlreiche Passagiere hatten bereits ihre Plätze eingenommen. Die meisten Männer in Anzug und schwarzer Fliege, die Frauen in Seide, Satin oder Samt. Diamanten glitzerten an Fingern und auf schimmernden Dekolletés. Rote Lippen und leuchtende Augen zeugten von Vertrautheit, Geheimnissen und Verheißungen. Gedämpfte Gespräche, Gläserklirren und Korkenknallen gaben die passende Geräuschkulisse ab.

Hin und wieder ertönte ein Lachen, Finger berührten sich über Tische hinweg. Es herrschte eine festliche Stimmung voller Romantik und Sinnenfreude.

Imogen fühlte sich mit einem Mal gehemmt und allein, und für einen kurzen Moment verließ sie der Mut. Doch dann gab sie sich einen Ruck, setzte sich erhobenen Hauptes auf ihren Platz und nahm die Speisekarte. Draußen huschten die ersten Lichter der Pariser Vororte vorbei. Die Trostlosigkeit der Banlieues stand im krassen Gegensatz zum romantischen Ruf der Stadt. Hochhausblocks, Beton, Graffiti und kalte Straßenbeleuchtung. Vielleicht, dachte Imogen, passte diese freudlose Szenerie besser zu ihrer Stimmung als das Paris der Liebenden.

KAPITEL 17

Es gab nichts Romantischeres, als auf einem Bahnhof nach jemandem Ausschau zu halten, dachte Riley. Flughäfen, wo man immer mit Verspätungen rechnen musste, waren kein Vergleich. Ein Zug hatte etwas ganz Unmittelbares. Als der Orient-Express in den Vororten von Paris das Tempo drosselte, beschleunigte sich Rileys Puls. Er löste die Verriegelung und schob das Fenster herunter, um sich hinauslehnen und sie so bald wie möglich sehen zu können.

Schließlich glitt der Zug in den Gare de l'Est mit dem prächtigen Kuppeldach aus Glas. Eine riesige Uhr mit schwarzen Ziffern und leuchtendem Zifferblatt zeigte die Zeit an. Wie viele Sekunden noch? Er platzte schier vor Ungeduld.

Und da stand sie plötzlich auf dem Bahnsteig. Eine winzige Gestalt, in einem übergroßen Regenmantel, Caprihose und Turnschuhen, die Haare zu einem Nackenknoten gedreht und das unvermeidliche Seidentuch um den Hals. Typisch Französin. Typisch Sylvie.

Als der Zug zum Stehen kam, stürzte Riley aus seinem Abteil und eilte zur Tür, wo Robert Sylvie bereits beim Einsteigen half und ihr die verschlissene rote Reisetasche abnahm, die sie immer dabeihatte. Ganz gleich, wohin sie reiste oder für wie lange, sie benutzte immer nur diese Tasche, und sie war immer groß genug; sie enthielt ihre umfangreiche Kollektion von Kleidern – eine Mischung aus Designerstücken, die sie regelmäßig von Modeschöpfern geschenkt bekam, und von Freundinnen aus aller

Welt abgelegte Kleidungsstücke. Von Riley hatte sie mindestens fünf Pullover, mehrere Hemden, unzählige Socken und einen gestreiften Pyjama, in dem sie immer schlief.

»Sylvie. Liebling.« Er schloss sie in die Arme und atmete den Duft von Havoc ein.

»Riley …!« Sie lachte glücklich. Es rührte ihn jedes Mal, wie sie seinen Namen aussprach. Sie hatte einen ausgeprägten Pariser Akzent, obwohl sie die meiste Zeit ihres Lebens mehr Englisch als Französisch gesprochen hatte.

Sie schob ihn von sich weg und musterte ihn stirnrunzelnd im schwachen Licht des Gangs. »Du bist ja so blass. Du siehst gar nicht gut aus. Was ist los?«

»Ich hatte einen Unfall. Aber es geht mir gut.«

»Einen Unfall? Was für einen Unfall? Davon hast du mir gar nichts erzählt.«

»Nein. Weil du dich garantiert sofort ins nächste Flugzeug gesetzt hättest. Aber es ist alles in Ordnung. Ehrenwort.«

»*Complètement fou*«, rief sie aus, warf die Hände in die Luft und rollte die Augen. »Dieser Mann ist völlig verrückt, Robert; was soll ich nur mit ihm machen? Er braucht eine Gouvernante. Wenn Sie Ihren Job hier mal über haben, können Sie ihn als Aufpasser anheuern …«

Robert lächelte. »Diesen Job werde ich nie über haben. Aber das wissen Sie ja längst. Sie fragen mich das jedes Mal.«

Es stimmte. Es war ein Ritual. Sylvie versuchte immer wieder, Robert abzuwerben und als Verwalter ihrer Pariser Wohnung einzustellen. Zum Glück, dachte er, hatte er sich nie überreden lassen. Sylvie kam auf die verrücktesten Einfälle und dachte nie darüber nach, welche Auswirkungen sie auf andere haben könnten oder ob sie überhaupt praktikabel waren. Natürlich machte das einen Teil ihres Charmes aus. Robert hatte das von Anfang an durchschaut und sie trotzdem in sein Herz geschlossen.

Sie kramte eine Schachtel Ladurée-Makronen aus ihrer Handtasche und reichte sie ihm lächelnd.

»Pistazie, Limone und Salzkaramell. Ihre Lieblingssorten.«

»Danke.«

Auch das gehörte zu Sylvies Eigenheiten. Einem das Gefühl zu geben, dass sie immer an einen dachte.

Riley legte ihr die Hand auf die Schulter. »Komm. Du musst dich fürs Abendessen zurechtmachen.«

Er zwinkerte Robert verschwörerisch zu und bugsierte sie in Richtung ihres Abteils.

Sylvie war im Handumdrehen fertig; als Schauspielerin war sie es gewöhnt, sich schnell umzuziehen. Aus ihrer Reisetasche nahm sie ein seidenes schwarzes Balmain-Abendkleid – U-Boot-Ausschnitt, lange Ärmel und Tellerrock. Das Kleid musste so alt sein wie sie selbst, aber es passte ihr immer noch wie angegossen. Sie löste ihr Haar und schüttelte es, tupfte sich Parfum hinters Ohr und legte dunkelroten Lippenstift auf. Dann drehte sie sich mit ausgestreckten Armen um, damit Riley sie begutachten konnte. Als sich ihre Silhouette gegen das Zugfenster abzeichnete, während sie Paris hinter sich ließen, fühlte er sich zurückversetzt an jenen ersten Tag in der U-Bahn. Er brauchte bloß die Augen zusammenzukneifen, und sie war wieder sechzehn, mit blondem Pony, dunklen Augenbrauen und trotzigem Schmollmund, der Teenager, der sich in Szene setzte …

An dem Tag, wurde ihm jetzt klar, hatte er sich in sie verliebt.

»Gehst du so mit mir?«, fragte sie.

»Mit dem größten Vergnügen«, erwiderte Riley und vergewisserte sich noch einmal, dass die winzige Schachtel sich in seiner Jackentasche befand. »Komm, ich habe einen Mordshunger.«

KAPITEL 18

Als der Zug Paris verließ, fragte sich Imogen, wie viele Leute
wohl zugestiegen sein mochten. Das Alleinreisen war längst
nicht so langweilig, wie sie befürchtet hatte, denn der Speisewagen erwies sich als so unterhaltsam wie eine Seifenoper. Imogen
machte sich einen Spaß daraus, zu erraten, aus welchem Grund
die anderen Passagiere unterwegs waren und in welcher Beziehung sie zueinander standen. Besonders das junge Pärchen zwei
Tische weiter hatte es ihr angetan. Die junge Frau sah umwerfend
aus, sie war gekleidet wie Daisy Buchanan. Es war offensichtlich,
dass die beiden sich nicht gut kannten. Ihr Verhalten war von
einer Zurückhaltung und Höflichkeit geprägt, die zwischen Liebenden längst verflogen wäre. Aber Imogen entging nicht, dass
die beiden sehr voneinander angezogen waren. Es war rührend
zu sehen, wie respektvoll er sich verhielt und wie sie unter seiner
Aufmerksamkeit aufblühte. Imogen lächelte erfreut, als der Kellner kam und ihr einen Teller mit köstlichem Räucherlachs und
ein Glas mit perfekt gekühltem Chablis servierte.

Sie hatte gerade ihre Gabel in die Hand genommen, als jemand mit forschen Schritten den Speisewagen betrat. Sie blickte
interessiert auf.

Und ließ die Gabel fallen.

Es war Danny. Danny in Smokingjackett, Jeans und einem
weißen Hemd, das nicht einmal ganz zugeknöpft war, die schwarzen Haare in der Stirn. Mit vor Wut dunklen Augen sah er sich
um. Zweifellos auf der Suche nach ihr. Dann entdeckte er sie. Mit

drei Riesenschritten war er an ihrem Tisch und funkelte sie so zornig an, dass sie vor ihm zurückwich.

»Mach das nie wieder mit mir«, sagte er.

Sie schluckte. »Was ... was tust du hier?«

»Ich will eine Erklärung«, sagte er. »Keinen Zettel unter der Tür.«

»Tut mir leid«, sagte sie. »Ich wusste nicht, was ich sonst tun sollte.«

»Mit mir reden zum Beispiel?«, erwiderte er. »Ich dachte, ich wäre dir mehr wert.«

»Das bist du auch.«

Imogens Wangen glühten. Die anderen Passagiere sahen schon zu ihnen herüber. Die Bewunderung in den Augen der anderen Frauen war offenkundig. Danny hatte noch nie so umwerfend ausgesehen.

Der Oberkellner kam mit besorgter Miene an ihren Tisch. »Möchten Sie heute Abend hier speisen, Sir?«

»Ja«, erwiderte Imogen. »Er leistet mir Gesellschaft. Könnten Sie bitte noch ein Gedeck bringen?«

»Selbstverständlich, Madam.« Der Oberkellner nickte und zog sich zurück.

Imogen zeigte auf den Stuhl ihr gegenüber. »Setz dich doch«, sagte sie. »Ich bestell dir was zu trinken.« Sie schaute ihn immer noch ungläubig an. »Wie zum Teufel bist du hierhergekommen?«

»Gefahren. Auf dem Motorrad.« Danny ließ sich auf den Stuhl fallen und lehnte sich zurück, schob sich die Haare aus dem Gesicht und legte einen Arm über die Rückenlehne. Seine Smokingschöße fielen zur Seite, und sie konnte seine nackte Brust sehen, wo die oberen Hemdknöpfe offen waren. Wie hatte sie sich nur einbilden können, dass sie ohne ihn leben könnte? Am liebsten hätte sie ihn auf der Stelle in ihr Abteil gezerrt. Gott, er war die ganze Strecke gefahren, nur um sie zu sehen?

Sie konnte gar nicht mehr aufhören zu lächeln.

»Du hast ja einen Smoking an.«

»Ich komm schließlich nicht aus dem Busch.«

Imogen errötete. »Das wollte ich damit nicht sagen …«

Er sah sie immer noch düster an. Wütend über das, was sie getan hatte. Aber er war hier. Ein Kellner erschien am Tisch.

»Wollen wir Champagner bestellen?«, fragte sie.

Danny nickte nur.

»Wahrscheinlich bist du viel zu schnell gefahren«, sagte sie.

»Wahrscheinlich«, erwiderte er.

Er musterte sie. Sie dankte dem Himmel, dass sie sich so sorgfältig zurechtgemacht hatte. Sie setzte sich etwas aufrechter hin. Sie würde ihm nicht zeigen, wie aufgewühlt sie war. Sie würde ihm nicht zeigen, dass ihr das Herz bis zum Hals schlug, dass sie Schmetterlinge im Bauch hatte, dass sie ihn noch nie so begehrt hatte.

»Tja«, sagte sie. »Wenn ich gewusst hätte, dass du so dringend nach Venedig willst …«

»Alles Gute zum Geburtstag nachträglich«, sagte er, nahm ein Päckchen aus der Tasche und warf es auf den Tisch.

Sie riss das Seidenpapier auf, und zum Vorschein kam ein smaragdgrünes, mit Goldsprenkeln durchsetztes Glasherz an einer sehr feinen goldenen Halskette.

»Das hast du für mich gekauft?«

»Ja«, sagte er, »als ich noch dachte, wir würden einander tatsächlich etwas bedeuten.«

Sie hielt das Herz in ihrer Handfläche. Es war wunderschön. Es passte perfekt zu ihren Augen. Es passte perfekt zu ihrem Kleid. »Ich habe einen Fehler gemacht«, sagte sie.

Er hob die dunklen Brauen. »Und was machen wir jetzt?«

Imogen antwortete nicht gleich. Dann lächelte sie.

»Wir essen zu Abend«, sagte sie. »Dann gehen wir in mein

Abteil. Oder in deins – ich nehme an, du hast ein Abteil? –, und dann gibt's zum Nachtisch heißen Versöhnungssex.«

Er sah sie cool an. »Was immer du willst«, erwiderte er sarkastisch, doch sie zuckte mit keiner Wimper. Sie sah ihm direkt in die Augen. Er wich ihrem Blick aus. Sie streckte die Beine aus, umschlang seine Beine unter dem Tisch, spürte den rauen Jeansstoff an ihrer nackten Haut, während sie die Halskette anlegte. Er rührte sich nicht, schaute wortlos aus dem Fenster, aber in seinen Mundwinkeln zeigte sich die Andeutung eines Lächelns. Sie senkte den Blick, um nicht laut zu lachen.

Danny McVeigh war nicht halb so cool, wie er tat.

KAPITEL 19

Beim Abendessen spielte Riley die Folgen seines Unfalls herunter. Er erzählte Sylvie nicht, dass er gerade noch einmal dem Tod von der Schippe gesprungen war und wie sehr diese Erfahrung seine Einstellung zum Leben beeinflusst hatte. Sie sollte nicht spüren, dass er sich verändert hatte; er wollte sie nicht misstrauisch machen.

Stattdessen ließ er sich begierig von dem Film berichten, den sie gerade gedreht hatte, und lachte über den Klatsch und Tratsch, den zu erfahren die Medien alles geben würden. Am Set vertrauten alle Sylvie ihre Geheimnisse an, und sie gab niemals irgendetwas davon weiter. Riley zählte nicht. Er war noch verschwiegener als sie. In ihrer Welt lernte man schnell, dass Klatsch letztlich immer nach hinten losging.

Sylvie hatte nie großen Appetit. Sie stocherte in ihrem Essen herum, schwärmte, wie köstlich es war, aß jedoch kaum etwas, weshalb sie auch immer noch in die Kleider passte, die sie getragen hatte, als sie sich kennengelernt hatten. Allerdings war sie eine unverbesserliche Naschkatze, und einem guten Dessert konnte sie nicht widerstehen.

Das Dessert kam. Ein wunderschönes Kästchen aus purer Schokolade. Auf dem Deckel prangte die Aufschrift *Alles Gute zum Geburtstag*, umrahmt von Zuckerblumen im Stil der Intarsien in ihrem Abteil.

»Ach, ist das hübsch«, sagte sie seufzend. »Eine Schande, es zu zerstören.«

»Du kannst es nicht aufheben. Es schmilzt nur weg«, sagte Riley. »Na los. Sieh nach, was drin ist. Wahrscheinlich Kirscheis …«

Mithilfe ihres Löffels hebelte sie den Deckel auf. Statt Kirscheis kam jedoch ein Ring zum Vorschein, der auf einem winzigen Kissen aus weißem Satin lag. Sie betrachtete ihn verblüfft.

»Wie?«, sagte sie. »Ich versteh nicht.« Sie musterte Riley verwirrt. »Du schenkst mir doch sonst immer ein Halstuch zum Geburtstag. Jedes Mal …«

»Dieses Mal ist es anders, Sylvie.« Er hatte das Halstuch noch, das er unmittelbar vor dem Unfall gekauft hatte. Er würde es ihr später schenken. Riley war abergläubisch – von einem Ritual durfte man nicht abweichen. Aber zuerst stand etwas Wichtigeres an. Er beugte sich vor. »Dies ist meine Art zu sagen … dich zu fragen … Willst du mich heiraten?«

»Ach, Riley«, seufzte sie, und ihn verließ der Mut, als er die Tränen in ihren Augen sah.

Sie würde ihn abweisen. Im Grunde seines Herzens hatte er damit gerechnet. Es war ein Vabanquespiel gewesen. Sie war eine Fee, ein Glühwürmchen; wie Tinker Bell – die Sorte Frau, die nicht zu jemandem gehören wollte, die nicht gebunden sein wollte. Er wappnete sich. Es würde ihm das Herz brechen. Aber sie würde ja weiterhin zu seinem Leben gehören, auch wenn er sie nicht zu seiner Frau machen konnte.

Sie legte die Hände auf seine. Er wollte die Worte eigentlich nicht hören. Er wünschte, sie würde es schnell hinter sich bringen. Sie konnte den Ring trotzdem behalten. Er würde sich jedenfalls nicht die Blöße geben, ihn zum Juwelier zurückzubringen. Er wollte, dass sie es kurz machte.

»Warum hast du so lange dafür gebraucht?«, fragte sie ihn schließlich.

Er blinzelte. »Wie bitte?«

»Seit wir uns kennengelernt haben, warte ich auf diese Frage.«

Riley versuchte, den Sinn ihrer Worte zu erfassen. »Was meinst du damit?«

Sie warf den Kopf in den Nacken und lachte. »Natürlich werde ich dich heiraten, Riley. Also los.« Sie hielt ihm die linke Hand hin. »Du musst das schon richtig machen.«

Riley nahm den Ring aus dem Schokoladenkästchen und steckte ihn ihr auf den Finger. Er saß perfekt. Die Passagiere um sie herum strahlten. Irgendwer begann zu klatschen, und schon applaudierte der ganze Speisewagen.

Sylvie, durch und durch Schauspielerin, sprang auf und ging zwischen den Tischen auf und ab, die Hand hocherhoben, sodass alle den Ring sehen konnten. Die Frauen riefen »Ah!« und »Oh!«, während die Männer anerkennend nickten, wohl wissend, dass die Maßstäbe für romantische Gesten deutlich gestiegen waren. Unter einem mit Diamanten besetzten Ring in einem Schmuckkästchen aus Schokolade würde ab jetzt nichts mehr gehen.

Als sie an ihren Tisch zurückging, Riley um den Hals fiel und küsste, brandete der Applaus wieder auf.

»Das wird morgen in allen Zeitungen stehen«, sagte er, konnte aber ein glückliches Lächeln nicht unterdrücken.

»Gut so«, sagte Sylvie. »Die ganze Welt soll es erfahren. Ich liebe dich, Riley. Aber du hast dir wirklich verdammt viel Zeit gelassen.«

KAPITEL 20

Zurück im Abteil wusste Stephanie nicht so recht, wie sie mit Simon darüber reden sollte, was beim Abendessen vorgefallen war. Es hatte sie aufgewühlt. Sie ließ sich Zeit damit, sich abzuschminken und sich das Haar zu bürsten, während sie überlegte, wie sie das Thema ansprechen sollte.

Simon zog sein Jackett aus, hängte es auf und stellte sich hinter sie. Er sah sie im Spiegel an. Sie erwiderte seinen Blick, unsicher, was sie sagen sollte.

»Tut mir leid«, sagte er. »Ich hatte mir diese Reise wirklich anders vorgestellt.«

Sie legte die Bürste beiseite. Sie musste ihm sagen, was sie dachte. Es lag ihr nicht, mit ihrer Meinung hinterm Berg zu halten.

»Ich fand dich ziemlich hart gegenüber Jamie.«

Er runzelte die Stirn.

»Hart?«

»Träumt nicht jedes Kind davon, ein Rockstar zu sein?«

»*Kind* ist genau das richtige Wort.«

»Aber es könnte seine große Chance sein.« Stephanie ließ nicht locker. »Nicht jedem wird eine Tournee angeboten, egal was du davon hältst.«

Simon fuhr sich mit der Hand über den Kopf. Schien sich genau zu überlegen, was er darauf antworten sollte.

»Jamie ist ein sehr intelligenter Junge, der eine glänzende Zukunft vor sich hat«, sagte er schließlich. »Es ist viel schwieriger, einen Studienplatz in Oxford angeboten zu bekommen als die Gelegenheit, mit irgendeiner zweitklassigen Band durch die Gegend zu tingeln.«

Stephanie verschränkte die Arme. »Kann es sein, dass du deine eigenen ehrgeizigen Ziele auf ihn projizierst?«

»Wie bitte?«

Stephanie hatte nicht vor, klein beizugeben.

»Ich finde, du bist unfair. Und engstirnig. Die ganze Welt könnte ihm offenstehen, und du lässt ihm nicht mal die Möglichkeit, es auszuprobieren.«

Simon verdrehte die Augen himmelwärts und stieß einen tiefen Seufzer aus. Er trat ans Fenster, zog das Rollo hoch und blickte in die schwarze Nacht. Er war wütend.

»Es ist einfach eine andere Sichtweise, Simon«, sagte Stephanie. Sie bemühte sich um einen möglichst ruhigen Tonfall, aber ihr war klar, dass sie nicht bereit war, weiter in diese Beziehung zu investieren, wenn das bedeutete, dass sie keine Meinung äußern durfte. Auch wenn es nicht um ihre eigenen Kinder ging.

Er antwortete nicht. Seine hochgezogenen Schultern ließen erkennen, wie angespannt er war. Sie hätte ihm gern den Stress wegmassiert, aber zuerst musste sie reinen Tisch machen.

»Ich glaub's einfach nicht, dass sie mir das immer noch antut«, sagte Simon gepresst. »Wir sind seit zwei Jahren geschieden, und ich habe sie ausgezahlt, und sie mischt sich immer noch in mein Leben ein.«

»Was meinst du damit?«

Simon drehte sich zu ihr um. Er sah erschöpft aus.

»Ich weiß, dass Tanya dahintersteckt. Das garantiere ich dir. Es ist haargenau ihr Stil. Das ist ihre Art, uns diese Reise zu vermiesen.«

»Das ist doch verrückt.«

»*Sie* ist verrückt.« Er machte einen Schritt auf sie zu. »So funktioniert das, Steph. Jamie hat die ganze Sache zuerst mit Tanya besprochen. Er hat sie bestimmt gefragt, wie ich ihrer Meinung nach auf sein Ansinnen reagieren würde. Sie hat ihn natürlich angestachelt, hat ihm Munition geliefert, Argumente, die er brauchte, um mich sozusagen vor vollendete Tatsachen zu stellen, unter anderem die Tatsache, dass Keith bereits mit von der Partie ist. Und dann hat sie dafür gesorgt, dass Jamie die Bombe im denkbar schlechtesten Moment hochgehen lässt. Nämlich während unserer Reise. *Warte, bis ihr im Zug sitzt. Warte, bis Dad entspannt ist und schon ein paar Drinks intus hat. Da kann er nicht Nein sagen.*« Simons Imitation klang genauso wie die Stimme, die Stephanie am Telefon gehört hatte. »Solche Spielchen hat Tanya schon immer gespielt. Sie manipuliert die Kinder, ohne dass sie es merken. Das war der Grund, warum unsere Ehe auseinandergegangen ist. Und sie kann es immer noch nicht lassen. Du glaubst gar nicht, wie oft ich derartige Situationen schon erlebt habe.«

Stephanie runzelte die Stirn. »Wie kann man sich nur so verhalten? Wozu soll das gut sein?«

Simon legte den Arm um sie und zog sie an sich. »Stephanie – das ist einer der Gründe, warum ich dich liebe. Weil du das nicht verstehst und es nie verstehen wirst. Ich hoffe, dass du immer so bleibst.«

Sie blickte zu ihm hoch.

»Kommst du mir gerade von oben herab?«

»Nein, ich verehre dich.« Er drückte ihr einen Kuss auf die Schulter. »Jamie weiß, dass ich recht habe. Er sucht einfach den Streit um des Streits willen. Tief im Innern wünscht er sich, dass ich ein Machtwort spreche. Aber ich möchte jetzt nicht mehr darüber reden. Wir wollten diese Reise doch genießen, oder?«

Stephanie öffnete den Mund und schloss ihn wieder. Sie wusste nicht, was sie denken sollte. Jetzt, wo sie Simons Seite gehört hatte, schienen ihr seine Argumente einleuchtend. Andererseits durfte sie nicht vergessen, dass er sehr überzeugend sein konnte. Schließlich verdiente er damit sein Geld.

Er streichelte ihr das Gesicht und übers Haar und flüsterte ihr ins Ohr: »Ich liebe dich. Ich möchte, dass wir eine Familie sind. Und ich weiß deine Meinung wirklich zu schätzen. Immer. Aber ich werde nicht zulassen, dass Tanya sich zwischen uns schiebt. Oder dass sie Jamies Zukunft verpfuscht. Das verstehst du doch, oder?«

Stephanie umschlang seine Taille. Er war so warm, so zuverlässig. Sie würde nicht in die Fußstapfen seiner Exfrau treten und ihm das Leben schwer machen. Sie würde auch nicht klein beigeben, aber manchmal war ein taktischer Rückzug angebracht.

»Sie wird nicht zwischen uns stehen«, flüsterte sie. »Nichts wird jemals zwischen uns stehen.« Sie begann, ihr schwarzes Spitzenkleid aufzuknöpfen und ihre elfenbeinfarbene Haut freizulegen. »Nichts.«

Im Abteil nebenan lag Jamie auf seinem Bett. Ihm war ganz schwummrig von dem vielen Rotwein, den er beim Abendessen getrunken hatte – normalerweise hielt er sich an Wodka oder an Bier. Er scrollte über seinen iPod, bis er die letzte Demo fand, die er mit seiner Band in der Garage aufgenommen hatte. Sie war gut, dachte er. Mehr als gut. Sie würden groß rauskommen. Er dachte an die Tournee. Sein Vater hatte genau so reagiert, wie es zu erwarten gewesen war. Wie hatte er bloß annehmen können, er würde den Segen seines Vaters kriegen?

Na wenn schon, er brauchte seinen Segen nicht.

Sein Vater glaubte, er wüsste alles über die Welt und wie sie funktionierte, aber da täuschte er sich. Seine Mutter und Keith waren absolut cool gewesen. Sie hatten ihm ihre volle Unterstützung zugesagt. Seine Mutter hatte sogar gemeint, sie würden ihnen hinterherreisen, um sie spielen zu sehen, aber das schien Jamie ein bisschen viel des Guten. Seine Freunde fanden seine Mutter alle affenscharf, aber wollte er tatsächlich, dass sie bei einem seiner Gigs rumhüpfte? Lieber nicht, aber immerhin war sie auf seiner Seite.

Im Gegensatz zu seinem Vater, der ihm klipp und klar gesagt hatte, was er von der Sache hielt. Sein Dad interessierte sich überhaupt nicht für ihn. Seine Mutter hatte recht. Sein Vater interessierte sich nur für sich selbst.

KAPITEL 21

Nach dem Abendessen waren Archie und Emmie noch einmal in den Salonwagen gegangen, um sich noch einen Absacker zu genehmigen. Na ja, mehrere. Archie entdeckte eine Flasche seines Lieblingswhiskys, und wenn er erst einmal mit Laphroaig anfing, fiel es ihm schwer aufzuhören. Er hatte das entsetzliche Gefühl, dass er allmählich betrunken wurde, aber Emmie schien sich daran nicht zu stören. Und ein Rausch war besser als Erinnerungen.

Außerdem machte Alkohol Archie lustig. Er wurde nie rührselig oder aggressiv. Und so trank er seinen Whisky, während Emmie an ihrem Irish Coffee nippte. Eine Weile saßen sie schweigend da. Im Salonwagen herrschte eine gemütliche Atmosphäre. Die Rollos waren heruntergelassen und die Lampen gedimmt. Die meisten Passagiere hatten sich schon in ihre Abteile zurückgezogen; nur der harte Kern war noch übrig. Der Pianist spielte »My Funny Valentine«, langsam, verträumt. Emmie wiegte sich im Rhythmus der Musik und lächelte vor sich hin.

»Was für eine schöne Reise«, sagte sie. »Es macht so einen Spaß, Sie kennenzulernen und zu wissen, dass Sie mir keinerlei Druck machen. Ich hatte solche Angst, dass mein Begleiter seinen Preis mit allem Drum und Dran einfordern würde. Dass er denken könnte, weil er gewonnen hat, hat er das Recht zu … na ja, Sie wissen schon …«

Archie umklammerte sein Glas, wollte den Rest runterkippen, stellte jedoch fest, dass es schon wieder leer war.

»Ich hol mir noch einen«, sagte er.

Er stand auf, um an den Tresen zu gehen und sich das Glas nachfüllen zu lassen, obwohl er wusste, dass der Kellner ihm seinen Whisky auf das geringste Zeichen hin bringen würde. Er schwankte leicht und überlegte, wie viel er bereits getrunken hatte. Zum Mittagessen hatte es Champagner gegeben, dann ein paar Cocktails, anschließend beim Abendessen eine Flasche Rotwein. Danach hatte er zum Käse Portwein getrunken …

Nach diesem Glas würde er es etwas ruhiger angehen lassen.

Auf dem Rückweg zu seinem Platz blieb er beim Pianisten stehen.

»Hey, Kumpel – kennen Sie Van the Man? Van Morrison? Können Sie vielleicht … ›The Right …äh … Bright Side of the Road‹ spielen?« Er hatte Mühe, nicht zu lallen, als er sich korrigierte.

Der Pianist nickte. »Sicher.« Mit der Lässigkeit des erfahrenen Profis ließ er die ersten Akkorde anklingen.

Archie stellte sich vor den Flügel und hob sein Glas.

»Verehrte Damen und Herren«, begann er. Er war es gewöhnt, die Aufmerksamkeit auf sich zu lenken. Er war der geborene Entertainer, Brautführer, Redner.

Er bemerkte Emmies erschrockenen Blick. Vielleicht sollte er sich doch lieber wieder an seinen Tisch setzen? Er wollte sie nicht in Verlegenheit bringen. Aber er wollte auf seinen Freund anstoßen, seinen Freund, der eigentlich jetzt hier sein sollte. Dagegen konnte niemand etwas haben.

»Dieses Lied ist für meinen Kumpel Jay«, erklärte er den verbliebenen Gästen im Salonwagen. »Wir waren Freunde, seit wir so groß waren«, sagte er und hielt die Hand in Höhe seiner Hüfte. »Wir sind zusammen aufgewachsen. Haben alles gemeinsam gemacht, was Jugendliche eben so machen. Wir waren immer füreinander da. Aber leider ist er vor ein paar Wochen gestorben.

Jedenfalls war das sein Lieblingslied. Wenn wir mit dem Auto zu einer Tour aufgebrochen sind, hat er das Stück immer als Erstes laufen lassen.«

Seine Worte lösten bestürztes Schweigen aus. Emmie saß da wie versteinert. Doch dann hob jemand am anderen Ende des Salonwagens sein Glas.

»Auf Ihren Freund«, sagte er mutig in die Runde. Und dann taten es ihm alle gleich, hoben ihre Gläser, und der Pianist legte los.

Archie hob lächelnd sein Glas. Er sang das ganze Lied mit, und das ohne einen einzigen falschen Ton.

Emmie stand auf, unsicher, was sie tun sollte und ob sie vielleicht einen Kellner bitten sollte, Archie diskret hinauszukomplimentieren. Aber dann sah sie, dass offenbar niemand an der improvisierten Gedenkrede Anstoß genommen hatte, dass die Leute eher gerührt waren. Sie ging zu ihm, nahm ihm das Glas aus der Hand, stellte es auf dem Tresen ab und breitete die Arme aus, um ihn zum Tanzen einzuladen. Nach und nach standen andere Gäste auf, und die Kellner schauten erstaunt zu, als alle zu tanzen begannen.

Archie legte sich ins Zeug und wirbelte Emmie herum. Wie schön sie war, dachte er, und dann fiel ihm auf, dass sie die Schuhe ausgezogen hatte. Barfuß reichte sie ihm kaum bis zur Schulter.

Mit einem breiten Grinsen spielte der Pianist die Schlusstakte. Es gab Applaus, und alle gingen wieder zu ihren Plätzen zurück. Es war beinahe, als hätte der spontane Tanz nie stattgefunden. Archie schwankte leicht und blinzelte.

Emmie nahm seinen Arm. »Kommen Sie«, sagte sie. »Ich glaube, Sie müssen ins Bett.«

Die Schuhe in der freien Hand führte sie ihn zu seinem Abteil.

Archie stolperte hinein, löste die Krawatte und schüttelte das Jackett ab.

»Tut mir leid«, sagte er, »ich hab wohl ein bisschen zu viel getrunken.«

»Keine Sorge. Das ist doch verständlich.«

»Ich bin mir ziemlich sicher, dass im Orient-Express kein Karaoke-Abend vorgesehen ist …«

»Es war großartig. Alle waren begeistert.«

»Es wundert mich, dass man uns nicht rausgeworfen hat.«

»Das wäre schlecht möglich gewesen mitten auf der Strecke.«

Archie ließ sich auf das untere Bett fallen. Er stöhnte, ließ den Kopf auf das Kissen sinken und war im selben Augenblick eingeschlafen.

Emmie deckte ihn liebevoll zu. Sie wollte ihm schon über den Kopf streicheln, zog ihre Hand jedoch im letzten Moment zurück. So sehr sie auch das Bedürfnis verspürte, ihn zu trösten, so sehr fürchtete sie, er könnte es falsch auffassen. Sie überlegte, was sie tun sollte. Es widerstrebte ihr, ihn in diesem Zustand allein zu lassen. Der Tod seines Freundes nahm ihn offenbar mehr mit, als er sich eingestand.

Sie lehnte seine Abteiltür an, ging nach nebenan, zog sich Nachthemd und Morgenmantel an und nahm das Buch, das Archie ihr geschenkt hatte. Dann schlüpfte sie zurück in sein Abteil, setzte sich auf den Hocker neben seinem Bett und wickelte sich in eine unbenutzte Bettdecke. Sie würde ein paar Stunden bleiben und lesen, für den Fall, dass er aufwachte und jemanden zum Reden brauchte. Er sollte sich nicht einsam fühlen.

Der Zug fuhr durch die tiefschwarze Nacht, unbeirrt davon, dass weder Mond noch Sterne ihm den Weg leuchteten, seit eine dicke Wolkendecke aufgezogen war. Alle Passagiere waren nach und nach zu Bett gegangen, satt und schwer von reichhaltigem Essen und gutem Wein. Das sanfte Schwanken des Zugs wiegte selbst die notorischsten Nachtschwärmer in den Schlaf. Robert machte einen letzten Rundgang, dann legte er sich, zufrieden, dass all seine Schützlinge gut untergebracht waren, für ein paar Nickerchen in seine Koje. Sollte jemand während der Nacht etwas benötigen, brauchte er nur nach ihm zu klingeln. In wenigen Stunden würde er mit der Morgendämmerung wieder auf den Beinen sein.

Nur Imogen lag noch wach. Sie hielt Danny in den Armen, der tief und fest schlief. Sie genoss die Wärme seines Körpers, wie sich sein Brustkorb im Einklang mit ihrem Atemrhythmus hob und senkte, aber ihre Gedanken rasten. Sie fragte sich, was die Zukunft bringen würde. Es gab so vieles, worüber sie nachdenken musste. So viele Entscheidungen, die sie treffen musste. Aber bis dahin würde sie das Zusammensein mit ihm mit jeder Faser auskosten.

Als sie langsam in den Schlaf glitt, ging ihr der Gedanke durch den Kopf, dass ihre Großmutter sicherlich etwas anderes im Sinn gehabt hatte, als sie die Reise für sie gebucht hatte.

KAPITEL 22

Und so begann Adeles Affäre mit Jack Molloy.

Sie war nicht stolz darauf. Sie rechtfertigte sie vor sich selbst, indem sie sich einredete, dass sie mehr oder weniger willenlos da hineingerutscht war. Es mochte vielleicht aberwitzig klingen, aber sie fand, dass es ihr bestimmt gewesen war, Jack zu begegnen, dass er ihr geschickt worden war, um ihr Leben zu verändern und ihr ganz neue Perspektiven zu eröffnen. Und dem Schicksal gegenüber war sie ganz einfach vollkommen machtlos.

Die Bedingungen waren klar. Sie wusste, dass sie nicht die Einzige war, mit der er fremdging. Er trug seine Untreue wie ein Ehrenabzeichen, und er ging auf so entwaffnende Weise offen und ehrlich damit um, dass sie ihn nicht einmal dafür verurteilen konnte.

Offen und ehrlich, außer natürlich seiner Frau gegenüber, die er in den Himmel hob. Für nichts in der Welt würde er seine Ehe aufs Spiel setzen oder in Erwägung ziehen, Rosamund zu verlassen. Jack war immer nur eine Leihgabe. Er versprach seinen Geliebten nichts. Und er war ein ziemlicher Feigling, fand Adele. Er schätzte seine Sicherheit, sein Zuhause, Rosamunds gesellschaftlichen Status und natürlich das Familienvermögen. All das durften seine Seitensprünge nicht gefährden.

Und dumm wie sie war, ließ Adele sich darauf ein. Schließlich hatte auch sie nicht die Absicht, William zu verlassen. Auch sie schätzte die Sicherheit, die ihre Position als Arztgattin ihr verlieh – wenn auch nicht, so schalt sie sich, die Langeweile, die damit einherging. Aber war das nicht der Grund, warum sie die Galerie eröffnete? Reichte ihr das nicht?

In klaren Momenten, in der Stille der Küche, wenn sie zusammen mit Mrs. Morris einen Kakao trank, meldete sich die Stimme der Vernunft und riet ihr, die Sache zu beenden, bevor es zu sehr wehtun konnte – oder bevor sie erwischt wurde. Beides war gleich wahrscheinlich, aber Letzteres wäre eine Katastrophe. Selbst verletzt zu werden, damit würde sie leben können, aber William wehtun – das durfte nicht passieren.

Denn trotz dieses ganzen Wahnsinns liebte sie ihren Mann. Es war nur so, dass er ihr in letzter Zeit das Gefühl gab, wertlos zu sein. So als würde er genauso gut ohne sie zurechtkommen, solange er seine Sprechstundenhilfe hatte und Mrs. Morris, die ihm den Haushalt führte. Adele wusste nicht mehr, welche Rolle sie überhaupt noch für ihn spielte. Manchmal, wenn William am Frühstückstisch mit den Gedanken woanders war, schaute er direkt durch sie durch und hörte kein Wort von dem, was sie sagte. Gut, früher hatte sie vielleicht nicht viel Interessantes zu sagen gehabt, aber die Sache mit der Galerie ging jetzt zügig voran, und sie hätte sich gewünscht, dass er wenigstens ein bisschen Interesse zeigte. Aber er glaubte offenbar, es reichte, dass er ihr einen Blankoscheck gab, um die Unkosten zu decken. Sie wollte nicht sein Geld. Sie wollte seine Bewunderung.

Und davon bekam sie reichlich von Jack. Jack spornte sie an, machte ihr Mut, etwas zu wagen. Er führte sie, formte sie, forderte sie heraus. Er lehrte sie, zwischen einem guten Gemälde und einem Meisterwerk zu differenzieren, eine Fälschung von einem Original zu unterscheiden, Schäden zu beurteilen, die Herkunft eines Kunstwerks zu ermitteln. Die Welt, in die sie eintrat, war komplex, da reichte es nicht aus, einen guten Blick zu haben. Man brauchte profundes Wissen und Erfahrung. Und Jack war ganz begeistert davon, eine willige und eifrige Schülerin zu haben. Er begleitete sie zu Kunstmessen und Auktionen im ganzen Land, in Künstlerateliers, zu Vernissagen und Vorbesichtigungen.

Wenn sie es dabei hätte belassen können, wäre die Beziehung vollkommen akzeptabel gewesen. Er wäre ihr Mentor und Berater gewesen, weiter nichts. Aber es blieb nie bei den Treffen im Auktionshaus oder im Ausstellungsraum. Es gab unweigerlich ein Nachspiel, und das war überhaupt das Beste daran. Sie fühlte sich an Körper und Geist auf eine Weise stimuliert, die sie nie für möglich gehalten hatte. Ihr war, als könnte sie die ganze Welt erobern. Gleichzeitig wurde sie ständig von Schuldgefühlen geplagt, und sie wusste, dass sie dieses Doppelleben nicht ewig würde führen können.

So sehr sie sich jedoch danach sehnte, ihre Last mit jemandem zu teilen, hatte sie nie jemandem von ihrer Affäre erzählt, konnte sie doch von niemandem, der auch nur einen Funken Rückgrat besaß, Mitgefühl erwarten. Ihre Freundinnen wären entsetzt, wenn sie davon wüssten, denn in ihren gesellschaftlichen Kreisen waren Affären absolut inakzeptabel, auch wenn Jack ihr einzureden versuchte, dass Affären gang und gäbe waren. Vergeblich versuchte sie, ihr Verhalten vernünftig zu erklären. Aber Chemie, ein *coup de foudre*, ein Donnerschlag, wie die Franzosen sagten, ließ sich nicht erklären. Sie machte sich sogar Listen von Jacks guten und schlechten Seiten, wobei die Liste der schlechten Seiten immer viel länger ausfiel. Aber obwohl sie die Wahrheit schwarz auf weiß vor sich hatte, konnte sie nicht aufhören.

Sie konnte nicht mehr ohne ihn leben, und sie konnte nicht ohne die Gefühle leben, die er in ihr auslöste.

Aber die nervliche Belastung forderte ihren Tribut. Manchmal fuhr sie nachts aus dem Schlaf, in Panik, weil sie sich nicht sicher war, in wessen Bett sie lag. Sie hatte Albträume, in denen sie sich William gegenüber verplapperte, so real, dass sie vor Angst schluchzend aufwachte.

Aber am schlimmsten war es, wenn sie träumte, Jack zu verlieren. Im Traum wurde nie ganz klar, wie und warum sie ihn verlor, aber die Trauer um ihn brachte sie halb um. Der Schrecken saß ihr dann den ganzen Tag in den Knochen und machte sie hohläugig vor Erschöpfung.

Das Gefühlschaos raubte ihr Kraft. Sie war dünn geworden. William erklärte sie, das liege daran, dass die Kinder fort waren, seitdem esse sie nicht mehr so viel Kuchen und Kekse. Doch er war besorgt.

»Mir scheint, dass du dich mit dieser fixen Idee übernimmst«, entgegnete er. »Die Galerie ist noch nicht mal eröffnet, und du siehst jetzt schon total abgekämpft aus. Ich finde, du solltest darüber nachdenken, ob du nicht besser jemanden einstellst. Oder ob das mit der Galerie wirklich so eine gute Idee war.«

»Ich schaff das schon«, sagte Adele. »Es ist nur alles so neu für mich. Und es ist so viel Rennerei. Ich muss die Handwerker im Auge behalten, auf Kunstmessen fahren und nebenbei den Haushalt führen …«

Haushalt führen? Sie machte fast gar nichts mehr im Haus. Nicht dass William das wüsste oder dass es ihm auffallen würde. Sie hatte Mrs. Morris' Wochenstunden erhöht, ließ alles, was sie brauchte, liefern, und das Kuchenbacken hatte sie ganz aufgegeben. Wenn sie sich das alles bewusst machte, überfielen sie sofort Schuldgefühle. Immer wieder nahm sie sich vor, die Affäre zu beenden. Sie war eine willensstarke Frau – sie musste doch die Kraft haben, einen Schlussstrich zu ziehen. Und sie versuchte es, mehr als einmal.

»Ich kann nicht mehr so weitermachen«, sagte sie weinend zu Jack.

»Dann hör auf«, antwortete er sanft. Für ihn war alles immer nur schwarz oder weiß. Er nahm alles so leicht. Er hatte kein Gewissen.

Er konnte ihr Dilemma nicht verstehen, nicht so richtig. Aber er hatte viel Geduld mit ihr. Wenn sie mal wieder einen ihrer Ausbrüche hatte, schaute er sie nur irritiert an.

»Sag mir, dass alles in Ordnung ist«, flehte sie ihn an.

»Natürlich ist es das. Warum denn auch nicht?«

Aus tausendundeinem Grund. Weil sie zusammenbrechen könnte. Weil sie sich verplappern könnte. Weil es sie vollkommen verrückt machte, dass sie keine Kontrolle über die Sache hatte, dass sie wie besessen war, dass sie nicht Schluss machen konnte, obwohl sie wusste, dass es das Richtige wäre. Weil ihre Liebe zu Jack masochistisch und falsch und hohl war und auf Betrug gegründet.

»Ich wünschte, ich hätte dich nie kennengelernt«, keuchte sie eines Nachts, als die Ekstase sie zu überwältigen drohte.

»Wirklich?« Er schaute lächelnd auf sie hinunter, wohl wissend, dass sie bis ans Ende ihrer Tage immer wieder dieselbe Entscheidung treffen würde.

Es war Wahnsinn. Eine andere Entschuldigung gab es nicht.

An einem Nachmittag im *Simone's* stellte Jack Adele einem jungen Mann namens Rube vor. Er war schrecklich mager und unsympathisch, mit Händen wie Klauen, die umherflatterten, wenn er redete, und hässlichen Glupschaugen. Jack schien ganz fasziniert von ihm zu sein.

»Vertrau mir, der wird mal berühmt. Richtig berühmt. Seine Bilder sind sensationell. Ich glaube …« So wie er sie ansah, wusste sie, dass er gerade einen Einfall gehabt hatte. »Ich werde ein Bild bei ihm in Auftrag geben, solange er noch bezahlbar ist.«

Er ging zu Rube hinüber, und Adele bemerkte, wie sie beide zu ihr herüberschauten, während sie sich unterhielten. Eine böse Vorahnung bestätigte sich, als Jack ihr eröffnete, dass Rube eingewilligt hatte, sie zu malen.

Sie wollte nicht gemalt werden. Allein die Vorstellung ließ sie erschaudern. Sie fürchtete, eine Grenze zu überschreiten.

»Aber ich möchte etwas haben, was mich an dich erinnert«, beharrte Jack, und natürlich siegte am Ende ihre Eitelkeit. Jack wusste genau, dass er ihr nur zu schmeicheln brauchte, um zu bekommen, was er wollte. Romantische Gesten lagen ihm nicht, daher klammerte sie sich an diesen seinen Wunsch, den sie als Zeichen dafür auslegte, dass sie ihm etwas bedeutete.

Rubes Atelier war riesig und eiskalt und ein einziger Saustall. Wasserflecken an den Wänden, überall Staub und Dreck. Teller mit verschimmelten Essensresten. Es gab nicht mal eine Toilette, nur einen Eimer, den er nur selten zu leeren schien. Sie einigte sich mit dem Café nebenan, dass sie dort die Toilette benutzen durfte.

Er zeigte auf eine mit grünem Samt bezogene Chaiselongue und forderte sie auf, sich hinzulegen. Peinlich berührt setzte sie sich auf die Kante und fragte sich, wer wohl schon alles auf dieser Chaiselongue gelegen hatte und was darauf getrieben worden war.

Er starrte sie ungläubig an.

»Nackt«, sagte er.

»Kommt überhaupt nicht infrage«, entgegnete sie. Das fehlte ihr noch, dass sie sich auszog, um sich malen zu lassen.

Er schleuderte seine Kaffeetasse quer durch den Raum. Der Kaffee lief an der Wand herunter.

»Du verplemperst meine Zeit«, blaffte er. »Ich hab zwei Wochen für dieses Bild angesetzt. Ich brauch die verdammte Kohle. Ich male keine angezogenen Frauen, das ist uninteressant.«

Adele wusste nicht, was sie sagen sollte. Rube war wütend. Und Jack hatte sie hereingelegt. Er hatte dieses kleine Detail absichtlich nicht erwähnt, weil er gewusst hatte, dass sie sich nicht darauf eingelassen hätte.

»Entweder du ziehst dich jetzt aus, oder du bezahlst mir die verlorene Zeit. Deine Entscheidung.«

Rube hatte eine Hand unter seinen Pullover geschoben und kratzte sich wie verrückt. Wahrscheinlich hatte er Flöhe, dachte Adele. Sie musste so schnell wie möglich aus diesem Atelier verschwinden.

Dann fiel ihr Blick auf ein Gemälde, wahrscheinlich sein neuestes Werk. Es zeigte ein junges Mädchen, das sich die Füße mit einem Handtuch abtrocknete. Das Bild war atemberaubend. Die Haut des Mädchens schimmerte, seine Schönheit strahlte aus der Leinwand heraus. Sie wirkte lebendig und sinnlich und war zugleich mit Respekt gemalt – genau so, wie ein guter Akt sein sollte.

Adele stand staunend auf und ging zu dem Bild, um es genauer zu betrachten.

»Das ist großartig«, sagte sie.

»Und? Hast du's dir überlegt?«, fragte Rube.

Adele zögerte. Sie wandte sich wieder dem Bild zu. Jetzt verstand sie, was Jack über Rube gesagt hatte. Der Mann besaß eine außergewöhnliche Gabe. Aber Begabung allein vermochte die Ausdrucksstärke des Bildes nicht zu erklären. Tief in ihrem Innern spürte sie, dass sie es bis an ihr Lebensende bereuen würde, wenn sie nicht für ihn Modell saß. Hier wurde Geschichte geschrieben.

Sie ging zurück zur Chaiselongue. »Also gut«, sagte sie.

Sie begann, ihr Kleid aufzuknöpfen.

Rube sah sie mit funkelnden Augen an. »Gute Entscheidung«, lautete sein Kommentar.

Beim Malen entspannte sich Rube und wurde erträglicher. Und Adele gewöhnte sich von Tag zu Tag mehr daran, sich nackt auf der Chaiselongue zu rekeln wie eine sinnenfrohe Kurtisane. Aber wie er sie immer beobachtete, wenn sie alle im *Simone's* waren, machte sie nervös. Sie wollte sich lieber nicht vorstellen, was ihm dann durch den Kopf ging. Im Atelier studierte er sie wie ein Objekt, nicht wie ein menschliches Wesen, da blieb er reserviert, sodass sie nie Angst hatte. Aber im Klub beobachtete er sie wie ein Habicht.

Während einer der letzten Sitzungen erfuhr sie den Grund für seine Faszination.

»Jack liebt dich, weißt du das eigentlich?«, sagte er aus heiterem Himmel. »Wenn du nicht hinsiehst, kann er den Blick gar nicht von dir abwenden. Du glaubst ja vielleicht, dass du ihm nichts bedeutest. Aber du würdest dich wundern.«

Adele öffnete den Mund, um ihm zu sagen, dass ihn das alles nichts anging, aber er winkte ab.

»Du bist ihm sehr wichtig. Vergiss das nicht. Du bist wichtiger für ihn als er für dich.«

Verblüfft machte sie den Mund wieder zu. Sie fragte sich, ob das stimmte, was Rube gesagt hatte, ob er Jack womöglich besser kannte als sie. Sie wusste natürlich, dass Jack sie mochte, aber sie hatte nie den Eindruck, dass sie ihm mehr bedeutete als all seine anderen Eroberungen. Sie verachtete sich immer noch dafür, dass sie es nicht schaffte, die Affäre zu beenden, dass sie sich weiterhin von ihm ausnutzen ließ. Aber sie war süchtig: nach ihm und seiner Welt, nach der Frau, zu der er sie machte.

Als das Bild fertig war, sah sie genau, wer sie war und wozu sie geworden war.

Es war ihr dreiunddreißigster Geburtstag. William hatte ihr eine Glückwunschkarte und einen Blankoscheck überreicht. »Kauf dir was Schönes«, hatte er gesagt. Am liebsten hätte sie den Scheck zerrissen und ihm ins Gesicht geworfen.

Am liebsten hätte sie ihn angeschrien: »Siehst du denn nicht, was du mir antust mit deinem herablassenden Desinteresse?«

Wie raffiniert von ihr, William die Schuld in die Schuhe zu schieben, dachte sie später. Sie hatte alles, wonach die Frauen ihrer Generation sich sehnten – Unabhängigkeit und weitgehende Freiheit. Hatte sie das so einsam gemacht, dass sie sich so unmöglich aufführen musste?

Ihre Selbstverachtung dauerte so lange, bis Jack ihr das Bild schenkte, das Rube von ihr gemalt hatte. Es stand auf einer Staffelei in seiner Wohnung, als sie eintraf. Der Rahmen bestand aus hellem, mit aufwändigen Schnitzereien verziertem Holz, und es war mit einer breiten Schleife aus rotem Organza geschmückt. Am unteren Rand des Rahmens befand sich ein bronzenes Schild mit der Aufschrift: *La Innamorata*. Reuben Zeale.

Das war Adele, unbestreitbar, aber eine Adele, die sie nie sah, wenn sie in den Spiegel schaute. Eine Adele, die William noch nie gesehen hatte. Sie hatte, wenn sie für Rube posierte, seitlich auf der Chaiselongue gelegen, einen Arm hinter dem Kopf, den anderen schamhaft vor dem Körper. Und doch war es Rube gelungen, etwas Postkoitales einzufangen, eine Frau zu malen, die noch dem Rausch nachspürte, in den sie nur die Liebe ihres Lebens versetzen konnte. Das Bild war archaisch. Es war atemberaubend. Und extrem entlarvend.

Während sie es halb von Stolz und halb von Entsetzen erfüllt betrachtete, begriff sie, warum Rube sie im *Simone's* so fasziniert beobachtet hatte. Er hatte nicht die Adele malen wollen, die sich ihm auf der Chaiselongue präsentierte, sondern die Adele, die ein riskantes Leben führte, die aufblühte, wenn sie mit ihrem Geliebten zusammen war. Und er hatte sie haargenau getroffen.

»Das darf niemals jemand zu Gesicht bekommen«, stieß sie hervor. Dieses Gemälde war ein handfester Beweis ihrer Untreue, falls noch irgendjemand daran zweifelte.

Das Bild machte ihr Angst, es war wie ein böses Omen. Solange es existierte, waren ihr guter Ruf und ihre Ehe in Gefahr.

»Ich werde es hier für dich aufbewahren«, versprach Jack. »Nur ich werde es sehen.«

»Nur du und alle, die du mit in deine Wohnung bringst.«

Er warf ihr einen warnenden Blick zu, der ihr sagte, dass sie zu weit gegangen war. »Ich hänge es mit dem Gesicht zur Wand auf.«

Falls er sie damit hatte beruhigen wollen, so war es ihm nicht gelungen. Sie wies ihn darauf hin, dass keine Frau auf der Welt widerstehen könnte, ein Bild, das mit dem Gesicht zur Wand hing, umzudrehen, um zu sehen, was es darstellte.

Da wurde er sauer. »Das Risiko müssen wir eben eingehen. Außerdem gehört es dir, du kannst damit machen, was du willst. Wenn du es mitnehmen willst, brauchst du nur ein Wort zu sagen.«

Sie wusste, dass er das ernst meinte. So durchtrieben er auch sein mochte, er hatte einen Ehrenkodex, an den er sich hielt. Er würde das Gemälde für sie aufbewahren – bis in alle Ewigkeit oder bis sie es für sich forderte.

Kurz nachdem das Gemälde fertiggestellt war, verschlechterte sich die Beziehung zwischen Jack und Adele rapide. Sie spürte, dass die Flitterwochen vorbei waren, dass ihr die Intensität und die körperliche Anstrengung irgendwann zu viel werden würden. Diese Affäre war hochprozentig, und sie, Adele, war extrem emotional im Gegensatz zu Jack, der ihr eher unterkühlt erschien. Wahrscheinlich hatte er noch andere Frauen, aber er behauptete, selbst wenn, würde das nichts an dem ändern, was er für sie empfand, daran, dass sie für ihn etwas ganz Besonderes war.

»Aber nicht so besonders, dass ich dir genügen würde«, entgegnete sie.

»Du kannst in einer Beziehung, die auf Untreue basiert, keine

Treue erwarten«, konterte er. Was sollte sie dazu sagen? Wenn sie ihm zu sehr mit dem Thema auf die Nerven ging, würde er sie fallen lassen, das war ihr klar. Er verabscheute Szenen und Vorwürfe und Streitereien. Sie versuchte, sich damit abzufinden, denn der Gedanke, ihn zu verlieren, war ihr unerträglich.

Aber manchmal, wenn sie etwas klarer denken konnte, wünschte sie, er würde sie dazu treiben, dass sie ihn verließ. Wenn er in seinem Verhalten zu weit ging, würde sie es vielleicht schaffen, sich von ihm zu trennen.

Es war nur eine Frage der Zeit.

Eines Nachmittags kamen sie nach einem späten Mittagessen in seine Wohnung. Adeles Zug ging erst in knapp zwei Stunden, sodass sie noch Zeit hatten, sich ein bisschen im Bett zu vergnügen. Jack schloss die Tür auf, und Adele ging in die Küche, um Tee aufzusetzen – manchmal benahmen sie sich schon wie ein altes Ehepaar. Sie hatte sogar eine Schachtel mit ihren Lieblings-Ingwerkeksen in der Küche deponiert.

Plötzlich hörte sie einen heiseren Schrei aus dem Schlafzimmer und rannte los, um nachzusehen, was passiert war.

Auf dem Bett lag eine junge Frau. Alles war voll Blut – der Fußboden, die Bettwäsche, die Kleidung der Frau. Als Adele näher trat, erkannte sie sie. Es war Miranda. Die junge Frau, die aus dem Klub getaumelt war, als sie zum ersten Mal mit Jack dort gewesen war. Ein verwöhntes junges Ding mit mehr Geld als Verstand, das sich von der dekadenten Atmosphäre im Klub angezogen fühlte. Sie verbrachte jeden Abend im *Simone's*, trank, rauchte und verführte jeden, der sich ihrer erbarmte.

Und zweifellos auch Jack.

»Was machen wir jetzt?«, fragte Jack. Er war kreidebleich und stand da wie angewurzelt.

Als Ehefrau eines Arztes wusste Adele natürlich, was zu tun war. Sie schob Jack beiseite.

»Ruf einen Krankenwagen«, sagte sie, »und besorg Verbandszeug.«

»Verbandszeug?«

»Irgendwas, das ich zum Verbinden benutzen kann.« Er sah sie verständnislos an. »Vergiss es.«

Sie schnappte sich ein Kissen, schüttelte es aus dem Bezug und begann, diesen in Streifen zu reißen. Miranda lebte noch – ihre Lider flatterten –, aber Adele konnte natürlich nicht wissen, wie lange die junge Frau schon da gelegen und wie viel Blut sie verloren hatte. Es schienen Unmengen zu sein.

Adele wickelte die Stoffstreifen fest um Mirandas Arm, um die Blutung zu stoppen.

»Bitte, stirb nicht«, flehte sie. Die Frau war noch so jung. Was konnte sie dazu getrieben haben, so etwas zu tun? Darüber wollte Adele lieber nicht nachdenken.

Sie hörte die Schritte der Sanitäter im Treppenhaus. Im nächsten Augenblick stürmten sie ins Zimmer, gefolgt von Jack, dem die Angst ins Gesicht geschrieben stand.

»Gut gemacht«, sagte einer der Sanitäter zu Adele. »Sie haben ihr wahrscheinlich das Leben gerettet.«

»Vielleicht«, sagte der andere mit zweifelndem Blick. »Sie hat sehr viel Blut verloren. Begleiten Sie sie ins Krankenhaus?«

Adele zögerte. Das stand ihr nicht zu. Die junge Frau kannte sie nicht einmal. Und sie war ja jetzt in guten Händen. Andererseits tat es Adele in der Seele weh, zu denken, dass die Ärmste im Krankenhaus allein sein würde. Und womöglich allein sterben würde. Ein Schauder überlief sie.

»Selbstverständlich«, sagte sie.

Die Fahrt im Krankenwagen war schrecklich. Der Wagen rumpelte mit eingeschalteter Sirene durch die Straßen und schlingerte gefährlich in den Kurven. Adele saß neben Miranda. Sie hätte sie gern in den Armen gehalten, doch die Sanitäter ließen es nicht zu.

Sie hätte nicht besorgter sein können, wenn einer ihrer Söhne in dem Krankenwagen gelegen hätte. Am liebsten hätte sie immer wieder Mirandas Puls überprüft, wollte jedoch die Sanitäter nicht behindern.

Das Krankenhaus war klein und schmuddelig und überfüllt. Adele hatte keine Ahnung, in welchem Teil Londons sie sich befanden, und es ging alles viel zu schnell, um jemanden fragen zu können. Die Trage mit Miranda wurde im Laufschritt durch dunkle Korridore und dann durch eine Doppeltür geschoben. Ein paar Ärzte eilten herbei, dann schlossen sich die Türen hinter Mirandas winzigem, leblosem Körper.

Eine Krankenschwester hielt Adele auf, als sie versuchte, ihrem Schützling zu folgen. Ihre Augen musterten sie kalt über einen Mundschutz hinweg.

»Welche Blutgruppe hat sie?«, fragte die Schwester.

»Tut mir leid, das weiß ich nicht«, antwortete Adele. Offenbar hielt man sie für Mirandas Mutter.

Die Schwester schenkte ihr einen missbilligenden Blick. Adele wollte erklären, wer sie war, dass sie die Ehefrau eines Arztes war, aber in diesem Reich der Krankheit und der Hektik war sie ein Niemand. Man schickte sie in einen Wartesaal mit fleckigen grünen Wänden. Während die Minuten sich dehnten, wurde ihr plötzlich bewusst, dass sie es nicht mehr nach Hause schaffen würde. Sie fragte, ob sie telefonieren könne.

»Das Telefon ist nur für die Ärzte«, beschied die Schwester knapp. Adele ging nach draußen und machte sich auf die Suche nach einer Telefonzelle.

»Es ist heute ein bisschen später geworden, und Brenda hat mich eingeladen, mit ihr zu Abend zu essen und bei ihr zu übernachten«, erklärte sie William. Im Stillen dankte sie dem Himmel für ihr Alibi und das Desinteresse ihres Mannes an ihren Aktivitäten.

Mehrmals las sie einen Artikel über die Früherkennung von Kinderlähmung, dann blätterte sie lustlos in der Zeitschrift *Picturegoer*. Kurz vor Mitternacht informierte man sie darüber, dass Mirandas Zustand sich stabilisiert hatte.

Adele schleppte sich an ihr Bett.

»Ich schätze mal, dass Ihr schnelles Handeln ihr das Leben gerettet hat«, sagte eine etwas weniger abschätzig dreinblickende Schwester zu ihr.

Miranda wirkte winzig und blass und hilflos, nichts erinnerte mehr an das zügellose Luder, das jeden Abend im Klub an der Theke herumlungerte.

»Ich liebe ihn«, flüsterte Miranda, als sie zu sich kam, dann verdrehte sie die Augen, als wäre der Faden gerissen, der sie in den Höhlen hielt.

Sie konnte nicht viel älter als achtzehn sein. Was dachte Jack sich dabei, einem Mädchen das Herz zu brechen, das fast noch ein Kind war?, dachte Adele wütend. Auch sie hatte er im Sturm erobert. Aber er hatte sie von Anfang an gewarnt. Sie hatte sich im vollen Bewusstsein der Konsequenzen auf die Affäre eingelassen. Aber ein junges, vollkommen unerfahrenes Ding?

Jack zeigte keine Reue, als Adele schließlich in seine Wohnung zurückkehrte, auch wenn seine Blässe darauf schließen ließ, dass der Vorfall ihn erschüttert hatte.

»Hör zu«, sagte er. »Miranda hatte schon jede Menge Männerbekanntschaften. Wenn sie sich ausgerechnet in mich verliebt hat, dann weil ich sie nicht schamlos ausgenutzt habe wie einige andere Mistkerle, die nur hinter ihrem Geld her sind. Und sie ist dreiundzwanzig, also weiß Gott kein Kind mehr.«

»Na, dann ist es ja in Ordnung, wenn sie schon dreiundzwanzig ist«, entgegnete Adele. »Das perfekte Alter, um sich im Schlafzimmer eines Liebhabers die Pulsadern aufzuschneiden.«

»Sie ist labil.«

»Dann hättest du nicht mit ihr anbändeln sollen!«, schrie sie.

»Ich habe nicht mit ihr angebändelt!«, schrie er zurück. »Ich habe sie eines Nachts aus dem Klub mitgenommen, als es ihr dreckig ging. Ich habe mich um sie gekümmert, aber ich habe sie nicht angerührt.«

Adele konnte sich genau vorstellen, wie er Miranda getröstet hatte, wie er sie verwöhnt hatte.

»Ach nein?«

Er sah ihr in die Augen. »Ich bin kein Ungeheuer. Ich weiß, dass du eine schlechte Meinung von mir hast …«

»Weil du nichts tust, um mich vom Gegenteil zu überzeugen.«

Sie seufzte ratlos. Jack versuchte, sich zu verteidigen.

»Ich bestreite nicht, dass ich leicht in Versuchung gerate. Aber zu deiner Information: Seit einer ganzen Weile gibt es keine andere außer dir.«

»Und warum lässt du mich dann etwas anderes glauben?«

»Vielleicht, weil ich mich dem Druck nicht aussetzen will? Weil ich mir selbst nicht über den Weg traue? Weil ich fürchte, dass ich es nur vermasseln kann, wenn ich es erst einmal ausspreche?«

»Das ist doch lächerlich! Hast du denn keine Selbstbeherrschung?«

»Nein! Hab ich nicht! Versuch nicht, deine Ansichten darüber, wie jemand zu sein hat, auf mich anzuwenden, Adele. Wir sind hier nicht in Shallowford. Ich bin kein Dorfarzt. Und es tut mir leid, dass du so eine schlechte Meinung von mir hast. Manchmal frage ich mich, warum du dich überhaupt mit mir abgibst.«

Adele schaute ihn an. »Ja, das frage ich mich allerdings auch.«

Und in dem Augenblick wurde ihr bewusst, dass die Beziehung ihr mehr Unruhe und Stress als Befriedigung einbrachte.

Sie schlug die Hände vors Gesicht.

»Ich halt das nicht mehr aus, Jack. Die ganze Situation. Es ist einfach zu viel.«

Er sah sie an. »Niemand hat von dir verlangt, dass du das aushältst.«

Natürlich hatte er recht. Und sie hatte von Anfang an gewusst, dass er ihr eines Tages das Herz brechen würde. Aber es war sinnlos, sich zu wünschen, sie hätte nie auf seine erste Einladung reagiert. Sie war selbst schuld, dass sie der Versuchung nicht hatte widerstehen können. Dass sie eitel und oberflächlich war und Bestätigung suchte, obwohl das Leben es eigentlich mehr als gut mit ihr meinte. Was stimmte nicht mit ihr, dass sie unbedingt ihre glückliche Ehe hatte aufs Spiel setzen müssen?

Sie wollte Jack umarmen, doch er hob abwehrend die Hände. Wenn Jack sich ungerecht behandelt fühlte, konnte er ewig den Beleidigten spielen.

Andererseits war es leichter, sich ohne Körperkontakt zu verabschieden. In seinen Armen schmolz sie jedes Mal dahin und geriet ins Wanken. Sie sah sich in der Wohnung um, wie um sich alles ein letztes Mal einzuprägen, dabei waren ihr doch jede Ecke und jeder Winkel vertraut.

Das mit Mirandas Blut getränkte Bettzeug lag noch auf dem Boden.

»Was machst du damit?«, fragte sie, praktisch veranlagt bis zum bitteren Ende.

»Das bring ich in die Wäscherei«, antwortete er. »Die stellen keine Fragen. Und sie bewerten auch nicht.«

Sie zuckte innerlich zusammen. Er hatte recht. Sie bewertete ihn. Sie bewertete ihn nach den Maßstäben ihres anderen Lebens, als Arztgattin, nicht als Ehebrecherin. Sie wusste, dass das falsch war. Sie wusste, dass das das Todesurteil für ihre Beziehung war.

»Es tut mir leid.« Ihr versagte die Stimme. Sie wusste nicht einmal, wofür sie sich entschuldigte. Sie eilte zur Tür, ehe sie die Beherrschung verlor. Wenn sie jetzt in Tränen ausbrach, würde sie sich ihm in die Arme werfen und ihn anflehen, ihr zu verzeihen. Aber sie wollte sich wenigstens ein bisschen Würde bewahren. Das war sie sich schuldig.

Ein kleiner Teil von ihr hoffte, dass Jack etwas aus den Vorkommnissen dieses Tages lernen würde. Dass er, wenn er weiterhin so verantwortungslos lebte und mit den Herzen der Menschen spielte, wenn er nicht offen und ehrlich sein konnte, irgendwann mit leeren Händen dastehen würde.

Mirandas Selbstmordversuch hatte Adele tiefer erschüttert, als sie geglaubt hatte. Immer wieder brach sie in Tränen aus, wenn das Bild der jungen Frau, wie sie reglos in ihrem Blut lag, unerwartet vor ihr auftauchte. Dann fragte sie sich, wie es Miranda wohl ging, und überlegte, ob es eine Möglichkeit gab, das zu erfahren.

Letztlich sagte sie sich jedoch, dass es besser war, nicht nachzuforschen. Sie hatte der Welt, in der Miranda lebte, den Rücken gekehrt, und es gab sowieso nichts, was sie tun oder sagen könnte, um ihr zu helfen.

Falls William bemerkte, dass sie besonders dünnhäutig war, so machte er jedenfalls keinen Kommentar dazu. Sie sagte ihm, sie sei ein bisschen angeschlagen, und die Jungen fehlten ihr schrecklich, was sogar stimmte. Sie sehnte sich nach den kleinen Rabauken, die das Loch in ihrem Leben hätten füllen können. Wenn sie zu Hause waren, erfüllten sie das ganze Haus mit ihrer Energie, und sie fühlte sich unbeschwert.

So konzentrierte sie sich auf die Galerie. Machte Pläne für die große Eröffnung. In der Stadt hatte sich die Neuigkeit bereits herumgesprochen, die Leute waren neugierig, und das gab ihr Auftrieb. Sie entwarf Visitenkarten, verschickte Presseinformationen, verfasste zu jedem Bild, das sie eingekauft hatte, einen kleinen Text über dessen Geschichte und Herkunft. Sie ließ alle

Bilder neu rahmen, um jedes im bestmöglichen Licht erscheinen zu lassen.

Endlich war alles fertig. Sie verbrachte das ganze Wochenende damit, die Bilder aufzuhängen. Es war anstrengend – man hätte meinen können, dass es um nichts weiter ging, als ein paar Nägel in die Wand zu schlagen, aber sie so zu hängen, dass jedes zur Geltung kam, war eine Kunst. Sie entschied sich für eine Anordnung, entschied sich wieder um, tauschte Bilder gegeneinander aus, verletzte sich den Daumen beim Nägeleinschlagen, beschädigte einen Rahmen. Nach mehreren Stunden war sie schließlich zufrieden mit dem Ergebnis.

Am Sonntagnachmittag machte sie für William eine Sonderführung.

»Ich bin so stolz auf dich«, sagte er und umarmte sie spontan. Seine plötzliche Wärme raubte ihr den Atem. »Weißt du was? Zur Feier des Tages gehen wir essen.«

»Aber ich seh doch furchtbar aus«, protestierte sie.

»Du siehst schön aus«, widersprach er grinsend. »Deine Frisur ist ganz durcheinander, du hast Staub im Gesicht, aber deine Augen strahlen wie lange nicht mehr. Du siehst großartig aus.«

Beim Abendessen entschuldigte er sich dafür, dass er sie in letzter Zeit so vernachlässigt hatte. »Die neue Praxis hat mich voll in Anspruch genommen. Das war eine schwierige Veränderung für mich, und ich weiß, dass ich ziemlich miesepetrig war. Das tut mir leid. Kannst du mir noch mal verzeihen?«

»Natürlich.« Adele empfand einen tiefen Frieden. Ihre Ehe war wieder in Ordnung. Alles würde wieder gut werden.

Die große Eröffnungsfeier sollte in der ersten Dezemberwoche stattfinden. Auf diese Weise konnte Adele von der vorweihnachtlichen Stimmung profitieren, und vielleicht würde sich der eine oder andere dazu hinreißen lassen, ein Bild als Weihnachtsgeschenk zu kaufen – was sie von Herzen hoffte, nach allem, was sie an Zeit, Energie und Geld in ihr Projekt investiert hatte.

Als sie die Einladungen verschickte, unterlief ihr ein fataler Fehler. Sie war so beschäftigt gewesen, dass die Erinnerung an Jack ihr nur noch hin und wieder einen kleinen Stich versetzte. Die Zeiten, in denen sie sich ständig nach ihm gesehnt hatte, in denen sie nachts wach gelegen und die leidenschaftlichen Stunden mit ihm noch einmal durchlebt hatte, waren vorbei. Ihre Ehe hatte frischen Wind bekommen, seit sie William auf Augenhöhe begegnen konnte. Ihre Liebe war zwar nicht von Leidenschaft geprägt, aber tief und stark.

Sie fühlte sich so sicher, dass sie sich entschloss, Jack zur Eröffnung der Galerie einzuladen. Sie wollte ihm beweisen, dass sie über die Sache hinweg war, und vor allem wollte sie ihm vorführen, wie erfolgreich sie die Idee mit der Galerie in die Tat umgesetzt hatte. Schließlich, so sagte sie sich, hätte sie das alles ohne seinen Rat und seine Unterstützung nie geschafft. Es wäre kleinlich, ihn nicht einzuladen. Sie würde ihm ganz entspannt begegnen können, redete sie sich ein, hatte sie doch William an ihrer Seite. Sie würden sich wie zivilisierte Erwachsene verhalten.

Sie adressierte einen Umschlag an Jack und legte ihn auf den Stapel, den sie später zur Post bringen würde. Am nächsten Morgen würde der Brief in der Eingangshalle seines Hauses landen. Jemand würde ihn aufheben und auf den kleinen Tisch legen, wo Jack ihn vorfinden würde. Ob er wohl kommen würde?

Am Abend der Eröffnungsfeier herrschte kaltes, klares Wetter. Adele rechnete mit etwa hundert Gästen. Aber das brachte sie nicht aus der Ruhe. Sie war eine erfahrene Gastgeberin und gut organisiert. Was konnte schon schiefgehen?

Die ganze vergangene Woche über hatte sie zusammen mit Mrs. Morris Vorbereitungen getroffen. In der Küche duftete es nach Gebackenem. Sie machten Würstchen im Schlafrock und Pastetchen und Käsestangen und Mince Pies. Adele dachte sich eine Obstbowle mit Brandy aus, die William probierte und als Teufelsgebräu bezeichnete.

»Wenn ich die Gäste betrunken mache«, sagte sie grinsend, »öffnen sie vielleicht ihre Brieftaschen.«

Sie polierte ihre beiden silbernen Bowleschalen und lieh sich im Hotel am Ort Gläser aus. Dann machte sie sich daran, die Galerie zu dekorieren. Sie wollte etwas Unvergessliches schaffen, einen Ort, an den die Leute gern zurückkehren würden. Sie fuhr mit den Jungen in den Wald, wo sie einen ganzen Nachmittag damit verbrachten, Stechpalmen- und Tannenzweige zu sammeln.

Am Nachmittag vor der Eröffnungsfeier ging sie in die Galerie, um alles ein letztes Mal zu überprüfen.

Die Geländer, der Kamin und die größeren Gemälde waren mit Ilex und roten Schleifen geschmückt. Überall brannten Kerzen. Silberne Tabletts mit Gläsern warteten darauf, von den beiden Kellnerinnen, die sie angeheuert hatte, herumgereicht zu werden. Neben dem Kamin stand ein Christbaum mit lauter bunten Kugeln, die das Kerzenlicht reflektierten, und darunter lagen bergeweise Geschenke – Bücher aus ihren Beständen, die sie in buntes Papier gewickelt hatte. Sie hatte eine Platte mit Weihnachtsliedern von Johnny Mathis besorgt, die sie am Abend auflegen würde – stimmungsvolle Hintergrundmusik, gerade laut genug, um eine angenehme Atmosphäre zu schaffen.

Alles war perfekt. Sie hatte sich ein schulterfreies schwarzes Kleid mit Strassknöpfen gekauft. Am Tag zuvor war sie beim Friseur gewesen – er hatte ihr einen Pony geschnitten und ihr Haar, das jetzt etwas länger war, toupiert und nach hinten frisiert, sodass sie ein bisschen aussah wie Jackie Onassis.

William trat hinter sie, um ihr die Perlenkette um den Hals zu legen, die sie für diesen besonderen Abend ausgewählt hatte. Sie betrachtete sich im Spiegel. Sie gefiel sich. William küsste ihr den Nacken.

»Ich bin sehr stolz auf dich«, sagte er.

Die Eröffnungsfeier war ein voller Erfolg. Es schienen noch mehr Gäste gekommen zu sein, als sie eingeladen hatte. Zum Glück hatte Mrs. Morris sie dazu überredet, die Menge, die sie ursprünglich für das Buffet veranschlagt hatte, zu verdoppeln. Mrs. Morris lebte ständig in der Furcht, dass das Essen nicht reichen könnte.

Im Lauf des Abends verkaufte Adele mehrere Bilder. Sie konnte ihr Glück kaum fassen. Die Galerie würde ein Erfolg werden, das stand fest.

Und dann entdeckte sie Jack am anderen Ende des Raums. Ihr Herzschlag beschleunigte sich ein bisschen, aber es war kein Vergleich zu der heftigen Reaktion, die sie früher bei seinem Anblick erlebt hatte. Sie fühlte sich entspannt und bereit, ihn anzusprechen.

Aber Jack war nicht allein. Er war in Begleitung einer Frau. Rosamund. Es konnte niemand anders sein. Natürlich sah sie umwerfend aus. Dunkles, kurz geschnittenes Haar, glatte, helle Haut, blaue Augen – eine ungewöhnliche Farbkombination, die sie von allen anderen abhob. Sie trug ein rotes Kleid, das ihr sehr schmeichelte, und Saphirohrringe.

Adeles Gelassenheit war wie weggeblasen. Sie geriet in Panik. Der Raum war vom Kaminfeuer überhitzt, und sie hatte bereits zwei Gläser Bowle getrunken. Jack kam mit Rosamund auf sie zu. Sie hatte keine Ahnung, was sie tun oder sagen sollte.

Jack war natürlich so charmant wie immer.

»Frohe Weihnachten, meine Liebe. Und herzlichen Glückwunsch zu Ihrem Triumph.«

Adele murmelte ein paar Dankesworte, während Jack seine Frau anschaute.

»Liebling«, sagte Jack, »das ist Adele Russell. Adele, das ist meine Frau Rosamund.«

Rosamund war entspannt, selbstbewusst, perfekt zurechtgemacht. Sie nahm Adeles Hand und hielt sie ein bisschen länger als notwendig, während sie ihr in die Augen sah, um ihre Überlegenheit zu demonstrieren. Adele fühlte sich ihr gegenüber wie das sprichwörtliche hässliche Entlein. In dem schwarzen Cocktailkleid, das ihr so passend erschienen war, kam sie sich plötzlich vorgestrig und matronenhaft vor.

William tauchte auf, und Adele beeilte sich, alle einander vorzustellen.

»Ihre Frau besitzt wirklich großes Geschick«, sagte Jack. »Ich habe keinen Zweifel daran, dass diese Galerie ein großer Erfolg wird. Sie hat einen guten Blick.«

»Also, sie hat jedenfalls verflixt hart dafür gearbeitet«, antwortete William. »Sie hat es weiß Gott verdient, erfolgreich zu sein.«

Adele war wütend. Die beiden redeten über sie, als wäre sie nicht anwesend. Rosamund lächelte sie an. Adele konnte nicht einschätzen, ob es ein solidarisches Lächeln oder ein hämisches Grinsen war. Rosamund war für sie ein unbeschriebenes Blatt. Ein schönes unbeschriebenes Blatt.

»Bitte, entschuldigt mich«, brachte Adele einigermaßen würdevoll hervor. »Ich muss mich um meine anderen Gäste kümmern.«

Adele verkroch sich ein paar Minuten lang in der Garderobe, um ihre Fassung wiederzugewinnen. Welcher Teufel hatte sie bloß geritten, als sie sich eingeredet hatte, sie könnte es aushalten, mit ihrem Exgeliebten und ihrem Ehemann im selben Raum zu sein? Zu hören, wie die beiden sich lobend über ihre Leistung austauschten, war unerträglich gewesen. Und niemals hätte sie damit gerechnet, dass Jack mit Rosamund herkommen würde.

Aber natürlich hatte er sie mitgebracht. Schließlich war Adventszeit. Überall fanden Weihnachtsfeiern statt. Warum hätte er allein kommen sollen? Adeles Handflächen waren feucht. Was war sie doch für eine Närrin. Sie hatte sich das alles selbst eingebrockt mit ihrer dummen, unbesonnenen Entscheidung, Jack zu der Eröffnung einzuladen.

Sie trat aus der Garderobe und holte tief Luft. Sie würde sich wieder unter ihre Gäste mischen. Bisher machte noch niemand Anstalten zu gehen. Der Geräuschpegel war leicht angestiegen. Es war noch wärmer im Raum.

Als sie einen Finger im Nacken spürte, dachte sie, sie würde in Ohnmacht fallen.

»Du fehlst mir.«

Der Duft von Zizonia stieg ihr in die Nase. Sein Finger beschrieb kleine Kreise, massierte sie zärtlich. Sie bekam weiche Knie.

»Hör auf«, sagte sie. Aber natürlich wollte sie gar nicht, dass er aufhörte.

Er stand direkt hinter ihr. Sie spürte seine Körperwärme, während er ihr ins Ohr flüsterte.

»Ich habe einen schrecklichen Fehler gemacht«, sagte er. »Mir war nicht bewusst, wie viel du mir bedeutest. Ich brauche dich, Adele.«

O Gott. Die Worte, die zu hören sie sich die ganze Zeit gesehnt hatte, als sie noch zusammen gewesen waren. Als er sie immerzu gequält hatte.

»Ich will keine andere«, fuhr er fort. »Ich will dich. Du bedeutest mir alles.«

Gott, wie oft hatte sie davon geträumt, dass er ihr das sagte.

»Es ist zu spät, Jack«, sagte sie. »Es ist vorbei. Ich kann nicht zurück. Ich bin jetzt glücklich.«

»Nein, das bist du nicht«, sagte er. Und er hatte recht. Sie konnte sich vormachen, sie sei zufrieden, aber nichts, was William sagte, konnte sie so erregen wie die Worte, die Jack ihr gerade ins Ohr flüsterte. Oder die Gefühle auslösen wie die Hände, die sich um ihre Taille legten.

»Bitte nicht«, flehte sie ihn an, tat jedoch nichts, um sich aus seinem Griff zu befreien.

»Komm mit mir nach Venedig«, sagte er. »Im Frühling. Ich werde dort ein paar Kunden besuchen, einige Künstler treffen. Wir können die Zeit dort zusammen verbringen. Nur du und ich.«

Sie schloss die Augen. Das war die reinste Tortur. Wie hatte sie erwarten können, dass Jack sie nicht in Versuchung führen würde? Sein Ego war so groß, dass er nicht widerstehen konnte zu versuchen, sie zurückzugewinnen, und sei es nur, um zu beweisen, dass er es konnte.

»Auf keinen Fall«, brachte sie mühsam heraus.

»Ich nehme den Zug in Paris. Anfang April. Du hast also reichlich Zeit, mit deinem Gewissen zu kämpfen und dir einen Vorwand auszudenken.«

Er fuhr mit dem Finger an ihrem Rückgrat entlang, bis zu der Stelle, wo ihr Kleid anfing. Dann ging er und mischte sich wieder unter die Leute. Adele hatte das Gefühl, als würden die Beine unter ihr nachgeben.

Zehn Minuten später kamen Jack und Rosamund auf sie zu, um sich zu verabschieden.

»Frohe Weihnachten«, sagte Rosamund und hauchte Adele einen kühlen Kuss auf die Wange.

»Let it snow, let it snow, let it snow«, sang Johnny Mathis.

Die letzten Gäste gingen kurz vor Mitternacht. Adele und William schlossen die Galerie ab. Mrs. Morris würde am nächsten Tag kommen und alles sauber machen. Das zusätzliche Geld kam ihr gelegen, um Weihnachtsgeschenke für ihre Enkelkinder zu kaufen.

Im Schlafzimmer konnte William gar nicht aufhören, vom Erfolg des Abends zu schwärmen, sich über die Gäste auszulassen und ihren guten Geschmack in Bezug auf die Dekoration zu loben. Doch irgendwann spürte er, dass ihr nicht nach Plaudern zumute war, und verstummte.

»Tut mir leid, Liebling«, sagte sie. »Ich bin total erschöpft, und diese Bowle war einfach zu stark. Lass uns morgen darüber reden. Ich möchte nur noch ins Bett gehen und schlafen.«

Im Bad ließ sie endlich ihren Tränen freien Lauf, wenn auch nur für ein paar Minuten, denn sie fürchtete, dass sie sonst überhaupt nicht mehr aufhören würde, zu weinen. Sie spritzte sich kaltes Wasser ins Gesicht und hoffte inständig, William würde ihr nichts anmerken.

Jack hatte gesagt, sie habe ihm gefehlt. Jack hatte gesagt, er brauche sie. Jack hatte ihr gesagt, sie würde ihm mehr bedeuten als irgendeine andere. Es hatte Zeiten gegeben, da hatte sie sich nichts sehnlicher gewünscht, als diese Worte aus seinem Mund zu hören. Jetzt wollte sie sie nur vergessen. Sie würde es nicht ertragen, sich noch einmal auf diesen emotionalen Aufruhr, die Qualen, den ganzen Wahnsinn einzulassen.

Verzweifelt kroch sie ins Bett. Beim Einschlafen redete sie sich ins Gewissen. Weihnachten stand vor der Tür. Weihnachten war da für die Familie. Für die Kinder. Es konnte nicht angehen, dass sie den Jungen das Weihnachtsfest verdarb, bloß weil sie sich damals auf diese dumme Sache eingelassen hatte. Es war ein Fehler gewesen, und sie musste das alles hinter sich lassen und nach vorne blicken. Sie brauchte sich nicht den Kopf darüber zu zerbrechen, wie sie sich entscheiden würde, denn die Entscheidung lag auf der Hand. Sie würde Jack Molloy ein für alle Mal vergessen und nie, nie wieder in Versuchung geraten, Kontakt zu ihm aufzunehmen.

KAPITEL 23

Es war fünf Uhr, und schon bald würde der Morgen dämmern. Der Himmel veränderte seine Farbe allmählich von Tiefblau zu Rauchgrau, während der Orient-Express am Zürichsee entlangfuhr, einer spiegelglatten Fläche, so silbern wie der Mond. Die Menschen in den Häusern an seinen Ufern schliefen noch, wenn sie vernünftig waren, wie auch die meisten Passagiere im Zug. Bis auf einige wenige, die einen unruhigen Schlaf hatten. Oder Frühaufsteher waren. Oder sich mit Sorgen herumplagten.

Beth öffnete ihre Abteiltür und schlüpfte auf den Gang hinaus. So sehr sie sich auch bemühte, sie fand keinen Schlaf. Das Bett war bequem, aber sie konnte ihre Gedanken einfach nicht abstellen. Es ging immer wieder von vorne los. In einem Moment konnte sie sich einreden, dass alles gut werden würde und sie sich keine Sorgen zu machen brauchte, im nächsten brach ihr der kalte Angstschweiß aus. Irgendwann hatte sie es im Bett nicht mehr ausgehalten.

Sie setzte sich an den kleinen Tisch am Ende des Gangs, der für Passagiere bestimmt war, die die Aussicht genießen wollten. Sie schob das Rollo ein Stückchen hoch. Der Himmel hatte inzwischen eine perlgraue Farbe angenommen. Sie stützte den Kopf in die Hand und sah hinaus; sie fragte sich, ob da draußen vielleicht noch jemand wach war. Jemand wie sie, den die Angst um den Schlaf brachte.

Am Samstag vor fünf Wochen musste es passiert sein, schätzte sie. Ein ums andere Mal ließ sie alles vor ihrem geistigen Auge ablaufen in der vergeblichen Hoffnung, sie könnte die Geschichte im entscheidenden Moment anhalten und die Zeit zurückdrehen. Wo würde sie auf Stopp drücken?, überlegte sie. Als sie beschlossen hatte auszugehen? Als sie beschlossen hatte, mit in Connors Wohnung zu gehen? Als sie …

Was war bloß in sie gefahren? Sie hatte nichts übrig für Mädchen, die sich wie die Blöden irgendwelchen Jungs an den Hals warfen und dann hysterisch wurden. Beth hielt sich für ziemlich vernünftig. Sie verknallte sich nicht Hals über Kopf. Sie behielt den Durchblick und wusste, was sie tat, selbst wenn sie sich die Kante gab. Sie war trinkfest. Sie und Jamie hatten immerhin reichlich Übung. Eltern, die sich scheiden ließen, bekamen nicht mit, wenn die Getränkevorräte auf mysteriöse Weise dahinschwanden.

Beths Freundinnen hatten sie überredet, mit in einen Pub namens *Greyhound* zu gehen, wo Jamies Band spielte. Eigentlich war Beth alles andere als begeistert gewesen – schließlich konnte sie die Band jederzeit zu Hause in der Garage kostenlos spielen hören, wenn sie wollte. Aber ihre Freundin Zanna war scharf auf den Sänger.

»Sie sind nicht mal besonders gut«, hatte Beth Zanna erklärt. »Sie halten sich für so was wie Nirvana. Und vergessen dabei, dass sie in Shepherd's Bush sind und nicht in Seattle.«

Trotzdem war es an dem Abend richtig abgegangen, so wie manchmal, wenn man nichts Besonderes erwartet. Irgendwann war jemand auf die Idee gekommen, Margaritas zu bestellen. Beth war mit dem neuen Bassisten der Band ins Gespräch gekommen. Sie war Connor vorher noch nie begegnet. Sie fühlte sich angezogen von seinen grauen Augen mit den dunklen Ringen um die Iris, dem zotteligen Pony, den er sich ständig aus den Augen schob, und seinem scheuen, sexy Lächeln, das sie ganz nervös machte.

Und als nach dem Auftritt alle noch zu einer Anschlussparty gingen, auch Zanna und auch Jamie, war es Beth ganz selbstverständlich erschienen, nicht mit auf die Party, sondern mit zu Connor zu gehen.

»Ich steh nicht so auf Partys danach«, erklärte er ihr.

»Ich auch nicht«, sagte sie, obwohl es nicht stimmte. Aber wie es aussah, würden sie eben ihre eigene Party machen, zu zweit, und das war okay.

In seiner Wohnung legte er eine CD von Nick Drake auf und warf ihr eine Bierdose zu. Sie machte es sich auf dem Sofa gemütlich. Es war reichlich schmuddelig, aber im Kerzenlicht spielte es nicht so eine Rolle. Erst recht nicht, als er sich neben sie setzte und anfing, sie zu küssen.

Er streichelte sie, bis sie schnurrte wie ein Kätzchen und sich an ihn schmiegte, gierig nach mehr.

Als er seine Hand in ihre Jeans gleiten ließ, protestierte sie nicht. Es war einfach zu schön. Selbst jetzt noch bekam sie eine Gänsehaut, wenn sie daran dachte. Es war ihr vorgekommen wie das Natürlichste auf der Welt.

Danach war sie in seinen Armen eingeschlafen.

Und war drei Stunden später voller Panik aufgewacht. Er lag im Tiefschlaf auf dem Sofa neben ihr. Die Zottelhaare, die sie am Abend zuvor so attraktiv gefunden hatte, sahen jetzt nur noch verfilzt aus. Zitternd vor Kälte und halb krank vor Angst bei dem Gedanken daran, was sie getan hatte, kroch sie im Halbdunkel herum, um ihre Sachen zusammenzusuchen. Normalerweise hielt sie nichts von ungeschütztem Sex. Aber sie war so betrunken gewesen. Und so erregt. Sie konnte sich noch daran erinnern, dass sie ihm gesagt hatte, es wäre egal. Wie zum Teufel hatte sie nur so blöd sein können?

Sie blieb noch fünf Minuten auf der Sofakante neben ihm sitzen, brachte aber nicht den Mut auf, ihn zu wecken. Er wirkte plötzlich so unnahbar. All ihre Verwegenheit und ihr Selbstvertrauen waren wie weggeblasen. Ihr Mund war trocken vor Angst und von dem Salz der Margaritas.

Sie ging ins Bad. Da musste sie auch in der Nacht gewesen sein, konnte sich jedoch nicht erinnern, denn hätte sie bemerkt, was sie jetzt sah, wäre sie auf der Stelle verduftet. Ein türkisfarbener Kimono am Haken hinter der Tür. Prada-Parfum und Lippenstifte, Dirty-Girl-Körperpeeling und eine rosafarbene Zahnbürste.

Sie stürmte aus dem Bad und schlug Connor auf den Rücken.

»Aua!« Er sah sie empört an.

»Du hast 'ne Freundin.«

»Reg dich ab. Sie ist bis Dienstag auf 'ner Fortbildung.«

»Darum geht's nicht. Wenn ich gewusst hätte, dass du 'ne Freundin hast, hätte ich niemals …«

Er schaute sie durch seine Ponyfransen hindurch an. Das Lächeln, das sie am Abend zuvor so verführerisch gefunden hatte, war jetzt nur noch ein anzügliches Grinsen. »Doch, hättest du. Du hast es doch vor Geilheit kaum ausgehalten.«

Beth, die sonst nicht auf den Mund gefallen war, wusste nicht, was sie sagen sollte. Säure stieß ihr vom Magen auf, eine Mischung aus Angst und Tequila. Sie brach in Tränen aus.

»Ach du Scheiße«, sagte Connor.

»Ruf mir ein Taxi!«, heulte sie.

»Ruf dir selber eins«, sagte er und zog sich ein Kissen über den Kopf.

Einen Moment lang stand sie da wie versteinert. Niemand behandelte sie so. Niemand. Aber er machte keine Anstalten, sich noch weiter mit ihr zu beschäftigen. Sie schnappte sich ihre Handtasche und ihre Jacke.

Sie versetzte ihm einen Tritt.

»Wo ist der nächste U-Bahnhof?«

Er blickte schläfrig auf. »Ravenscourt Park«, murmelte er und schlief sofort wieder ein.

Tagelang wartete sie darauf, dass Connor sich bei ihr meldete. Nichts, nichts, nichts. Keine SMS, keine Nachricht auf Facebook. Sie erzählte Jamie kein Wort. Sie schämte sich und kam sich idiotisch vor, und sie wusste genau, dass Jamie stinksauer sein würde. Normalerweise passte er auf wie ein Luchs – was sie tat und mit wem sie zusammen war –, nur an diesem Abend nicht, dachte sie reumütig. Sie war selbst schuld – sie hatte ihm vorgeflunkert, sie wolle noch zu einer Freundin, und er hatte ihr geglaubt. Wenn er gewusst hätte, was Connor getan hatte, hätte er ihn verprügelt. Zu Hause mochten sie wie Hund und Katze sein, aber in der Öffentlichkeit beschützte Jamie seine Schwester immer.

Wenn Jamie danach zu einem Auftritt fuhr, fragte sie sich seitdem jedes Mal, ob Connor wieder dasselbe Ding durchzog: Irgendein argloses Mädchen aufgabeln, ihm das Gefühl geben, es sei etwas ganz Besonderes, und es dann fallen lassen. Oder lebte er glücklich und zufrieden mit der Frau zusammen, deren Sachen sie im Bad gesehen hatte? War Beth vielleicht nur ein Ausrutscher gewesen, ein einmaliger One-Night-Stand? Sie fühlte sich gedemütigt und benutzt und beschämt. Sie konnte unmöglich mit ihren Freundinnen darüber reden: Sie würden sie für ein Flittchen halten. Manche ihrer Freundinnen schliefen mit ihren Freunden, aber nicht mit einem Typen, den sie gerade erst kennengelernt hatten …

Am schlimmsten jedoch nagte die andere Angst an ihr. Sie schaute auf den See hinaus. Er war riesig. Am liebsten wäre sie hineingewatet, immer weiter, immer weiter, bis das Wasser sie verschluckte. Dort könnte sie für immer schlafen und wäre alle Sorgen auf einmal los.

Die Tür des Nachbarabteils wurde geöffnet, und Stephanie kam im Morgenmantel heraus.

»Hallo«, flüsterte sie lächelnd. »Alles in Ordnung? Wie lange bist du denn schon hier draußen? Du frierst doch bestimmt.«

Sie rieb Beths Schultern. Es war eine liebevolle Geste. Beth war den Tränen nahe. Sie schaute Stephanie an.

»Ich glaub, ich bin schwanger«, sagte sie.

O Gott. Wieso war ihr das nur rausgerutscht?

Stephanie schob sich die Haare hinter die Ohren und kniete sich neben Beth, die schluchzend das Gesicht in den Händen verbarg, die Ellbogen auf den Tisch gestützt.

»Wieso? Woher willst du das wissen?«

»Ich bin schon zwei Wochen drüber. Das ist noch nie passiert. Noch nie.«

Diese Neuigkeit musste Stephanie erst einmal verdauen. »Okay. Und … wer … wie … wann?«

Das wollte Beth ihr lieber nicht erzählen.

»Das brauchst du nicht so genau zu wissen«, sagte sie.

Sie versuchte, die Tränen wegzuwischen, aber sie konnte nicht aufhören zu weinen.

»Ach, Kleines. Komm mal her.« Stephanie nahm sie in die Arme. »Bist du dir auch ganz sicher? Hast du einen Test gemacht?«

Beth schüttelte den Kopf. »Hab mich nicht getraut.«

»Es ist ja noch ziemlich früh. Du musst dir Klarheit darüber verschaffen, ob du schwanger bist. Und dann …«

Beth legte eine Hand auf ihren nicht existierenden Bauch. »Sag bloß nichts von Abtreibung. Das kann ich nicht.«

In Stephanies Blick lagen Mitgefühl und Sorge.

»Niemand wird dich zu etwas zwingen, was du nicht willst.«

»Wollen wir wetten?«, entgegnete Beth trotzig.

»Natürlich wird niemand so etwas von dir verlangen. Deine

Eltern werden dir höchstens dabei helfen wollen, die richtige Entscheidung zu treffen.«

Beth schüttelte den Kopf. »Du verstehst das nicht.«

Beth wurde immer lauter. Stephanie spürte, dass das Mädchen sich in Panik hineinsteigerte. Das hätte ihnen jetzt noch gefehlt, dass die Leute die Köpfe aus den Abteilen reckten, um zu sehen, was da auf dem Gang los war. Es war immerhin erst kurz nach fünf.

»Komm, lass uns in den Salonwagen gehen«, sagte Stephanie. »Da können wir uns unterhalten. Wir wecken sonst noch alle auf.«

Beth willigte erschöpft ein, und sie machten sich in Pantoffeln auf den Weg. Wie nicht anders zu erwarten, war der Salonwagen leer, und der Flügel schwieg – ein merkwürdiger Anblick nach dem ausgelassenen Treiben vom Abend zuvor. Ein Kellner erschien, nicht im Geringsten verblüfft über ihr Erscheinen zu dieser frühen Morgenstunde, und bot an, ihnen eine heiße Schokolade zu bringen.

»Perfekt.« Stephanie schenkte ihm ein dankbares Lächeln und wandte sich wieder Beth zu, die wie ein Häufchen Elend auf ihrem Stuhl kauerte. Sie konnte sich noch gut an ihre eigenen Nöte als Jugendliche erinnern. Ein Alter, in dem einem jedes Problem überwältigend und unlösbar erschien und alle Welt gegen einen war. Beths spezielles Problem hatte sie zum Glück nie gehabt, einige ihrer Freundinnen hatte es jedoch erwischt. Aber am Ende war immer alles gut ausgegangen.

»Hey«, sagte Stephanie besänftigend. »Es wird schon alles gut werden.«

Beth wischte sich die Tränen mit dem Ärmel ab.

»Ich weiß einfach nicht, was ich tun soll«, sagte sie.

»Zuerst müssen wir herausfinden, ob du tatsächlich schwanger bist.« Das Zugpersonal war zwar überaus hilfsbereit, aber

Stephanie bezweifelte, dass es möglich war, um diese Uhrzeit einen Schwangerschaftstest aufzutreiben. »Das können wir leider erst, wenn wir in Venedig sind.«

»Ich bin garantiert schwanger«, jammerte Beth. »Ich bin nie zu spät dran. Und ich hatte …«

Sie presste die Augen fest zu bei der Erinnerung.

»Ungeschützten Sex?«, fragte Stephanie.

»Ja«, gestand Beth. »Der Bassist aus Jamies Band. Nach einem Auftritt. Und jetzt will er nichts mehr mit mir zu tun haben …«

»Der Bassist? Wo war Jamie denn, als es passiert ist?«

»Er weiß nichts davon. Ehrlich. Es ist nicht seine Schuld. Erzähl's ihm bloß nicht. Der wird stinksauer. Der bringt Connor um.«

»Connor?«, wiederholte Stephanie grimmig. »Ist das nicht der, der ihnen die Tournee verschafft hat?«

»Bitte, erzähl niemandem was davon. Kein Sterbenswort.«

Stephanie spürte, wie sich eine schwere Last auf ihre Schultern legte, die sie einschnürte wie eine Zwangsjacke. Was auch immer sie jetzt sagte oder tat, es würde sich auf alles auswirken: auf ihr Verhältnis zu Beth, auf ihre Beziehung zu Simon, auf Simons Verhältnis zu Beth … Schlagartig wurde ihr bewusst, was für eine komplexe und komplizierte Angelegenheit eine Familie darstellte. Man musste sich für alles, was man tat, verantworten. Und wie würde Jamie auf all das reagieren? Würde das seine Entscheidung beeinflussen, wenn er davon erfuhr?

Stephanies Leben war bisher unkompliziert verlaufen. Sie war immer nur für sich selbst verantwortlich gewesen. In ihren Beziehungen hatte sie, weil sie ihr Leben so eingerichtet hatte, immer eigenständige Entscheidungen treffen können. Sie war eine Insel gewesen. Die Insel Stephanie. Und jetzt fragte sie sich, ob sie vielleicht von Natur aus egoistisch war. Würde sie der Aufgabe, sich in diesem Minenfeld zurechtzufinden, gewachsen sein?

253

Sie versuchte, sich in Beth hineinzuversetzen. Was hätte sie selbst in diesem Alter gebraucht, in dieser Zwangslage? Eine liebevolle Umarmung, dachte sie, und die vorbehaltlose Versicherung, dass alles gut werden würde, egal, was passierte. Trost würde sie sich gewünscht haben. Und das Gefühl, nicht allein dazustehen.

Hatte sie das Recht, Beth das zu versichern? Sie war schließlich nicht ihre Mutter. Sie war sich ihrer Rolle völlig unsicher. Aber sie war eine Erwachsene, und immerhin vertraute ihr Beth genug, um sich ihr zu offenbaren. Stephanie bemühte sich, ihre Angst zu unterdrücken, legte Beth einen Arm um die Schultern und zog sie an sich.

»Was auch geschieht, ich bin auf deiner Seite«, sagte sie. »Du kannst dich auf mich verlassen.«

Beth hatte das Gesicht an Stephanies Hals gedrückt.

»Aber du musst mir versprechen, Dad nichts zu sagen«, murmelte sie.

Der Gedanke behagte Stephanie ganz und gar nicht. »Ich weiß nicht, ob ich dir das versprechen kann«, erwiderte sie. »Dein Vater und ich haben keine Geheimnisse voreinander. Das haben wir von Anfang an so ausgemacht.«

Beth wand sich aus ihrem Arm und sah sie gequält an. »Du darfst es ihm nicht sagen«, jammerte sie, die Stimme vor Panik so dünn und schrill wie ein Katzenjaulen, das von den Wänden des Salonwagens widerhallte. Stephanie sah sich erschrocken um, doch der Kellner hob nicht einmal den Blick. Er war zweifellos darin geübt, im entscheidenden Moment wegzuhören.

»Er zwingt mich, es abzutreiben. Verlass dich drauf. Und ich weiß nicht, ob ich das will. Ich kann doch mein Baby nicht umbringen.«

»Er wird dich ganz bestimmt zu nichts zwingen, was du nicht willst.« Davon war Stephanie überzeugt. Wie jeder andere Vater auch würde Simon natürlich bestürzt sein, wenn er von Beths Notlage erfuhr, aber er würde die Wünsche seiner Tochter respektieren und sie unterstützen. »Und es ist sinnlos, etwas zu unternehmen oder Entscheidungen zu treffen, solange wir nicht wissen, ob du tatsächlich schwanger bist.«

»Ich bin schwanger.« Beth schaute sie an. »Ich kann es spüren. Ich fühle mich irgendwie …« Sie wedelte mit ihren Händen vor ihrem Körper und zuckte die Achseln. »Voll. Fast so, als würde ich platzen.«

Beth rieb sich das Gesicht. Die Haare standen in alle Richtungen ab. Sie wirkte wie ein Kind.

»Hör mal«, sagte Stephanie. »Willst du dich nicht noch ein bisschen hinlegen? Du siehst schrecklich müde aus. Als hättest du die ganze Nacht vor Kummer kein Auge zugemacht. Es ist noch nicht mal sechs Uhr. Bis zum Frühstück kannst du noch ein paar Stunden schlafen. Danach geht's dir bestimmt besser.«

Sie begleitete Beth in ihr Abteil und wartete, bis sie sich ins Bett gelegt und zugedeckt hatte. Sie vergewisserte sich, dass das Rollo richtig heruntergezogen war, und schaltete das Licht aus.

Beth setzte sich auf.

»Lass mich nicht allein«, sagte sie.

Stephanie setzte sich auf die Bettkante. Simon würde sich fragen, wo sie war, falls er wach wurde. Aber das spielte jetzt keine Rolle. Sie streichelte Beth übers Haar. Als sie sicher war, dass sie eingeschlafen war, schlich sie sich in ihr eigenes Abteil.

Simon schlief tief und fest. Sie dachte über das nach, was sie eben von Beth erfahren hatte. Sollte sie ihn einweihen? Nein – es war noch zu früh. Es konnte ebenso gut falscher Alarm sein.

Sie fragte sich, wie er wohl reagieren würde. Seine Reaktion auf Jamies Anliegen, das bei Weitem nicht die Brisanz hatte wie Beths mögliche Schwangerschaft, hatte sie ziemlich verstört. Sie betrachtete ihn im Schlaf. Er sah immer noch gut aus, das grau melierte Haar kurz geschnitten, kräftige Augenbrauen, gerade Nase, glatte Haut. Und selbst im Zustand tiefer Entspannung waren die Lachfältchen an seinen Mundwinkeln zu sehen.

Was wohl in seinem Kopf vorging? Sie fragte sich, was er träumte, womit sein Unterbewusstsein beschäftigt war und welche Geheimnisse unter der Oberfläche verborgen lagen. Sie wünschte, sie könnte seine Gedanken aus seinem Kopf befördern und sie eingehender untersuchen, um herauszufinden, wer er wirklich war.

Sie wickelte sich enger in ihren Morgenmantel. Es war nicht kalt im Abteil, und doch fröstelte sie. Am besten ging sie wieder ins Bett und versuchte, noch ein bisschen zu schlafen. Es war viel zu früh, um aufzustehen, und sie würde einen klaren Kopf brauchen.

Als sie gerade den Fuß auf die unterste Stufe der Leiter setzte, streichelte ihr eine Hand den Knöchel.

»Hey«, flüsterte Simon. »Wo warst du denn?«

»Es ist noch früh. Ich war auf dem Klo. Schlaf weiter.«

»Komm ein bisschen zu mir.«

Es war das Letzte, was sie im Moment wollte. Sie wäre viel lieber allein gewesen, um ihre Gedanken zu ordnen. Aber sie konnte ihm seinen Wunsch nicht abschlagen, ohne Verdacht zu erregen. Sie schlüpfte zu ihm ins Bett. Er zog die Decke über sie beide, schmiegte sich von hinten an sie und schlief sofort wieder ein.

Sie schaute in die Dunkelheit und dachte nach, über den Mann, in dessen Armen sie lag, darüber, was sie in Bezug auf Jamie unternehmen und was sie mit Beth machen sollte, und darüber, wie sie selbst in all das hineinpasste.

KAPITEL 24

Emmie fuhr aus dem Schlaf. Ihr Nacken war steif, und sie fror. Die Decke, in die sie sich gewickelt hatte, war auf den Boden gerutscht, zusammen mit ihrem Buch. Sie war beim Lesen eingeschlafen, und zwar in Archies Abteil. Er lag in seiner Koje und schlief den Schlaf der Gerechten.

Als sie das Rollo ein wenig anhob, um hinauszuspähen, raubte ihr der Anblick den Atem. Smaragdgrüne, von duftigen Wolken umflorte Berge erhoben sich vor einem blassblauen Himmel. Malerische Chalets mit Spitzdächern schmiegten sich an die Hänge. Auf saftigen Wiesen grasten Rinder. Es fehlte nur noch Heidi, die mit wehenden Haaren den Berg hinunterhüpfte, die Milchkanne in der Hand. So etwas hätte sich Emmie in ihren kühnsten Träumen nicht ausmalen können, und dabei hatte sie eine ziemlich blühende Fantasie.

Sie zog den Morgenmantel enger um sich, schlüpfte aus der Tür und ging zur Stewardkabine, wo Robert bereits dabei war, Frühstückstabletts für die ersten Passagiere vorzubereiten. Der verlockende Duft nach frischem Kaffee stieg ihr in die Nase, und sie hatte trotz des reichhaltigen Abendessens schon wieder Appetit.

»Haben Sie vielleicht etwas gegen einen Kater?«, fragte sie. »Ich fürchte, mein Begleiter wird mit einem schlimmen Brummschädel aufwachen.«

Robert grinste. »Da sind Sie nicht die Erste, die danach fragt.«

Er füllte ein Glas mit Wasser, in das er zwei Vitaminkapseln und zwei Kopfschmerztabletten fallen ließ.

»Außerdem würde ich empfehlen, möglichst bald zu frühstücken. Ich bringe es Ihnen ins Abteil, sobald ich die hier abgeliefert habe. Ein paar Croissants und ein starker Kaffee bringen ihn schon wieder auf die Beine.«

Das Glas in der Hand ging Emmie zurück ins Abteil. Sie setzte sich zu Archie aufs Bett und kitzelte ihn an der Wange. Er schüttelte sich und schlug nach ihrer Hand.

»Was ist los?«, fragte er und fuhr kerzengerade hoch.

Sie musste über seinen verwirrten Gesichtsausdruck lachen.

»Verkatert?«

»Nein«, antwortete er gut gelaunt. »So was kenn ich nicht.«

Sein käsiges Gesicht strafte ihn allerdings Lügen. Sie reichte ihm das Glas mit den aufgelösten Tabletten.

»Trinken Sie das hier«, sagte sie. »Das Frühstück ist schon unterwegs. Ich wollte nicht, dass Sie noch mehr von der Reise verpassen.«

»Verstehe«, erwiderte Archie. »Aber … was machen Sie eigentlich hier drin?«

»Ich bin hier in dem Sessel eingeschlafen«, sagte sie. »Ich wollte Sie nicht allein lassen.«

»Das ist nicht Ihr Ernst, oder?« Er raufte sich die Haare, bis sie in alle Richtungen vom Kopf abstanden. »Das tut mir wirklich leid. Wie idiotisch von mir, mich derart zu betrinken. Mit mir als Blind Date haben Sie echt eine Niete gezogen. Ich werde es irgendwie wiedergutmachen.«

»Kein Problem«, entgegnete Emmie. »Ich habe mich prächtig amüsiert. Nur am Schluss …«

Archie versuchte angestrengt sich zu erinnern, was vorgefallen war. Er schüttelte den Kopf. Es war alles weg.

»Als Sie an den Flügel getreten sind und dieses Stück von Van Morrison gesungen haben«, soufflierte Emmie.

»O nein …«

Er schloss die Augen, als ihm alles wieder einfiel.

»Ich geh kurz rüber und zieh mich an«, sagte sie. »Dauert nicht lange. Dann können wir frühstücken.«

Und schon war sie verschwunden. Archie ließ sich wieder aufs Kissen fallen.

»Das hast du ja sauber hingekriegt, Archie«, sagte er zu sich selbst. »Du bist der perfekte Gentleman.«

KAPITEL 25

Jamie wartete vor der Tür des Stewards und überlegte krampf-
haft, wie er das Thema angehen sollte. Er wünschte, Robert würde sich beeilen und zurückkommen. Je länger er hier herum-
stand, desto wahrscheinlicher war es, dass jemand aus seiner
Familie ihn erwischte. Ohne seinen Pass konnte er seinen Plan
vergessen, aber sie hatten ihre Pässe abgegeben, als sie in den Zug
gestiegen waren. Sie wurden eingesammelt, damit der Steward
niemanden wecken musste, falls sie an den Grenzen verlangt
wurden.

Gott sei Dank, da kam Robert. Er lächelte Jamie freundlich an.
»Kann ich Ihnen helfen?«

Jamie beschloss, direkt zur Sache zu kommen.

»Äh, ja. Ich brauche meinen Pass.«

Robert runzelte die Stirn. »Die Pässe liegen beim Zugchef. Sie
bekommen Ihren Pass vor unserer Ankunft in Venedig zurück.«

»Das ist zu spät.« Er würde es erklären müssen. »Ich steige
in Innsbruck aus. Ich muss zurück nach London. Familienpro-
bleme.«

»Ach so. Gut, ich werde es dem Zugchef sagen. Wir sind verpflichtet, genaue Passagierlisten zu führen.«

»Okay. Es wäre echt super, wenn Sie ihn mir zurückgeben
könnten.« Er zögerte einen Moment. »Aber, äh – wenn's geht …
sagen Sie's bitte niemandem. Also, keinem aus meiner Familie.«

Robert musterte ihn. »So, so. Hm.«

Jamie lächelte verlegen. »Es geht um meine Mutter. Sie ist zu

Hause. Hat mal wieder 'ne Krise. Sie ist ein bisschen …« Er wedelte mit der Hand, um anzudeuten, dass sie ziemlich neurotisch war. »Aber ich will es meinem Vater nicht erzählen und ihm am Ende noch die Reise verderben. Ich verdrück mich einfach. Fahr nach Hause und versuch, sie ein bisschen zu beruhigen.«

»Verstehe.« Robert sah, dass der Junge total gestresst war. Ein typisches Verhalten bei Jugendlichen: nach außen hin cool, aber innerlich in Aufruhr. Er konnte sich nur zu gut an das Gefühl erinnern. Das gehörte wohl unweigerlich zum Teenageralter dazu. »Gibt es vielleicht etwas, worüber Sie gern reden möchten?«

Jamie hob abwehrend die Hände. »Nein, danke. Alles im Griff. Ich brauch nur meinen Pass.«

»Okay. In einer halben Stunde können Sie ihn sich holen.«

»Danke.«

Jamie verkrümelte sich. Robert schaute ihm nach. Die Sache behagte ihm nicht. Irgendetwas stimmte hier überhaupt nicht.

Archie und Emmie ließen sich ihr Frühstück schmecken. Es gab frischen Obstsalat, Körbchen mit Gebäck, cremigen Joghurt und Kannen mit Tee und Kaffee, alles auf weißem Porzellan serviert, im Abteil. Das Rollo war hochgezogen, und sie genossen den spektakulären Ausblick auf die schweizerische Landschaft mit ihren Kirchen und Schlössern, die immer wieder hinter den bewaldeten Hängen in der Ferne auftauchten.

»Ich bin ja eigentlich mehr für Rührei mit Speck«, bemerkte Archie und beäugte misstrauisch ein Rosinenbrötchen.

»Ich finde es einfach himmlisch«, sagte Emmie. »Bei mir zu Hause bin ich schon froh, wenn ich Milch im Kühlschrank finde.«

»Sie scheinen ja nicht gerade die geborene Hausfrau zu sein.« Archie bestrich sich ein Brötchen dick mit Butter.

»Dafür habe ich keine Zeit. Ich bin von morgens acht bis

abends acht in meiner Werkstatt. Dann habe ich an den Wochenenden die Märkte – da muss ich schon im Morgengrauen hinfahren und den Stand aufbauen. Deswegen koche ich fast nie.«

»Ich auch nicht. Ich werde von meiner Mutter zwangsernährt. Sie ist erst glücklich, wenn sie hungrige Mäuler stopfen kann.«

»Sie Glückspilz.«

»Ich müsste eigentlich rund wie ein Fass sein. Aber der Bauernhof hält mich auf Trab. Und die Hunde.«

»Ach ja – Borderterrier, nicht wahr? So stand es jedenfalls in Ihrem Profil.«

»Keine Ahnung. Ich weiß nicht, was Jay da reingeschrieben hat.«

Emmie lächelte. »Er hat Sie als einen ganz wunderbaren Menschen porträtiert.«

»O Gott.« Archie tat zwei Löffel Zucker in seinen Kaffee. »Da sind Sie jetzt bestimmt ziemlich enttäuscht.«

Emmie antwortete nicht gleich.

»Nein, überhaupt nicht«, sagte sie schließlich und schaute aus dem Fenster. »Sehen Sie mal! Wir fahren gerade an St. Moritz vorbei. Da würde ich gerne mal hin. Es klingt so mondän. Filmstars und Pelzmäntel und Schlittenfahrten … Aber wahrscheinlich wird da nichts draus.«

Ihr wurde plötzlich bewusst, dass sie plapperte. Hastig biss sie in ein Croissant mit Aprikosenfüllung. Wenn sie den Mund voll hatte, konnte sie wenigstens kein dummes Zeug mehr reden.

Sylvie saß in Rileys altem Pyjama, die Beine übereinandergeschlagen, am Fußende des Bettes und trank schwarzen Kaffee.

»St. Moritz«, sagte sie verträumt. »Erinnerst du dich noch? Weihnachten?«

Riley sah zum Fenster hinaus. Hier oben lag immer noch Schnee, der jedoch schon schmolz und Platz machte für saftiges

Grün, das bald mit Frühlingsblumen gesprenkelt sein würde. Natürlich erinnerte er sich. Riley war kein großer Freund von Weihnachten, aber in jenem Jahr hatten Sylvie und er ein Chalet in den Bergen gemietet. Sie verbrachten nicht jedes Weihnachtsfest zusammen, aber wenn sie es taten, genoss er es. Damals waren sie mit einer großen Gruppe von Freunden nach St. Moritz gefahren. Riley war nicht wild aufs Skifahren – die Angst, sich ein Handgelenk zu brechen und lange nicht arbeiten zu können, hatte verhindert, dass er gut darin wurde –, doch Sylvie war unerschrocken. Sie stand seit ihrem dritten Lebensjahr auf den Brettern.

Aber sie brüstete sich nicht damit. Im Gegensatz zu einem aus der Gruppe, Roger Bardem, einem Mann, der angeblich auf allen Gebieten Experte war und das gern wortstark kundtat. Den ganzen Abend prahlte er mit seinem Können als Skifahrer. Niemand wusste so recht, wer ihn eingeladen hatte, und er merkte gar nicht, dass alle anderen ihm wünschten, er würde von einer Lawine überrollt werden.

Irgendwann hielt Sylvie es nicht mehr aus.

»Wir machen morgen ein Rennen, Roger, du und ich. Abgemacht?«, hatte Sylvie ihn quer über den Tisch herausgefordert. »Der Verlierer bezahlt das Mittagessen für alle.«

Roger hatte sein Glas in ihre Richtung gehoben und selbstgefällig gegrinst. »Abgemacht.«

Riley war starr vor Angst um Sylvie gewesen, aber es gab kein Zurück mehr, nachdem die Herausforderung einmal ausgesprochen war. Es war zwecklos, es ihr ausreden zu wollen. Kampflustig war sie in ihrem weißen Skianzug, mit schwarzer Courrèges-Sonnenbrille und weißer Pelzmütze angetreten, absolut überzeugt davon, ihren Kontrahenten zu schlagen. Und sie war im frischen Pulverschnee elegant und geschmeidig den Abhang hinuntergerast und hatte Roger mühelos abgehängt. Seine furchtlose Sylvie. Riley hatte gewusst, dass sie siegen würde, und sich dennoch mit der Vorstellung gequält, sie könnte stürzen und müsste von Sanitätern auf der Trage abtransportiert werden und das alles nur wegen einer kindischen Wette beim Abendessen.

Beim Mittagessen hatte Sylvie dafür gesorgt, dass nur die teuersten Weine bestellt wurden. Schadenfroh registrierte sie, dass Roger sich innerlich wand, jedoch zu stolz war, um zu protestieren, während er sich ausrechnete, was ihn der Spaß kosten würde. Irgendwann hatte sich Sylvie aus der Runde entfernt und diskret die Rechnung beglichen. Ihr war es wichtig gewesen, ihm eine Lektion zu erteilen, nicht, ihn bezahlen zu lassen.

Riley hatte sie dafür grenzenlos bewundert. Als sie sich jetzt daran erinnerte, musste sie lachen.

»Roger Bardem. Weißt du noch, was er für ein Gesicht gemacht hat, als wir den Chassagne-Montrachet bestellt haben?«

»Du warst richtig gemein«, sagte er.

»Er war ein Rüpel«, sagte sie. »Ein Rüpel und ein Langweiler. Er hat gekriegt, was er verdient hat.«

Riley betrachtete sie. »Bleib immer, wie du bist«, sagte er.

Sie sah ihn fragend an, in der Hand ein Croissant. »Warum sollte ich mich ändern?«, fragte sie. »Du weißt schließlich, worauf du dich eingelassen hast.«

»Ja«, sagte er. »Das stimmt allerdings.«

Robert kämpfte eine halbe Stunde mit seinem Gewissen, bis er sich entschloss zu handeln. Er würde vermutlich mehr Schwierigkeiten bekommen, wenn er Jamies Plan verschwieg, als wenn er ihn preisgab.

Er machte sich auf die Suche nach Jamies Vater und entdeckte ihn mit seiner Begleiterin im Salonwagen, wo sie beim Kaffee saßen und die vorüberziehende Landschaft fotografierten. Sie kamen gerade an Bludenz mit seiner mittelalterlichen Stadtbefestigung vorbei, es ging jetzt immer steiler bergan.

»Verzeihen Sie die Störung«, sagte Robert. »Ich bin mir nicht sicher, ob es mir zusteht, Ihnen das zu erzählen, aber Ihr Sohn hat vor, in Innsbruck auszusteigen. Er hat mich um seinen Pass gebeten.«

Stephanie sah ihn erschrocken an. »Sie meinen Jamie?«

»Ja. Er hat mich gebeten, Ihnen nichts davon zu sagen.«

Stephanie wirkte völlig verblüfft. Simon runzelte lediglich die Stirn. »Haben Sie ihm seinen Pass gegeben?«

»Ich konnte mich nicht weigern.«

»Jedenfalls danke, dass Sie uns Bescheid gesagt haben.« Simon wandte sich wieder seinem Fotoapparat zu und nahm ein paar Einstellungen vor.

Robert zog sich zurück, unsicher, ob er das Richtige getan hatte.

Stephanie sah Simon an. »Was machen wir denn jetzt?«

Simon zuckte mit den Achseln. »Es gibt nichts, was wir tun können.«

»Willst du ihn nicht aufhalten?«

»Ich kann ihn nicht aufhalten. Er ist achtzehn. Er kann tun und lassen, was er will.« Er justierte das Objektiv. »Wenn ich sie auf 1/250 einstelle …«

»Aber du kannst ihn doch nicht einfach so ziehen lassen! Macht dir das denn nichts aus?«

Simon seufzte.

»Natürlich macht es mir etwas aus. Ich bin erschüttert, dass es so weit gekommen ist. Aber wenn ich einschreite, wird das nichts ändern. Wahrscheinlich würde ich damit alles nur noch schlimmer machen. Ich will hier im Orient-Express keine Szene erleben, das hätte mir noch gefehlt.«

»Aber es war doch deine Haltung, die zu dieser Situation geführt hat. Weil du ihm gesagt hast, er könnte nicht …«

»Auf sein Studium verzichten, um mit seinen Kumpels abzuhängen?«, fiel Simon ihr ins Wort. »Von denen keiner eine solche Chance aufgibt, wenn ich mir die Bemerkung erlauben darf.«

»Das war's dann also? Willst du dich denn nicht mal von ihm verabschieden?«

Simon seufzte erneut. »Ich habe keine Chance. Egal, was ich tue, es kann nur falsch sein. Ich kann Jamie nicht aufhalten. Er will mir etwas beweisen. Und ich denke nicht daran, einen Rückzieher zu machen. Punkt aus.«

Stephanie war sprachlos. Wie konnte Simon nur so hartherzig sein? Der arme Jamie – natürlich benahm er sich dumm, aber wahrscheinlich wollte er nur, dass sein Vater ein Machtwort sprach. Was konnte sie tun?

Sie lehnte sich erschöpft auf ihrem Stuhl zurück.

Durch das Fenster konnte man in einer lang gezogenen Kurve die Lokomotive sehen.

»Spektakulär«, sagte Simon, hielt den Fotoapparat ans Fenster und drückte mehrmals auf den Auslöser.

Stephanie bekam einen trockenen Mund. Wie konnte er nur dasitzen, als wenn nichts wäre? Begriff er denn nicht, dass er Tanya in die Hände spielte?

Es hatte eine Frau gebraucht, um diese vergiftete Situation zu erzeugen. Vielleicht war eine Frau nötig, um sie wieder aus dieser Situation herauszuführen. Außerdem ahnte Simon ja noch gar nicht, dass Jamie sein geringstes Problem war. Er würde eine intakte Familie um sich herum brauchen und keinen Scherbenhaufen.

Sie stand auf.

»Wenn du nicht mit ihm redest, dann tu ich es.«

KAPITEL 26

Jamie war bei Beth. Seine Reisetasche war gepackt, und er hatte seinen Pass zurück. Sein Konto war gedeckt, das hatte er telefonisch überprüft. Zum Glück hatte er die Hälfte von dem gespart, was er in dem Jahr nach der Schule in der Kneipe verdient hatte, und jetzt war er heilfroh, dass er das Geld nicht in die Band gesteckt hatte.

Beth lag schmollend auf ihrem Bett. Typisch.

»Ich fahr nach Hause«, verkündete er. »Ich steig in Innsbruck aus.«

»Sei kein Idiot«, entgegnete sie.

»Ich bin kein Idiot! Wenn Dad mich nicht meine eigenen Entscheidungen treffen lässt, was soll ich dann noch hier?«

Beth setzte sich auf. »Du willst uns also die ganze Reise vermasseln? Was ist mit Stephanie?«

»Als ob das die interessieren würde.«

»Tut es allerdings.«

Jamies Miene verfinsterte sich. Er hatte mit Beths Unterstützung gerechnet und ihr sogar vorschlagen wollen mitzukommen. Sollten doch die Erwachsenen ihre Ferien in Frieden genießen.

»Er will über alles das Sagen haben.«

»Jamie – alle Väter wollen über alles das Sagen haben. Das gehört zu ihrem Job.«

»Bei den anderen haben die Väter aber nicht gesagt, dass es eine blöde Idee ist. Im Gegenteil, die kriegen von zu Hause sogar Unterstützung.«

Beth rollte sich auf eine Seite und stützte den Kopf in die Hand.

»Klar, weil das alles Nieten sind. Die wollten bloß Musiktechnologie am örtlichen College studieren. Kein besonders großes Opfer.«

Jamies Augen wurden schmal.

»Dir haben sie wohl 'ne Gehirnwäsche verpasst.«

»Jamie. Ich sag's dir ganz ehrlich. Deine Band ist nicht mal besonders gut.«

Er starrte sie mit offenem Mund an.

»Du hast doch selbst gesagt, wir wären super. Du bist doch immer voll abgefahren, wenn wir gespielt haben.«

»Mann, ich wollte euch eben *unterstützen*.« Sie hob die Hand und machte mit Zeige- und Mittelfinger ein V. »Eigentlich wollte ich es dir ja nicht stecken, was ihr für einen Schrott spielt, aber eh du dir das Leben ruinierst, sag ich's dir lieber. Ihr seid total langweilig. Alles kalter Kaffee. Gähn.«

»Du blöde Kuh.«

Beth warf sich auf den Rücken. »Fahr nicht, Jamie.«

»Ich fahre. Und wenn ich erst mal 'nen Vertrag in der Tasche hab und mit 'ner Limousine rumfahr und in Glastonbury auftrete, dann bettel mich nicht wegen einem Backstage-Pass an.«

Er drehte sich abrupt um und stürmte aus dem Abteil. Im Gang blieb er stehen. Draußen huschte die Schweiz vorbei, in all ihrer Perfektion. Ihm war schwindelig, und er hätte heulen können. Er wusste nicht mehr, was er denken sollte. Beth hatte recht. Er führte sich auf wie ein Idiot, aber er war wütend.

In diesem Moment kam Stephanie den Gang herunter. Sie wirkte besorgt. Sie sah seine gepackte Reisetasche, die er sich über die Schuler gehängt hatte.

»Jamie«, setzte sie an.

»Spar's dir«, raunzte er. »Du bist in Ordnung. Wenn du's richtig machst, hast du am Ende der Reise wahrscheinlich einen Ring am Finger. Du hast Dad genau da, wo du ihn haben wolltest, stimmt's?«

Er konnte ihr nicht ins Gesicht sehen. Er war selbst entsetzt darüber, wie aggressiv er sie anging. Stephanie konnte noch am wenigsten für die ganze Situation. In Wirklichkeit wünschte er sich nur, seine Mum wäre hier. Zusammen mit seinem Dad.

»Hast du Geld?«, fragte sie ruhig und leise.

»Ja«, sagte er. »Das fehlt in dieser Familie am wenigsten. Aber glaub mir, es macht nicht glücklich. Falls du das gedacht hast.«

Er wandte sich ab. Tränen brannten ihm in den Augen. Wieso hatte er das gesagt? Stephanie war doch einfach nur freundlich.

Der Zug tauchte in den Arlbergtunnel ein. Plötzlich schienen die Wände näher zu rücken. Jamie fühlte sich eingeengt, geriet in Panik, aber es gab keinen Ausweg. Am liebsten wäre er weggerannt, aber er konnte nirgendwohin. Zum Teufel mit der Familie. Zum Teufel mit Beth. Ihre Worte klangen ihm noch in den Ohren. Von dem Selbstbewusstsein, das ihn angetrieben hatte, war nichts mehr übrig. Die Band war wirklich Schrott …

»Jamie …«, sagte Stephanie sanft. Er biss die Zähne zusammen und drehte sich wieder zu ihr um. »Hör mal. Ich weiß, dass das alles im Moment schwer für dich ist, aber du weißt nicht, was du für ein Glück hast. Als ich so alt war wie du, konnte ich mir nicht aussuchen, was ich mit meinem Leben anfangen wollte. Wir hatten kein Geld. Meine Eltern sind gar nicht erst auf die Idee gekommen, dass ich studieren könnte. Ich musste Geld verdienen. Ich hatte keinen Beruf … nur einen Job. Es hat mehr als zehn Jahre gedauert, bis ich begriffen habe, dass ich vielleicht auch das Recht auf einen Traum haben könnte. Und ich habe ihn mir erfüllt, aber es war hart. Sehr hart. Niemand hat mir Türen geöffnet; schließlich hatte ich nichts in der Hand, womit ich meine Fähigkeiten hätte unter Beweis stellen können. Keine

Qualifikation, kein Diplom. Ich weiß, du findest es langweilig und total uncool, dich anpassen zu müssen, aber bitte schlag die Gelegenheit, die dir geboten wird, nicht in den Wind. Ich wäre froh gewesen, wenn ich hätte studieren können. Und glaub mir, ich weiß, wie schwer es ist ohne die Vorteile, die dir ...«

Sie verstummte. Jamie blickte an ihr vorbei ins Leere. Ein Muskel in seinem Gesicht zuckte, und seine Fäuste waren geballt.

»Du hältst mich für ein verwöhntes Bürschchen«, sagte er schließlich.

Stephanie zögerte. »Ja«, sagte sie. »Aber das kann dir niemand verübeln. Du bist achtzehn. Du machst im Moment eine schwierige Zeit durch. Und jeder erfüllt auf seine Weise ein Klischee.«

Er warf ihr einen wütenden Blick zu. Er wollte nicht als Klischee bezeichnet werden.

»Also gut – du kannst das Vorhersagbare tun und deinem Vater sagen, er kann dich mal. Steig in Innsbruck aus. Schmeiß dein Leben weg.«

Er legte den Kopf auf die Seite. »Oder?«

»Zugeben, dass du dich geirrt hast?«

Jamie kaute auf seiner Wange, während er über Stephanies Worte nachdachte. Widerwillig musste er sich eingestehen, dass sie recht hatte. Er respektierte sie. Es fiel ihm schwer, das zuzugeben, aber er gab mehr auf ihre Meinung als auf die seiner Mutter. Was hatte Mum denn letztlich aus ihrem Leben gemacht?

»Hey. Komm her.« Stephanie nahm ihn in die Arme. »Leider ist das Leben manchmal nicht leicht. Aber du solltest auf den Rat von Leuten hören, die Erfahrung haben.«

Der Zug verließ den Tunnel, und vor ihnen öffnete sich die Landschaft. Jamie spürte, wie ihm leichter ums Herz wurde. Die strahlende Sonne am blauen, wolkenlosen Himmel blendete ihn. Er blinzelte gegen das grelle Licht. Er würde nicht weinen. Er hatte keinen Grund dazu.

Er machte sich auf den Weg zum Salonwagen, wo sein Vater gerade dabei war, das Objektiv seines Fotoapparats zu wechseln. Er ließ sich auf den Sitz ihm gegenüber fallen.

»Ich bin ein Idiot«, sagte er.

Simon verstaute das Objektiv sorgfältig in der Fototasche. Dann legte er Jamie eine Hand auf die Schulter. Nur einen Augenblick lang.

»Lass uns ein Bier trinken«, sagte er.

Stephanie stand in der Tür und sah den beiden zu. Eine Krise abgewehrt, dachte sie, zumindest vorerst.

KAPITEL 27

In Innsbruck hatte der Zug eine halbe Stunde Aufenthalt, weil die Lokomotiven ausgetauscht wurden. Der Himmel war strahlend blau, die Luft klar, und die meisten Reisenden nutzten die Gelegenheit, auf dem Bahnsteig mit Blick auf die olympische Skischanze ein wenig spazieren zu gehen und frische Luft zu schnappen.

Emmie hatte sich für ihre Ankunft in Venedig ein nilblaues Teekleid angezogen, dazu trug sie einen Strohhut mit breiter Krempe, Chiffonband und einer diamantenen Brosche, ganz im Stil der Boheme der Bloomsbury-Ära. Neben ihr sahen alle anderen nachlässig gekleidet aus, dachte Archie mit einem Anflug von Stolz.

»O Gott«, sagte Emmie plötzlich. »Nicht hingucken – höchstens ganz unauffällig –, aber ich könnte schwören, dass das da drüben Sylvie Chagall ist.«

Als Archie ihrem Blick folgte, bemerkte er eine zierliche Blondine in einem karamellfarbenen Kaschmirpullover und einer tabakbraunen Wildlederhose. Sie saß auf einer Bank und hatte ihr Gesicht der Sonne zugewandt.

Er schüttelte den Kopf. »Sylvie Chagall? Nie gehört.«

»Das kann nicht sein.«

»Ich hab's nicht so mit Stars und Sternchen. Jay hat mir dauernd irgendwelche berühmten Leute gezeigt, wenn wir durch London gegangen sind.« Er deutete mit einer Handbewegung an, dass das an ihm vorbeiging. »Wer ist sie also?«

»Ein französischer Filmstar. Eine Ikone. Nach ihr ist sogar eine Handtasche benannt.«

Archie war verblüfft. »Wieso würde denn jemand wollen, dass eine Handtasche nach ihm benannt wird?«

»Na ja, wie eine Hermès-Tasche eben oder eine Birkin oder eine Alexa.«

Archie überlegte. »Von mir aus könnte man ein Bier nach mir benennen. Oder auch einen Sportwagen.«

Emmie konnte den Blick nicht von der Frau abwenden. »Das ist sie eindeutig. Gott, wie gern würde ich zu ihr rübergehen und mit ihr reden. Ich liebe ihre Filme! Sie haben doch bestimmt *Fascination* gesehen?«

»Nö.«

Emmie sah ihn erstaunt an. »Der Film ist in Venedig gedreht worden. Da gibt es diese berühmte Szene, wo sie von der Brücke in den Kanal springt.« Sie zeigte mit dem Finger auf ihn. »Ich schicke Ihnen eine ganze Sammlung ihrer Filme. Und dann dürfen Sie das Haus nicht mehr verlassen, bis Sie alle gesehen haben.« Sie wühlte in ihrer Handtasche nach einem Zettel. »Tut mir leid, aber ich muss sie einfach um ein Autogramm bitten. Ich weiß, dass man das eigentlich nicht tut, aber sie gehört nun mal zu meinen Idolen. Und wann kriegt man schon mal die Chance, seinem Idol zu begegnen?«

Archie sah Emmie nach, als sie entschlossen den Bahnsteig entlangging und sich neben der Frau auf die Bank setzte. Er käme überhaupt nicht auf die Idee, irgendjemanden um ein Autogramm zu bitten. Nie im Leben. Aber die Frau lachte, und die beiden begannen, sich angeregt zu unterhalten. Er bewunderte Emmie für ihre Verwegenheit. Einem Menschen wie Emmie war er noch nie begegnet – sie war selbstbewusst, ohne aggressiv zu sein. Offen, aber nicht aufdringlich. Bei ihr wirkte immer alles ganz natürlich.

Fünf Minuten später kam sie zurück. Sie war völlig aus dem Häuschen.

»Sie werden es nicht glauben.«

»Was denn?«

»Sie hat gesagt, wie gut ihr mein Hut gefällt. Ich habe ihr erklärt, dass der von mir ist und dass ich Hutmacherin bin …«

Sie bekam einen ganz verklärten Blick.

»Und?«

»Ich soll ihr für ihre Hochzeit einen Hut machen. Sie heiratet, Archie. Und sie will, dass *ich* ihr einen Hut mache.«

Sie verschränkte die Hände vor der Brust und strahlte ihn an.

»Das kann mein Durchbruch werden, Archie. Das wird durch alle Zeitschriften gehen. Sie ist eine Legende, und sie wird einen Hut von *mir* tragen.«

»Das ist wirklich ein Ding.«

Emmie schlang die Arme um seinen Hals und zog ihn näher zu sich heran. »Sie heiratet Riley«, flüsterte sie ihm ins Ohr. »Den Fotografen. Sie sind schon seit über fünfzig Jahren zusammen. Er hat ihr gestern Abend einen Heiratsantrag gemacht, im Speisewagen gleich neben unserem. Ist das nicht das Allerromantischste, was Sie je gehört haben?«

Als der Zug schließlich Italien erreicht hatte und Richtung Venedig unterwegs war, fuhren sie vorbei an Weinbergen mit gezwirbelten, knorrigen Rebstöcken. Die grünen Bergwiesen wurden abgelöst von schwerer roter Erde. Rosafarbene Häuser mit roten Dächern säumten die Hänge der Hügel, und in jeder Ortschaft waren jetzt die wuchtigen Türme der Campanile zu sehen.

Der Zug näherte sich seinem Ziel. In das Bedauern der Passagiere über das nahende Ende der Reise mischte sich genussvolle Vorfreude auf die Ankunft in Venedig. Die Speisewagen waren voll besetzt, es wurde geschwatzt und gelacht, während die Kellner das Mittagessen servierten: Brasse, Muschelcarpaccio, dazu luftig-leichte Kartoffelblinis und Limettenkaviar – winzige Zitrusperlen, die im Mund wie Brausekügelchen explodierten. Und als Dessert Himbeermakronen mit Szechuanpfeffereis, ein Gedicht aus gegensätzlichen Geschmacksnoten.

Am späten Nachmittag, kurz bevor der Orient-Express Venedig erreichte, breitete sich im ganzen Zug Aufregung aus. Niemand wollte den Kokon aus Luxus verlassen, an den man sich so schnell gewöhnt hatte, aber Venedig lockte mit seinem legendären Ruf. Es wurden Taschen gepackt und Vorbereitungen für die Weiterreise getroffen. Der Barmann verteilte die letzten Rechnungen. Robert händigte allen ihre Pässe aus und wünschte seinen Schützlingen alles Gute für die nächsten Abenteuer. Wie immer fiel ihm der Abschied schwer: Wieder einmal hatte er das Gefühl, neue Freunde gewonnen zu haben.

Er ließ noch einmal Revue passieren, was sich während der vergangenen vierundzwanzig Stunden in seinem Waggon abgespielt hatte. Rileys Heiratsantrag. Der Mann, der in Paris eingestiegen war, um seine Liebste zurückzuerobern. Die Familie Stone, wieder versöhnt. Und die junge Frau mit den hinreißenden Hüten? Wie würde es mit ihr weitergehen? Das würde er wahrscheinlich nie erfahren.

Auf sie alle wartete Venedig, dachte er. Venedig war eine Stadt, die etwas bei den Menschen bewirkte. Venedig ließ sie aufwachen und die Augen öffnen. Robert konnte die Magie der Stadt bereits spüren, als sie über den Damm ratterten, der die Lagune durchquerte. Stahlblaues Wasser kräuselte sich im Licht der Nachmittagssonne, und die Stadt lockte die Neuankömmlinge wie eine Sirene, die sie mit ihrem Zauber betörte. Venedig veränderte die Menschen. Es ließ sie in die Zukunft schauen.

KAPITEL 28

Es war schon erstaunlich, dachte Adele später, wie eine erfolgreiche, intelligente Frau, die aus ihren Fehlern gelernt haben sollte, sich einreden konnte, dass etwas so grundsätzlich Falsches eine gute Idee sein konnte.

Bis Februar war Adele zu dem Schluss gekommen, dass sie nach Venedig fahren musste, um ihren Warenbestand aufzufüllen – die Galerie lief überraschend gut. William brauchte sie nicht zu überzeugen, er war mächtig stolz auf sie.

»Ich unterstütze alles, was deinem weiteren Erfolg dient«, sagte er nur.

Sie hatte neun Tage für ihre Reise eingeplant. Während ihrer Abwesenheit würde jemand sie in der Galerie vertreten – sie hatte sich ein kleines Netzwerk von Helfern aufgebaut, die ihr auch kurzfristig zur Verfügung standen. Die Preise waren festgelegt, falls jemand etwas kaufen wollte, bevor sie wieder zurück war.

Sie machte sich keine Gedanken über die Konsequenzen ihres Vorhabens. Sie konnte an nichts anderes denken als daran, dass sie Jack in einem fremden Land für mehrere Nächte für sich allein haben würde. Dass sie seine ungeteilte Aufmerksamkeit haben würde. Die Begegnung mit ihm am Abend der Eröffnungsfeier, sein Geruch, seine Berührung hatten ihr Verlangen wieder geweckt. Inzwischen sehnte sie sich mit Leib und Seele nach ihm, so sehr, dass es schmerzte. Sie hatte nicht einmal ein schlechtes Gewissen, dass all die Mühe, die es sie gekostet hatte, sich von ihm zu befreien, umsonst gewesen war.

Sie hatten vereinbart, mit dem Orient-Express nach Venedig zu fahren. Das allein versprach, ein Abenteuer zu werden. Adele war noch nie in einem Schlafwagen gereist – sie stellte es sich ungeheuer romantisch vor. Sie würden sich in Paris treffen, von wo der Orient-Express abfuhr. Jack war bereits dort, um geschäftliche Termine wahrzunehmen. Adele machte sich also allein auf den Weg, mit dem Zug bis zur Küste, dann mit der Fähre über den Ärmelkanal und weiter mit dem Zug nach Paris. Sie war noch nie allein so weit gereist, war noch nie allein im Ausland gewesen. Sie war hin- und hergerissen zwischen Angst und Aufregung und bekam nicht mehr herunter als eine Tasse starken Kaffee mit viel Zucker.

Sie hatten sich im Gare de l'Est verabredet. Die Luft war kalt und neblig. Der Orient-Express war bereits in den Bahnhof eingelaufen, gezogen von einer Dampflok, einer riesigen, majestätischen, eindrucksvollen Maschine. Auf den Bahnsteigen herrschte reges Treiben, Menschen, die in allen möglichen Sprachen durcheinanderschnatterten, schoben sich an ihr vorbei, während sie nach Jack suchte. Was würde sie tun, wenn er nicht kam? Sie war so weit fort von zu Hause und fühlte sich ziemlich verunsichert. Was sollte sie tun, wenn er sie versetzte? Trotzdem in den Zug einsteigen? Oder zurückfahren?

Während sie allmählich die Panik beschlich, fragte sie sich, was für eine Närrin sie sein musste, dass sie sich mit einem Mann, der nicht ihr Ehemann war, auf einem Bahnhof in einem fremden Land verabredete. Sie spürte die Blicke der Leute und fühlte sich wehrlos. Offenbar sah man ihr an, dass sie keine Ahnung hatte, was sie tun sollte. Es war nur eine Frage der Zeit, bis ein paar Gauner sie umringten, entführten und als Sklavin verkauften …

Jemand berührte sie, und sie fuhr zusammen. Dann hörte sie ein vertrautes Lachen, ein Arm umschlang sie, und warme Lippen berührten ihr Ohr. Vor Hunger, Aufregung und Erleichterung wurde ihr ganz schwindlig.

Jack rief einen Gepäckträger herbei und half ihr in den Zug. Es war, als hätte sie sich plötzlich in eine königliche Hoheit verwandelt. Ein galanter Steward führte sie und Jack zu ihrem Abteil. Adele war hingerissen. Während sie am Fenster stand und darauf wartete, dass der Zug abfuhr, hielt Jack sie fester, als er es je getan hatte.

»Du hast mir gefehlt«, flüsterte er, und sie wusste, dass er so etwas nicht leichthin sagte. Ihr ging das Herz über vor Liebe und Verlangen.

Die Zugfahrt war unvergesslich. Eiskalter Nebel in der Lunge, wenn sie sich aus dem Fenster lehnte, vermischt mit dem scharfen Geruch nach Kohlefeuer. Immer wieder das laute Pfeifen der Lokomotive, während der Zug über die Schienen donnerte. Die vorbeifliegende Landschaft, Dinge, die sie gern in Ruhe betrachtet hätte – Bauernhöfe, Dörfer, Kirchen, Seen, Flüsse, Kühe –, mit einem Wimpernschlag vorbei. Unerschöpfliche Mengen an köstlichen Speisen und Getränken, die ihnen von einem charmanten, überaus hilfsbereiten Steward ins Abteil gebracht wurden.

Aber das Schönste war, Jack ganz für sich allein zu haben. Die Mitreisenden waren lauter Unbekannte, das hier war nicht der übliche Partytrubel, die Leute drängten sich nicht in Trauben um Jack, und ausnahmsweise war Jack diesmal nicht ständig auf der Suche nach neuen Kontakten. Er hatte nur Augen für sie. Sie hatte ihn für sich ganz allein, genoss seine ungeteilte Aufmerksamkeit, und das war einfach wunderbar. Nur Jack und Adele in ihrem winzigen Abteil, glücklich, einander in den Armen liegen zu können. Sie tranken Calvados aus einer Flasche, die er heimlich an Bord geschmuggelt hatte – anfangs verschluckte sie sich, aber es brannte wohlig in der Kehle. Sie schrieben sich Liebesbriefe auf Briefpapier mit dem Logo des Orient-Express – sie legte ihm einen unters Kopfkissen, er lachte, als er ihn las, und schrieb ihr auch einen. Sie saßen aneinandergekuschelt am Fenster und bestaunten die schneebedeckten Dolomiten. Sie lehnte sich gegen ihn, und er stützte das Kinn auf ihrem Kopf ab, während sie die Wolken betrachtete. Kühle Finger auf warmer Haut, heiße Lippen.

Sie liebten sich so wild und leidenschaftlich wie noch nie, und währenddessen waren sie die einzigen Menschen auf der Welt. Wenn er auf sie herunterblickte, fühlte sie sich entrückt und brach hemmungslos in Tränen aus. Sie hatte nie geahnt, dass eine Frau so etwas empfinden konnte. Vielleicht erlebten andere Frauen das nicht? Vielleicht war sie die Einzige? Jedenfalls wusste sie nicht, wie sie jemals wieder ein normales Leben führen sollte.

Der Zug erreichte Venedig. Zuerst hielt Adele die Stadt für eine Halluzination, ein von der Intensität der Reise und ihrem aufgewühlten Zustand heraufbeschworenes Trugbild, das ihre fiebrige Fantasie ihr vorgaukelte. Wie konnte es sein, dass so etwas Wirklichkeit war, diese atemberaubende, schwimmende Stadt, die weichen Konturen der Häuser, die fast mit dem Wasser verschmolzen, ein Nebel aus Türkis und Terrakotta und Ocker, garniert mit einer Schaumhaube aus weißen Wolken?

Das Wassertaxi, das sie am Bahnhof bestiegen, brachte sie zum Hotel Cipriani auf Giudecca, der Insel, von wo aus so viele berühmte Ansichten von Venedig gemalt worden waren. Sie nahm Jacks Hand und betrat die Treppe, die zum Eingang des Hotels führte. Sie kam sich vor wie eine Prinzessin, eine Göttin. Die Sonne brach durch die weißen Wolken, als sie die Stufen hochstieg, und ließ das Gebäude in einem sanften Korallenrot erstrahlen.

Sie wusste, dass dies der glücklichste Augenblick ihres Lebens war. Nichts, was sie jemals erlebt hatte, war auch nur annähernd vergleichbar, und nichts würde es jemals sein.

Vormittags fuhr sie mit Jack in einem Boot zum Landesteg in der Nähe des Markusplatzes, und während er seine Geschäftspartner traf, begab sie sich, bewaffnet mit einem Reiseführer, auf Erkundungstour. Venedig war überwältigend; Adele glaubte sich in einem Märchenland. Sie machte einen halbherzigen Versuch, ein paar Bilder zu kaufen, deretwegen sie die Reise vorgeblich unternommen hatte, aber sie war viel zu überwältigt von der historischen Kulisse und viel zu verliebt, um sich zu konzentrieren. Sie fühlte sich wie verhext. Weit entfernt davon, wie eine Geschäftsfrau aufzutreten, schlenderte sie wie in Trance durch die Straßen, bis sie abends gemeinsam mit Jack das Boot bestieg, das sie zur Insel zurückbrachte. Jack lachte über ihre grenzenlose Begeisterung für diese kleine Stadt.

»Venedig hat dich in seinen Bann gezogen«, sagte er. »Aber das wundert mich nicht. Ich bin noch nie jemandem begegnet, dem es anders ergangen wäre. Man kann sich seinem Charme einfach nicht entziehen.«

An ihrem letzten Tag verbrachten sie den Morgen im Hotel. Sie waren zum Mittagessen mit einem von Jacks Geschäftspartnern verabredet. Die Fantinis handelten mit Marmor und belieferten viele Bildhauer, von denen einige zu Jacks Protegés zählten. Es gab also eine Menge zu besprechen.

Sie saßen am Fenster und schauten auf das glitzernde Wasser hinaus. Aus dem Augenwinkel nahm Adele eine Bewegung wahr, und als sie sich umdrehte, sah sie eine zierliche Frau, die mit ausgestreckten Armen und einem strahlenden Lächeln auf ihren Tisch zukam. Jack sprang auf, und die beiden umarmten sich theatralisch.

»Adele, das ist Sabrina, Sabrina Fantini. Die Familie hat ihre tödlichste Waffe geschickt, um mit mir zu verhandeln.« Er grinste von einem Ohr bis zum anderen.

Adele hatte noch nie in ihrem Leben eine so schöne Frau gesehen.

Sabrina trug ein Kleid aus schwarzem Seidentaft mit einem weiten Rock, der ihre schmale Taille betonte. Das dunkle Haar hatte sie zu einer Hochfrisur aufgetürmt, und obwohl sie hohe Absätze trug, reichte sie Jack kaum bis zur Schulter.

Sie umarmte Adele zur Begrüßung ebenso herzlich, wie sie Jack umarmt hatte.

»Ich habe ja schon so viel von Ihnen gehört, Adele. Jack erzählt unentwegt von Ihnen. Und Sie sind genauso schön, wie Jack Sie beschrieben hat.«

Adele glühte vor Stolz, auch wenn eine innere Stimme ihr sagte, dass es albern war. Zu wissen, dass Jack jemandem von ihr erzählt hatte, bedeutete ihr sehr viel. Sie fühlte sich geehrt, in ihrer Position als seine Geliebte bestätigt.

Während des Mittagessens unterhielt Sabrina sie mit Insidergeschichten von der berühmt-berüchtigten Biennale, die im Jahr zuvor stattgefunden hatte, und mit Anekdoten aus ihrer weitverzweigten Familie. Adele hörte fasziniert zu: Es war alles so fremd, so mondän, so weit entfernt von ihrem kleinstädtischen Leben. Sie konnte den Blick gar nicht von Sabrina abwenden. Von diesen funkelnden Augen mit dem schwarzen Lidstrich und den unglaublich langen Wimpern, die jedes Mal aufleuchteten, wenn sie in ihrem Redeschwall in von einem starken Akzent geprägten Englisch etwas mit einem italienischen Ausruf unterstrich. Irgendwann gab Adele es auf, ihren Schilderungen folgen zu wollen. Jack trank seinen Wein, hörte zu und lachte hin und wieder über etwas.

Als der Kaffee kam, entschuldigte er sich für ein paar Minuten. Es machte Adele nervös, mit Sabrina allein zu sein, sie wusste nicht, was sie sagen oder tun sollte. Aber es war, als hätte Sabrina nur auf diesen Augenblick gewartet. Sie legte Adele eine Hand auf den Arm. Es waren die feingliedrigsten Finger, die Adele je gesehen hatte, mit langen, blutrot lackierten Nägeln.

»Wie haben Sie das bloß geschafft?«, fragte Sabrina mit verschwörerischem Blick. »Sie haben den berüchtigten Jack Molloy gezähmt.«

Adele sah sie verdattert an.

»Ich weiß nicht, was Sie meinen.«

Sabrina lachte. »Sie brauchen mir nichts vorzumachen. Vor vier Jahren habe ich genau auf diesem Stuhl gesessen, auf dem Sie jetzt sitzen, und habe gehofft und gebetet …« Sie warf die Arme in die Luft und verdrehte die Augen. »Was hätte ich dafür gegeben, dass er mich so angesehen hätte, wie er Sie ansieht. Ich hätte nie gedacht, dass er dazu fähig ist …«

Plötzlich wirkte sie traurig, dachte Adele, und ihr wurde ganz anders.

»Sie lieben ihn?«, fragte sie entgeistert.

»Nein. Ich habe ihn einmal geliebt.« Sabrina tätschelte ihr den Arm. »Machen Sie sich wegen mir keine Gedanken, meine Liebe. Ich bin keine Gefahr. Das ist wirklich nicht zu übersehen.« Sie lächelte schief. »Normalerweise wäre er längst zu mir gekommen und hätte mich ins Bett gelockt, um seinem lasterhaften Vergnügen zu frönen. Nicht dass ich etwas dagegen gehabt hätte. Aber diesmal …«

Sie schüttelte den Kopf.

Adele sah sie verwundert an. Sollte es möglich sein, dass Jack sie diesem exotischen Geschöpf vorzog? Oder versuchte Sabrina, sie auf raffinierte Weise in die Irre zu führen? Aber das schien nicht der Fall zu sein. Sabrina wirkte aufrichtig. Sie sprach auf eine Weise offen und ehrlich über ihre Gefühle, die Adele als Kleinstadtpflanze nicht gewohnt war.

Sie schaute Sabrina in die Augen und sah darin einen Schmerz und eine Sehnsucht, die ihr nur allzu vertraut waren, hatte sie diese Gefühle doch oft genug in ihrem eigenen Spiegelbild gesehen. Sie spürte, wie Angst in ihr hochkroch, obwohl sie, wie Sabrina behauptete, Jacks Herz gewonnen hatte. Sie musste an die Warnung der jungen Irin denken, an jenem Abend draußen vor dem *Simone's*, als sie Jacks Geliebte geworden war. Die junge Frau hatte gesagt, Jack sei ein Ungeheuer, er liebe niemanden außer sich selbst. Adele wusste inzwischen, dass das nicht stimmte, dass sie den Bann gebrochen hatte. Aber was hatte es ihr gebracht? Sie konnte sich nicht länger etwas vormachen. Sie sah das Unheil auf sich zukommen, vielleicht, weil sie wusste, dass dieser Traum irgendwann enden musste. Am liebsten wäre sie für immer mit ihrem Geliebten in Venedig geblieben, aber wie sollte das gehen?

Sie hatte Verpflichtungen. Sie konnte die Galerie nicht einfach aufgeben, vor allem, wo sie jetzt so gut lief. In einer Woche begannen die Osterferien, und die Jungen würden nach Hause kommen. Während der letzten Ferien hatten sie sie gar nicht mehr besonders gebraucht, und der Gedanke machte sie traurig. Sie wurden immer größer und unabhängiger. Aber sie war doch immer noch ihre Mutter. Am Tag zuvor hatte sie am Markusplatz Schokoladenosterhasen für sie gekauft, was ihr jetzt beinahe lächerlich vorkam. Plötzlich war ihr zum Weinen zumute.

Adele trank ihren Kaffee aus. Er war schwarz und bitter, genau wie das Gefühl, das sich ihr auf die Seele legte.

Am späten Nachmittag verschwand die Sonne aus Venedig. Jack ging zu einem Termin mit einem Händler in Dorsoduro, während Adele ihre Erkundungstour fortsetzte. Doch Wärme und Farben waren aus der Stadt gewichen. Es war, als wären alle Pigmente aus dem Stein ins Wasser gespült worden, das so dunkel und schmutzig aussah wie Wasser, in dem ein Künstler seine Pinsel ausgewaschen hatte. Die engen Gassen waren düster und wirkten unheimlich, die Kanäle Furcht einflößend; der Himmel war grau und erdrückend.

Während des Abendessens waren sie schweigsam, wohl wissend, dass der Tag der Abreise bevorstand.

»Wir müssen reden«, sagte Adele schließlich.

»Nein, müssen wir nicht«, sagte Jack.

»Wir können nicht ewig so weitermachen.«

»Warum nicht?«

Adele seufzte. Für Jack war wieder einmal alles ganz einfach. »Weil es nicht fair ist. Weil es nicht echt ist. Weil wir unser Glück auf Kosten anderer leben.«

Jack trank einen großen Schluck von seinem Brandy. Er zog die Brauen zusammen. »Mir gefällt es aber so«, sagte er trotzig.

»Verstehst du denn nicht? Die Woche hier war perfekt. So schön wird es nie wieder werden. Und deshalb sollten wir jetzt Schluss machen. Wir können uns nicht von unseren Ehepartnern trennen. Das wollen wir beide nicht.«

Sie mochte vielleicht Jacks große Liebe sein, aber sie wusste, dass er seine Frau niemals verlassen würde. Rosamund gab ihm Sicherheit. Ihr Geld ermöglichte ihm das Leben, das er führte. Er konnte jedes Risiko eingehen, denn er wusste, dass sie jeden seiner Fehler ausbügeln würde. Sie verschaffte ihm den gesellschaftlichen Status, der ihm so wichtig war, und nicht zuletzt war sie die Mutter seiner Kinder.

Und Adele konnte nicht leugnen, dass es ihr ähnlich ging. William bot ihr Sicherheit und gesellschaftlichen Status. Und er war der Vater ihrer wunderbaren Jungen. Der Mann, mit dem sie, bis auf die paar gestohlenen Momente, ihr Leben teilte.

»Aber ich liebe dich«, sagte Jack. »Und ich brauche dich.«

Die Worte, die zu hören sie einmal alles gegeben hätte.

»Du weißt, dass ich recht habe«, flüsterte sie.

Er ließ den Brandy in seinem Glas kreisen, das Gesicht düster, die Brauen zusammengezogen. Jack hatte es noch nie gemocht, wenn man ihm allzu deutlich die Wahrheit sagte. Er bevorzugte seine eigene Version der Dinge.

»Diese Reise war traumhaft«, fuhr Adele fort. »Nichts könnte sie jemals übertreffen. In unserem ganzen Leben nicht. Wir sollten den Mut aufbringen, Schluss zu machen. Und uns die schöne Erinnerung bewahren.«

Er schaute aus dem Fenster in die Dunkelheit. Das Meer war aufgewühlt und bedrohlich, die Wellen peitschten gegen die Kaimauern.

»Du warst schon immer viel mutiger als ich«, murmelte Jack.

Adele nahm ihm das Glas aus der Hand und stellte es auf den Tisch. Dann nahm sie seine Hand.

»Das ist unsere letzte gemeinsame Nacht«, sagte sie. »Ich möchte sie für immer in Erinnerung behalten.«

Sie gingen ins Bett, und während sie sich liebten, fielen Adeles Tränen auf seinen Körper, jede wie ein glitzernder Diamant. Nachdem er eingeschlafen war, lag sie die ganze Nacht wach neben ihm und schaute ihm zu.

Als die Dämmerung heraufzog, fuhr sie ein letztes Mal mit den Fingern über seine Haut. Dann zog sie sich an, schnell und leise. Sie warf ihre Sachen in ihren Koffer. Ihr stockte der Atem, als die metallenen Schlösser einrasteten, doch Jack rührte sich nicht einmal.

Sie gab ihm keinen letzten Kuss. Sie ging, ohne sich noch einmal umzudrehen. Sie hätte es nicht ertragen, sich von ihm zu verabschieden. Wenn er sie angeschaut, sie angelächelt, etwas zu ihr gesagt hätte, wäre sie verloren gewesen, das wusste sie. Sie nahm ihren Koffer und ihre Handtasche und öffnete vorsichtig die Zimmertür. Nachdem sie die Tür leise hinter sich zugezogen hatte, schloss sie die Augen und holte tief Luft. Sie fühlte sich, als hätte man ihr bei lebendigem Leib die Haut abgezogen. Sie war sich nicht sicher, ob ihre Beine sie tragen würden. Am liebsten wäre sie umgekehrt und in seine Arme gesunken, aber sie wusste, dass sie gehen musste.

Sie eilte die Treppe hinunter, durch die Gartenanlagen, die im frühen Morgenlicht ein bisschen unheimlich wirkten, an die Rezeption, wo sie den Nachtportier noch vorfand. Er besorgte ihr ein Boot, ohne Fragen zu stellen. Vielleicht war er es ja gewohnt, dass Frauen mit gebrochenem Herzen zu nächtlicher Stunde aus dem Hotel flohen.

Der Bootsführer nahm ihren Koffer entgegen und reichte ihr dann eine Hand, um ihr ins Boot zu helfen. Das Wasser war grau und kabbelig, die Luft feucht. Adele war froh, dass Venedig sich von seiner hässlichsten Seite zeigte. Sie wusste, dass sie in ihrem Leben nie wieder hierherkommen würde. Die prächtigen Farben der Stadt würden als Erinnerung in ihrem Herzen eingeschlossen bleiben.

Während das Boot durch die Wellen pflügte, fragte sie sich, ob Jack wohl schon aufgewacht war, ob das Bett auf der Seite, wo sie gelegen hatte, vielleicht noch warm war, ob er sich umdrehen und ihren Geruch in den Laken einatmen würde. Und was würde passieren, wenn ihm klar wurde, dass sie fort war?

Der Bootsführer setzte sie am Bahnhof ab. Es würde noch Stunden dauern, bis ein Zug abfuhr, der ihr zur Flucht verhelfen würde. Schließlich stieg sie in einen Zug nach Paris. Sie konnte nichts essen, nicht einmal einen Kaffee trinken. Sie nickte immer wieder ein, schreckte jedoch jedes Mal aus Albträumen auf, in denen sie alles verlor, nicht nur Jack.

Achtundvierzig Stunden später betrat sie entschlossen ihr Haus in Shallowford. William begrüßte sie freudig, zeigte sich jedoch besorgt, als er sah, wie blass und hohlwangig sie geworden war. Sie verbarg ihre heimliche Trauer und behauptete, sie habe eine Auster gegessen, die ihr nicht bekommen sei.

»Ach, du Ärmste«, sagte er, nahm ihr den Mantel ab und führte sie zum Kamin. »Ich bringe dir Tee und ein paar Kekse.«

Sie setzte sich in den Sessel und genoss die Wärme des Feuers. Fünf Minuten später brachte William ein Tablett mit einer silbernen Teekanne, zwei Porzellantassen und einem Teller mit Butterkeksen. Sie hatte geglaubt, nie wieder etwas essen zu können, innerlich so erstarrt zu sein, dass ihr für immer der Appetit vergangen war, aber beim Kauen merkte sie, wie ausgehungert sie war.

Sie biss gerade in ihren dritten Keks, als sie gewahr wurde, dass William sie beobachtete.

In diesem Moment begriff sie, dass er Bescheid wusste. Doch in seinem Blick lag kein Vorwurf. Er hatte offenbar nicht vor, sie zur Rede zu stellen. In seinen Augen lagen Güte und Sorge. Er spürte, wie sehr sie litt, und wollte ihr nicht noch mehr Kummer bereiten.

Wie viel er wusste, ob er Beweise hatte oder ob der Instinkt des Ehemanns ihm die Augen geöffnet hatte, konnte sie nicht ahnen. Einen Moment lang war ihr ein bisschen übel – der Tee, die Hitze des Feuers, die Kekse, die sie zu schnell gegessen hatte. Am liebsten wäre sie aus dem Zimmer geflüchtet. Aber das wäre einem Geständnis gleichgekommen. Sie atmete tief ein, um ihre Panik zu unterdrücken, schaute sich um und rief sich in Erinnerung, dass sie hier in Sicherheit war. Dies war ihr Zuhause. Die Vorhänge waren zugezogen, das Feuer loderte im Kamin, zu ihren Füßen schlief ihr Hund. Am nächsten Morgen würde sie aufwachen und genau wissen, wo sie sich befand. Dort, wo sie hingehörte: bei William. Sie würde Jack nie vergessen. Die Erinnerung an Venedig würde sie ihr Leben lang begleiten. Aber William war ihr Ehemann. Er war gütig und liebevoll, und er würde immer für sie sorgen. Schon bald begannen die Schulferien, die Jungen würden nach Hause kommen, und sie würden wieder eine Familie sein. Das sollte ihr doch genügen. Damit sollte sie zufrieden sein.

William stand auf, um ein Scheit ins Feuer zu legen. Als er hinter ihrem Sessel vorbeiging, tätschelte er ihr sanft den Kopf. Es war ein flüchtiger Augenblick, aber die Geste war so liebevoll, so beruhigend und tröstlich, und plötzlich wusste sie, dass alles gut werden würde. Auch ohne Jack in ihrem Leben.

VENEDIG

KAPITEL 29

Aus dem ziemlich nüchternen Bahnhof Santa Lucia in den strahlenden Sonnenschein von Venedig zu treten war etwa so, wie durch den Kleiderschrank zu gehen und die Tür nach Narnia aufzustoßen, nur dass dahinter kein Schnee, sondern Wasser lag. Emmie blinzelte voller Staunen über den Anblick, der sich ihr bot: die jadegrün schimmernde Weite des Wassers, die maroden Gebäude, die den Kanal säumten, und die unzähligen Boote, die einen Platz an den Anlegestellen ergattern wollten.

Sie hatte keine Ahnung, was sie als Nächstes tun sollten. Um sie herum herrschte schieres Chaos.

»Ich glaube, wir nehmen lieber einen Vaporetto anstatt ein Wassertaxi«, sagte Archie. Beim Mittagessen hatte er den Stadtführer studiert. »Es wie die Einheimischen zu machen ist doch bestimmt viel spannender und garantiert viel billiger.«

»Meinetwegen«, sagte Emmie, immer noch ein bisschen verwirrt. Wie zum Teufel sollte man sich in diesem Durcheinander zurechtfinden? Überall wimmelte es nur so von Menschen: Touristen, Studenten, Reisende mit Gepäck, Stadtplänen, Kameras, und sie alle drängelten sich an den Haltestellen der Vaporetti und warteten auf den nächsten Wasserbus, der sie über den Canal Grande und weiter hinein ins Märchenland bringen sollte.

Alles wirkte so weich. Es gab keine harten Farben oder Oberflächen, nur rötliches Gelb, Ocker und Türkis mit einem Hauch von Grau. Die Mauern wirkten, als würden sie bei der leisesten Berührung zu Staub zerfallen. Die Straßenschilder an den Häu-

serwänden hingen in gefährlicher Schräglage; gotische Rund-
bogenfenster mit gemauerten Mittelpfosten ließen dunkle Geheimnisse erahnen, die sich dahinter verbargen.

Archie kämpfte mit seinem Reiseführer.

»Wir müssen die Nummer eins nehmen. Die fährt den Canal
Grande entlang. Geben Sie die mal her.«

Er nahm ihr die Hutschachteln ab; es erforderte ein kleines
Kunststück, sie zusammen mit seiner eigenen Reisetasche zu
tragen. Emmie hob ihren Koffer auf und folgte ihm zur Halte-
stelle. Der Vaporetto schwankte heftig, als sie mit den zahlreichen Wartenden an Bord stiegen. Das Wasser klatschte gegen
die Seiten des Boots, und dann pflügte es auch schon durch die
spiegelglatte Oberfläche des Kanals, in der sich die Nachmittagssonne spiegelte.

Emmie reckte aufgeregt den Hals. Sie konnte sich gar nicht
sattsehen an den Brücken, Balkonen und Balustraden, an den
verwitterten hölzernen Fensterläden, schmiedeeisernen Lampen
und Rundbogenfenstern, an Säulen und Mauervorsprüngen.
Zerbröckelnde Fundamente umfassten Tore, die fast vollständig
unter Wasser lagen. Wasserspeier und Löwenköpfe grinsten sie
aus luftiger Höhe an; Blumenkästen quollen über mit farben-
prächtigen Geranien; verblichene Reklameschilder machten Verheißungen, die sie nicht verstand. Als sich dann auch noch eine
schwarze Gondel lässig vor ihnen den Kanal entlang schob, geriet
sie regelrecht in Verzückung.

»O mein Gott«, sagte sie atemlos zu Archie. »Der Gondoliere
hat tatsächlich ein gestreiftes Hemd an und alles. Es wirkt so
echt …«

Archie strahlte übers ganze Gesicht. Er war richtig aufgedreht.
Nach dem Stress der vergangenen Wochen war es eine Wohltat,
so etwas Schönes zu erleben. Er legte Emmie einen Arm um die
Schultern.

»Fantastisch«, rief er durch all den Lärm.

Sie passierten die berühmten, aus Schulbüchern und Filmen bekannten Wahrzeichen: die Rialtobrücke, die Akademie, die Kirche Santa Maria della Salute, den Dogenpalast … Die *Palazzi*, einer bombastischer als der andere, wetteiferten um die schönste Rokokopracht.

Am Ende des Canal Grande stiegen sie aus und bahnten sich ihren Weg durch die spätnachmittägliche Menge auf der Piazza San Marco, vorbei an Verkaufsständen, an denen venezianische Masken, Pinocchio-Puppen und Eiscreme feilgeboten wurden. Es lag eine fieberhafte Hektik in der Luft, doch sie ließen sich nicht anstecken, sondern atmeten durch und nahmen sich Zeit, schließlich wussten sie, wohin sie unterwegs waren.

NIE MEHR ALLEIN hatte für sie in einem winzigen Hotel in einer kleinen Straße nicht weit von der Piazza für zwei Nächte Zimmer gebucht. In den schmalen Straßen abseits des Markttreibens umfing sie wohltuende Ruhe. Das Hotel, ein Familienbetrieb mit nur wenigen Zimmern, besaß einen überaus romantischen Charme. Im kleinen Innenhof inmitten von herrlich blühenden Pflanzen in Ampeln und Terrakottatöpfen stand ein verwitterter steinerner Springbrunnen, den ein nackter Putto zierte. Die Inneneinrichtung war eine Mischung aus vergangener Pracht und venezianischer Eleganz: reich verzierte Spiegel und Bilderrahmen, weich gepolsterte Sofas, Marmorböden und eine geschwungene Treppe.

Archies Zimmer war der pure Kitsch. Auf dem Bett mit vergoldetem Kopfteil lag eine Tagesdecke aus plüschigem, dunkelrosafarbenem Samt, und darüber hing ein riesiger Kronleuchter, der so schwer wirkte, als könnte er jeden Moment herunterkrachen. Nachdem der Page das Gepäck abgestellt und die Tür geschlossen hatte, sah Archie sich verblüfft um und hätte am liebsten laut gelacht über so viel ungenierte Opulenz. Er nahm Jeans und ein Hemd aus seiner Reisetasche und zog sich um. Sie würden nur zwei Abende und den nächsten Tag in dieser außergewöhnlichen Stadt verbringen, und er war fest entschlossen, den Aufenthalt für Emmie so unvergesslich wie möglich zu gestalten. Ihr Leben schien bei Weitem härter zu sein, als sie zugeben wollte. Anscheinend kostete es sie große Mühe, mit der Arbeit, die sie so sehr liebte, finanziell über die Runden zu kommen. Er bewunderte sie zutiefst für ihr Durchhaltevermögen. Und diesem Betrüger Charlie würde er den Hals umdrehen, sollte er ihm je über den Weg laufen.

Sie trafen sich im Foyer. Emmie trug eine schwarze Caprihose und eine rote Bluse, die sie in der Taille zusammengeknotet hatte, dazu eine kess schräg sitzende Baskenmütze. Sie schaffte es, jeden Tag völlig anders und doch immer wie Emmie auszusehen, dachte er. Er hatte noch nie eine Frau kennengelernt, die so genau wusste, wer sie war.

Simon hatte ein Wassertaxi bestellt, das sie vom Bahnhof abholen sollte. Der Fahrer kurvte an allen anderen Booten vorbei und brauste quer über die breite Lagune. Sie fuhren am eindrucksvollen Molino Stucky am westlichen Ende der Insel Giudecca vorbei, an der prächtigen Wasserfront aus Wohnhäusern, Läden und Restaurants und schließlich an der Erlöserkirche mit ihrer strahlend weißen Fassade und den breiten Stufen, die die Gläubigen willkommen hießen.

Kurz darauf legten sie am hoteleigenen Bootssteg an, der mit goldfarbenen und schwarzen Pfosten markiert war. Vor ihnen erhob sich das Hotel Cipriani mit seiner typischen rosafarbenen Fassade. Simon nahm Stephanies Hand, als sie aus dem Boot ausstiegen. Vom Steg führte der Weg durch einen üppigen Garten mit Spalieren aus Zitronenbäumen und duftenden Jasminsträuchern. Über einen gepflasterten Weg gelangten sie zum Eingang des Hotels, wo livrierte Pagen ihnen das Gepäck abnahmen. Der Empfangschef begrüßte sie freundlich und führte sie zuerst zu den Zimmern für die Kinder im Haupttrakt des Hotels.

Stephanie umarmte Beth.

»Ich komme nachher vorbei.«

»Alles in Ordnung!«, sagte Beth. »Ich geh jetzt erst mal in die Badewanne. Mach dir keine Sorgen.«

Beths tapferes Lächeln brach Stephanie fast das Herz. Das Mädchen musste halb krank sein vor Angst. Stephanie hätte ihr so gern etwas von ihrer Angst genommen, aber solange sie keine Gewissheit hatten, war sie machtlos. Sie würde sich so bald wie möglich davonstehlen, um Beth von ihrem Elend zu erlösen.

Stephanie und Simon wurden durch marmorverkleidete Flure geführt und durch einen mit Terrakottafliesen ausgelegten unterirdischen Gang. Schließlich ging es an süßlich duftenden Hecken vorbei zum Palazzo Vendramin, der sich gleich neben dem Hotel Cipriani befand. Als sie ihre Suite betraten, verschlug es Stephanie den Atem. So ein Hotelzimmer hatte sie noch nie gesehen. Raumhohe Fenster mit Seidenstores gaben den Blick auf die Gärten frei. Und von dem zwei Meter breiten, mit blütenweißem Satin bezogenen Bett aus blickte man direkt auf die Lagune.

Sie ging im Zimmer herum und fuhr staunend mit den Fingerspitzen über alle Gegenstände: erlesenes Briefpapier auf dem Chinoiserie-Schreibtisch, eine Frisierkommode mit Spiegel, ein Beistelltisch mit gestärktem Tischtuch, auf dem ein Obstteller mit Ananas und Mango, Himbeeren und Kiwi stand. Der Empfangschef informierte sie darüber, dass sich zwei Butler rund um die Uhr zu ihrer Verfügung hielten; sie bräuchten nur anzurufen.

Stephanie musste sich beherrschen, um nicht laut zu lachen. Wozu in aller Welt brauchten sie zwei Butler? Sie hatte keine Ahnung.

Simon schien damit nicht das geringste Problem zu haben. Offenbar war er diese Art von Service gewohnt. Nachdem der Empfangschef gegangen war, traten sie ans Fenster und genossen den Blick über die Lagune, deren Wasser sich gerade von goldfarben zu dunkelblau verfärbte, auf den Dogenpalast.

»Das ist einfach unglaublich«, flüsterte sie. »Ich hätte nicht gedacht, dass irgendetwas alles Bisherige noch übertreffen könnte.«

Er drehte sich zu ihr um.

»Diese Reise sollte etwas ganz Besonderes sein«, sagte er.

Sie rang sich ein Lächeln ab. Die Reise war mehr als ganz besonders, aber das löste nicht das Problem, das ihr auf den Nägeln brannte. Sie wandte sich ab.

»Ich muss kurz in eine Apotheke«, sagte sie so beiläufig wie möglich über die Schulter.

»Die meisten Dinge werden die hier im Hotel haben. Und wenn nicht, besorgt einer der Butler es für dich.«

»Nein. Das muss ich selbst erledigen.«

»Aber warum?«

Es war nicht Stephanies Art zu kokettieren, aber im Moment blieb ihr nichts anderes übrig.

»Darüber mach du dir mal keine Gedanken. So was fragt man eine Dame nicht.«

»Oh.« Simon wirkte etwas verblüfft. »Na gut, ich begleite dich.«

»Lass nur. Ich geh lieber allein, wenn es dir nichts ausmacht. Ich bin gleich wieder zurück.«

Nach kurzem Zögern nickte Simon. »Also gut. Ich gehe solange in den Garten und seh mich ein bisschen um.«

»Gute Idee.«

Stephanie war erleichtert. Er hatte sich leichter abwimmeln lassen als erwartet.

Sie ging ins Bad. Sehnsüchtig betrachtete sie die riesige Marmorbadewanne und die kostbaren Duschgels und Körperlotionen, aber für solche Sinnenfreuden hatte sie jetzt keine Zeit.

An der Rezeption fragte sie nach der nächsten Apotheke. Bewaffnet mit einem Stadtplan von Venedig ging sie zur Anlegestelle, um sich vom hoteleigenen Shuttle-Boot in die Stadt bringen zu lassen. Der Fahrer, ein umwerfend gut aussehender Mann mit Sonnenbrille, half ihr galant ins Boot, und fünf Minuten später rasten sie über die Lagune.

Stephanie hatte jetzt keine Augen für ihre Umgebung. Die Anlegestelle am Festland kam bald in Sicht, und kurz darauf wurde ihr auf den Kai geholfen. Sie studierte ihren Stadtplan. Um sie herum schlenderten Touristen in der Abendsonne umher. Das Menschengewimmel machte sie ganz nervös. Aber schließlich hatte sie sich einen Überblick verschafft.

Auf dem Weg durch die engen Gassen suchte sie die Ecken nach den Straßennamen ab, die vor ewigen Zeiten mit schwarzer Farbe auf das Mauerwerk gepinselt worden und zum Teil kaum noch lesbar waren. Für die Schaufenster hatte sie keine Zeit, so verlockend die darin ausgestellten Waren auch sein mochten: bunte Handtaschen, schicke Leinenkleider, elegante Schuhe. All das musste warten. Sie kämpfte sich durch die Menschenmenge. Die Leute schienen alle Zeit der Welt zu haben, vor jedem Schaufenster stehen zu bleiben. Merkten sie denn nicht, dass sie es eilig hatte?

Endlich hatte sie die Apotheke gefunden, die zu ihrer Erleichterung sogar geöffnet hatte. Als sie eintrat, schlug ihr ein vertrauter Geruch entgegen; wie in allen Apotheken der Welt roch es leicht antiseptisch. Die Schachteln und Fläschchen in den Regalen jedoch waren ihr völlig fremd.

Und was zum Teufel hieß Schwangerschaftstest auf Italienisch? Und bekam man so etwas in Italien überhaupt in einer Apotheke? Vielleicht gingen die Frauen hier dafür zum Arzt. Sie konnte kein Wort Italienisch. Sie konnte alle möglichen Pastasorten aufsagen, aber das war's auch schon.

Die Apothekerin, eine Frau in mittleren Jahren mit Brille, trat lächelnd auf sie zu.

Stephanie tat so, als hielte sie etwas in ihrer Hand und müsste angestrengt darauf schauen.

»Bambino …«, sagte sie und reckte zur Erklärung den Daumen erst nach oben, dann nach unten.

Die Apothekerin sah sie verdutzt an.

Stephanie tätschelte ihren Bauch. »Bambino?«, wiederholte sie. Dann zuckte sie die Achseln. Sie kam sich vollkommen lächerlich vor und war heilfroh, dass außer ihr kein Kunde im Laden war.

Plötzlich leuchteten die Augen der Apothekerin auf.

»Aaaaaah! Test di gravidanza?«

Stephanie nickte in der Hoffnung, dass es tatsächlich das war, was sie meinte. Kurz darauf reichte die Apothekerin ihr eine längliche Schachtel. Aus den Abbildungen auf der Verpackung schloss Stephanie, dass sie das Richtige in der Hand hielt.

»Grazie«, sagte sie dankbar und legte das Geld auf den Tresen.

Die Apothekerin schob die Schachtel lächelnd in eine Tüte. »Buona fortuna.«

Sie wünschte ihr viel Glück, dachte Stephanie, offenbar in der Annahme, der Test sei für sie selbst. Es war zu kompliziert, die Situation zu erklären, daher nahm sie mit einem Lächeln das Wechselgeld entgegen und verließ die Apotheke.

Die Sonne ging bereits unter, als das Boot sie zum Hotel zurückbrachte. Als Allererstes ging sie zu Beth.

Das Mädchen lag im weißen Morgenmantel des Hotels auf dem Bett.

Stephanie hielt die Tüte hoch.

»Am besten machst du es jetzt gleich«, sagte sie. »Dann überlegen wir, was zu tun ist.«

Beth nahm die Tüte wortlos entgegen und verschwand im Bad. Es waren die längsten drei Minuten in Stephanies Leben. Sie hockte auf der Bettkante und hoffte inständig, dass der Test negativ war. Die Alternative war kaum auszudenken. Sie hätte für alle in der Familie eine Menge Auswirkungen. Sollte es jedoch zum Äußersten kommen, würde sie alles in ihrer Macht Stehende für Beth und ihr Baby tun, nahm Stephanie sich vor. Tanya schien nicht gerade der mütterliche Typ zu sein, geschweige denn eine Frau, die sich darum riss, früher als erwartet Großmutter zu werden.

Beth kam aus dem Bad. Sie war kreidebleich, und ihr Blick war leer. Sie sah so kindlich aus.

»Positiv.«

»Ach, Liebes«, sagte Stephanie bedrückt. Wie viel einfacher wäre das Gegenteil gewesen. Jetzt lagen Probleme und schwere Entscheidungen vor ihnen.

Beth brach in Tränen aus. »Was soll ich bloß machen?«

»Es wird alles gut«, versprach Stephanie. »Glaub mir, Beth. Davon geht die Welt nicht unter. Auch wenn es im Moment so aussieht.«

»Ich kriege ein Kind«, jammerte Beth. »Ich hab doch keine Ahnung, wie man ein Kind großzieht.«

Stephanie legte ihr die Hände auf die Schultern.

»Hör zu«, sagte sie. »Für was auch immer du dich entscheidest, ich stehe zu dir. Du hast meine volle Unterstützung. Das meine ich ernst. Du bist nicht allein.«

»Wir brauchen gar nicht weiterzureden.« Beth ließ sich schwer auf das Bett fallen. »Dad lässt es mich sowieso niemals kriegen.«

Stephanie runzelte die Stirn.

»Liebes, das ist nicht seine Entscheidung. Er kann dich zu

nichts zwingen, was du nicht willst. Und ich glaube auch nicht, dass er das versuchen würde.«

»Du kennst ihn nicht.« Beth sah elend aus. »Du hast doch mitgekriegt, wie sauer er auf Jamie war. Der schmeißt mich raus.«

»Das glaubst du doch selbst nicht, oder?«

Beth zuckte mit den Achseln. »Jamie wollte bloß die Uni noch ein Jahr rausschieben. Das ist doch nichts im Vergleich dazu, ein Kind zu kriegen.«

Stephanie nahm ihre Hände.

»Dein Vater würde dich vielleicht überraschen.«

Beth schaute sie an. Etwas Merkwürdiges lag in ihrem Blick.

»Du weißt gar nicht, aus welchem Grund Mum gegangen ist, oder?«

Irgendwie hatte Stephanie das Gefühl, der Grund würde ihr nicht gefallen. »Ich dachte, weil sie Keith kennengelernt hat.«

Beth schüttelte den Kopf. »Nein. Das war es nicht. Sie ist gegangen, weil Dad sie zu einer Abtreibung gezwungen hat.«

»Wie bitte?«

»Ja. Mum ist vor ein paar Jahren noch mal schwanger geworden. Es war ein Unfall. Und Dad hat dafür gesorgt, dass sie abtreibt. Deshalb ist sie weg, nicht wegen Keith. Sie ist nicht darüber weggekommen, dass er das von ihr verlangt hat.«

Stephanie lief es eiskalt über den Rücken. »Du musst dich irren. So was würde er doch nie tun.«

Oder etwa doch? Wie gut kannte sie Simon denn? Sie waren erst seit drei Monaten zusammen.

»Hat er aber. Er hat gesagt, das Letzte, was sie in ihrer Ehe bräuchten, wäre noch ein Kind, bei all dem Stress, den sie sowieso schon hätten. Es wäre dem Kind gegenüber nicht fair.« Beth standen Tränen in den Augen. »Was glaubst du wohl, was er zu mir sagt?«

Stephanie brauchte Zeit zum Nachdenken. Diesen Brocken

musste sie erst einmal verdauen, aber im Moment war es wichtiger, Beth zu beruhigen.

»Ich werde es nicht zulassen, dass er dich zu irgendetwas zwingt. Vertrau mir. Das ist allein deine Entscheidung. Dafür sorge ich.«

Sie nahm sie in die Arme und hielt sie fest. Beth klammerte sich an sie.

»Kannst du es ihm sagen? Kannst du mit Dad reden? Ich hab solche Angst.«

»Natürlich rede ich mit ihm.«

Beth sah sie an.

»Aber erst nach der Reise. Ich will nicht alles verderben. Du darfst es ihm erst sagen, wenn wir wieder zurück sind. Es tut mir so leid. Du bist die ganze Zeit so nett zu mir, und ich versau dir alles …«

»Unsinn.«

Stephanie konnte nicht ermessen, was Beth durchmachte. Sie wünschte, sie könnte ihr helfen. Mit einem Mal wurde ihr bewusst, wie lieb sie sie gewonnen hatte. Sie war so tapfer, sie verhielt sich so erwachsen und uneigennützig. Und ihr war ehrlich daran gelegen, Stephanie die Reise nicht zu verderben.

»Was hältst du davon, dich anzuziehen? Wir essen irgendwo zu Abend, dann schläfst du dich aus, und morgen früh sieht die Welt schon wieder anders aus.«

Ihr war klar, dass sie Plattitüden von sich gab, aber etwas anderes fiel ihr beim besten Willen nicht ein.

Beth umarmte sie noch einmal.

»Ich bin so froh, dass du mit Dad zusammen bist«, sagte sie.

Stephanie wollte ihr lieber nicht sagen, dass ihr in Anbetracht dessen, was Beth ihr soeben offenbart hatte, starke Zweifel kamen, was die Beziehung mit Simon betraf.

Weil sie einen ungezwungenen Abend verbringen wollten, hatten sie sich für das *Cip's* entschieden anstatt für das förmlichere Restaurant *Fortuny* im Hotel. Im *Cip's*, das direkt am Wasser mit Blick auf die Lagune lag, herrschte eine entspannte, geschäftige Atmosphäre, es hatte etwas von einem exklusiven Jachtklub. Sie saßen draußen auf der Terrasse, gewärmt von einem Heizpilz und vom Mond beschienen, während das Wasser sich fast schwarz färbte. Sie bestellten Pilzrisotto und dazu einen Pinot Grigio, und falls Simon sich wunderte, dass Beth nichts davon trank, sagte er zumindest nichts dazu.

Stephanie bekam kaum einen Bissen herunter, obwohl das Risotto das beste war, das sie je probiert hatte: cremig, doch al dente und einfach köstlich. Sie wusste nicht, ob es an ihren Zweifeln bezüglich Simon lag oder an ihren Ängsten um Beth, aber sie war total angespannt. Alles kam ihr plötzlich so zerbrechlich vor.

Simon dagegen bekam überhaupt nichts von der unterschwelligen Beklommenheit mit, sondern schwatzte mit den Kellnern in seinem nicht besonders guten, dafür umso enthusiastischer vorgebrachten Italienisch. Den ganzen Abend über beobachtete Stephanie ihn voller Zweifel. Hatte sie bisher nur an der Oberfläche des Mannes gekratzt, den sie zu lieben glaubte?

Später im Bett fand Stephanie vor lauter innerer Zerrissenheit keinen Schlaf. Sie lag so weit weg wie möglich von Simon, denn sie konnte seine Nähe jetzt nicht ertragen. Zum Glück war das Bett breit genug. Sie täuschte Bauchschmerzen vor, die sie auf das Pilzrisotto schob. Was Beth ihr über Tanyas Abtreibung berichtet hatte, ließ ihr keine Ruhe. Allein der Gedanke daran jagte ihr abwechselnd heiße und kalte Schauer über den Rücken. Hatte er sie tatsächlich dazu gezwungen? Man konnte doch seine Frau nicht zu so etwas *zwingen*? Oder hatte er ihr klargemacht, wie schwer er ihr das Leben machen würde, wenn sie es nicht tat? Vielleicht hatte er ihr gedroht, den Geldhahn zuzudrehen? Geld schien für Tanya eine große Rolle zu spielen. Hatte er ihr womöglich Geld dafür angeboten?

Sie schlüpfte aus dem Bett und trat ans Fenster. Alles war ruhig und dunkel, bis auf die Straßenlaternen am Boulevard und die Silhouette der Stadt jenseits der Lagune, die vom Mond beleuchtet wurde.

Sie seufzte. Die Neuigkeit hatte ihre Haltung zu Simon grundlegend verändert. Sie wusste, dass Simon stark und durchsetzungsfähig war, vielleicht auch autoritäre Züge hatte – was wohl zum Elterndasein gehörte –, aber ein Despot? Ein Despot, dessen Verhalten sie nicht gutheißen konnte, nie und nimmer? Zum ersten Mal, seit sie Simon kannte, empfand sie Mitleid mit Tanya. Hatte sie unter einer Tyrannei gelebt, die sie nicht mehr ertragen konnte? War das der Grund, warum sie gegangen war?

Es gab zu viele Rätsel, zu viele ungeklärte Fragen, zu viele Zweifel. Sie war vollkommen ratlos, aber eins wusste sie mit Sicherheit: So hatte sie sich das nicht vorgestellt. Sie hatte Teil der Familie sein, mit Simon als gutes Gespann zusammenarbeiten wollen, um wieder etwas Stabilität und Glück in die Familie zu bringen. Doch jetzt fragte sie sich, welche Rolle ihr eigentlich zugedacht war. Sie wollte Simon auf Augenhöhe begegnen, seine Vertraute, seine Geliebte sein – nicht diejenige, die seine Entscheidungen infrage stellen und den Kindern beistehen musste, wenn sie etwas taten, was ihm nicht gefiel.

»Steph!« Seine Stimme ließ sie zusammenzucken. »Alles okay? Was machst du?«

Simon hatte sich im Bett aufgesetzt. Er sah sie besorgt an.

Stephanie seufzte. Sie konnten genauso gut jetzt reden, anstatt bis zum Frühstück zu warten.

»Tut mir leid, Simon, aber ich sehe nicht, wie das funktionieren soll.«

»Was meinst du damit?«

»Ich kann mit unserer Beziehung nicht weitermachen.«

Simon lachte, aber es war ein ängstliches Lachen. »Wovon redest du?«

Er wirkte so überzeugend, wie er da im Bett saß, völlig perplex. Nicht wie ein Mann, der seiner Frau befohlen hatte ….

»Du bist nicht der Mensch, für den ich dich gehalten habe. Und das tut mir leid, weil ich dich liebe und auch die Kinder.«

Simon stand aus dem Bett auf und schaltete die Stehlampe an. Sie musste blinzeln, als es plötzlich so hell wurde.

»Moment mal. Ich verstehe kein Wort. Was hat sich geändert, so plötzlich? Was hat das alles zu bedeuten?«

Er wirkte ehrlich erschüttert. Sie schuldete ihm eine Erklärung, eine Chance, sich zu verteidigen. Das wäre nur fair.

»Du hast Tanya gezwungen abzutreiben.« Die Worte laut auszusprechen ließ sie erneut erschaudern.

Er sah sie entgeistert an.

»Wer hat dir das gesagt?«, fragte er. »Hat sie angerufen und dir das erzählt? Oder eine ihrer hilfsbereiten Freundinnen?«

»Es spielt keine Rolle, wer es mir erzählt hat. Hast du es getan oder nicht?«

Er starrte sie an.

»Ich fasse es nicht, dass du mir so etwas zutraust.«

Stephanie hob abwehrend die Hände.

»Warum denn nicht? Du hattest doch auch kein Problem damit, Jamie zu vertreiben, nur weil er etwas vorhatte, womit du nicht einverstanden warst …«

»Das war etwas ganz anderes!«

»Ach ja? Nennt man das nicht jemandem seinen Willen aufzwingen? Ohne Rücksicht auf die Wünsche des anderen?«

Er zuckte zusammen. Die Gesichtszüge schienen ihm zu entgleisen. Sie hatte ihn kalt erwischt. Das konnte ihm natürlich nicht gefallen.

Simon trat ans Fenster und blickte eine Weile hinaus. Als er sich umdrehte, standen ihm Tränen in den Augen. Einen Augenblick lang war sie verunsichert. Sie hatte eher mit einem Wutanfall gerechnet.

»Als Tanya mir gesagt hat, dass sie schwanger war, war ich begeistert.« Er sprach leise und ruhig. »Natürlich war es auch ein Schock. Und ich war auch ein bisschen … na ja, bedrückt von der Vorstellung, noch einmal ganz von vorn anzufangen. Aber irgendwie hatte ich auch das Gefühl, noch ein Kind würde ihr guttun. Uns allen. Es würde sie vielleicht ein bisschen auf den Teppich bringen und von sich selbst ablenken.« In seine Stimme mischte sich eine Spur Verbitterung. »Es war ganz allein Tanyas Entscheidung, das Kind abzutreiben. Ihr war klar, dass es ihren Lebensstil zu sehr einschränken würde. Sie hat mich mit der Abtreibung vor vollendete Tatsachen gestellt. *Nachdem* sie in der Klinik gewesen war. Sie hat mir erklärt, eine Frau habe das Recht zu tun und zu lassen, was sie wolle, und sie hätte weder meine Erlaubnis noch meine Einwilligung zu dem Schritt gebraucht. Ich werde es ihr nie verzeihen, dass sie unser Kind abgetrieben hat. Für mich war das der Tropfen, der das Fass zum Überlaufen gebracht und mich letztlich darin bestärkt hat, mich von ihr scheiden zu lassen. Ich konnte nicht mit einem Menschen zusammenleben, der so … Ich finde nicht einmal Worte dafür.«

Simon versagte die Stimme. Stephanie wollte zu ihm, aber er hob abwehrend die Hände.

»Ich nehme an, inzwischen bereut sie, was sie getan hat. Und auf ihre typische Art hat sie sich die Geschichte wahrscheinlich so zurechtgelegt, dass sie sich nichts vorzuwerfen hat und ich der Schuldige bin. Im Verdrehen von Tatsachen ist sie eine Meisterin. Sie kann sehr überzeugend sein.« Er sah Stephanie an. »Ich nehme an, du hast es von Beth?«

Stephanie nickte.

»Also hat Tanya sogar versucht, meine eigene Tochter gegen mich aufzuhetzen.« Simon schüttelte fassungslos den Kopf. »Das habe ich nicht verdient, Stephanie. Ich versuche immer nur, das Beste für meine Familie zu tun, und das bedeutet auch schon mal, dass ich durchgreifen muss. Überleg doch mal, Steph, wenn man Menschen beschützen will, muss man manchmal der Bösewicht sein. Oder zumindest so tun. Denn Kinder tun manchmal Dinge oder treffen Entscheidungen, die ganz offensichtlich zu ihrem eigenen Schaden sind. Ich weiß nicht – manche Leute sind der Meinung, man sollte sie aus ihren Fehlern lernen lassen. Aber mir macht diese Vorstellung einfach nur Angst …« Er vergrub das Gesicht an ihrem Hals und streichelte ihr übers Haar. »Deswegen bin ich so froh, dass ich dich habe. Du gibst mir Halt. Du hältst mich im Gleichgewicht. Du erinnerst mich daran, dass Härte nicht immer die richtige Antwort ist.«

Stephanie hielt ihn in den Armen. O Gott, dachte sie. Wie würde er auf Beths Problem reagieren? Sie würde es ihm jetzt sagen müssen, sie konnte nicht bis nach der Reise warten. Wenn man sich so ins Vertrauen zog, musste man alle Karten auf den Tisch legen. Er würde es ihr nicht verzeihen, wenn sie es bis zu ihrer Rückkehr verschwieg. Und es wäre auch für Beth eine Erlösung.

»Simon«, sagte sie. »Ich muss dir etwas sagen.«

Er hob erschrocken den Kopf.

»Beth ist schwanger.«

Simon trat einen Schritt zurück. Im Halbdunkel sah sie seinen entsetzten Gesichtsausdruck.

»Beth? Woher weißt du das? Wann hat sie dir das gesagt?«

»Gestern. Im Zug.« Sie legte ihm die Hände auf die Schultern und schaute ihm in die Augen. »Gestern Abend hat sie einen Schwangerschaftstest gemacht. Sie wollte nicht, dass ich es dir sage, bevor wir wieder zu Hause sind. Sie wollte uns die Reise nicht verderben.«

»Ich muss mit ihr reden«, sagte Simon und war schon unterwegs zur Tür, aber Stephanie hielt ihn zurück.

»Weck sie jetzt nicht. Sie schläft bestimmt tief und fest. Sie muss sich ausruhen.« Sie fasste ihn am Handgelenk und drehte ihn zu sich herum. Der Schmerz in seinem Blick war fast unerträglich.

»Aber sie ist doch selbst noch ein Kind«, stieß er unter Tränen hervor. Wütend wandte er sich ab. »Das ist alles meine Schuld. Unsere Schuld. Tanyas und meine. So etwas musste ja passieren …«

»Nein!«, rief Stephanie aus. »Mach dir keine Vorwürfe. Es war ein Unfall. So was kommt doch ständig vor.«

Ihre Wortwahl ließ ihn zusammenzucken, aber er nahm sie hin.

»Weiß Tanya schon Bescheid?«

»Ich glaube nicht.«

»Sie darf es nicht erfahren. Zuerst müssen wir das alles unter uns klären. Ich will nicht, dass sie sich einmischt. Der Himmel weiß, was sie sich einfallen lässt. Sie wird es gegen mich verwenden …«

Stephanie spürte, wie er in Panik geriet. Sie nahm ihn in die Arme.

»Hey«, sagte sie. »Es wird alles gut. Wir werden das gemeinsam durchstehen.«

Er holte zitternd Luft. »Meine kleine Tochter …«, brachte er mühsam hervor. »Ich muss nach ihr sehen. Ich will wissen, ob es ihr gut geht.«

»Es ist viel zu früh. Lass uns noch ein bisschen schlafen. Wir bestellen uns das Frühstück aufs Zimmer«, sagte sie lächelnd. »Wir bereden alles in Ruhe, und dann gehen wir runter zu Beth. Du brauchst doch erst mal Zeit, um über alles nachzudenken.«

Simon schaute sie an. »Du bist unglaublich«, sagte er und rieb sich müde das Gesicht. »Sie wird es behalten wollen. Ich kenne doch meine Beth. Ganz bestimmt will sie es behalten.« Er rang sich ein Lächeln ab. »Das hoffe ich zumindest.«

Stephanie wurde warm ums Herz. Mehr brauchte sie nicht zu hören. Die Worte eines verständnisvollen Vaters, der seiner Tochter beistehen würde, gleichgültig, wie verletzt er sich fühlte und wie sehr er ihr Verhalten missbilligte.

KAPITEL 30

Im Gegensatz zu Sylvie war Riley kein Langschläfer. Er war schon um sechs Uhr wach und wusste, dass es noch Stunden dauern würde, bis sie ansprechbar war. Nach Dreharbeiten hatte sie immer einen enormen Schlafbedarf. Er ließ sie unter der Daunendecke schlafen, stand auf und ging hinaus auf den Rialto, um für die nächsten Tage Lebensmittel einzukaufen.

Er überquerte die Accademia-Brücke und folgte dem Labyrinth der Kanäle zu den berühmten Märkten. Er kannte die Gegend inzwischen wie seine Westentasche. Sie mieteten immer dasselbe Appartement: ein Piano Nobile am Canal Grande – eine Suite im ersten Stock eines Palazzo aus dem fünfzehnten Jahrhundert mit fantastischem Ausblick.

Die Stadt erwachte allmählich. Zwei Jungen spielten Fußball auf einem menschenleeren Platz, eine Frau war dabei, ihre Wäsche aufzuhängen, zwei alte Männer hielten bei einer Zigarette einen kurzen Plausch, um anschließend ihrer Wege zu gehen; winzige Szenen vor dieser großartigen Kulisse, mit Darstellern, für die der historische Schauplatz alltäglich war. Dies war das Venedig, das Riley liebte: das verborgene Schattenleben, während Sylvie das Venedig des Dramas und der Selbstdarstellung vorzog.

Auf dem Markt bewegte er sich wie ein Einheimischer zwischen den Venezianern, die schon so früh auf den Beinen waren, um das frischeste Obst und Gemüse einzukaufen; er plauderte auf Italienisch mit den Händlern, von denen einige ihn als Kunden, andere als Fotografen kannten. Sie waren viel zu beschäftigt, um sich sonderlich beeindrucken zu lassen, auch wenn er über die Jahre die meisten von ihnen fotografiert hatte. Heute war er allerdings nicht beruflich unterwegs. Er kaufte Zucchini mit ihren leuchtend gelben Blüten und pralle, völlig unförmige, tiefrote Tomaten. Ein Bündel weißen Spargel. Violett, weiß und schwarz gesprenkelte Zuckerschoten. Dreieckskrabben, die aussahen wie urzeitliche Spinnen. Saftige Beeren in allen Rottönen, perfekt für Sylvies Frühstück, wenn sie irgendwann aus dem Schlaf erwachte.

Beladen mit seinen Einkäufen machte er sich auf den Heimweg, erfreut, dass die Sonne die Morgenwolken weggeschoben hatte und die Stadt wieder in ihr magisches Licht tauchte. Er begann, Pläne für den Tag zu machen, beschloss dann jedoch, dass sie gar nichts tun würden. Sie genossen es beide, frei von ihren Terminkalendern zu sein, die festlegten, wohin sie zu gehen und was sie zu tun hatten, wann sie essen und wann sie Luft holen konnten. Ihre Suite – und das war überhaupt das Beste daran – lag so weit entfernt von der Wirklichkeit, dass sie sich sofort nach ihrer Ankunft entspannen konnten und nicht erst auf den Teppich kommen mussten, was oft zu Beginn eines Urlaubs so schwierig war. Dazu hatte natürlich auch die Zugfahrt ihren Anteil beigetragen. Der Orient-Express ließ einen alle Sorgen vergessen, entführte einen an einen schöneren Ort, wo auch immer der liegen mochte.

Als er die Wohnungstür öffnete, stellte er zu seiner Überraschung fest, dass Sylvie bereits auf den Beinen und angezogen war. Sie trug Jeans und ein weißes T-Shirt mit langen Ärmeln. Sie hatte die Fenster geöffnet, um die frische Frühlingsluft und die Sonne hereinzulassen, hockte mit angewinkelten Knien auf der Fensterbank und schaute verträumt auf den Kanal hinaus, wo die Vaporetti, Motorboote und Gondeln so elegant umeinander herumkurvten, als führten sie ein ausgeklügelt choreografiertes Ballett auf.

»Guten Morgen.«

Sie wandte sich zu ihm um und lächelte. »Ich bin aufgewacht, und du warst weg.«

»Du weißt doch, dass ich kein Langschläfer bin. Ich war auf dem Markt.«

Riley stellte die Einkaufstüten in der winzigen Kochnische ab. Das war typisch für Wohnungen in Venedig – während die Wohnräume prachtvoll und verschwenderisch eingerichtet waren, wurde der Küchenbereich eher vernachlässigt. Vermutlich aßen die Leute in der Regel außer Haus. Riley durchquerte das große, mit Marmorboden ausgelegte Wohnzimmer. In der Mitte thronten zwei ausladende u-förmige Sofas von B&B Italia, die einen perfekten Kontrast zu den mit Fresken bemalten Wänden und den opulenten Kronleuchtern bildeten. Geschickt verborgen in einer reich mit Schnitzereien verzierten Kommode befand sich eine Docking-Station. Riley stellte seinen iPod hinein.

Vor der Reise hatte er alle Songs zusammengestellt, die Sylvie und ihm über die Jahre etwas bedeutet hatten. Er hatte Stunden damit verbracht, sie aus dem Internet herunterzuladen. Einige hatte er längst vergessen, aber beim Betrachten alter Fotos, die er als Erinnerungshilfe benutzt hatte, waren sie ihm wieder eingefallen. Die Fotos herauszukramen hatte bittersüße Gefühle geweckt – Erinnerungen an längst vergangene Zeiten. Aber die würde ihnen niemand nehmen können. Zumindest noch nicht.

Er drückte auf PLAY. Die Musik kam aus versteckten Lautsprechern; ein satter Klang, der den Raum füllte, ohne ihn zu dominieren, so wie es nur die beste Technik vermochte.

Als Sylvie die Musik hörte, drehte sie sich lächelnd um.

»Marianne Faithfull. *As Tears Go By*«, sagte sie. »Erinnerst du dich noch an meine verrückte Party? KOMM ALS DEIN WAHRES SELBST lautete das Motto.«

Riley grinste. »Du warst halb Engel, halb Teufel.«

Er sah alles noch genau vor sich. Sylvie in Rot, mit Hörnern und Schwanz, und dazu Engelsflügel. Er war in Schwarz-Weiß erschienen – als Foto.

»Das Stück lief die ganze Nacht. Immer wieder.«

Er nahm ihre Hand und zog sie von der Fensterbank, und sie schmiegte sich in seine Arme. Er legte ihr eine Hand an die Taille und verschränkte die andere mit ihrer Hand. Ihr Ring leuchtete und glitzerte im Sonnenlicht. Sie begannen, sich zur Musik zu bewegen. Sie kannten jede Note, jeden Takt, jedes Wort auswendig. An dem Stück hatte sich genauso wenig geändert wie bei ihnen. Sie sahen heute natürlich anders aus, aber ihre Seelen und ihr wahres Selbst waren so, wie sie immer gewesen waren.

Hatte er damals einen Fehler gemacht?, fragte sich Riley. Hätte er an jenem sinnlichen Abend um ihre Hand anhalten sollen, als er schon drauf und dran gewesen war, es zu tun? Eine innere Stimme hatte ihm gesagt, dass die Zeit dafür noch nicht reif war, aber jetzt fragte er sich, was wohl gewesen wäre, wenn sie Ja gesagt hätte. Hätten sie jetzt Kinder? Wie sie geworden wären, ihre kleinen Rileys und Sylvies, wollte er sich lieber nicht vorstellen. Oder wie anders ihr Leben verlaufen wäre. Vielleicht wäre ihre Beziehung zerbrochen unter dem beruflichen Druck und der unvermeidlichen Versuchung. Nur wenige ihrer Bekannten, die damals geheiratet hatten, waren jetzt noch zusammen. Und eine Trennung wäre eine Tragödie gewesen. Womöglich wäre sie jetzt nicht hier, in seinen Armen.

Nein, dachte Riley. Es war richtig gewesen zu warten. Als die letzten Akkorde des Lieds, das in jenem Sommer ihres gewesen war, verklangen, dachte er, dass er zwar ein Leben lang auf diesen Moment hatte warten müssen, aber dafür würde ihre Ehe perfekt sein.

KAPITEL 31

Sie beschlossen, dass Stephanie als Erste mit Beth reden und ihr erklären würde, dass Simon im Bilde war. Wie sie es auch angingen, die Angelegenheit war hochbrisant, und Stephanie befürchtete, dass Beth in Panik geraten würde, wenn Simon sie direkt auf die Situation ansprach, unabhängig davon, wie mitfühlend er sich zeigte.

Beth war völlig erschöpft vom vielen Weinen. »Ich habe überhaupt nicht geschlafen«, sagte sie zu Stephanie, als diese in ihr Zimmer kam. »Wie konnte ich nur so blöd sein? Ich habe immer gedacht, dass Mädchen, die es erwischt, ganz schön dämlich sein müssen. Und nach dem, was Mum passiert ist …«

Stephanie setzte sich auf das ungemachte Bett. Sie musste ihre Worte sorgfältig wählen. Beth musste die Wahrheit erfahren, aber sie wollte Tanya nicht in ein schlechteres Licht setzen als notwendig.

»Ich möchte dir etwas sagen, Beth. Dein Vater hat deine Mutter nicht zur Abtreibung gezwungen. Deine Mutter hat die Tatsachen offenbar ein bisschen verdreht. Wahrscheinlich hat die ganze Sache sie einfach schrecklich mitgenommen.« Stephanie bemühte sich, möglichst taktvoll zu sein.

»Aber wie kann sie solche Lügen verbreiten?«, stieß Beth hervor. »Das ist doch voll gemein.«

»Vielleicht hat sie ihre Entscheidung bereut.« Stephanie konnte sich nicht vorstellen, warum Tanya ihrer Tochter so eine Lügengeschichte aufgetischt hatte, aber sie wollte Beths Beziehung zu ihrer

Mutter nicht schädigen. Beth würde Tanya während der kommenden Monate zweifellos brauchen. Stephanie konnte nur hoffen, dass Tanya ausnahmsweise einmal nicht nur an sich selbst denken würde. »Menschen begehen manchmal Dummheiten, wenn sie traurig oder gestresst sind.«

Beth nickte. »Stimmt …«

»Hör zu – ich habe deinem Vater heute Morgen erzählt, dass du schwanger bist. Ich konnte es ihm nicht verheimlichen. Ich hoffe, du bist mir nicht böse, aber ich glaube, es ist besser so. Jedenfalls soll ich dir ausrichten, dass er dir zur Seite stehen wird, egal, wie du dich entscheidest.«

Beth schluckte. »Wo ist er jetzt?«

»Er wartet draußen. Er liebt dich sehr, Beth.« Stephanie streichelte ihr die Wange. »Willst du ihn jetzt sehen?«

Beth nickte. Sie brachte kein Wort heraus. Stephanie öffnete die Tür. Simon wartete bereits ungeduldig, und sie trat zur Seite, um ihn hereinzulassen.

Vater und Tochter fielen sich wortlos in die Arme. Stephanie hatte einen Kloß im Hals. Sie konnte nicht ermessen, was Simon empfand, während er Beth in den Armen hielt. Wahrscheinlich kamen ihm Erinnerungen an Beth als kleines Mädchen, an die Hoffnungen, die er in sie gesetzt hatte. Vielleicht wünschte er sich, alles wäre anders gekommen, vielleicht machte er sich auch Vorwürfe.

Plötzlich wurde die Tür aufgerissen, und Jamie schaute mit breitem Grinsen herein. »Hey, ihr drei? Wie sieht's aus? Gehen wir jetzt frühstücken, oder was?«

Er sah von einem zum anderen. Niemand sagte etwas.

»Was ist denn?«

Beth verzog das Gesicht. »Ich bin schwanger.«

Jamie starrte sie an. »Seit wann?«, fragte er. Und dann: »Von wem?«

Beth zögerte. Es war sinnlos zu lügen oder es verheimlichen zu wollen. »Von Connor.«

»Connor?« Jamie ballte die Fäuste und trat einen Schritt vor. »Den bring ich um«, sagte er.

»Bitte nicht«, sagte Beth. »So war es nicht. Es ist nicht Connors Schuld. Ich hab's mir selbst zuzuschreiben.«

»Weiß er es schon?«

»Nein.«

In Jamies Gesicht spiegelte sich eine Mischung aus Mitgefühl und Verwirrung. Er ging zu seiner Schwester und nahm sie in die Arme.

»Es wird alles gut, Beth«, versprach er ihr. »Oder, Dad?«

Simon nickte. Den Tränen nahe, schlang er die Arme um seine beiden Kinder.

Familien, dachte Stephanie, waren nicht wie ein langer, ruhiger Fluss. Es ging auf und ab. Jeder Einzelne hatte seine Themen und Komplexe und Pläne. Mal zogen sie an einem Strang, und mal stritten sie sich. Innerhalb dieses Gebildes gab es Allianzen und Rivalitäten und Meinungsverschiedenheiten, die ständig in Bewegung waren. Loyalitäten konnten sich von einem Moment auf den nächsten ändern. Aber letztlich hielten sie doch zusammen. So funktionierten Familien eben. Jeder hatte eine Rolle, aber manchmal änderten sich die Rollen, wurden ins Gegenteil verkehrt oder getauscht, je nach den Umständen.

Und plötzlich wusste Stephanie, welche Rolle sie in dieser Familie spielen würde. Sie würde diejenige sein, die alles zusammenhielt. Die drei hatten so viel durchgemacht, und jeder hatte auf seine Weise gelitten. Ihr kam eine Zeile aus einem Stevie-Wonder-Song in den Sinn. Irgendetwas über Kraft spenden und allem die richtige Richtung weisen. Das würde ihre Aufgabe sein. Sie würde der ruhende Pol sein, die Stimme der Objektivität.

Sie ging zu den dreien, streichelte Beth übers Haar, drückte Jamies knochige Schultern, dann schlang sie ihren Arm um Simons Taille.

Sie zogen sie in ihren Kreis hinein, alle drei. Und so waren sie zu viert. Von jetzt an gehörte sie wirklich zur Familie.

KAPITEL 32

»Wir haben nur einen Tag«, sagte Emmie, als sie am nächsten Morgen im kleinen Innenhof des Hotels frühstückten. »Wir sollten also das Beste daraus machen.«

»Okay«, erwiderte Archie fröhlich. »Suchen Sie sich aus, was Sie machen möchten. Ich bin ein absoluter Kulturbanause.«

»Ich würde mir gern die Tintorettos in der Scuola Grande di San Rocco ansehen. Und vielleicht danach das Guggenheim? Ich weiß es noch nicht so genau. Interessieren Sie sich eher für klassische oder für moderne Kunst?«

»Äh – da muss ich passen. Beides nicht mein Spezialgebiet. Ich schließe mich Ihnen einfach an.«

Archie hatte kein Problem damit zuzugeben, dass er von Kultur keine Ahnung hatte, aber er ließ sich gern von Emmie in die Welt der schönen Künste einführen. Vor allem faszinierte ihn ihre Begeisterung für die kleinen Dinge, die sie unterwegs sahen. Ein Laden für Künstlerbedarf, dessen Schaufenster überquoll von Pigmentpulvern in allen Regenbogenfarben. Im nächsten Schaufenster waren Kronleuchter aus Murano-Glas, kitschig bis zum Gehtnichtmehr, das milchig weiße Glas zu Bögen und Schnörkeln gedreht, die geschmückt waren mit rubinroten Blüten und smaragdgrünen Blättern. Auf dem Campo San Barbara blieb Emmie vor einem winzigen Schaufenster neben einer kleinen steinernen Brücke stehen und staunte wie ein Kind über die Kuriositäten, die dort ausgestellt waren – ausgestopfte Kaninchen, marmorne Schädel, alte Puppen, eine silberne Puddingform in Gestalt eines Fischs.

»Ach, das würde ich mir am liebsten alles in meine Werkstatt mitnehmen!«, rief sie aus.

Archie konnte sich zwar nicht vorstellen, was man mit diesem Krempel anfangen wollte, aber ihre Begeisterung entlockte ihm ein Lächeln.

Aber schließlich standen sie vor den Tintorettos – und die hauten ihn um. Er hatte nie damit gerechnet, dass er einmal angesichts von Kunstwerken solche Ehrfurcht empfinden könnte – alle Wände in der Scuola waren mit einer Kühnheit und einem Feingefühl bemalt, die ihn fast zu Tränen rührten. Noch nie in seinem ganzen Leben hatte etwas derartige Gefühle in ihm ausgelöst. Es war ihm unbegreiflich, dass ein Mensch solche Perfektion erlangen konnte, und obwohl er nicht religiös war, berührten ihn die Szenen aus dem Alten und dem Neuen Testament zutiefst. Er hob den Blick zur Decke: Er sah Ausschweifung, Grausamkeit und Ruhe, alles überreichlich mit Gold konturiert.

»Das ist ja beinahe ein religiöses Erlebnis«, sagte er. »So etwas bin ich nicht gewohnt.«

»Genau darum geht es bei großer Kunst«, sagte Emmie, erfreut über Archies unerwartete Begeisterung. Sie hatte eher damit gerechnet, dass er sich nach spätestens fünf Minuten langweilen und zum Aufbruch drängen würde, aber jetzt war sie es, die zur Eile mahnte.

»Wir können nicht den ganzen Tag hierbleiben«, sagte sie. »Es warten noch so viele Sehenswürdigkeiten auf uns, und wissen Sie überhaupt, wie viele Brücken Venedig hat?«

»Okay, wohin als Nächstes?«, fragte er, die Papiertüte mit den Postkarten in der Hand. Er hatte plötzlich ein ganz schlechtes Gewissen, weil er zu Hause nicht einmal die Wand hinter der Kloschüssel gestrichen hatte, nachdem er den Spülkasten hatte ersetzen lassen.

Das Guggenheim-Museum verwirrte ihn. Der schlichte Art-déco-Bau mit der breiten Treppe, die hinunter zum Canal Grande führte, war durchaus nach seinem Geschmack, aber mit den Kunstwerken im Museum konnte er überhaupt nichts anfangen. Er sinnierte über ein Gemälde von Willem de Kooning mit dem Titel *Woman on a Beach*. Er konnte vage ein Bein und einen Kopf erkennen, aber abgesehen davon sah das Bild so aus, als hätte jemand einen Eimer Farbe über eine Leinwand gekippt.

»Wahrscheinlich behauptet das jeder«, sagte er zu Emmie. »Aber so was könnte ich auch.«

Sie lachte nur.

»Warum was malen, wenn man nachher nicht erkennen kann, was es darstellen soll«, grummelte er. »Da sind mir die Tintorettos hundertmal lieber.«

Nach dem Museumsbesuch genehmigten sie sich in einem Straßencafé einen leuchtend orangefarbenen Aperol Spritz. Emmie nahm einen Skizzenblock und eine Büchse mit Farbstiften aus ihrer Handtasche und begann zu zeichnen.

»Das wird meine venezianische Kollektion«, sagte sie. »Für den nächsten Winter.«

Mit flinkem Strich skizzierte sie einen mit Federn besetzten Turban aus plissiertem Stoff im Fortuny-Stil und einen Zylinder in Schwarz und Rot, wie die Inneneinrichtung der Gondeln. Archie saß in der Nachmittagssonne und schaute ihr beim Zeichnen zu. Er spürte die Sonne auf der Haut, und ihn überkam eine wohlige Zufriedenheit, während der Sekt das Übrige tat. Zum ersten Mal seit Wochen tat er nichts, absolut nichts, außer sich zu entspannen. Er ließ seinen Gedanken freien Lauf. Noch vor ein paar Wochen hätte er sich nicht vorstellen können, an einer Piazza mit einer jungen Frau wie Emmie in der Sonne zu sitzen, einer Frau, die er normalerweise nie kennengelernt hätte …

»Nur so aus Neugier«, sagte er. »Was hat Jay eigentlich in dem Profil über mich geschrieben?«

Emmie skizzierte gerade eine große Schleife an den Hut.

»Er hat behauptet, Sie wären schlampig«, sagte sie schließlich. »Aber Sie würden sich immer ordentlich waschen.«

»Nein!«

»Dass Sie zwar ziemlich schüchtern sind, aber dass Sie gern unter Leuten und im Grunde ziemlich gesellig sind. Wenn Sie erst mal in Stimmung kommen.«

»Stimmt …«

Emmie neigte den Kopf, während sie sich erinnerte. »Und dass Ihnen Loyalität über alles geht.«

Archie schaute weg. Er brachte kein Wort heraus. Die letzten Worte erinnerten ihn wieder an die Freundschaft, die ihn mit Jay verbunden hatte. An den Freund, den er verloren hatte. Er ballte seine Hand auf dem Tisch zur Faust. Er durfte jetzt nicht die Fassung verlieren. Nicht hier, nicht vor Emmie, nicht nach so einem wunderschönen Nachmittag. Dann spürte er, wie ihre Hand sich auf seine Faust legte und sie sanft drückte. Sie sagte nichts. Sie sah ihn nicht einmal an, sondern zeichnete mit der anderen Hand einfach weiter. Und diesmal zog er seine Hand nicht weg.

KAPITEL 33

Imogen wachte vom Glockenläuten und vom Kreischen der Möwen auf. Einen Moment lang hatte sie das Gefühl zu träumen. Sie war im Hotel Cipriani und lag in Danny McVeighs Armen. Besser konnte es gar nicht sein. Sie wand sich so behutsam wie möglich aus seiner Umarmung, zog sich ein T-Shirt über und nahm ihr Handy, um nach E-Mails zu sehen, während sie sich im Bad die Zähne putzte.

Es gab drei von Oostermeyer & Sabol. Jede mit der Beschreibung einer Wohnung im Anhang. Sie klickte sie an, dann schaltete sie ihr Handy seufzend wieder aus. Sie wollte sich die Wohnungen nicht ansehen. Jetzt wurde Wirklichkeit, was bisher nur Fantasie gewesen war. Die Erkenntnis versetzte sie in höchste Alarmbereitschaft. Anstatt Begeisterung über Dannys romantische Geste und Euphorie, ihn bei sich zu haben, empfand sie nur Beklemmung, gegen die sie sich nicht wehren konnte. Die E-Mails hatten sie daran erinnert, dass sie eine feste Zusage gemacht hatte, von der sie nicht zurücktreten konnte, wollte sie ernst genommen werden. Man konnte nicht einfach einen Job annehmen und es sich fünf Minuten später anders überlegen, bloß weil die Jugendliebe plötzlich wieder aufgetaucht war und einem den Kopf verdreht hatte.

Oder doch?

Bedrückt rief sie den Zimmerservice an und bestellte Frühstück für sie beide. Sie würde ein ernsthaftes Gespräch mit Danny führen müssen, über ihre gemeinsame Zukunft und wie er sie sich vorstellte. Im Zug hatten sie nicht darüber geredet und beim Abendessen im Hotel auch nicht. Irgendwie schien die Realität nebensächlich zu sein, wenn man im Orient-Express reiste oder wenn man in den Glanz von Venedig eintauchte.

Als das Frühstück kam, trug sie das Tablett zum Bett und rüttelte Danny wach.

»Guten Morgen, Frau meiner Träume«, sagte er lächelnd.

»Wir müssen reden«, erwiderte sie.

»Nach meiner Erfahrung«, sagte er, »ist das kein gutes Zeichen.«

Imogen schob ihm ein Stück Mango in den Mund.

»Ich muss immer noch nach New York«, sagte sie und wischte ihm mit dem Daumen den Saft von den Lippen. »Sie erwarten zumindest, dass ich mich mit ihnen auseinandersetze.«

»Aha. Es hat sich also nichts geändert. Seit deinem Zettel.« Dannys Ton war zwar sanft, aber sie spürte seinen Unmut.

»Ich weiß es noch nicht«, erwiderte sie. »Aber das musst du doch verstehen. Es geht um meine berufliche Zukunft.«

»Tja, das ist mir nicht in die Wiege gelegt. Also entschuldige, wenn ich dir nicht ganz folgen kann.«

»Jetzt, wo die Galerie geschlossen wird, muss ich mir überlegen, wie ich mir einen Namen machen kann. Wie ich mir Möglichkeiten eröffnen kann. Und Geld verdienen.«

»Ich habe Geld«, sagte er. »Wenn es dir ums Geld geht, ich verdiene mehr als genug. Du kannst von mir kriegen, was du willst.«

Er kapierte es nicht. Absolut nicht.

»Lass uns reden, wenn ich aus New York zurück bin«, sagte sie. »Ich möchte nicht, dass wir uns darüber in die Wolle kriegen.«

Er schwieg.

»Habe ich dich jetzt verärgert?«

»Nein«, sagte er. »Du hast mir nur meinen Platz zugewiesen. Zuerst deine Karriere, dann ich.«

»Nein. Ich will beides.«

»Ich will nur dich.«

Er ließ sich zurück aufs Bett sinken und schloss die Augen.

»Das sagt sich so leicht«, erwiderte sie. »Aber es ist nicht sehr praktisch gedacht.« Allmählich wurde sie sauer. »Ich würde nicht von dir erwarten, dass du deine Firma aufgibst.«

Er richtete sich wieder auf. »Ich würde sie morgen aufgeben. Für dich.«

»Und was würdest du dann den ganzen Tag machen? Und wie kämst du dann an Geld? Mit den altbewährten Methoden?«

Sie war über ihre eigenen Worte entsetzt, aber er stellte sich wirklich stur an.

»Tut mir leid«, sagte sie. »Das hätte ich nicht sagen dürfen.«

»Nein.« Er warf die Bettdecke zurück und stand auf. Sie senkte den Blick. »Gott bewahre, dass ich vergesse, aus welchem Stall ich komme.«

»Danny, so hab ich das doch gar nicht gemeint. Ich finde dich wunderbar. Du hast …« Verdammt, wie konnte sie es ausdrücken, ohne herablassend zu klingen? Alles in allem hast du ja ganz schön die Kurve gekriegt? »Ich liebe dich«, brachte sie schließlich hervor.

Er schlug die Badezimmertür zu.

Imogen stützte den Kopf in die Hände. Würden die Unterschiede zwischen ihnen immer ein Problem sein? Auch wenn sie inzwischen gar nicht mehr so groß waren? Seine Firma war zweifellos sehr erfolgreich, auch wenn er nicht viel Aufhebens darum machte. Sie konnte es an dem ablesen, was er sich leistete, an dem, was er anstrebte, und daran, wie er am Telefon mit Kunden redete. Warum konnte sie ihm das nicht zugutehalten, anstatt ihn immer wieder mit der Nase auf seine Vergangenheit zu stoßen?

Weil er ihr gegenüber auch nicht fair war. Er verübelte es ihr, dass sie ehrgeizig war, empfand das offenbar als Bedrohung. Aber ihr Beruf war ihr wichtig, und wenn ihm das nicht gefiel …

Imogen trat an den Schrank und überlegte, was sie anziehen sollte. Sie würde Jack Molloy aufsuchen. Bis sie zurückkam, hatte sich Danny bestimmt wieder beruhigt.

Die Insel Giudecca war winzig, und mit einem kurzen Blick auf den Stadtplan sah Imogen, dass Jack Molloys Wohnung sich in einem der Häuser am Ufer mit Blick auf die Zattere-Promenade auf der anderen Seite der Lagune befand. Wenn man Kunst liebte, wo sonst würde man sich wohl eine Wohnung kaufen? Es musste die malerischste Aussicht der Welt sein.

Sie trug ein cremefarbenes Hemdblusenkleid mit breitem Gürtel. Sie wollte professionell, aber nicht zu streng aussehen. Sie verließ das Hotel durch den Hinterausgang, vorbei am *Cip's*. Auf der Terrasse trafen bereits die ersten Gäste ein, um in der Mittagssonne einen Cocktail oder ein Glas Wein und die prächtige Aussicht zu genießen, gewärmt von den Heizpilzen, die die kühle Frühlingsluft linderten.

Imogen hielt sich nach links und ging die breite Uferpromenade entlang. Die Sonnenstrahlen wurden von den Pfützen reflektiert, die von einem Regenschauer am frühen Morgen übrig geblieben waren. Eine frische Brise wehte von der Lagune her. Die Promenade war glatt gepflastert und von schmiedeeisernen Straßenlaternen gesäumt, in deren rosafarbenen Schirmen sich die roten Steinfassaden der Häuser spiegelten.

Sie musste mehrere Brücken überqueren, und ihr fiel auf, dass die Kanäle auf Giudecca breiter waren als in Venedig. Hier fühlte man sich weniger beengt, und auch das Licht hatte eine ganz besondere Qualität. Sie ging vorbei an Restaurants mit Tischen vor der Tür, eins einladender als das andere, bis sie schließlich vor dem Haus stand, in dem Jack Malloy wohnte. Es befand sich direkt am Kanal und verfügte über eine eigene hölzerne Brücke. Das Gebäude war ansprechend symmetrisch und prachtvoll, mit Fensterläden und Balkonen, wenn auch die alte Pracht zu bröckeln begonnen hatte und der Terrakottaputz sich an einigen Stellen so weit löste, dass das hellere Mauerwerk darunter zu sehen war.

Neben der schweren dunkelgrünen Rundbogentür befanden sich mehrere runde Klingelknöpfe aus Messing mit je einem Messingschild darunter, in das der Name des Wohnungseigentümers eingraviert war. Auf dem mittleren Schild las sie: Jack Molloy. Wie englisch das wirkte zwischen all den komplizierten italienischen Namen – dabei war er irischstämmiger Amerikaner, wie sie sich erinnerte.

Sie klingelte. Zwei Minuten lang rührte sich nichts, und Imogen verspürte einen Stich der Enttäuschung.

Und dann öffnete sich die Tür. Vor Imogen stand eine junge Frau, vielleicht Mitte zwanzig, in einem T-Shirt-Kleid und Flipflops, das dunkle Haar oben auf dem Kopf zu einem Pferdeschwanz zusammengebunden.

»Oh, Verzeihung«, sagte Imogen. »Ich meine – *scusi* …« Sie wusste nicht, was sie sagen sollte.

Die junge Frau lächelte freundlich. »Schon in Ordnung. Sie müssen Imogen sein. Jack hat mich gebeten, runterzugehen und Sie in Empfang zu nehmen. Das Treppensteigen fällt ihm immer schwerer.« Sie trat zur Seite. »Ich heiße Petra. Ich bin seine Haushälterin.«

Imogen folgte der Frau durch die schummrige Eingangsdiele. In der Luft hing der widerlich süßliche Geruch der nahe gelegenen Kanäle, den ein riesiger Strauß Lilien auf einem niedrigen Tisch nur notdürftig überdecken konnte. Es herrschte Totenstille in dem Haus, so als wäre es völlig unbewohnt. Im zweiten Stock stand eine Wohnungstür offen.

»Gehen Sie ruhig rein«, sagte Petra, und Imogen betrat Jacks Wohnung.

Raumhohe Fenster gaben den Blick über den Kanal frei, und die weichen Puderfarben der Wände komplementierten das Grünblau des Wassers. Schwere Leinenstores wurden von dicken Kordeln zusammengefasst. Mitten im Zimmer standen zwei cremefarbene Sofas einander gegenüber; auf einem saß zurückgelehnt Jack Molloy. Er trug das schüttere Haar nach hinten gekämmt, und in der Hand hielt er eine brennende Zigarette. Seine Kleidung war abgetragen und fadenscheinig, war aber wohl einmal sehr teuer gewesen, da sie Farbe und Form behalten hatte: marineblaues Hemd und weiße Hose. Unter schweren Augenlidern blickte er sie hungrig an – hungrig nach Informationen und Gesellschaft.

»Jack Molloy. Entschuldigen Sie, dass ich nicht aufstehe.« Er streckte ihr die Hand entgegen, ohne zu erklären, warum er nicht aufstehen konnte. Vielleicht gab es keine Erklärung? Vielleicht wollte er in seinem Alter einfach nur auf dem offensichtlich bequemen Sofa sitzen bleiben?

Sie schüttelte ihm die Hand. Sie war kühl und trocken; sein Händedruck war fest. »Hallo. Ich bin Imogen.«

»Also muss einer der Zwillinge Ihr Vater sein.«

»Ja. Tim.«

Er musterte sie. »Sie haben keine große Ähnlichkeit mit Adele.«

Imogen hatte das Gefühl, dass er enttäuscht war, so als hätte er eine Doppelgängerin erwartet.

»Richtig. Ich bin kleiner. Und kompakter. Und nicht so dunkel. Oder so elegant …«

»Ich finde Sie absolut reizend. Es war nur eine Feststellung. Ich habe Adele schon sehr lange nicht mehr gesehen. Obwohl … vielleicht … die Augenfarbe?«

Es machte Imogen verlegen, so beäugt zu werden. Sein Blick war durchdringend.

»Sie kannten meine Großmutter also, als sie noch jung war?«

Jack schwieg einen Moment lang.

»Ja. Ja, ich habe sie kennengelernt, als sie gerade die Galerie aufgemacht hat. Ich bilde mir ein, dass ich sie in gewisser Weise inspiriert habe. Allerdings war sie ausgesprochen ehrgeizig. Sie hätte mich sicherlich nicht gebraucht.«

»Die Galerie ist sehr erfolgreich. Aber wir werden sie verkaufen. Das wird alles zu viel für Adele.«

»Und Sie wollen sie nicht weiterführen«, bemerkte er mit leicht vorwurfsvollem Unterton. Imogen fragte sich, ob Adele sie möglicherweise hergeschickt hatte in der Hoffnung, Jack werde sie dazu überreden, mit der Galerie weiterzumachen. Andererseits war ihre Großmutter viel zu sehr bestrebt gewesen, sie aus dem Nest zu werfen.

»Ich glaube, ich brauche eine neue Herausforderung«, erwiderte sie. »Shallowford ist nicht gerade der Nabel der Welt.«

»Ich bin sicher, dass Sie erfolgreich sein werden, egal was Sie anpacken.«

»Ich werde jedenfalls mein Bestes tun.« Sie ließ den Blick durch das Wohnzimmer schweifen. An den Wänden hingen einige beeindruckende Gemälde, die vermutlich mehr wert waren als das ganze Gebäude. »Sie haben ja wunderbare Werke hier.«

»Stimmt. Aber das Beste haben Sie noch gar nicht gesehen. Es ist wohl Ihr Geburtstagsgeschenk.«

Imogen zuckte mit den Achseln. »Ich habe keine Ahnung, um was es sich handelt. Adele wollte es mir nicht sagen. Nur den Titel. Ich weiß absolut nichts darüber.« Sie schwieg einen Moment. »Oder warum Sie es haben.«

»Ich bin sein Hüter seit dem Tag, an dem es gemalt wurde.«

»Warum? Warum konnte sie es nicht behalten?«

»Es war … kompliziert.« Etwas Trotziges blitzte in seinen Augen auf.

Imogen hob die Brauen.

»Inwiefern kompliziert?« Sie fragte sich flüchtig, ob es vielleicht gestohlen war, verwarf den Gedanken jedoch sofort wieder, denn Adele hätte nie etwas mit gestohlenen Kunstwerken zu tun gehabt. Aber irgendein Geheimnis war offenbar mit dem Bild verbunden.

Jack lächelte. »Ich hatte es zu ihrem Geburtstag in Auftrag gegeben.«

Er streckte eine Hand aus, um sich beim Aufstehen helfen zu lassen. Er wog fast nichts, und sie spürte, wie gebrechlich er war. Die Kraft seiner Persönlichkeit war trügerisch.

Er bedeutete ihr, ihm zu folgen. »Es hängt im Esszimmer«, sagte er.

Er öffnete eine schwere Holztür. Die Wände des Zimmers waren in Dunkelrot gehalten. In der Mitte stand ein wuchtiger Tisch mit zwölf Stühlen, deren Rücken- und Armlehnen mit kunstvollen Schnitzereien verziert waren. Gegenüber der Tür befand sich ein mannshoher, gemauerter offener Kamin. Und darüber hing ein Gemälde.

Als Imogen das Bild sah, blieb ihr fast das Herz stehen.

Eine Frau lag ausgestreckt auf einer grünen, mit Samt bezogenen Chaiselongue, gegen die sich ihre Haut fast weiß abhob. Ihre Frisur hatte sich halb aufgelöst; mit einer Hand fasste sie sich an den Hals, die andere ruhte auf ihrem Oberschenkel. In ihrem Blick lag tiefe Befriedigung. Es konnte kein Zweifel daran bestehen, dass sie eben noch im Bett ihres Geliebten gelegen hatte; das verspielte Lächeln auf ihren halb geöffneten Lippen sprach Bände. Sie war die personifizierte Weiblichkeit; das Gemälde als erotisch zu bezeichnen wäre ordinär.

Darunter, am Rahmen angeschraubt, befand sich ein vergoldetes Schildchen, in das vier Worte eingraviert waren. *La Inna-morata – Reuben Zeale.*

Imogen fasste sich an den Hals. Sie bekam kaum Luft. Es war eins der großartigsten Gemälde, das sie je gesehen hatte. Dies war der reine, klare Reuben Zeale – das grandioseste Beispiel für alles, wofür er so hochgelobt worden war. Es war, als befände sich die Frau mit im Raum, als würde sich ihre Haut warm anfühlen, als würde sie antworten, wenn man sie ansprach.

Aber das war es nicht, was sie so schockierte.

Was sie so sprachlos machte, war die Tatsache, dass die Frau Adele war.

Imogen schaute Jack an, um es sich bestätigen zu lassen.

Auch er betrachtete das Bild, mit einer Hand auf seinen Stock gestützt. In seinem abwesenden Blick lag – ja was? Bedauern? Verehrung? Sehnsucht. Es war Sehnsucht.

Plötzlich ging ihr ein Licht auf. Das Puzzlestück, das ihr gefehlt hatte, fiel an seinen Platz.

»Sie waren ein Liebespaar«, flüsterte sie.

Er schwieg eine Weile.

»Sie fehlt mir immer noch«, sagte er schließlich. »Ich war ein Idiot. Ich hätte sie nie verführen dürfen, aber ich war schon immer zu eitel, um einer Herausforderung widerstehen zu können. Ich habe sie angebetet, aber habe es ihr nie gestanden, bis zum Schluss nicht. Ich hatte meine eigenen Regeln und hielt mich für unbesiegbar und unberührbar.« Mit einem Mal schien alle Kraft aus ihm zu weichen. »Und dabei herausgekommen ist nur, dass ich jemanden verloren habe, den ich sehr geliebt habe.«

»Was ist denn passiert?«, fragte sie.

»Tja, Ihre Großmutter war so klug zu begreifen, dass ich ein Taugenichts war. Und dass Ihr Großvater zehnmal mehr wert war als ich.«

Imogen dachte an ihre Großeltern. Sie hatten einander immer

sehr nahegestanden. Sie konnte sich nicht vorstellen, dass Adele eine Affäre gehabt hatte. Aber nach dem Bild zu urteilen, musste sie damals noch relativ jung gewesen sein. Nicht viel älter als Imogen jetzt.

»Sie wusste«, sagte Jack, »dass ich sie nie glücklich machen würde. Sie wusste, wann sie Schluss machen musste. Als es am schönsten war. Es war die einzig richtige Entscheidung. Adele ist eine sehr kluge Frau.«

Jack hob den Gehstock und schob das Bild ein wenig, bis es wieder gerade hing. Imogen betrachtete es erneut.

»Ist es wirklich von Reuben Zeale?«, fragte sie, aber sie brauchte keine Bestätigung. Sie konnte es am selbstbewussten Pinselstrich und an der puren Qualität ablesen, an der Kraft des Gemäldes.

Jack nickte. »Eine seiner frühesten Arbeiten«, sagte er. »Aber ich schätze, dass es sehr wertvoll ist.«

»Was in aller Welt soll ich damit anfangen?« Imogen wurde mit Schrecken bewusst, welche Verantwortung sie mit dem Besitz übernahm.

Jacks Augen wurden schmal. »Nutzen Sie es zu Ihrem Vorteil«, sagte er.

Nicht auszudenken, welchen Wirbel die Entdeckung dieses Werks auslösen würde, schoss es Imogen durch den Kopf.

»Ein unbekannter Reuben Zeale«, sagte sie. »Die Medien werden verrücktspielen.«

»Und es ist an Ihnen, meine Liebe, sie zu lenken.« Jetzt funkelten seine Augen. »Sie haben es in der Hand.«

»Die werden wissen wollen, wer die Frau ist. Alle werden es wissen wollen. Adele wird bestimmt nicht wollen, dass das herauskommt.«

»Das müssen Sie mit ihr besprechen. Aber niemand muss die Wahrheit erfahren. Ich denke, wir sollten uns auch weiterhin be-

330

mühen, diejenigen zu schützen, die am meisten Schaden davontragen würden.«

Ihr Großvater, dachte sie. Ob er es gewusst hatte? Und Jacks Frau? Sie waren beide tot, was jedoch nicht hieß, dass man die Geschichte jetzt ausschlachten konnte. Es wäre respektlos gegenüber ihrem Andenken.

Unwillkürlich legte sie sich eine Hand an den Mund. Das alles musste sie erst einmal verdauen. Das Bild war sensationell, man durfte es der Öffentlichkeit nicht vorenthalten, aber es war auch extrem persönlich.

»Ich weiß nicht, was ich damit tun soll«, sagte sie. »Ob ich der Verantwortung gewachsen bin. Ich kann die Tragweite gar nicht ermessen.«

»Wenn ich Adele richtig einschätze«, erwiderte Jack, »möchte sie, dass Sie es als Werkzeug benutzen. Für Ihre Zwecke.«

»Ich kann es nicht verkaufen«, rief Imogen aus. »Niemals!«

»Nein, nein«, sagte Jack. »Und sollten Sie es tun, würde ich es sofort zurückkaufen, darauf können Sie Gift nehmen. Ich würde sämtliche Kunstwerke in meinem Besitz verkaufen, nur um die *Innamorata* in sicheren Händen zu wissen.«

Er sah sie durchdringend an. Imogen zweifelte nicht daran, dass er es ernst meinte.

»Bei mir ist sie in sicheren Händen«, erwiderte sie. »Das verspreche ich Ihnen.«

»Gut«, sagte Jack. »Und ich vertraue auf Adeles Urteilsvermögen. Sie ist eine außergewöhnliche Frau.«

Er wandte sich abrupt ab. Seine Worte berührten sie zutiefst. Sie sprachen von einer großen Liebe, die er sein Leben lang in seinem Herzen bewahrt und nie ausgelebt hatte. Sie wusste nicht, ob sie versuchen sollte, ihn zu trösten, oder ob sie ihn lieber in Ruhe lassen sollte. Am liebsten hätte sie ihn umarmt, aber sie kannte ihn ja kaum.

Sie räusperte sich, aber bevor sie etwas sagen konnte, drehte er sich wieder zu ihr um.

»Essen Sie mit mir zu Mittag«, sagte er. »Petra wird etwas für uns kochen. Wir können hier essen. Ich möchte mich ein letztes Mal an ihr erfreuen.«

Dann verließ er das Zimmer. Sie war allein. Es war sehr still. Die Luft im Esszimmer war kühl, und Imogen fröstelte.

La Innamorata. Die Verliebte.

Sie dachte an die Geschichte zwischen Adele und Jack, an ihr Geheimnis. Wenn sie das Gemälde betrachtete, konnte sie verstehen, wie viel es Adele bedeutete. Wenn es einem Künstler gelang, einen solchen Ausdruck einzufangen, musste eine tiefe und lang anhaltende Leidenschaft im Spiel sein. Eine Leidenschaft, die die wenigsten Menschen in ihrem Leben je kennenlernten.

Eine Leidenschaft, die die Literatur, die Musik, die Dichtung inspirierte – und die darstellende Kunst. Zeale hatte sie mit erschreckender Präzision auf die Leinwand gebannt. Welche Reaktionen würde das Gemälde wohl hervorrufen, falls sie es einer breiteren Öffentlichkeit zugänglich machte? Es erfüllte sie mit Stolz, dass ihre Großmutter es in ihrem Besitz sehen wollte. Sie würde dafür sorgen, dass es gewürdigt wurde und den Platz in der Welt der Malerei erhielt, der ihm zustand, auch wenn sie noch nicht wusste, wie sie das anstellen würde.

In der Tür drehte sie sich noch einmal um und warf einen Blick auf die *Innamorata*. Noch etwas anderes an dem Bild kam ihr vertraut vor. Etwas, das nichts damit zu tun hatte, dass das Modell ihre Großmutter war. Es war vor allem ein Gefühl, das das Bild in ihr weckte. Sie konnte sich in die Frau hineinversetzen, ihr war nur nicht klar, warum.

Und dann plötzlich fiel es ihr wie Schuppen von den Augen. Diesen Blick hatte sie in ihren eigenen Augen gesehen. Im Spiegel. Nachdem sie mit Danny geschlafen hatte.

Während des Essens besserte sich Jacks Laune zunehmend, so als würden ihn die Speisen, die Petra zubereitet hatte, aufbauen und ihm neue Kraft verleihen: eine große weiße Platte mit bündelweise mit Pancetta umwickeltem grünem Spargel, dazu Crostini mit gehackter Hühnchenleber und Feigen mit Fenchel und Salami.

»Ich weiß gar nicht, was ich machen soll, wenn Petra mich verlässt«, sagte er zu Imogen. »Sie studiert Kunst, und sie hat hier ein schönes Zimmer, und im Gegenzug kocht sie für mich. Aber diesen Sommer macht sie ihren Abschluss.«

»Es gibt an der Uni viele Mädchen wie mich. Ich werde einen Zettel ans Schwarze Brett hängen«, sagte Petra. »Und ich lasse meine Rezepte hier.«

»Es wird nicht das Gleiche sein«, beharrte Jack.

»Sie werden sich sofort in die Nächste verlieben, genauso wie Sie sich in mich verliebt haben, zwei Minuten nachdem Abigail weg war.« Petra hatte Jack offenbar vollkommen durchschaut, schien ihn jedoch sehr zu mögen.

Der Hauptgang war Schweinebauch mit Fenchel, außen recht knusprig, innen butterzart. Imogen erzählte Jack von ihren Zukunftsplänen. Er steuerte viele interessante Ideen bei, und Imogen begriff, wie nützlich er für Adele gewesen war, als sie ihre Galerie auf die Beine gestellt hatte. Er teilte sein Wissen großzügig, was nicht auf viele Menschen zutraf.

»Und was hat Adele vor?«

»Sie wird sich nicht ganz zur Ruhe setzen. Garantiert nicht. Sie wird immer da sein, wenn ich ihren Rat brauche. Sie liebt ihre Arbeit einfach zu sehr. Was soll sie mit ihrer Zeit anfangen, wenn sie alles aufgibt?«

Imogen war zuversichtlich, was ihre Einschätzung betraf.

Sie schaute Jack an, der plötzlich abwesend und bedrückt wirkte. Als er ihren Blick spürte, wandte er sich ihr zu.

»Ich habe sie sehr verehrt, wissen Sie. Aber sie hatte wirklich etwas Besseres verdient als mich. Ich hätte sie nie und nimmer glücklich gemacht. Dazu bin ich viel zu oberflächlich und zu eitel.«

»Keine Sorge«, erwiderte Imogen. »Mein Großvater hat sie glücklich gemacht. Sehr glücklich.«

Einen Moment lang dachte sie, dass sie vielleicht zu hart mit dem alten Mann umgesprungen war. Ihre Worte schienen ihn zu treffen.

»Auf andere Weise«, fügte sie sanft hinzu. »Ich bin sicher, dass Sie ihr sehr viel bedeutet haben.«

Sie konnte nicht gutheißen, was die beiden getan hatten, aber sie glaubte, es zu verstehen. Man suchte sich nicht aus, für wen man leidenschaftlich entbrannte. Das wusste sie selbst nur zu gut.

Nach dem Mittagessen baute Jack zusehends ab. Noch am Tisch schlief er ein, und der Kopf sank ihm auf die Brust.

»Das ist ganz normal«, sagte Petra. »In ein paar Minuten geht er ins Bett und hält seinen Mittagsschlaf.« Sie nahm ihm das Glas aus der Hand und schüttelte ihn sanft. »Jack, ich glaube, Imogen möchte sich verabschieden.«

Er wachte auf und sah Imogen an.

»Falls Sie sich jemals verlieben«, sagte er mit leuchtenden Augen, »falls Sie jemals wahre Liebe finden, dann laufen Sie nicht weg. Was auch immer Sie tun, aber laufen Sie nicht davon.«

Er stand auf und verließ das Zimmer, ohne sich noch einmal umzudrehen. Petra begann, den Tisch abzuräumen. Sie seufzte lächelnd. »So ist er immer, wenn er müde wird«, sagte sie. »Nachher ist er wieder ganz der Alte.«

Imogen erwiderte nichts. Jacks Worte hatten sie direkt ins Herz getroffen. Plötzlich ergab alles einen Sinn und fand seinen Platz.

»Ich muss los«, brachte sie gerade noch heraus und nahm ihre Handtasche. »Vielen Dank für das köstliche Mittagessen.«

Sie konnte nur hoffen, dass es nicht zu spät war.

Jack schaute der jungen Frau durch das Wohnzimmerfenster nach, als sie die Promenade entlang in die Richtung des Cipriani ging. Ihr Mut ebenso wie ihre Verletzlichkeit versetzten ihn in die Vergangenheit zurück. Auch wenn es schon mehr als fünfzig Jahre her war, traf ihn die Erkenntnis, jemanden verloren zu haben, den er wirklich geliebt hatte, so jäh wie an dem Morgen im Cipriani, als er beim Aufwachen feststellen musste, dass Adele verschwunden war.

Es war die härteste Lektion, die das Leben ihm je erteilt hatte. Danach hatte er nie wieder eine Affäre gehabt. Er war Rosamund fortan treu geblieben in dem Wissen, dass er die Lücke, die Adele hinterlassen hatte, nie würde füllen können. Mit der Zeit war ihm Rosamund auch genug gewesen, und er hatte die Dinge schätzen gelernt, die im Leben wirklich zählten: ihre wundervollen Töchter und ihr prächtiges Haus und ihre Freunde. Ohne den Druck, unbedeutenden Eroberungen nachzujagen, dem er sich zuvor ausgesetzt hatte, war er zufriedener geworden. Erst der Verlust der einen Liebe, die ihm wirklich etwas bedeutet hatte, hatte ihm vor Augen geführt, wie sinnlos dieses Spiel war.

Er ging in sein Arbeitszimmer. Es lag nach hinten hinaus mit Blick auf den Kanal, und wenn er sich aus dem Fenster beugte, konnte er das Ufer der Insel und einen Zipfel der blauen Lagune sehen. An den Wänden standen Regale voller Bücher, endlose Reihen von Fachliteratur über Kunst: eine wertvolle Sammlung, viele der Bücher waren längst vergriffen. Hier in diesem Zimmer hatte er seine Rezensionen, seine Examensarbeit und mehrere Bücher geschrieben, was ihm zwar kein Vermögen eingebracht, dafür aber großes Vergnügen bereitet hatte.

Und Hunderte von Briefen hatte er hier verfasst. Briefe, die er geschrieben, aber nie abgeschickt hatte; alle an dieselbe Person. Er bewahrte sie auf als Erinnerung an die unterschiedlichen Gefühle, die ihn in all den Jahren seit ihren letzten gemeinsamen Tagen auf der Insel umgetrieben hatten, von Hoffnung über Euphorie bis hin zu Verzweiflung. Deshalb war er nach Giudecca zurückgekehrt, nachdem Rosamund gestorben war. Denn nirgendwo fühlte er sich Adele so nah wie hier.

Die Glocken der Kirche Santa Maria schlugen zwei Uhr.

Er zog einen Bogen Briefpapier zu sich heran, nahm seinen Füller und begann zu schreiben in seiner typischen gestochen scharfen Schrift. Er begann den Brief genauso wie all die anderen, die er nie abgeschickt hatte.

Meine allerliebste Adele,

es war mir ein außerordentliches Vergnügen, Deine wunderbare Enkelin hier bei mir zu haben. Nicht zuletzt deshalb, weil ein Teil von Dir mit im Zimmer zu sein schien. Sie besitzt Deine Tatkraft, Deine Anmut und Deine leuchtenden Augen, Augen, die ich nie vergessen habe. Meine letzte Erinnerung an Dich sind die Tränen in Deinen Augen, als Du mich geküsst hast an dem Abend, bevor Du mich verlassen hast. Ich wünsche mir nichts sehnlicher, als noch einmal in diese Augen zu blicken und die Spuren jener Tränen ein für alle Mal wegzuwischen. Wenn Du zu einem Treffen bereit wärst, wäre es für mich das schönste Geschenk auf der Welt.

Ich kann mir keine bessere Hüterin der Innamorata *vorstellen als Imogen. Und Reuben, das weiß ich, wäre erfreut zu erfahren, dass sie in sicheren Händen ist. Es war immer sein Lieblingsgemälde.*

Auf immer und ewig Dein

Jack

Er legte den Füller weg und las den Brief noch einmal. Er fühlte sich ausgelaugt. Immerhin hatte er dem Bedürfnis widerstanden, sie anzuflehen. Sie sollte aus eigenem Antrieb kommen und nicht, weil sie sich verpflichtet fühlte. Vorsichtig drückte er ein Blatt Löschpapier auf den Brief, dann faltete er ihn sorgfältig, schob ihn in einen Umschlag und adressierte ihn. So weit war er noch bei keinem der anderen Briefe gekommen. Sie lagen alle auf einem Stapel in der obersten linken Schreibtischschublade. Diese rituellen Ergüsse, denen er sich hingegeben hatte, waren vermutlich billiger gewesen als ein Therapeut, sagte er sich.

Seufzend drehte er sich mit seinem Stuhl herum, um die Staffelei am anderen Ende des Raums zu betrachten, auf der ein Bild stand.

Petra, dachte er, war eine talentierte junge Frau. Eine der besseren Studentinnen, die er über die Jahre gefördert hatte. Als er sie gebeten hatte, die *Innamorata* zu kopieren, war sie nicht vor Schreck erbleicht. Sie hatte die Aufgabe hervorragend gelöst. Höchstens die erfahrensten Sachverständigen, die pedantischsten Kritiker würden die nicht ganz so kraftvollen Pinselstriche, das leichte Zögern bemerken. Es mochte nicht die kontrollierte Hemmungslosigkeit eines echten Zeale haben, neunundneunzig Prozent der Betrachter würden sich jedoch täuschen lassen.

Dennoch fehlte dem Bild in Jacks Augen die Seele. Es war nicht authentisch, weil die Quelle der Inspiration nicht Modell gesessen hatte. Er erinnerte sich noch an die Worte, mit denen Reuben ihm das fertige Gemälde übergeben hatte. »Es ist, als hätte ich wahre Liebe gemalt«, sagte er zu Jack. Damals hatte Jack gar nicht verstanden, was Reuben gemeint hatte. Und als er es begriffen hatte, war Adele fort, und alles, was ihm von ihr geblieben war, war das Gemälde.

Und so hatte ihm die *Innamorata* über die Jahre immer wieder Trost gespendet und zugleich Qualen bereitet. Es war eine ständige Erinnerung an das, was er besessen und wieder verloren hatte. Immer noch schaute Adele ihn an, und in ihren Augen lag die Mischung aus Verehrung und Begierde, die er erst verstanden hatte, als es zu spät war.

Es klopfte, und Petra kam herein, um ihm seinen Nachmittagstee zu bringen.

»Alles in Ordnung?«, fragte sie, als sie sein Gesicht sah. Sie war seine Stimmungsschwankungen gewöhnt und wusste nur zu gut, dass gute Laune bei ihm von einem Moment auf den anderen in Trübsinn umschlagen konnte.

»Ich … bin wohl einfach nur müde«, erwiderte Jack. Er lächelte erschöpft. »Vielleicht war es auch ein Glas Wein zu viel beim Mittagessen.«

Als sie die Tasse vor ihm auf den Schreibtisch stellte, bemerkte sie den Briefumschlag.

»Soll ich den für Sie einwerfen?«

Jack betrachtete den Brief. Viel einfacher wäre es, ihn wie all die anderen in der Schublade verschwinden zu lassen. Es würde ihm die Ungewissheit ersparen. Er würde Herr seines Schicksals bleiben. Wenn er ihn abschickte, würde er Qualen leiden, während er auf eine Antwort wartete.

»Ja«, sagte er. »Bitte. Das wäre sehr freundlich.«

Wie benommen trat Imogen aus dem Haus. Die Sonne brannte grell vom Himmel, und auf der anderen Seite der Lagune erhoben sich die weißen Gebäude von Zattere wie eine Fata Morgana. Der Himmel und das Wasser und die Häuser waren so klar umrissen wie die Erkenntnis, die sie gewonnen hatte. Eine Flottille von Gondeln glitt vorbei, gelassen, aber auf ihr Ziel konzentriert. Und genauso fühlte sie sich, gelassen und zugleich fokussiert. Die Zukunft lag plötzlich deutlich vor ihr.

Sie fragte sich, ob Adele gewusst hatte, dass sie genau das gebraucht hatte, als sie sie zu Jack Molloy geschickt hatte, damit sie lernte, wahre Liebe zu erkennen. Adele war eine weise und einfühlsame Frau. Sie musste gespürt haben, was Imogen durchmachte. Und hatte gewusst, dass ein Gespräch nicht reichen würde. Dass Imogen selbst dahinterkommen musste.

Wie auch immer, es spielte keine Rolle. Sie wusste jetzt, was sie zu tun hatte. Danny hatte eher begriffen, was sie einander bedeuteten, und es hatte ihm keine Angst gemacht, es sich einzugestehen, aber sie war zurückgeschreckt. Wovor hatte sie solche Angst gehabt? Liebe, wenn sie so rein und richtig und fühlbar war, brauchte weder Rechtfertigung noch Analyse. Wenn sie ein Gemälde kaufte, verließ sie sich doch auch auf ihr Gefühl; warum hatte sie sich dann das, was sie und Danny hatten, nicht einfach annehmen können?

War es vielleicht eine tief verwurzelte Angst, dass es für den bösen Buben und das gute Mädchen kein Happy End geben konnte? Bloß weil die Leute in Shallowford so dachten? Und wenn diese Angst so stark war, warum hatte sie es dann nicht so gemacht wie Nicky, die auf Nummer sicher gegangen war und einen totalen Langweiler geheiratet hatte?

Auf dem Weg zurück zum Hotel überlegte sie, wie Danny sich wohl die Zeit vertrieben hatte, während sie weg war. Sie sehnte sich danach, ihn zu berühren, ihn zu küssen und ihm zu sagen, was er ohnehin längst wusste. Was er zu sagen gewagt hatte, weil er ein besserer Mensch war als sie. Mit einem erwartungsvollen Lächeln stürmte sie ins Zimmer.

Es war leer. Kein Geräusch, nichts. Als wäre nie jemand hier gewesen. Das Bett war gemacht, die völlig zerwühlten Laken waren perfekt geglättet, und darauf lag die Tagesdecke. Alles war an seinem Platz, als wartete das Zimmer bereits auf die nächsten Gäste. Von Danny und seinen Sachen keine Spur. Seine Kleider, seine Reisetasche, alles war weg.

Sie setzte sich auf die Bettkante. All ihre Energie und all ihre Hoffnung waren wie weggewischt. Sie war zu spät gekommen. Sie hatte ihn vertrieben mit ihrem spießigen, karrierebesessenen Lebensentwurf, der keinen Raum für Spontaneität oder Veränderungen oder Kompromisse ließ. Kein Wunder, dass er geflüchtet war. Wahrscheinlich war er froh, mit heiler Haut davongekommen zu sein, und flirtete in irgendeiner Kaschemme mit einer glutäugigen, heißblütigen Italienerin, die sich nicht für etwas Besseres hielt …

Sie stieß einen spitzen Schrei aus, als plötzlich eine Gestalt durch den Balkonvorhang ins Zimmer trat. Mit rasendem Herzen sprang sie auf.

Es war Danny. Er stand da, in Jeans, einem engen T-Shirt, barfuß, in der Hand eine Tasse Kaffee.

»Du hast mich zu Tode erschreckt!«

»Tut mir leid, ich war auf dem Balkon und hab Kaffee getrunken.«

»Ich dachte, du wärst weg.«

»Natürlich nicht.« Er legte die Stirn in Falten.

»Wo sind denn deine Sachen?«

Er lachte. »Der Zimmerservice war hier und hat meine Tasche ausgepackt. Es hängt alles im Schrank. Mein Jackett ist in der Reinigung.«

Imogen wusste nicht, ob sie lachen oder weinen sollte. Sie vergrub das Gesicht in den Händen.

»Was ist denn los?« Danny setzte sich neben sie und legte den Arm um sie. Sie schmiegte sich an ihn. »Ist es nicht gut gelaufen?«

Sie nickte. »Doch, doch. Es war … sehr interessant.«

Sie wusste nicht richtig, wo sie anfangen sollte. Ihr schwirrte noch der Kopf von dem, was sie erfahren hatte: die Affäre ihrer Großmutter, die Tatsache, dass sie bald im Besitz eines Gemäldes sein würde, das wie eine Bombe in die Kunstwelt einschlagen würde. Es würde alles ändern.

»Danny …«

»Ja?«

»Ich gehe nicht nach New York.«

Sein Gesicht verriet keine Regung.

»Und was ist mit … deiner Karriere?«

»Die läuft mir nicht weg. Ich kann als Beraterin für Oostermeyer & Sabol arbeiten. Ich habe mir überlegt, dass ich ihnen auf dieser Seite des Atlantiks viel nützlicher sein kann. Ich werde mir ein Büro in London mieten. Wenn es nötig ist, kann ich jederzeit nach New York fliegen. Kunden akquirieren.«

Er nickte, versuchte ihren Gedanken zu folgen.

»Na ja«, sagte er schließlich. »Ist doch gut für dich.«

Seine Stimme war tonlos. Sie holte tief Luft.

»Und ich werde in Shallowford wohnen bleiben.« Sie löste sich aus seiner Umarmung, um ihm in die Augen sehen zu können. »Mit dir …?«

Sie konnte seine Reaktion nicht einschätzen. Er war ein Meister der ausdruckslosen Miene, und auch seine Augen verrieten nichts.

Er sah sie einen Moment lang an. »Ich weiß noch nicht. Darüber muss ich erst nachdenken.«

Sie spürte, wie sie der Mut verließ. Als wäre ein Ballon in ihrem Innern geplatzt. Wahrscheinlich hatte sie es nicht besser verdient. Sie konnte schließlich nicht erwarten, dass er alles stehen und liegen ließ, um sie mit offenen Armen zu empfangen. Dann bemerkte sie ein Zucken an seinen Mundwinkeln. Er hatte große Mühe, sich ein Grinsen zu verkneifen. Er hob den Blick zur Decke, aber als er endlich etwas sagte, lag ein schelmisches Funkeln in seinen Augen.

»Ich glaube, Top Cat hätte auch noch ein Wörtchen mitzu-

reden, wenn du meine ganze Aufmerksamkeit in Anspruch nehmen willst. Er kann ziemlich eifersüchtig werden, lass es dir gesagt sein. Er kann nicht gut teilen. Es wird ein Albtraum für dich,
mit ihm unter einem Dach zu leben …«

Mit einem empörten Aufschrei schnitt Imogen ihm das Wort
ab und stieß ihn aufs Bett. Grinsend kletterte sie auf ihn und hielt
seine Handgelenke fest. Aus seinem Gesicht sprach das pure Vergnügen.

»Na ja, klar«, sagte sie. »Wenn du dein Leben von einem räu-
digen roten Kätzchen bestimmen lassen willst, ist das deine Entscheidung.«

Er ließ seine Hand an ihrem Schenkel hochwandern, unter
das Kleid. »Die Hölle selbst kann nicht wüten wie ein verschmäh-
tes Kätzchen.«

Eine Weile lang sahen sie einander in die Augen. Dann spürte
sie, wie seine Finger unter den Spitzenbesatz ihres Höschens glit-
ten. Sie konnte sich nicht länger beherrschen. Sie ließ sich willenlos auf ihn sinken.

Danny McVeigh. Sie würde in seinem Märchenhaus mit ihm
zusammenleben. Sie würden Hand in Hand und erhobenen
Hauptes durch Shallowford schlendern. Sie schloss die Augen und
rief sich ihr Hausaufgabenheft aus der Schule in Erinnerung, das
mit dem eselsohrigen roten Umschlag. Auf der letzten Seite stand
zwischen Tintenklecksen: Imogen McVeigh. Imogen McVeigh.
Imogen McVeigh.

KAPITEL 34

Am späten Nachmittag waren Emmie und Archie völlig erschöpft. Ein Gondoliere, der leichte Beute witterte, überredete sie zu einer Tour. Kurz darauf hatten sie es sich auf gepolsterten Sitzen gemütlich gemacht und ließen sich durch geheime, verborgene Kanäle staken, weitab vom Touristentrubel.

»Soll ich ein Lied für Sie singen?«, fragte der Gondoliere eifrig. »Ein Ständchen für das glückliche Paar?«

»Nein, nein«, sagte Archie hastig. »Sie sind auf dem ganz falschen Dampfer.«

Der Gondoliere runzelte die Stirn. Emmie senkte den Blick, um ihr Grinsen zu verbergen.

»Es ist kostenlos«, sagte der Gondoliere. »Gratis.«

»Aber Sie irren sich«, sagte Archie und zeigte auf sich und Emmie. »Wir sind kein Paar. Nur Freunde. Amigos?« Er zuckte mit den Achseln. »Nein, das ist spanisch. Was heißt ›Freund‹ auf Italienisch?«

»Keine Ahnung«, sagte Emmie.

»Freunde?«, gab der Gondoliere zurück. Er schüttelte den Kopf. Er wirkte kein bisschen überzeugt. »Keine Freunde, nein.« Er wedelte mit dem Finger von einem zum anderen. »Das sehe ich.«

Archie schaute Emmie an. »Der lässt erst locker, wenn wir ihn singen lassen.«

Sie zuckte mit den Achseln. »Wo wir schon mal in Venedig sind ...«

Archie drehte sich zu dem Gondoliere um und reckte den Daumen in die Luft. »Dann mal los, Kumpel. Sing dir die Seele aus dem Leib …«

Der Gondoliere strahlte und schmetterte prompt ein fröhliches Lied. Emmie schlug sich die Hand vors Gesicht, um nicht laut zu lachen. Archie kaute am Daumennagel, die Augenbrauen hochgezogen, aber auch er konnte sich ein Grinsen nicht verkneifen. Sie sahen einander an, beide ein bisschen verlegen, aber auch erheitert.

»Er hat uns reingelegt«, sagte Archie. »Jetzt muss ich ihm bestimmt ein dickes Trinkgeld geben. Dem sind wir ordentlich auf den Leim gegangen.«

Am Abend brauchten Archie und Emmie eine Weile, bis sie ein Restaurant gefunden hatten, das beiden zusagte. Schließlich entdeckten sie eins gegenüber einer Reparaturwerkstatt für Gondeln – ein typisches venezianisches Bacaro, wo Cicchetti serviert wurden, die italienische Variante von Tapas. Sie blieben mehrere Stunden, taten sich gütlich an Bruschetta, Bocconcini und Fritto misto, gefolgt von einer riesigen Schüssel Risi e Bisi, dem Traditionsgericht des Hauses, dessen Übersetzung auf der Karte »Reis mit Erbsen« für dieses cremig-köstliche Gedicht eines Reisgerichts viel zu prosaisch klang. Obwohl sie fast nichts mehr herunterbekamen, bestellten sie zum Dessert Panna cotta mit Brombeeren, wozu ihnen der Wirt eine Flasche Grappa auf den Tisch stellte.

»Da wollen wir mal nicht unhöflich sein«, sagte Archie und goss sich und Emmie ein Glas der feurigen Flüssigkeit ein.

Die Sonne war längst untergegangen, als sie das Lokal verließen. Emmie hakte sich bei Archie unter, und sie spazierten gemütlich am Kanal entlang, träge von dem ausgezeichneten Essen. Nach zwanzig Minuten hatten sie sich hoffnungslos verlaufen.

»Ich bin mir ziemlich sicher, dass diese Brücke da auf den Platz führt, von wo man auf den anderen Platz kommt, der zu der Brücke neben dem Hotel führt«, erklärte Emmie zaghaft.

»Die sieht für mich aus wie alle anderen Brücken auch«, erwiderte Archie.

Dann fielen ein paar dicke Regentropfen.

»Es wird gleich richtig schütten.«

»Dann sollten wir besser laufen.«

»Aber wohin denn?«

Der Himmel öffnete seine Schleusen, und es schien, als würde der gesamte Inhalt der Lagune über ihren Köpfen ausgeschüttet. Um sie herum war nur noch Grau, unendliches Grau, die Gebäude schienen näher zu rücken, und der Kanal war schwarz wie Tinte. Kein Mensch war zu sehen. Alle hatten sich wohlweislich in ihren Häusern in Sicherheit gebracht. Sie entfalteten den Stadtplan, der aber nach wenigen Sekunden völlig durchweicht und unleserlich war. Archie zog seinen Pullover aus, hielt ihn Emmie über den Kopf und bugsierte sie in einen Hauseingang, wo ein Portikus gerade genug Schutz für sie beide bot. Sie zitterte vor Kälte. Die Haare klebten ihr am Kopf, und die Wimperntusche verlief auf ihren Wangen. Ihn überkam ein Bedürfnis, das er so noch nie einer Frau gegenüber empfunden hatte. Nicht auf diese Weise.

Er wollte sie unbedingt küssen.

Sie sah zu ihm auf. »So einen Regen habe ich ja noch nie erlebt.«

Er starrte ihr hilflos in die Augen. Sie wich ein bisschen zurück.

»Alles in Ordnung?«, fragte sie besorgt.

Nein, ganz und gar nicht, verdammt. Er war wie vom Donner gerührt, und er würde etwas sehr Dummes tun, wenn er sich nicht zusammenriss. Er wandte sich ab.

»Archie!«

»Wir sollten einfach loslaufen«, sagte er. »Wir werden so oder so nass.«

Er trat unter dem kleinen Dach hervor in die Fluten. Das Wasser lief ihm sogleich in den Nacken. Er fror. Außen – und innen. Sein Herz fühlte sich kalt wie Granit an.

Emmie stapfte neben ihm her und bemühte sich, mit ihm Schritt zu halten, als sich ihre Miene plötzlich aufhellte.

»Jetzt weiß ich, wo wir sind!«, rief sie und zeigte auf eine nahe gelegene Gasse. »Da müssen wir lang. Eindeutig. Ich erinnere mich an den Brunnen. Es ist gar nicht mehr weit.«

Er antwortete nicht. Sie nahm seine Hand und zog ihn mit. »Kommen Sie«, drängte sie ihn, »Sie holen sich noch den Tod.«

Vielleicht, dachte Archie, wäre das im Moment die Lösung. Eine doppelseitige Lungenentzündung, die ihn ins Jenseits beförderte und von seinen Qualen erlöste. Tod in Venedig. Wie passend. Doch das Pflichtgefühl des Gentleman in ihm war stärker als seine Verzweiflung, und er eilte neben ihr her. Emmie musste so schnell wie möglich ins Trockene und sich aufwärmen.

Im Hotel angekommen, steuerte Archie sofort sein Zimmer an. »Wir sehen uns morgen früh«, murmelte er. »Mir geht's ehrlich gesagt nicht besonders.«

Er vermied jeden Blickkontakt, bevor er die Tür hinter sich schloss. Triefnass, wie er war, ließ er sich auf die Bettkante fallen. Er zitterte vor Kälte. Je eher sie nach England kamen, umso besser, dachte er. Bevor er sich endgültig zum Narren machte.

Das Frühstück am nächsten Morgen war eine Qual. Archie schob seine Muffeligkeit auf den Grappa.

»Von dem Zeug krieg ich immer Kopfschmerzen«, sagte er, obwohl es seinem Kopf bestens ging. Es war sein Herz, das litt.

Er aß so viele süße Brötchen mit Erdbeermarmelade, wie er

herunterbekam, nur um etwas zu tun zu haben. Emmie zerrupfte ihr Brötchen und warf die Krumen den Vögeln hin. Sie sprachen kaum. Sie war offensichtlich irritiert von seiner Stimmung, aber er wusste nicht, wie er seine Laune erklären sollte.

Jetzt, wo das Ende der Reise nahte, fand er die Vorstellung, wieder nach Hause zu fahren, plötzlich unerträglich. Der Gedanke an sein baufälliges Haus und an all die Arbeit, die dort auf ihn wartete, drehte ihm den Magen um. Er wollte weder an den Hof noch ans Geschäft denken. Oder an ein Leben ohne Jay, der ihn anrief und in einen Pub mitschleppte oder zu einem Rugbyspiel in Twickenham. Aber er hatte keine Wahl. Gleich nach dem Frühstück mussten sie zum Flughafen fahren. Sie würden sich in Heathrow steif voneinander verabschieden und sich der Form halber versprechen, irgendwann noch einmal gemeinsam essen zu gehen. Sie würde auf Nimmerwiedersehen aus seinem Leben verschwinden; er würde sich auf seinem Hof verkriechen und zum Einsiedler werden, genau wie Jay es vorhergesagt hatte, denn ohne Jay, der ihn aus seiner Lethargie riss, würde er versauern. Er würde immer mehr zum Langweiler werden; und das bisschen Wärme, das Emmie in sein Leben gebracht hatte, das bisschen Optimismus und das Gefühl, dass es da draußen doch noch mehr geben musste, würde sich in Wohlgefallen auflösen.

Im Flughafen wimmelte es von Menschen, denen es schwerfiel, die atemberaubendste Stadt der Welt zu verlassen und in die Normalität zurückzukehren, zu lauten Straßen und Verkehrschaos, nüchternen Gebäuden aus Backstein und Beton, an Orte, wo die Sonne nicht auf dem Wasser tanzte und die Häuser vergoldete. Mit der Magie war es in dem Moment vorbei, als sie das Flughafengebäude betraten und die Anzeigentafel auf der Suche nach dem Check-in-Schalter studierten. Emmie war still und angespannt; sie vergewisserte sich immer wieder, dass ihr Ticket und ihr Pass da waren, und kramte in ihrer Handtasche. In der Schlange am Check-in rang sie nervös die Hände.

Sie schaute ihn mit ihren großen, runden Augen an. »Ich will nicht nach Hause«, platzte es aus ihr heraus. Dann errötete sie und wandte sich ab.

Archie hatte einen Kloß im Hals. Er konnte nicht klar denken. Alles war so verwirrend. Und dann meinte er, eine Stimme zu hören: diesen typischen trockenen, spöttischen Tonfall.

»Herrgott noch mal, Harbinson. Stell dich nicht so an.«

Archie schlug das Herz bis zum Hals. »Was?«, flüsterte er.

Diesmal hörte er die Antwort ganz deutlich.

»Bleib dran, Junge. Das ist deine letzte Chance. Lass es dir gesagt sein.«

Archie ließ seine Reisetasche auf den Boden fallen und wandte sich Emmie zu. »Ich auch nicht.« Während die Passagiere vor ihnen eincheckten und ihr Gepäck auf dem Transportband verschwand, rückten sie in der Schlange langsam vor. »Bleiben wir doch einfach hier.«

Emmie lachte. »Wäre das nicht wunderbar? Das wäre ein Traum.«

»Es *muss* ja kein Traum sein, oder? Wir könnten es Wirklichkeit werden lassen.«

Emmie sah ihn verblüfft an. Sie waren an der Reihe. Sie legte ihre Hutschachteln auf das Förderband. Die Frau am Schalter lächelte sie an. »Ihre Pässe bitte.«

»Moment.« Archie hielt Emmies Arm fest, als sie ihren Pass abgeben wollte. Sie sah ihn fragend an. »Lassen Sie uns umkehren. Wir gehen wieder ins Hotel, Emmie.«

»Das geht nicht. Ich muss nach Hause.«

»Warum?«

»Ich muss Hüte machen. Ich habe Termine, muss Dinge erledigen …«

»Wollen Sie mir im Ernst erzählen, dass eine Woche mehr wirklich so eine Rolle spielt?«, drängte Archie. »Ich will ja nicht unverschämt sein, Em, aber es sind doch nur Hüte. Ihre Kundinnen werden bestimmt Verständnis haben. Kommen Sie. Man lebt nur einmal. Wenn ich in den vergangenen Wochen eins gelernt habe, dann das. *Carpe diem* und so weiter.«

Emmie biss sich auf die Unterlippe und wandte sich ab. Ihre Wangen glühten. »Ich kann mir das nicht leisten, Archie. Das wissen Sie doch. Es geht einfach nicht.«

»Aber ich kann es mir leisten.« Er hatte keine Ahnung, was es kosten würde, aber er würde das Geld auftreiben, und wenn es ihn umbrachte. »Wir nehmen die Penthouse-Suite, wenn sie frei ist.«

Die Leute in der Schlange hinter ihnen wurden schon unruhig. Die Frau am Schalter wirkte gereizt. »Entschuldigen Sie. Wollen Sie jetzt mitfliegen oder nicht?«

»Nein, wollen wir nicht«, sagte Archie. Er ergriff ihre beiden Reisetaschen und nahm Emmies Hutschachteln vom Förderband. »Kommen Sie.«

Emmie starrte ihn mit offenem Mund an. »Wir können doch nicht einfach … nicht zurückfahren. Wir …«

»Und warum nicht?« Archie strotzte plötzlich vor Mut und Entschlossenheit. Er spürte regelrecht, wie Jay ihn von da oben aus anfeuerte. Vor lauter Übermut schwirrte ihm der Kopf. Und da war noch etwas anderes. Eine glühende Kugel in seinem Innern, die ihn vorantrieb.

»Sie sind verrückt.« Sie sah ihn ungläubig an.

»Ich bin kein bisschen verrückt«, entgegnete Archie. »Es ist im Gegenteil die beste Idee meines Lebens.«

»Ich habe nicht genug zum Anziehen dabei«, protestierte sie.

»Klamotten kann man kaufen.« Archie marschierte so schnell durch den Flughafen, dass Emmie kaum Schritt halten konnte.

»Am Dienstag habe ich einen Zahnarzttermin«, japste sie. »Ich muss meine Fernsehgebühren überweisen und die Steuern fürs Auto …«

»Alles unwichtig. Das läuft Ihnen nicht weg. Das Einzige, was zählt, ist, im Moment zu leben. Im Hier und Jetzt.« Er drehte sich zu ihr um, beladen mit Gepäck. »Ich will nicht zurück nach Hause und mich mit einem Haufen Papierkram herumschlagen. Ich will ein Abenteuer erleben. Ich möchte etwas Aufregendes erleben. Ich will …«

Er sah sie an. Er konnte ihren Gesichtsausdruck nicht lesen. Aber er wusste, dass jetzt der Augenblick gekommen war.

»Ich will dich«, sagte er.

Sie blieb wie angewurzelt stehen. Archie schaute zu Boden. Es war das Impulsivste, was er je getan hatte. Das größte Risiko, das er je eingegangen war. Die Geräusche der Menge um sie herum dröhnten ihm in den Ohren. Die Flughafendurchsagen plärrten im Hintergrund, ohne Zusammenhang. Er schloss die Augen. Er wünschte, er könnte sich in Luft auflösen. Verdammter Jay, dachte er, der immer noch keine Ruhe gab.

»Also gut.«

Ihre Stimme war so dünn und leise, dass er sie kaum hörte. Er öffnete die Augen.

»Was?«, fragte er.

Sie nickte. »Einverstanden.«

Sie trat auf ihn zu. Er ließ alle Taschen und Hutschachteln fallen, und sie flog ihm um den Hals.

»Das ist das Verrückteste, das ich je gehört habe«, sagte sie.

»Wen kümmert's?«, fragte er. Einige Leute drehten sich nach ihnen um, als er sie hochhob und herumwirbelte. Schließlich setzte er sie ab und lud sich das Gepäck wieder auf. Sie musste laufen, um ihm durch die Türen zu folgen, durch die sie eben erst hereingekommen waren. Fünf Minuten später warteten sie

Händchen haltend auf den Wasserbus, der sie zurück in die Stadt bringen sollte.

»Hey«, grinste Emmie. »Wir müssen Patricia eine E-Mail schicken.«

»Gott, nein, bloß nicht. Die will bestimmt Fotos«, stöhnte Archie.

»Das ist doch nur fair«, beharrte Emmie. »Ohne NIE MEHR ALLEIN wären wir schließlich gar nicht hier …«

Sie legte den Kopf an seine Schulter.

Archie erwiderte nichts. Es hatte nichts mit NIE MEHR ALLEIN zu tun. Die waren nur die Helfershelfer gewesen. Er zog Emmie an sich, um sie vor der frischen Brise zu schützen, die über das Wasser blies. »Danke, Kumpel«, flüsterte er und stellte sich Jay da oben vor, wie er auf einer Wolke saß, ein Amor des 21. Jahrhunderts, und ihnen mit einem Glas in der Hand zufrieden zuzwinkerte.

Später an jenem Nachmittag lenkte Riley das Motorboot, das zum Palazzo gehörte, zurück von der Insel Burano, wo sie zum Mittagessen in ihrem Lieblingsfischrestaurant eingekehrt waren. Sylvie hatte außerdem einen Ballen Spitze gekauft, für die die Insel so berühmt war. Ganz gegen ihre Gewohnheit hatte sie kein Wort darüber verloren, sondern ihn einfach nur in ihrer Tasche verstaut.

»Frag jetzt nichts«, hatte sie ihn gewarnt und den Zeigefinger auf ihn gerichtet, und Riley hatte nur gegrinst.

Kurz vor dem Steg, wo ihr Boot seinen Liegeplatz hatte, fuhren sie unter einer winzigen Brücke hindurch, auf der ein Pärchen in enger Umarmung stand und sich leidenschaftlich küsste, ohne sich um seine Umgebung zu scheren. Rileys Herz machte einen Satz, als er sie erkannte. Es waren die beiden, die vor Beginn der Reise zu diesem fürchterlichen Fototermin bestellt worden waren. Die sich nichts sehnlicher gewünscht hatten, als möglichst woanders zu sein.

»Die Hutmacherin«, sagte Sylvie lächelnd und behielt noch ein weiteres Geheimnis an diesem Tag für sich.

Riley schaltete den Motor ab und kramte in seiner Tasche nach der Kamera. Er war Profi. Er brauchte nur ein paar Sekunden. Er rahmte sie perfekt ein, während die untergehende Sonne in einem Feuerball explodierte und die beiden mit geschmolzenem Licht vergoldete.

»Das Foto«, sagte er zu Sylvie, als er den Auslöser betätigte, »wird mich reich machen.«

DANACH

KAPITEL 35

Adele war die ganze Woche unermüdlich damit beschäftigt gewesen, die Sachen auszusortieren, die sie aus dem Bridge House mitnehmen würde, wenn sie demnächst auszog.

Nicky war mit einem Pärchen aus London vorbeigekommen, das sich das Haus ansehen wollte, bevor es offiziell auf den Markt kam. Die beiden hatten sich auf der Stelle in das Haus verliebt und Adele ein mehr als großzügiges Angebot gemacht. Da sie darüber hinaus bereit waren, Adele so viel Zeit zu lassen, wie sie brauchte, um etwas Neues zu finden, war ihr nichts anderes übrig geblieben, als das Angebot anzunehmen. Es waren liebenswerte Leute, eine lebhafte junge Familie, dazu noch drei jugendliche Kinder aus der ersten Ehe des Mannes, die in dem ehemaligen Kutschhaus wohnen sollten, wenn sie bei ihrem Vater waren. Adele hatte das Gefühl, ihr Zuhause in gute Hände zu übergeben, auch wenn es sie wehmütig stimmte – wie konnte es anders sein? –, aber sie hatte schon immer ein Gespür dafür gehabt, wann die Zeit reif war für eine Veränderung.

Jetzt, wo sie wusste, dass es Imogen gut ging, spielte das alles sowieso keine große Rolle mehr. Ihre Enkelin war strahlend und energiegeladen aus Venedig zurückgekommen. Adele war ein bisschen schockiert gewesen über die Neuigkeiten, aber nachdem sie Danny kennengelernt hatte, waren ihre Befürchtungen zerstreut. Für wahre Liebe hatte Adele einen untrüglichen Blick. Sie brauchte nur zu sehen, wie die beiden miteinander umgingen. Sie waren ein Team, überschlugen sich geradezu vor Aufregung und Begeisterung, während sie ihr ihre Pläne darlegten. Imogen würde ins Woodbine Cottage ziehen und in London ein Beratungsbüro eröffnen, in Verbindung mit einer kleinen Galerie. Außerdem hatten sie vor, ihre Fähigkeiten und Kontakte zu bündeln und sich auf die Beratung von Galerien und Kunsthändlern zum Thema Sicherheit von Kunstwerken zu spezialisieren.

Sie würden eine riesige Eröffnungsparty veranstalten, um die *Innamorata* zu präsentieren: diese Enthüllung wäre die perfekte Werbung für ihr Unternehmen. Das Gemälde würde das unverkäufliche Kronjuwel der Galerie bleiben und Kunden und Neugierige anlocken, die unbedingt das lange verschollene Meisterwerk von Reuben Zeale würden sehen wollen. Die Kunstwelt würde kopfstehen.

Imogen hatte sich vergewissert, dass ihre Großmutter nichts dagegen hatte, auf diese Weise zur Schau gestellt zu werden. Adele hatte sie sogar darin bestärkt. Niemand lebte mehr, der wissen konnte, dass sie für die *Innamorata* Modell gesessen hatte. Sie war sich ziemlich sicher, dass die meisten der Gäste im *Simone's*, die von der Affäre gewusst hatten, längst verstorben waren; und selbst wenn einer von ihnen noch lebte und Adele erkannte, was würde es beweisen? Nichts! Dieses Meisterwerk zu würdigen war Adele wichtiger als der Schutz ihrer Privatsphäre. Die Affäre war eine Ewigkeit her.

Sie trug gerade einen Karton mit alten Büchern, die für ein Sozialkaufhaus bestimmt waren, in die Eingangsdiele, als die Post eingeworfen wurde und auf der Fußmatte landete. Oben auf den üblichen Rechnungen und Prospekten lag ein weißer Briefumschlag mit gestochen scharfer schwarzer Schrift und einer ausländischen Briefmarke. Sie betrachtete ihn eine Weile nachdenklich. Er erinnerte sie an einen anderen Brief vor vielen Jahren, einen Brief in türkisfarbener Tinte geschrieben, der ihr ganzes Leben verändert hatte.

Sie hörte nichts als ihr Herz, das im Gleichklang mit dem Ticken der alten Standuhr schlug. Schließlich stellte sie den Karton ab und hob den Briefumschlag auf. Plötzlich konnte sie ihn nicht schnell genug aufreißen, um zu lesen, was darin stand.

Der Brief war kurz. Adele, die sonst so beherrscht war, rang plötzlich um Atem. Tränen brannten ihr in den Augen. Wieder und wieder las sie die Zeilen, aber es gab keine versteckte Botschaft. Es stand alles ganz deutlich da, er hatte sein Herz geöffnet, ohne irgendwelche Tricks, ohne jede Heuchelei.

Sie ging ins Wohnzimmer. Was sie jetzt tun würde, war weder verwegen noch leichtsinnig. Es blieb ihr einfach keine andere Wahl. Sie konnte nicht ins Grab steigen, ohne ihn noch einmal gesehen zu haben. Seine Stimme gehört und seine Berührung gespürt zu haben. Es war kein Verrat. Sie und William hatten ein wunderbares gemeinsames Leben geführt. Ihre Liebe war beständig und wahr gewesen. Nachdem sie aus Venedig abgereist war, hatte ihre Affäre mit Jack ihre Ehe nie wieder vergiftet. William war in dem Bewusstsein gestorben, dass Adeles Liebe zu ihm stark und aufrichtig war. Daran würde sich auch durch ihre Entscheidung nichts ändern.

Sie nahm den Telefonhörer und wählte, fast ohne darüber nachzudenken. Und es war wichtig, dass sie es nicht tat. Wenn sie erst einmal anfing, sich darüber Gedanken zu machen, wo und wann sie sich treffen konnten, was dafür oder dagegen sprach, würde sie es nie tun. Es würde immer einen Grund geben, warum es nicht ging.

Es wurde fast sofort abgenommen. »Venedig-Simplon-Orient-Express.«

»Hallo«, sagte sie. »Ich möchte eine Fahrkarte buchen. Nach Venedig für den nächstmöglichen Zug …«

Wenn Ihnen *Nachts nach Venedig* gefallen hat, können Sie weiterblättern und ein paar Reisetipps von Veronica Henry lesen, die Sie möglicherweise dazu inspirieren, diese Reise auch selbst anzutreten.

Was Sie mitnehmen sollten

Falls *Nachts nach Venedig* Sie dazu angeregt hat, diese legendäre Reise anzutreten, finden Sie hier einige Anregungen für die passende Garderobe.

Sie brauchen drei verschiedene Outfits – erstens etwas Schickes für die eindrucksvolle Abreise, zweitens Abendkleidung und drittens etwas lässig Elegantes für den zweiten Tag, für die Ankunft in Venedig.

Der Trubel in der Abfahrtshalle des Venice-Simplon-Orient-Express in der Victoria Station gleicht immer einer Modenschau, für die sich alle in Schale werfen. Am besten stellen Sie sich vor, Sie würden zu einer Hochzeit gehen. Natürlich hängt es vom Wetter ab, aber ein klassisches Kleid oder ein elegantes Kostüm wären perfekt. Lassen Sie sich von Diane von Fürstenberg und Chanel inspirieren, aber es ist nicht nötig, sich sündhaft teure Designerkleider zuzulegen. Es gibt reichlich Konfektionsmode, die für den Zweck ausreicht. Hohe Absätze passen natürlich zum Anlass – das ist nicht der Zeitpunkt für bequemes Schuhwerk. Und ein hübscher Mantel, falls es kühl ist – verderben Sie nicht Ihren Gesamteindruck, indem Sie Ihren Alltagsanorak anziehen. Wenn Sie gern Hüte tragen – und selbst wenn nicht! –, dann ist das eindeutig der Moment, einen Hut aufzusetzen. Ein Hut sorgt immer für das gewisse Etwas, sei es ein unscheinbarer Filzfedora oder ein kunstvoller Wagenradhut mit Straußenfeder. Für Männer reicht ein eleganter Anzug oder ein schickes Sakko mit Krawatte (haben Männer es nicht sowieso immer leichter?).

Ein Abendessen im Orient-Express ist die perfekte Gelegenheit für Opulenz. Seide, Satin, Samt – was auch immer Sie bevorzugen, aber es sollte Glanz und Glamour versprühen. Falls Sie alten Familienschmuck besitzen, holen Sie ihn aus dem Safe. Wenn nicht, reicht auch guter Modeschmuck. Eine Hochfrisur wird den Eindruck noch unterstreichen. Für Männer: Ein Smoking ist die einfachste Option, aber Sie werden nicht aus dem Zug geworfen, wenn Sie lediglich ein schickes Sakko tragen.

Am nächsten Tag, wenn der Zug in Richtung Venedig gleitet und Sie es sich mit einem guten Buch in Ihrem Abteil gemütlich machen oder sich im Salonwagen eine heiße Schokolade mit einem Schuss Brandy gönnen und auf das Mittagessen warten, können Sie es legerer angehen. Mittlerweile sind Sie völlig entspannt, sodass ein lässiger Pullover mit Hose oder ein Strickkleid ausgezeichnet passen. Denken Sie daran, dass Sie am Ende des Tages in Venedig ankommen, daher ist Bequemlichkeit das oberste Gebot. Auf High Heels in einen Vaporetto zu steigen ist vielleicht keine so gute Idee!

Und bitte – vergessen Sie nicht, Wert auf Ihre Accessoires zu legen, vor allem, was Ihr Gepäck betrifft. Es muss nicht gerade die klassische Tasche von Louis Vuitton sein, aber stopfen Sie Ihre Abendgarderobe nicht in eine Sporttasche.

Und denken Sie immer daran: Für den Orient-Express können Sie sich gar nicht genug in Schale werfen!

Fünf Bücher, die von Zügen inspiriert wurden

Ein Zug ist der perfekte Schauplatz für einen Schriftsteller, da die Figuren in einem geschlossenen Raum gefangen sind und eine Reise immer inspirierend ist.

Die kleine blaue Lokomotive von Watty Piper und Ruth
  Sanderson (Carlsen Verlag, Juni 1988)
  Eine köstliche Kindergeschichte, die einen lehrt, dass man,
  wenn man nicht aufgibt, am Ende Erfolg hat.

Die Eisenbahnkinder von Edith Nesbit und Irene Muehlon
  (Insel Verlag 16. August 2010)
  Als sie tief ins Landesinnere umziehen müssen, ändert sich
  das Leben von drei Kindern unwiderruflich durch die nahe
  gelegene Eisenbahnlinie.

Mord im Orient-Express von Agatha Christie
  Ein Klassiker – Hercule Poirot ermittelt, als ein Mann tot in
  seinem Abteil aufgefunden wird und niemand über einen
  Verdacht erhaben ist.

Anna Karenina von Leo Tolstoi
  Anna lernt ihren zukünftigen Liebhaber, Wronskij, in einem
  Zug kennen – mit tragischen Konsequenzen.

Der Zug nach Mailand von Lisa St. Aubin de Terán und
Ebba D. Drolshagen (Diana Verlag 2001)
Eine unkonventionelle Reise durch Italien wird erzählt
von Lisa Veta und ihrem exzentrischen älteren Liebhaber
Caesar.

Fünf Filme mit Venedig als Schauplatz

Venedig ist sehr beliebt bei Filmemachern, verständlicherweise, und dies sind fünf der erfolgreichsten Filme, die die Pracht des Schauplatzes genutzt haben.

Tod in Venedig
Ein Komponist verliebt sich in einen wunderschönen Jungen, während eine Cholera-Epidemie Venedig im Griff hat. Der Film ist unter anderem berühmt wegen des Adagietto von Mahlers Fünfter Sinfonie.

Wenn die Gondeln Trauer tragen
Ein unheimlicher, unter die Haut gehender Thriller nach einer Kurzgeschichte von Daphne du Maurier. Die Handlung ist hochgradig erotisch aufgeladen und verstörend.

The Tourist
Eine ausgesprochen vergnügliche Agentenkomödie, in der Venedig und Angelina Jolie in atemberaubenden Action-szenen um die Rolle der Schönsten konkurrieren.

Traum meines Lebens
Katharine Hepburn spielt eine lebhafte unverheiratete Frau mittleren Alters, die sich in Venedig zum ersten Mal in ihrem Leben verliebt – sehr anrührend und äußerst romantisch.

Alle sagen: I love you
Woody Allen verliebt sich in Venedig in Julia Roberts und bemüht sich, sie davon zu überzeugen, dass er der Mann ihrer Träume ist – mit überraschenden Konsequenzen.

RISI E BISI

Risi e Bisi ist das archetypische venezianische Gericht; es wird in unzähligen Restaurants in der ganzen Stadt serviert, ist aber auch zu Hause einfach zuzubereiten. Es ist das perfekte Mittagessen – Kinder lieben es.

500 g TK-Erbsen (wenn sie frisch sind, umso besser,
aber vorher blanchieren)
1½ Liter heiße Hühnerbrühe (aus Brühwürfeln möglich,
aber besser frisch)
2 EL Butter
50 g *cubetti di pancetta* (Speckwürfel)
1 Zwiebel, fein gehackt
225 g Risottoreis
1 Glas Weißwein
1 Handvoll frisch geriebener Parmesankäse
1 Handvoll glatte Petersilie, fein gehackt
Salz und Pfeffer

Die Butter in einer schweren Pfanne zergehen lassen, die gehackte Zwiebel und den Speck zugeben und anbraten, bis die Zwiebeln weich und glasig sind. Den Reis hinzufügen und umrühren, bis alle Körner von der Butter ummantelt sind und der Speck ausgebraten ist. Den Wein zugießen und das Ganze unter ständigem Rühren köcheln lassen, bis der Reis alle Flüssigkeit aufgenommen hat. Weiterrühren, während die Brühe schöpfkellenweise zugegeben wird – achtgeben, dass der Reis nicht am Boden anpappt. Wenn der Reis durchgekocht, aber noch fest ist, gibt man die Erbsen und eine letzte Kelle Brühe dazu und lässt das Ganze noch ziehen. Der Risotto sollte sämig sein, nicht trocken. Jetzt mit Salz und Pfeffer abschmecken, Parmesan und Petersilie unterheben und in Suppentellern servieren.

LA INNAMORATA

Dieser Cocktail ist inspiriert von dem Gemälde von Adele, das Jack in Auftrag gegeben hatte, und von ihrer letzten Reise, die sie von London über Paris nach Venedig geführt hat.

25 ml Limettensaft
50 ml London Dry Gin
25 ml Cointreau
Prosecco

Die ersten drei Teile in einen Cocktailschüttler geben und mit Eiswürfeln gut schütteln. In eine Flöte seihen und mit eiskaltem Prosecco aufstocken.

Der Cocktail sollte in einem seidenen Negligé auf einer samtenen Chaiselongue eingenommen werden. Die Autorin übernimmt keine Verantwortung dafür, was danach geschieht.

STEFANIE GERSTENBERGER
Orangenmond

Eine Italienreise, die auf Umwegen zum Glück führt

Fünf Jahre nach dem Tod seiner Frau erfährt Georg, dass er nicht der Vater seines zehnjährigen Sohnes Emil ist. Zutiefst verletzt sucht er nach Antworten, die auch Milenas Schwester Eva nicht geben kann. Milena war damals in Italien, aber traf sie dort auch ihren Liebhaber? Auf der Suche nach Milenas Geheimnis begeben sich Eva und Georg auf eine Reise, die sie beide für immer verändern wird.

»Stefanie Gerstenberger ist wieder ein großartiger Italienroman gelungen.«
Meins!

978-3-453-35841-6
Auch als E-Book erhältlich

Leseprobe unter diana-verlag.de